LES HOMMES INCERTAINS

DU MÊME AUTEUR

L'Ivresse du sergent Dida, Le Passage, 2017
Grand Prix SGDL du premier roman 2017

www.lepassage-editions.fr

OLIVIER ROGEZ

LES HOMMES INCERTAINS

roman

LEPASSAGE

À la mémoire de Lev Bruni

1.

Le problème n'est plus comment bâtir
le paradis sur terre, mais comment y vivre.
Alexandre Zinoviev

On l'appelle la forêt ivre, ses arbres poussent dans tous les sens, les troncs partent en biais vers la droite ou la gauche, certains vont de travers avant de changer de direction, d'autres s'élancent à l'horizontale, une partie des racines hors du sol en un défi à la gravité terrestre. Il n'y en a quasiment pas un qui file droit. Cette forêt titube en permanence, se révèle incapable de tenir debout, inapte à la verticalité. Dès qu'il y a du vent et de la neige, l'effet est saisissant, on se croirait alors sur la banquise face à un troupeau de manchots maladroits. Cette forêt fait tourner la tête, c'est pour cela que les gens du coin l'ont surnommée la forêt ivre. Il paraît que c'est à cause des expériences atomiques menées dans la région pendant les années cinquante, elles ont dû endommager le sol, disent les habitants, peut-être même vaporiser la roche sous la terre ou quelque chose comme ça. Ce mystère, personne ne cherche vraiment à l'élucider. Il est des malédictions que l'homme fait s'abattre sur la nature, et qu'il vaut mieux recouvrir du voile pudique de l'ignorance.

Cette étrange forêt est un secret bien gardé, peu de gens connaissent son existence. La ville qui a poussé comme une lèpre grise à sa lisière sud échappe, elle aussi, au regard du plus grand nombre, si bien que la forêt ivre et sa ville malade n'existent sur aucune carte, elles sont prisonnières d'un cercle magique les rendant invisibles au commun des mortels. Pourtant l'administration leur a donné une identité officielle, la ville a même un nom, Tomsk 7. Davantage qu'un nom, c'est plutôt un étendard qui claque au vent, une estampille sonnant à l'oreille comme le label d'une chaîne de télévision. Canal 8, Channel 4, Tomsk 7… Existe-t-il un Tomsk 6 ou un Tomsk 5, voire un 3 et un 4 ? Existe-t-il autant de *Tomsk* que d'idées saugrenues dans l'esprit des dirigeants soviétiques ? Nul ne le sait puisque si tel était le cas, ces villes seraient elles aussi invisibles…

C'est dans ce no man's land hors du monde et du temps ordinaire qu'Anton a grandi. Il a aujourd'hui vingt ans. Nous sommes en 1989, l'été a laissé place à l'automne et les premiers froids rôdent sur les plaines sibériennes. À des milliers de kilomètres de là, le mur de Berlin se réchauffe, s'apprêtant à tomber tel un morceau de banquise arraché par le cours tumultueux de l'histoire. La planète est à l'aube d'un bouleversement radical. Anton le pressent, bien que son intuition ne soit pas parvenue jusqu'au seuil de sa conscience, errant encore dans les parages de ses rêves. La nuit dernière s'est produit un phénomène étrange, il a rêvé que la forêt se redressait, sa forêt ivre devenait sobre, elle se tenait droite comme toutes les forêts normales du monde avec les cimes des pins et des mélèzes saluant les nuages. Anton ne rêve pas par hasard, ni d'ailleurs par habitude, chez lui le rêve n'est pas l'ordinaire activité nocturne du cerveau, ses rêves empruntent des voies que la curiosité humaine n'a pas encore débusquées, des chemins sur lesquels ils sèment des cailloux qu'Anton collecte souvent avec inquiétude, parfois avec ravissement. Anton a admis depuis longtemps le caractère déconcertant de ses visions fantasmagoriques, il en a même parlé à son père, Dimitri Stepanovitch. Pour ce dernier, les rêves d'Anton sont à la fois une source d'anxiété, de fascination et de culpabilité. Car après tout, c'est lui qui est venu faire maladroitement souche dans cette ville interdite, y menant depuis vingt ans des travaux secrets sur l'atome, c'est lui qui a embarqué sa famille dans cet univers singulier où les règles se jouent de la rationalité humaine, c'est lui, enfin, qui a exposé les siens à la dangerosité du fanatisme scientifique, et à l'imprudence proverbiale des ouvriers soviétiques.

Anton a une autre particularité, son système pileux ne fonctionne pas. Il n'a aucun poil sur le corps, aucun cheveu sur la tête, ni barbe, ni duvet. Les médecins n'ont jamais su expliquer ce phénomène, nulle part répertorié. Tout comme sa ville, la maladie d'Anton n'existe pas, tout comme elle, il est frappé d'une lèpre inconnue, mais, semble-t-il, consubstantielle. Pourtant cette histoire de poils l'embarrasse beaucoup. C'est, en effet, gênant lorsque l'on est un jeune homme de ne pas avoir de poils pubiens. Les filles de Sibérie ont la moquerie facile, et les malicieuses qui ont vu son corps dévêtu, lors des baignades estivales dans la rivière, se sont empressées de jaser et de raconter n'importe quoi pour faire leurs intéressantes ! Mais si la nature a eu des absences avec Anton, elle a globalement fait preuve de prodigalité envers lui. Son visage est beau, son corps bien proportionné, ses mains possèdent une « grâce italienne » comme lui a dit un jour une voisine, sans qu'il comprenne bien ce que pouvait signifier à ses yeux « avoir une grâce italienne », aucun Italien n'ayant jamais été aperçu sous ces latitudes.

Avec ses rêves envahissants, qu'il aime raconter aux quatre vents, avec sa boule de billard plutôt sympathique, mais quelque peu inquiétante aussi, Anton ne s'est pas fait beaucoup d'amis. Il en a un, Sacha. Un garçon maigrichon, souffreteux, toujours malade. L'âme solitaire et le visage en permanence renfrogné, Sacha est un garçon que l'on évite, sans doute par peur d'être contaminé par son malheur, on ne sait jamais ce qui est contagieux ou ce qui ne l'est pas, dans cette fichue région ! Le mec-sans-cheveux-ni-poils et le gars-tout-le-temps-malade étaient donc faits pour se rencontrer. Deux réprouvés des cours de gym, deux exclus des soirées d'ados, deux exilés des bandes de copains, jugés et expédiés au goulag du mépris sans avoir commis aucune faute. Anton a d'abord pris Sacha en pitié, ensuite en affection. À l'école, leurs jeunes camarades avaient tendance à tester sur le souffreteux leur cruauté naissante. Anton l'a défendu parce qu'il n'aime pas la cruauté, parce qu'il a un côté chevaleresque et, surtout, parce qu'il a découvert en lui une personnalité attachante. C'est ainsi qu'il est devenu son kricha, son protecteur officiel. Il éprouve à son égard l'affection d'un frère. Ce benjamin adoptif est le seul, parmi le peuple de jeunes rustres sans imagination qui hante le lycée, à accepter de l'accompagner au cœur de la forêt ivre, ces lieux où ils se sentent libres, où personne ne vient les voir pour leur faire des réflexions désagréables et des remarques idiotes. « Pourquoi t'as pas de cheveux ? Qu'est-ce que t'as mangé, t'es tout pâle ? » Ils arpentent ensemble les sous-bois qui sentent parfois une drôle d'odeur de boule puante, comme si les Baba Yaga des contes anciens organisaient la nuit des concours de pets, disent les gamins de la ville. Comment expliquer autrement ces étranges grondements venus de l'épaisseur des sous-bois, et qui effraient tant les habitants ?

La forêt commence juste derrière la centrale interdite, la centrale atomique, là où pendant des années leurs parents ont travaillé d'arrache-pied, jusqu'à y laisser leur santé. Elle est traversée par une grande et belle rivière, la rivière Tom. Anton va souvent en compagnie de Sacha traîner ses godasses sur les berges boueuses décorées de bouquets de roseaux. Sacha est un pêcheur hors pair, un maître dans l'art d'attraper les truites à la main. Il se plante pieds nus dans l'eau glacée pour attendre les poissons qui finissent toujours par se faufiler entre ses jambes. Sacha peut rester immobile une heure, voire davantage, sans trembler malgré le froid brûlant, le vent dément qui déboule des montagnes, et en dépit d'une santé vacillante qui exige souvent le remboursement au centuple de ses exploits physiques. Ses yeux observent les poissons qui hésitent, et peut-être ces poissons sentent-ils le regard pénétrant de Sacha, car ils s'approchent par ondulations timides comme des amoureux craintifs. Sacha sait d'instinct le moment précis où il doit plonger la main et saisir le corps vif et glissant, il ne loupe jamais son coup et remonte sur la berge, triomphant, tandis que les eaux limoneuses se bousculent au rendez-vous fixé par le grand fleuve Ob, à quelques dizaines de kilomètres de là. Anton admire Sacha pour cette capacité à dompter le temps et les poissons. Il l'aime pour la multitude de bons souvenirs qu'ils partagent. Il l'aime d'aimer les mêmes choses que lui.

En cette fin de journée d'automne, Anton a décidé de donner rendez-vous à son père dans la forêt. Assis dans la cuisine, il déchire une demi-page de la *Pravda* qu'il destinait à l'emballage d'une botte de poireaux, griffonne dessus au feutre rouge un mot indiquant à son père de le rejoindre à un endroit précis que tous les deux ont baptisé « le trou du diable ». Anton a une chose importante à lui demander. La réponse de son père à sa question transformera le cours de sa vie. Un peu comme ce fameux oracle de Delphes qui prédisait l'avenir de ceux qui croyaient au pouvoir des mots. Car sa vie est sur le point de changer, il le sait. Et cette perspective lui donne envie d'embrasser la terre entière. En rentrant du travail, son père trouvera le mot griffonné sur le journal, il le rejoindra dans la forêt, ils se promèneront et parleront. En attendant, il va prendre un peu d'avance et déambuler seul parmi les arbres.

En sortant de chez lui, il salue Ivanka, la diejournaïa, petite pivoine joufflue qui décore l'entrée de l'immeuble. Ses pieds sont emmitouflés dans une paire de valenkis en feutrine, ses mains invisibles restent cachées dans les poches de son vieil anorak, seul son visage de poupée couperosé profite de la fraîcheur sibérienne. Elle compte ses heures de service sur le pas de la porte en sirotant de temps à autre le contenu d'une fiole métallique remplie de vodka Rossiiskaïa, sa marque préférée. Il fait déjà froid, ici en Sibérie, la température flirte avec le zéro et, en cette fin de journée, Ivanka se gèle consciencieusement les fesses, assise sur sa chaise. Elle n'en bougera pas avant dix-huit heures, c'est la règle. C'est son foutu métier, gardienne de la chaise, préposée à regarder la rue à travers le kaléidoscope des grilles délimitant l'entrée de l'immeuble. Impassible face aux conditions météo, imperturbable face aux chiens errants dans la ruelle, immobile face au vent frais, Ivanka est une balise. Quand il neige, un chapeau apparaît sur sa tête, quand il fait chaud, sa pelisse s'évanouit dans l'air printanier. Anton n'a jamais prêté beaucoup d'attention à ceux qui colportent sur son compte de drôles d'histoires. Elle boirait plus que de raison, dit-on, et ne rechignerait pas à arrondir ses fins de mois en ouvrant ses cuisses, notamment aux miliciens du poste situé au bout de la rue. Elle aurait même, bavarde la ville, été la maîtresse du directeur de la centrale, il y a de cela des années, du temps de sa splendeur.

Ils se croisent chaque jour, engageant parfois une brève conversation. Alors qu'Anton l'a saluée, elle lui renvoie son salut d'un clignement de paupières appuyé. Ivanka a besoin de chaleur humaine, ça se voit comme une isba au milieu de la taïga. Anton ne rechigne jamais à la laisser poser affectueusement sa grosse paluche sur son crâne lisse. Il aime bien l'écouter lui conseiller de sa voix nasillarde d'aller chercher une écharpe ou un bonnet. Anton manque cruellement d'une mère. Ça tombe bien, Ivanka a l'instinct maternel à fleur de peau. Elle qui n'a jamais pu avoir d'enfant. Dimitri lui a expliqué un jour qu'Ivanka avait pourtant essayé avec une bonne partie des mâles adultes du quartier, « un entraînement intensif même », a-t-il ajouté dans un hochement de tête significatif. Anton s'est demandé si dans la remarque de son père, veuf et sans relations féminines connues, ne perçait pas le souvenir agréable d'une nuit câline avec la diejournaïa. Qui sait ? Par grand froid on se sent si seul à Tomsk 7... D'ailleurs, ça l'amuse d'imaginer des conquêtes féminines à son père, des conquêtes improbables, des chemins que nul n'empruntera jamais, des futurs irrésolus sur lesquels il aimerait pourtant poser les yeux, où il pourrait, en somme, laisser accoster ses rêves.

La route qui mène à la forêt est déserte. Anton marche entre deux rangées de bouleaux, bien au milieu de la chaussée, là où le soleil d'automne a balayé la fine couche de neige tombée dans l'après-midi. Avançant d'un pas décidé, les mains au chaud enfoncées dans les poches de son vieux manteau, il pense à ses rêves, et à cette chose importante qu'il doit dire à son père.

Au détour d'un virage, il entend des rires et des éclats de voix. Un vieux bus GAZ, bleu et blanc, est garé sur le bas-côté, légèrement incliné. Le bus a une roue crevée, ses passagers entourent le chauffeur, ce dernier n'a pas de cric et l'on disserte donc sur les pénuries de crics en URSS, sur la vétusté des bus, sur la fiabilité toute relative de la marque GAZ, ou encore sur l'imprévoyance du chauffeur. Ces hommes sont les employés de l'usine atomique, ils rentrent du travail et ont commencé à déboucher les bouteilles de Stolitchnaïa, bien décidés à exorciser à l'eau-de-vie le démon de la mélancolie d'une journée qui s'éteint. L'un des hommes, casquette vissée sur la tête et moustache envahissante, fume parcimonieusement une Belomorkanal de tabac brun. L'odeur est si âcre qu'Anton la sent à dix mètres. Le fumeur s'appelle Starchik. Les volutes de tabac s'accrochent à sa casquette avant de s'évanouir dans l'air froid. Dans une quinte de toux, Starchik partage sa cigarette avec un autre ouvrier. Autour d'eux, les hommes se sont rapprochés et forment un cercle. Car Starchik en a une bien bonne à raconter à ses collègues. Il a surpris les contremaîtres, ces hyènes affamées, en train de se partager les primes des ouvriers contractuels venus de l'Oural pour les travaux les plus dangereux, comme le nettoyage des cuves. Personne ne voulant risquer sa peau à ces tâches périlleuses, la direction est allée recruter des « inactifs » – on ne parle pas de chômeurs – qui se sont vu offrir des sommes rondelettes pour quelques semaines de travail. Seulement, c'était sans compter sur la rapacité des contremaîtres qui ont englouti plus de la moitié des primes. Ceux qui se sont plaints ont été renvoyés chez eux, sans salaire ni certificat de travail. Autant dire que les plaintes furent rares. Quant à la direction de l'usine, elle a fermé les yeux. L'essentiel est que ça ne remue pas trop à Tomsk 7, et que les statistiques médicales de la ville ne bondissent pas.

Hormis quelques rares délégations officielles, personne ne vient jamais à Tomsk 7. Il n'y a pas de gare, donc pas de trains ni de voyageurs. La seule route qui y mène serpente péniblement jusqu'à une garnison militaire. Le courrier n'arrive jamais, puisque ce morceau de monde caché ne s'est vu attribuer aucun code postal. Pourtant, s'ils sont invisibles, les habitants de Tomsk 7 ont des yeux et des oreilles, et, bien qu'étouffée, la rumeur planétaire leur parvient par les médias d'État. Les ouvriers, les ingénieurs, les professeurs de Tomsk 7 ont entendu parler en long et en large de Gorbatchev, de la perestroïka et du foutoir politique qui règne à Moscou, avec ce Bloc démocratique de ce fameux Boris Eltsine. Mais tout cela est si loin ! Ça ne les intéresse pas vraiment. Les ouvriers de Tomsk 7 sont concernés par l'approvisionnement en vodka, par le goût des Belomorkanal, par le prix qu'exigent les putains du quartier, par les ordres imbéciles des organes locaux du parti que l'on n'écoute plus que par habitude. Ils vivent en prolétaires invisibles avec les mêmes préoccupations que les prolétaires visibles. Et si on leur demandait de réfléchir sur le sens de la vie, ils n'auraient que des questions d'ordre purement idéologique. Pourquoi boit-on autant dans ce pays ? Jusqu'à quel degré d'ivrognerie peut-on aller avant de devenir un problème pour sa famille ou pour la société ?

Anton s'arrête devant les ouvriers, serre quelques mains, refuse une rasade d'eau-de-vie, rigole avec Starchik qui le complimente sur sa nouvelle coupe de cheveux. La vieille plaisanterie éculée le fait sourire uniquement parce qu'elle vient de lui. Seul Starchik, avec ses yeux gris-bleu et son rire tonitruant est autorisé à se moquer de la calvitie d'Anton. Starchik l'a vu venir au monde. Il était à l'hôpital avec Dimitri quand sa mère a accouché. La légende familiale veut que ce soit cet ouvrier émérite, décoré de l'ordre du Drapeau rouge du travail, qui lui ait fait ingurgiter sa première goutte de vodka alors qu'il était encore dans les langes. Chacun a les fées qu'il peut pour se pencher sur son berceau et Anton est plutôt fier de sa fée moustachue, taillée à la serpe dans le roc du prolétariat. Il bavarde dix minutes avec ces hommes, puis il prend congé. Son père est sans doute déjà dans la forêt. Il doit lui parler de son rêve et de son départ imminent. Anton va quitter cette ville qui n'existe pas. Car il veut exister. Pas seulement pour son père, mais pour les autres, pour le monde entier. Il veut sortir de l'ombre, franchir ce rideau qui le cache du reste du monde. Le signe qu'il attendait pour enfin oser se lancer s'est produit. Son rêve est limpide. La forêt se redresse. La Russie se réveille. Il faut se lever.

Les deux hommes, le père et le fils, se sont retrouvés au trou du diable. Le père regarde le fils en souriant, il a compris qu'Anton va lui demander l'autorisation de le quitter. C'est un moment qu'il redoute depuis quelque temps, ou plutôt qu'il anticipe, car il sait qu'il n'y a rien à redouter au départ de son fils, hormis sa propre solitude. Il ne va pas retenir Anton toute sa vie sous prétexte qu'il a peur de rester seul. Dimitri est un homme bienveillant, attentif, aimant, complice, un idéal que bien des femmes convoitent secrètement, que personne n'égale en bonté ou en intelligence à Tomsk 7. Il ne boit pas, n'est ni autoritaire ni violent, il écoute, il conseille, il joue, il vit avec simplicité, il n'est ni avare ni cupide, ses amis peuvent compter sur lui, son fils aussi. Il a remplacé pour Anton cette mère disparue trop tôt, ce frère mort d'un cancer dix ans auparavant. Il a pallié les absences, chassé les ombres et enterré les morts. Sa lumière éclaire les recoins sombres de leur vie morose. Dimitri Stepanovitch est un homme, mais pas comme les autres hommes qui ne le sont souvent qu'en amateur.

Père et fils marchent sur un sentier humide parmi les pins, les ormes et les mélèzes, l'endroit est difficile, il y a des trous, des bosses, des souches et des racines. Ces arbres bizarres sont tantôt couchés, tantôt de biais, Dimitri ne s'y est jamais habitué, contrairement à son fils. Il est gêné. Anton l'est aussi, mais pour des raisons différentes. Le fils doit parler à son père, seulement il ne sait pas quels mots choisir pour ne pas blesser cet homme. Alors il lui raconte son rêve. Dimitri est intelligent, il comprend immédiatement les sous-entendus.

– Et donc, tu en tires comme conclusion que la Russie se redresse, comme ta forêt, et que tu dois partir ? Un peu tiré par les cheveux, ton raisonnement, fiston… Si tu me permets cette mauvaise blague.

– Il se passe des choses importantes à Moscou ! se justifie le fils. Et je veux en être.

– Il se passe quoi ? Gorbatchev et sa perestroïka ? La lutte entre l'aile réformatrice et l'aile conservatrice ? Les discours enflammés de Boris Eltsine ? Oui, je sais ce qui se passe là-bas. Et alors ? Tu crois vraiment que la politique de ce pays va changer ? Le parti est là et restera là encore des siècles.

– C'est ce que t'a dit mon oncle ?

– Non, Iouri Stepanovitch ne dit rien. C'est un homme discret. Mais si quelque chose de grave ou d'important se passait dans le pays, je le saurais.

– Je n'en peux plus de cette ville, je veux partir, j'étouffe ici. Je vis à côté de ma vie. Je suis comme le peintre qui recule d'un pas pour contempler son tableau. Je vois mon ciel, mes nuages, mon soleil, mais je ne suis pas dedans. Je ne suis pas dans le tableau. Je suis extérieur à ma vie.

– Et tu penses qu'en allant à Moscou, ça va changer quelque chose ?

Dimitri argumente sans trop y croire, il voudrait trouver les mots qui retiendraient son fils auprès de lui. Dans le même temps, il répugne à l'idée de l'empêcher de réaliser ses rêves. Qui, à son âge, n'a pas souhaité larguer les amarres sous le vent de l'aventure ? De son côté, Anton n'a pas envie de brusquer son père ni de le fâcher. On ne se fâche pas avec un tel homme, c'est vain, c'est soi-même que l'on fait souffrir, comme lui avait expliqué un jour Starchik alors qu'il boudait, furieux que son père ait refusé qu'il suive des cours de boxe. Anton regarde les arbres, la mousse onctueuse sur l'écorce, le peuple lilliputien des champignons qui envahit le sous-bois, il voudrait simplement que son père le comprenne, qu'il entende sa voix et accepte son départ. Dimitri lève la tête vers le ciel puis se tourne vers son fils.

– Tu es prêt à quitter tout cela ? dit-il dans un geste de la main englobant la forêt.

Anton ne répond pas. Bien sûr qu'il est prêt. Sinon il n'aurait rien dit, rien demandé… Pour ne pas laisser le silence déchirer leur proximité, Dimitri fait cette proposition :

– Si tu veux aller étudier à Moscou, je peux m'y résoudre, bien qu'à contrecœur. Je ne vais pas te garder auprès de moi toute ma vie, tu n'es plus un bébé. Mais ce n'est pas facile de quitter cette ville. Il faut les propiskas, les autorisations, l'avis du parti, de la direction de l'usine et de celle de l'université. Et puis, il faut quelqu'un pour t'accueillir là-bas. Je vais demander à ton oncle, Iouri Stepanovitch. Il nous aidera. Il est influent.

2.

Sur la place Dzerjinski, j'avais pas vu le virage
J'regardais la statue, y a pas plus bel ouvrage!
Une main dans la poche et dans l'autre une casquette
Ce pauvre Dzerjinski n'a pas l'air à la fête
Mais voilà ce qui arrive quand on a trop pitié
D'une statue exposée aux frimas de l'hiver
Et je me suis retrouvé la voiture à l'envers
Dans les bras de Félix, ou plutôt à ses pieds
Félix m'a regardé d'un œil mal avisé
« Tu d'vrais faire attention, je n'aime pas les chauffards
Moi, j'aime bien qu'on respecte les sens giratoires »
Et c'est en Sibérie qu'il m'a fait expédier
Là-bas pas de virage, ni de sens giratoires
La route est toute droite… Et si maigre l'espoir!

Chanson de la Kolyma

À plusieurs milliers de kilomètres de Tomsk, à Moscou, Iouri Stepanovitch teste justement cette fameuse influence dont son frère le sait si bien pourvu. Il la teste en empruntant les couloirs sans fin de la Loubianka, le siège du KGB, en les arpentant le torse bombé, foulant d'un pas avide le tapis rouge et bleu qui serpente servilement devant lui. Il marche bien au centre de ce tapis, les yeux fixant sur l'horizon un point imaginaire. Il marche comme un homme sobre depuis une semaine, c'est-à-dire avec un dédain incommensurable pour le reste de l'humanité, ne prêtant pas la moindre attention aux regards qui postillonnent derrière sa nuque. Il avance ainsi jusqu'à la lourde porte en bois qui ouvre l'accès au bureau le plus célèbre de l'édifice. D'ordinaire, on aborde ces lieux d'un pas respectueux, mais Iouri Stepanovitch est animé d'une assurance qui refuse la pusillanimité. Il est en représentation, en démonstration de sa puissance nouvelle, tel un cuirassier sorti tout droit des usines de Mourmansk. Dans cette institution implacablement verticale où la gestuelle indique le degré de pouvoir, chacun sait percevoir le pas d'un homme important, l'attitude d'un responsable en vue, l'audace qui anime le favori du moment, en un mot, la charge politique contenue dans le langage corporel. Les guébistes sont habitués à scruter ces détails, et ceux qui, discrètement, s'écartent pour regarder passer le majestueux Iouri Stepanovitch, comprennent d'emblée qu'il a gagné le droit d'exhiber les galons de l'arrogance. Car ce colonel est devenu en peu de temps bien davantage que l'étoile montante, bien plus qu'un simple favori, il est l'homme pivot, celui qui possède la connaissance, le bon réseau, celui que l'on écoute et à qui l'on demande conseil, celui qui détient les informations qui permettent d'anticiper et donc de diriger, celui enfin qui tutoie les puissants, l'Initié dont la parole a valeur d'Écriture sainte, apportant aux gardiens de l'orthodoxie le nouvel évangile qui s'écrit au Kremlin. Cyrille et Méthode réunis en un seul corps. Un homme que l'on ménage, et que ceux dont la souplesse d'échine égale celle de l'intelligence seraient bien avisés de vénérer, ou tout au moins de respecter avec une déférence ostentatoire.

Plus prosaïquement, Iouri Stepanovitch est aussi un privilégié, un jouisseur qui a su percer la porte de la chambre forte où son hédonisme peut désormais s'ébattre librement.

Il ne se contente plus des costumes de tergal fabriqué à Ijevsk et des chemises de nylon de Leningrad. Les magasins ultra-select réservés à la nomenklatura lui sont désormais grands ouverts. Ces boutiques où l'on peut s'affranchir des pénuries envahissantes, ces devantures dont les vitrines opaques permettent commodément de ne pas voir le peuple souffrant qui encombre les rues, ces miraculeuses cavernes d'abondance, tout cela représente dans son esprit l'aboutissement triomphal de deux décennies à arpenter ces couloirs sinueux, où il est si facile de perdre son âme. Iouri Stepanovitch est donc parvenu à poser la main sur le Graal, et si son ambition est loin – bien loin – de s'arrêter à ce bonheur consumériste, son être rayonne d'une joie enfantine. La vanité est le repos de l'âme. Il s'en est fait un manteau chatoyant, sachant que dans son univers normatif, la flamboyance est une déviance que les jaloux prendront immanquablement pour une provocation.

Sur l'étoile dessinée en lames de parquet qui délimite le seuil du bureau, Iouri fait claquer les talons de ses souliers italiens, il ajuste sa cravate, passe une main dans ses épaisses boucles brunes et pousse la porte de ce qui fut autrefois le bureau de Félix Dzerjinski, le fondateur de la Tcheka, ancêtre du KGB moderne. À l'intérieur, il hume l'atmosphère de cette pièce aux luxueuses boiseries qui ne sert plus que pour de discrets rendez-vous avec le chef. Il trouve l'odeur fétide, essaie mentalement d'autres adjectifs, moisi, putride, malsain, et s'en tient à fétide. Il referme la porte et s'installe derrière le long bureau massif. Il hésite un instant à attraper le lourd combiné téléphonique rempli de plomb, en songeant que les méthodes anciennes pour empêcher une ligne d'être surveillée ne manquaient pas d'ingéniosité, puis il y renonce, se cale dans le fauteuil de cuir, tout en envoyant un regard de mépris au mur de droite occupé par l'immense portrait de l'homme que l'on surnommait à son époque « Félix de fer ». Il sort enfin de sa poche revolver un étui métallique, en extrait une cigarette américaine, l'allume à l'aide du gros briquet serti dans un bloc de quartz rose posé sur le bureau, et souffle une double bouffée d'autosatisfaction et de fumée. Après quelques instants, Iouri Stepanovitch regarde la montre que lui a offerte Ioulia, sa jeune et jolie maîtresse, ou plutôt son ex-maîtresse depuis qu'elle est partie en poste au Japon. Il calcule que dans moins de trois minutes le psychorigide Vladimir Krioutchkov, ce maniaque de la ponctualité, ce pur qui voudrait être dur, mais qui n'est que brutal, poussera la porte à son tour, et fera mine de s'offusquer de le voir, lui, Iouri Stepanovitch Nesterov, prendre ainsi ses aises dans le fauteuil de l'illustre fondateur.

Cette pensée l'amuse. Provoquer le puissant patron du KGB, le général quatre étoiles, le membre influent du Politburo, est une attitude que cent pour cent de ses collègues jugeraient suicidaire, mais l'insolence est sa façon d'exhiber sa virilité et sa valeur. « Qui ne craint point la mort ne craint point les menaces », écrivait Corneille, dramaturge que Iouri Stepanovitch idolâtre, et dont il lit et relit régulièrement les pièces en français. Il ressasse cet alexandrin et les suivants tandis que Krioutchkov pousse à son tour la porte. Comme il s'y attendait, le chef du KGB prend un air de kolkhozienne effarouchée en le voyant la cigarette au bec, les pieds sur le maroquin du terrible Dzerjinski. Mais Krioutchkov ne dit rien, il se contente d'un geste sec de la main signifiant à l'iconoclaste qu'il doit poser ses fesses ailleurs. Iouri Stepanovitch s'exécute, la provocation a ses limites avec un acariâtre tel que Krioutchkov. Une fois debout, il se dirige d'un pas nonchalant vers la fenêtre, ses yeux tombent sur la place de la Loubianka où trône l'effrayante statue de Dzerjinski, monument honni des Moscovites, rappel obsédant de l'impossible contestation. Iouri Stepanovitch n'aime pas ce que représente l'omniprésent Dzerjinski ni ce que le KGB est devenu au fil des années, mais a-t-il le choix ? Il aime le pouvoir. Il doit même le reconnaître honnêtement, c'est pour cette seule raison qu'il est là, au cœur de cet État dans l'État, côtoyant les hommes les plus dangereux du pays, serrant des mains qui ont condamné d'un trait de plume des milliers d'hommes aux camps ou à la relégation. Il est parmi eux, bien qu'il ne soit pas tout à fait comme eux, il fraye avec cette faune sauvage sans s'y mêler totalement, gardant ses distances et ses pensées intimes. Il feint de se croire différent des autres afin de préserver le peu d'estime de soi qui lui reste, et qui lui permet de tenir le coup. Si le fil se casse, il tombera. Alors pour chasser ces pensées noires, de plus en plus envahissantes avec les années, il se réfugie dans l'hédonisme, tant il est vrai que le luxe est un rempart contre la rugosité du monde réel.

Brillant étudiant, parlant couramment plusieurs langues, maîtrisant avec une égale facilité les mathématiques et la philosophie marxiste, il aurait pu, tout comme son frère jumeau le physicien Dimitri Stepanovitch Nesterov, opter pour la voie universitaire et briguer très tôt une place à l'académie des sciences. Mais avec son univers étriqué, l'académie aurait-elle pu satisfaire son caractère ? Assouvir ses pulsions ? Iouri Stepanovitch aime le pouvoir, ses intrigues, son théâtre, sa dramaturgie, ses jeux secrets, ses stratégies et ses pièges. Donner des coups, parer les attaques, braver le danger, voilà le rôle idéal que ce bretteur infatigable aime endosser. Il ruse, conseille, commande et intrigue, développant une souplesse de diplomate et un poignet d'assassin. Il sait aussi qu'il peut se retrouver du jour au lendemain dans un train en partance pour Magadan, à visiter l'archipel du goulag sans billet de retour, mais cela ne le paralyse pas, la peur ne l'a jamais empêché d'avancer. Marcher sur un fil au-dessus du précipice résume la condition du dirigeant soviétique. Tant que le frisson du danger l'emportera sur l'angoisse de tout perdre, Iouri restera un esprit dominateur. En attendant cet inévitable jour où la peur percera l'armure de son courage, il préfère se dire qu'il vaut mieux brûler en enfer que tiédir au paradis. Iouri se compare mentalement au monstre de Dzerjinski, avec qui il croit – non sans une certaine naïveté – partager certains traits de caractère. Dzerjinski devait lui aussi aimer le pouvoir au-delà du raisonnable, pense-t-il, tandis que ses yeux se détachent de l'imposante statue pour se poser sur le crâne dégarni de son supérieur. Krioutchkov n'aime pas le pouvoir, juge-t-il, sans même se rendre compte de sa mauvaise foi. Il le sert avec la déférence des domestiques et le dégoût de l'écolier qui touche du doigt une grenouille visqueuse avant de la disséquer. Le pouvoir éveille en lui les notions de peur et d'obéissance, il ne répand pas dans ses tripes la liqueur chaude et voluptueuse qui apaise les tourments intérieurs. Krioutchkov ne connaîtra jamais cette ivresse particulière, il a trop peur de ses propres instincts. Voilà ce que pense Iouri Stepanovitch de son supérieur, qu'il méprise avec l'arrogance de ses quarante ans et l'assurance de sa supériorité façonnée par les tumultes d'une carrière au cours de laquelle il a maintes fois risqué sa vie. Mais il doit interrompre le fil de ses pensées, Krioutchkov est là, juste à côté de lui, et il attend. Ce qui se joue à Moscou en cet automne 1989 est bien trop important pour que Iouri Stepanovitch se laisse distraire par ses fantasmes.

– Jusqu'où ira ce fanfaron de député ? lâche d'une voix agacée le chef du KGB. Multipartisme ! Élections ! Réformes ! Il provoque le Secrétaire général. Il le pousse à la faute. Le pays est dans une situation impossible. Tu te rends compte, il y a même eu des grèves politiques cette année ! Du jamais vu, Iouri Stepanovitch. Des grèves politiques !

Iouri Stepanovitch se rend parfaitement compte du caractère inédit de la situation. Et ce qui l'amuse, ce n'est pas tant l'audace du député Eltsine, mais le fait que le tout-puissant patron du KGB tremble devant lui, au point de ne pas oser prononcer son nom à voix haute ! Iouri Stepanovitch suit du regard les gesticulations de Krioutchkov qui se dirige d'un pas nerveux vers la place laissée vide par son subalterne. À son tour, il s'assied dans le fauteuil de Dzerjinski, désignant son portrait de l'index.

– De son temps, tout cela ne serait pas arrivé, dit-il. On aurait déjà envoyé ce trublion aux îles Solovki ou même à la Kolyma. Au goulag ! Voilà l'endroit où mérite de finir ce prétendu démocrate.

« Tu devrais mieux contrôler tes nerfs devant moi », lui reproche mentalement Iouri. L'envie lui prend de faire remarquer qu'un homme dans sa position ne doit jamais dévoiler son manque de sang-froid. Mais à quoi bon ? Il n'est pas là pour conseiller le patron du KGB, mais pour obéir. Du moins pour préserver les apparences de la soumission. Au lieu de sermonner cet homme si peu sûr de lui, il sort son tube de baume apaisant.

– Fanfaron, trublion... les mots que vous employez pour qualifier Boris Nikolaïevitch indiquent parfaitement que les temps ont changé, Vladimir Alexandrovitch. À l'époque de Félix de fer, on l'aurait traité de social traître, de comploteur réactionnaire ou même de monarchiste. Et on l'aurait fait fusiller...

– Mais qu'est-ce qu'il veut à la fin ? Le pouvoir ? C'est ça ? Alors il n'a qu'à attendre que Mikhaïl Sergueïevitch se prenne les pieds dans le tapis. Il est bien parti pour ça à force de baisser son froc devant les Américains ! Pas besoin de foutre un tel bordel !

– Certains hommes patientent, d'autres non. Vous en savez quelque chose, Vladimir Alexandrovitch. Vous avez attendu quatre ans avant de pouvoir évincer ce renard de Tchebrikov.

– Renard ! Le mot est faible, Iouri Stepanovitch ! Chacal ou hyène conviendraient mieux. Et ça n'a pas été facile pour moi. Avec sa réputation de chasseur d'espions américains, il se croyait l'homme le plus intelligent du pays. Mais, comme beaucoup d'hommes, il a péché par orgueil. Refuser de plier le genou devant Mikhaïl Sergueïevitch fut sa plus grave erreur.

– Heureusement qu'aujourd'hui les dirigeants mesurent mieux l'importance d'avoir autour d'eux une nouvelle génération de cadres compétents, réplique Iouri Stepanovitch, versant une bonne dose de flagornerie sur l'ego boursouflé de son patron.

– La compétence ne suffit pas, lui répond le chef du KGB d'une voix brusquement glaciale, si elle ne s'appuie pas sur une information fiable et des réseaux d'influence. Et c'est pour cela que tu es ici. Pour tes relations, tes informations et ton influence. C'est pour cela que tu as été nommé ici, insiste-t-il, et que tu as tes entrées dans les meilleures beriozkas du pays. Uniquement pour ça.

Vladimir Krioutchkov vient de tirer violemment sur la laisse invisible qui enserre le cou de son subalterne. Iouri Stepanovitch n'aime pas ces brutaux rappels à l'ordre. Il lance un regard en direction de Krioutchkov. Un regard froid et inexpressif afin d'étouffer les braises insolentes qui brillent trop souvent dans ses yeux. Le moment commande la prudence.

– Ce qu'a fait Eltsine et son Groupe Interrégional est dangereux, s'agace le chef du KGB. Fomenter des grèves est dangereux. Répandre le populisme est dangereux. Dénoncer les privilèges est dangereux. On n'a pas vu cela depuis les années vingt, ressasse-t-il. Je veux savoir ce qu'il prépare avec ce Sakharov. Ces deux-là, si on leur lâche la bride, ils vont emmener le pays à la catastrophe.

– Boris Nikolaïevitch ne nous est pas hostile, répond Iouri, tout en tentant d'atténuer le mépris qui perce naturellement dans le ton de sa voix. Nous avons travaillé avec lui par le passé. Vous le savez bien... Et puis, je pensais sincèrement que vous étiez davantage préoccupé par les effets des réformes entreprises par le Secrétaire général que par l'activisme de Boris Nikolaïevitch...

Tout à ses pensées, Krioutchkov ne remarque pas les sous-entendus ni ne relève l'insolence mal dissimulée de son subordonné. Au contraire, il se dit que la franchise de Iouri Stepanovitch est appréciable. Au moins, avec lui, on ne s'embarrasse pas de novlangue inutile ou de charabia technocratique. Iouri Stepanovitch formule les choses simplement et clairement, et quand il a un doute, il pose une question. Certes, il lui arrive d'être déconcertant avec ses manières bourgeoises importées d'Occident, mais ces défauts se corrigeront avec le temps, espère-t-il.

Le chef du KGB se lève du fauteuil de Dzerjinski et vient se placer près de la fenêtre, aux côtés de son subalterne. Son attitude est amicale, Iouri Stepanovitch s'en aperçoit. Un instant, il pense même que l'aîné va poser la main sur l'épaule du cadet. Mais la familiarité n'est pas le genre de la Loubianka. Aucun geste ne vient ponctuer ce moment qui aurait pu s'apparenter à un début de complicité si ces deux hommes avaient un jour entrepris de se comprendre.

– Nous nous occupons de Gorbatchev et de sa perestroïka, fais-moi confiance. Gorbatchev affaiblit dangereusement l'URSS, il abandonne le bloc communiste. Nous devons mieux le conseiller, mieux l'entourer, ne pas laisser les Yakovlev et autres prétendus réformateurs brouiller son esprit. Car Gorbatchev est des nôtres, il finira par entendre raison. En revanche Boris Eltsine est d'une nature différente, c'est un parvenu doublé d'un arriviste. Quand Gorbatchev louvoie, hésite et temporise, Eltsine fonce et tranche, il n'écoute personne, et pire, il est prêt à tout pour arriver à ses fins. Nous devons connaître précisément ses intentions. Car je me demande s'il comprend bien les conséquences de ses actes…

En son for intérieur, Iouri Stepanovitch s'étonne du peu de profondeur de cet homme pourtant aux commandes de la plus formidable machine d'analyse et de renseignements au monde. Il pourrait lui expliquer que Boris Nikolaïevitch est un pur produit du système, doublé d'un redoutable politicien, et qu'il calcule soigneusement ses actes et ses paroles, même si son apparente impulsivité tend à prouver le contraire. Mais il a conscience qu'une telle démonstration, en cet instant précis, serait forcément mal interprétée.

– … Et s'il comprend les conséquences de ses actes, poursuit Krioutchkov, alors il doit savoir qu'il ne peut espérer faire table rase de l'appareil qui dirige ce pays depuis trois générations. Nous envoyons nos enfants dans les meilleures universités. Ici en URSS, et aussi depuis quelques années, en Europe, à Londres et Paris. Nous préparons l'avenir. Il ne faut pas que cet ivrogne venu de Sverdlovsk vienne tout foutre par terre.

– Vous savez bien, Vladimir Alexandrovitch, que ses discours populistes sont – dans une large mesure – destinés à lui attirer les sympathies des électeurs, fait remarquer Iouri Stepanovitch. Eltsine a compris que le vote avait changé de nature.

– Et c'est bien cette attitude qui nous préoccupe. On peut très bien se laisser emporter par ses propres discours. Staline l'a démontré plus d'une fois.

Iouri Stepanovitch est perplexe devant l'attitude de son chef. Gorbatchev d'un côté, Eltsine de l'autre, il y a trop d'adversaires sur le ring et il ne sait plus qui frapper, alors ce boxeur ivre de colère, perdant peu à peu sa lucidité, bande les muscles, serre les poings, crânant comme un voyou des faubourgs pour effrayer l'ennemi. Derrière le manque d'assurance de Krioutchkov, il perçoit aussi une peur beaucoup plus profonde, une peur instinctive, et donc dangereuse, car elle peut conduire à de mauvais choix, la peur des élites se voyant peu à peu dépossédées de leurs privilèges. Boris Eltsine y est allé trop fort en dénonçant la corruption, l'absence de moralité des dirigeants, en pointant un index vengeur sur ceux qui depuis soixante-dix ans se veulent les procureurs de la nation et les gardiens de la morale. Son discours public a réveillé une opposition en sommeil qui n'osait plus s'exprimer depuis que Staline lui avait enfoncé le marteau dans la gueule et la faucille dans le cœur. Lui au moins savait se servir des instruments idéologiques à sa disposition ! Eltsine fait de même, mais avec un outil plus dangereux encore qu'une faucille bien aiguisée. Il se sert du peuple ! Krioutchkov, qui a compris la menace, craint de perdre tout contrôle sur ces démocrates radicaux, bien décidés à renverser la table. Le KGB veut donc protéger son pouvoir, ses privilèges et ses enfants, cette aristocratie rouge qui se perpétue à l'ombre de la tyrannie. Iouri Stepanovitch appartient lui aussi à cette caste idéologisée et manipulatrice qui asservit le peuple au nom de ses intérêts, tout en brandissant un pedigree falsifié de prolétaire. Les défenseurs du peuple finissent toujours par devenir ses pires ennemis.

Ces pensées sombres l'embarquent dans un carrousel d'images. Il se revoit au musée du Louvre à Paris, durant un récent voyage d'études, ou prétendu tel, qu'il a effectué avec Ioulia. En guise d'études, Iouri l'a emmenée faire la tournée des boutiques de luxe de la rue du Faubourg Saint-Honoré. Ils ont vécu deux semaines dans un magnifique hôtel du boulevard Saint-Germain, où ils se faisaient servir du champagne français, du vrai champagne, dès le petit-déjeuner ! Pour des hommes comme Iouri, le KGB dispose de fonds spéciaux en devises. Il a carte blanche pour s'amuser, se distraire et s'engraisser comme un bon petit capitaliste ; en un mot, pour devenir accro au statut nobiliaire d'apparatchik. Voilà aussi ce que signifie le pouvoir. Voyager, dépenser, baiser les plus jolies filles d'URSS, jusqu'à ne plus pouvoir s'en passer ! Un hédoniste raffiné et cultivé comme Iouri ne pouvait que succomber à ces avantages extraordinaires.

– Je vais veiller à ce que Boris Nikolaïevitch comprenne votre message. Je peux même, si vous le souhaitez, organiser une discrète rencontre.

– Non, ce ne sera pas utile pour l'instant. Les canaux officiels suffisent. Et vu son état d'esprit actuel, il pourrait très mal prendre une proposition de rendez-vous, voire s'arranger pour faire un scandale public. Je ne plaisante pas, il est incontrôlable ! Je ne veux pas apparaître. Tu iras lui parler directement.

– Comme vous voulez, Vladimir Alexandrovitch. Mais il serait judicieux que le général Leonov et son département analytique lèvent un peu le pied sur leur campagne anti-Eltsine. Sinon, il ne m'écoutera pas. Eltsine et Yakovlev sont persuadés que le KGB veut abattre le Bloc démocratique.

– Nous n'arrêterons rien. C'est à eux d'obéir. Pas à nous.

– Alors, je ne vous garantis pas de pouvoir le convaincre.

– Tu vas y arriver, tu n'as pas le choix. Et si tu échoues, tu en subiras les conséquences. Maintenant tu peux partir, je n'ai plus besoin de toi pour l'instant. N'oublie pas notre rendez-vous de ce week-end à Joukovka. Il y aura une délégation allemande.

– Puis-je me permettre une requête personnelle avant de vous laisser, mon général ?

– Tu me donnes du *général* maintenant ? Tu dois avoir quelque chose d'important à demander ! relève Krioutchkov avec un sourire sardonique. Vas-y ! Dis-moi ce que tu veux.

– Mon neveu, le fils de l'académicien Dimitri Stepanovitch, souhaite venir étudier à Moscou. Il vit actuellement avec son père dans une ville secrète, Tomsk 7. Comme vous le savez, mon frère a rendu de grands services à la nation, et je pense que la nation pourrait…

– Et il a été récompensé de ses services, ton frère, l'interrompt-il brusquement.

– Oui, il a été récompensé, mais son fils, un garçon brillant et sensible, souffre beaucoup de la pollution radioactive qui règne dans la région. Je pense que l'air moscovite lui ferait du bien.

– Ah ! Tu crois ça ? Ici l'air est bien plus malsain qu'en Sibérie. Tu ne sens pas la puanteur que dégagent tous ces politiciens ? L'odeur fétide qui émane des organes putrides du parti ? ajoute-t-il avec cynisme. Si tu y tiens, fais venir ton neveu… et apprends-lui à respirer par la bouche. Mais n'essaie pas de rendre le parti responsable de la pollution, ou de quoi que ce soit en Sibérie. Si les scientifiques ont souillé l'oblast de Tomsk, ce n'est pas de la faute des dirigeants. D'ailleurs, ton frère a sans doute sa part de responsabilité dans ce qui arrive à son fils.

Il ne faut pas espérer de Vladimir Alexandrovitch Krioutchkov la moindre once de compassion. S'il accède à la demande de Iouri Stepanovitch, c'est uniquement parce qu'il ne veut pas le vexer pour des broutilles. Avec lui c'est donnant-donnant, les sentiments n'existent pas, seuls comptent les intérêts. Iouri Stepanovitch ne s'en formalise pas outre mesure, la froideur de son chef ne l'émeut guère plus que les statistiques officielles sur la production d'oignons en Ukraine. Peu importe le chemin, l'important est d'arriver au but, en l'occurrence, obtenir un laissez-passer pour Anton et son inscription au MGIMO, l'Institut de relations internationales de Moscou. Son frère Dimitri le lui a demandé. Dimitri peut tout lui demander, c'est un droit quasi divin. Refuser quelque chose à son frère jumeau serait aussi incongru, à ses yeux, que de vouloir séparer la pluie et les nuages.

Iouri n'a pas vu son neveu Anton depuis dix ans, il garde le souvenir d'un garçon étrange et différent, sensible, très sensible, peut-être trop même, comme peuvent l'être les jeunes gens que les trois années de service militaire n'ont pas encore déformés. Son frère lui a souvent parlé des rêves d'Anton. Cela intrigue Iouri. Des rêves soi-disant prophétiques ! C'est ce qu'écrit Dimitri dans ses lettres. Il connaît bien son jumeau, s'il emploie le mot « prophétique », c'est qu'il y a quelque chose, Dimitri n'est pas un farfelu, c'est un scientifique qui ne croit pas aux balivernes de grands-mères. Va pour les rêves d'Anton, donc ! Iouri pourra bientôt juger sur pièce et déchiffrer ce mystère familial.

3.

J'ai tatoué la mort sur tous mes ennemis
Avec un couteau d'abord, puis avec un fusil
Et depuis, la mort sur mon cœur s'est gravée
Je ne puis l'effacer, je ne puis l'oublier
Mon destin de malfrat a bien changé mon âme
Et le diable avec moi a tenu le calame!

Chanson de vor v'zakone

L'entretien avec le général est terminé, Iouri Stepanovitch pousse un soupir de soulagement. Il quitte le bâtiment par une porte dérobée, pour atterrir devant les façades pastel de la rue Miasnitskaïa, interminable rayonnage de stucs crémeux aux tons écœurants à force de fadeur. Son chauffeur l'attend à bord de sa Volga de fonction, il va conduire Iouri à son rendez-vous à l'hôtel Moskva. Iouri aurait préféré le Metropol, plus chic et plus européen avec ses décorations Art déco, mais le restaurant du Moskva est plus indiqué. La grande salle aux majestueuses colonnes de porphyre est un temple abandonné, presque toujours désert, où personne ne vient vous déranger. La voiture emprunte la Prospeckt Marksa, à cinq minutes de l'hôtel. Il est vingt heures, le cœur de la ville est désespérément vide. Moscou est une ville amorphe, une vieille femme endormie dont la mémoire s'est perdue dans les plis des rides. En réalité, elle n'est pas endormie, mais plutôt assommée, sous sédatif, décérébrée par ce totalitarisme qui a arraché les mauvaises herbes de la spontanéité. Car la rue appartient aux policiers, aux guébistes, aux membres du parti, aux bataillons de komsomols, aux syndicats en quête de défilés, aux diejournaïa-indics, aux comités d'anciens combattants, à tout ce que le PCUS organise de manifestations officielles afin d'occuper un peuple qui sinon bouillonnerait de rage dans l'ombre des appartements. On ne baguenaude pas spontanément dans les rues de Moscou, on y défile. On ne s'y promène pas le nez au vent, on s'y presse affairé. La joie et le plaisir ont trouvé refuge dans les immenses parcs, cotonneux en hiver et broussailleux en été, qui séparent le centre des banlieues. Là-bas, à l'abri du jugement et de la jalousie, la joie peut s'ébattre librement. À cette heure où se débouchent les bouteilles de vodka, où se dénouent dans les vapeurs alcoolisées les règlements de comptes d'un peuple avec ses fantômes, les dix millions d'habitants de la capitale du monde communiste ne sont donc pas dans ces rues étouffantes, ils sont réfugiés dans les interminables barres d'immeubles qui dessinent un urbanisme aussi désespérant qu'un matin de novembre. Ils se rassemblent dans les cuisines des appartements, devenus les seuls endroits du pays où l'on respire librement, où l'on peut se retrouver en famille, entre amis, en jurant sur le diable qu'il n'y a ni micro ni surveillance. La cuisine est la Suisse du Soviétique, un terrain neutre où il devient possible de critiquer librement et de parler avec franchise. Une pièce unique en son genre. L'âtre dédié à la chaleur humaine, où le verre de vodka, la tasse de thé, les cornichons et le hareng en saumure nourrissent un peuple affamé de sa propre humanité.

De toute façon, il n'y a rien à y faire dans le centre-ville. Les boutiques d'État n'ont rien de comparable à ce que Iouri a vu en France ou en Angleterre. Là-bas, les vitrines capitalistes sont rieuses, parées de lumières, de publicités aguichantes qui hèlent les passants, leur pouvoir de séduction sans limite se décline en mille couleurs, en senteurs subtiles, en impressions visuelles chatoyantes. Rien de cela n'existe dans la patrie du socialisme réel. Avec leurs sombres devantures et leurs intérieurs silencieux comme des tombeaux, les magasins soviétiques répondent à la définition première du mot, et se contentent d'être des entrepôts. Tristes épigones des fastueuses foires d'antan de Nijni-Novgorod, ils sont devenus des lieux de pénitence d'un peuple ayant fait contre son gré vœu de pauvreté, songe Iouri avec amertume. Et pourtant, l'État s'obstine à mentir, entretenant juste ce qu'il faut d'enseignes lumineuses pour démontrer à l'Occident que la vie qui se déroule en URSS est tout ce qu'il y a de plus normale. Le pays qui a inventé les villages Potemkine est passé maître dans l'art de concevoir des mensonges grandeur nature, déclinables à l'infini. Le regard de Iouri se perd dans la procession lumineuse des phares de voitures. Sur le bitume, les trolleybus pachydermes fixent de leurs gros yeux ronds les limousines officielles filant à vive allure vers les quartiers réservés à la nomenklatura. Il finit par fermer les yeux, les rouvrant juste devant l'entrée de l'hôtel Moskva.

En pénétrant dans la cathédrale sombre, Iouri ne peut s'empêcher de jeter un œil à la porte dérobée située à deux pas du restaurant. Si, par curiosité ou par inadvertance, il poussait cette porte, il découvrirait une dizaine de fonctionnaires du KGB alignés derrière de petites tables, casque audio sur la tête, stylo à la main, en train d'espionner les conversations. Chaque table est sur écoute, c'est systématique vingt-quatre heures sur vingt-quatre sans aucune exception. Les équipes de la Loubianka se relaient en permanence. Iouri ne doute pas du bien-fondé du procédé, après tout cet hôtel est fréquenté par des personnalités importantes de l'empire – personnalités dont il faut par nature se méfier –, il doute plutôt de son efficacité, car qui ignore dans ce pays que l'on est surveillé dans les hôtels moscovites ? Mais ce soir, la présence de ces scribes invisibles aux visages anonymes éclabousse sa bonne humeur, Iouri en a passablement ras-le-bol de devoir chercher des interstices de tranquillité. La salle du restaurant est quasiment déserte, ce qui renforce la désespérante impression de déambuler dans une gare à la nuit tombée. De son humeur assombrie naît une pensée assassine pour l'architecte vicieux qui a réussi à recréer un tel sentiment d'isolement et de solitude dans un lieu censé déborder de vie, puis il se souvient que cet architecte a terminé sa carrière au goulag, ce qui lui redonne un peu d'allant. Il cherche des yeux l'homme avec lequel il a rendez-vous. Sur la droite, une tablée de cinq Ukrainiens, rieurs et bruyants, tient les serveurs en éveil, à gauche une prostituée, salariée du KGB, se poudre le nez dans le reflet de sa bouteille de vin géorgien, un peu plus loin, adossé à l'une des immenses colonnes, un jeune homme est plongé dans la lecture d'*Argumenti i Fakti*, le journal symbole du renouveau de l'esprit critique autorisé par la glasnost gorbatchévienne. Ce jeune homme se prénomme Pavel, il est un membre du cabinet de Boris Eltsine, son attaché parlementaire et son secrétaire occasionnel. C'est un garçon de grande taille, voûté comme un bouleau sous le vent, le visage émacié, les yeux creusés et le teint blafard de ceux qui ont étudié des nuits durant à la bougie pour économiser l'électricité de l'appartement communautaire. Un genre particulier, se dit Iouri, mélange de misère soviétique, de vigueur russe et de fragilité juvénile. Il est habillé à la mode locale, c'est-à-dire avec un costume de mauvaise facture, une improbable chemise de nylon à mi-chemin entre le blanc cassé et le jaune paille, divisée en deux par une désespérante cravate noire. Depuis qu'il s'habille à l'occidentale, Iouri éprouve un sentiment de dégoût pour les vêtements triviaux que l'immense majorité de ses compatriotes est obligée de porter. Il ressent aussi un léger picotement de honte, mais si léger qu'il disparaît rapidement dans l'euphorisante vanité devenue son oxygène personnel. Iouri se présente poliment, serre la main du jeune homme et s'assied face à lui.

– Merci d'être venu, Pavel Petrovitch. Je sais que l'endroit n'est pas des plus chaleureux, mais j'avais besoin de vous voir au plus vite.

– Ne vous préoccupez pas de l'ambiance. Il est vrai que ce restaurant sent la naphtaline à plein nez, pourtant j'aime bien son côté solennel. Les marbres sont magnifiques. Ils ont dû coûter une fortune à Staline.

– Au peuple ! Ils ont coûté une fortune au peuple ! Staline a saigné ce pays pour réaliser ses rêves mégalomaniaques. Et ses successeurs n'ont pas fait mieux, dit Iouri à l'adresse de ceux qui écoutent leur conversation.

– Dissertons-nous de la grandeur de la Russie et de ses dirigeants, ce soir, Iouri Stepanovitch ? répond prudemment Pavel en écarquillant les yeux, à la fois surpris par les propos provocants de Iouri et méfiant vis-à-vis de leur but supposé.

– Non, assurément pas. Et nous allons rapidement quitter ces lieux. Je n'ai pas envie que le KGB écoute notre conversation. Et puis c'est trop triste ici. On a l'impression que Léonid Ilitch vient de mourir dans la pièce d'à côté ! J'ai besoin d'une ambiance plus chaleureuse, plus humaine. Vous allez voir, j'ai ma petite idée.

Pavel regarde l'homme du KGB d'un air interrogateur. Il est élégant, son manteau vient de l'Ouest, de même que son costume bleu cobalt et ses chaussures en cuir fin. La montre qu'il prend soin d'exhiber est un véritable bijou, et sa chevalière en argent n'ennoblit pas seulement sa main, mais toute sa personne. S'il ne connaissait pas son pedigree, Pavel croirait que ce drôle d'animal, avec sa façon si libre d'exhiber sa personne, est un acteur anglais ou français en visite à Moscou. Étonnamment, Iouri ne porte pas sur les épaules le poids de l'héritage soviétique, celui qui laisse dès la naissance une raideur dans le cou, une retenue méfiante dans les gestes, une imperceptible lueur de crainte dans les pupilles. Au contraire, il donne l'impression d'être parfaitement à l'aise dans son corps, comme ces touristes occidentaux que l'on croise parfois. Pavel est intrigué, et même séduit, par le charme indéfinissable qui émane de son interlocuteur, libéré de la pesante soumission atavique. Mais il reste sur ses gardes. Ne dit-on pas que le diable use de sortilèges puissants ? Il ne doit pas oublier que Iouri est avant tout un homme de la Loubianka. Aussi hésite-t-il un peu à se lever et à le suivre.

– Allons-y, insiste Iouri. Et ne vous inquiétez pas, Pavel Petrovitch, vous serez rentré avant l'aube. Je vous le promets. Même si je ne vous garantis pas dans quel état.

Pavel croit déceler une ambivalence inquiétante dans cette dernière remarque. L'espace d'un instant, il se demande comment l'interpréter. Ne voulant pas paraître poltron, il se résout à se lever et à suivre Iouri qui sort à grandes enjambées.

Vingt minutes plus tard, les deux hommes pénètrent dans l'appartement surpeuplé et bruyant de la peintre Helena Iossipovna Vaïnberg, rue Bolchaïa Nikistskaïa. Le couloir d'entrée donne une idée du nombre d'invités, une cinquantaine de manteaux épais s'empilent sur un vieux canapé de velours violet, à côté duquel s'alignent bottines et chaussures usées par le temps. Tandis qu'il enlève sa gabardine, Iouri est bousculé par une jeune fille manifestement pressée d'arriver. Tout en s'excusant, elle retire ses vieilles godasses de rue, sort de son sac une paire d'escarpins noirs qu'elle enfile aussitôt, puis elle ôte sa veste, découvrant une robe évanescente et une poitrine altière, prête à défiler sur le champ de séduction d'une soirée batailleuse. La jeune fille plonge en riant au milieu d'une vague d'invités, disparaissant aussitôt dans un flot d'exclamations. La fête bat son plein. Du couloir, Iouri entend la guitare d'un chanteur en vue sur la scène moscovite, il dresse l'oreille, satisfait, car il apprécie cette musique sauvage et insolente, à mille lieues du mauvais ragoût que les stars soviétiques confectionnent avec les recettes falsifiées du showbiz américain. Il s'agace de cette tare nationale qui consiste à vouloir sans cesse singer l'autre, l'ennemi américain, à tenter de copier ses aberrations ou son génie artistique, l'air de rien, et sans oser se l'avouer, tout ça pour paraître plus malin, plus fort et plus séduisant. Tandis qu'il enterre ainsi mentalement la politique culturelle soviétique, une main se pose sur son épaule. Il tourne la tête et son âme plonge dans les eaux émeraude du regard d'Helena Iossipovna Vaïnberg.

– Iourik ! Amour ! Tu as pu te libérer. Je suis contente de te voir ! dit-elle en se jetant à son cou.

– Pour rien au monde je ne manquerais l'une de tes fêtes, ma chère, répond Iouri qui reprend difficilement son souffle sur la berge de la réalité. Je te présente Pavel Petrovitch. Un jeune ami. Pavel fait de la politique, figure-toi.

Helena lui adresse un sourire atténué par l'ombre furtive d'une moue de dégoût.

– Il fait de la politique avec le Bloc démocratique, précise aussitôt Iouri. Il travaille avec des gens importants comme l'académicien Sakharov et le député Boris Nikolaïevitch.

Iouri s'accroche aux éléments de la discussion pour ne pas succomber à la tentation de plonger à nouveau dans les eaux envoûtantes du regard d'Helena.

– Ah ! Tant mieux, reprend-elle. J'ai cru un instant que tu nous amenais un communiste. Je suis enchantée, dit-elle en déposant un baiser sur la joue de Pavel. Je m'appelle Helena Iossipovna et je suis peintre. Enfin, je suis davantage célèbre pour mes repentirs, paraît-il, que pour mes tableaux, n'est-ce pas Iourik ?

– Helena fait allusion à une plaisanterie entre nous, précise Iouri.

– Vos *repentirs* ? Je ne comprends pas, Helena Iossipovna…

– Les repentirs, ce sont les ébauches d'un tableau que l'on regrette, et que l'on recouvre d'une couche de peinture avant de recommencer son travail. Des ratages, si vous préférez.

Elle prononce ces mots d'une voix enjouée. La nature, souvent aussi injuste dans ses choix qu'un jury de concours soviétique, a offert à la jeune femme un timbre de mezzo-soprano qui renforce son charme. Ses pommettes hautes sont parsemées de taches de rousseur, l'arête du nez, parfaitement dessinée, surmonte une bouche aux lèvres charnues. Quant au regard, visiblement habitué à observer, analyser et comprendre, il possède, en plus de sa magie propre, une troublante profondeur. Ce visage, qui dit aussi la détermination et le self-control, déploie un charme précautionneusement tenu en laisse, ni trop évident, ni trop diffus, avec une once de mystère propre à lui conférer sa rareté. Passée maîtresse dans la science des artifices à même de sublimer la nature, Helena a pour habitude d'attacher sa chevelure noire vers l'arrière, et d'accentuer la couleur de ses yeux par un trait de crayon. Iouri n'a pas pu résister à de si puissants sortilèges. Il a succombé dès leur première rencontre. Mais Iouri-le-sérieux a choisi de n'en rien montrer. Le secret est son métier. Un cosaque de sa trempe ne peut avouer s'être laissé si facilement désarçonner par le galop endiablé de son cœur.

Helena est inscrite à l'académie des beaux-arts, membre de l'Union des peintres soviétiques. Si elle avait vécu en France, au XVIIIe siècle, elle aurait tenu salon, lui a dit un jour Iouri pour la flatter. Ses fêtes, où se mêlent les artistes en vue, les diplomates étrangers, les officiels de tous poils, ainsi qu'une bonne quantité d'étudiants venus de tous horizons, ont forgé sa réputation. Un joli pion sur l'échiquier de l'intelligentsia moscovite, l'un de ceux que le KGB utilise à son insu pour surveiller les cercles progressistes.

Dans l'appartement au papier peint suranné et à l'éclairage maladroit, les pièces sont réparties le long d'un grand couloir. Elles débordent de monde. Iouri se demande souvent par quel miracle Helena a pu se procurer un tel espace en plein cœur de la capitale, ville où la question du logement est plus cruciale encore que celle de la nourriture. Pour avoir la réponse, il lui suffirait d'interroger ses collègues, d'ouvrir une ou deux chemises cartonnées, mais il n'a pas envie que la bureaucratie soviétique vienne, avec ses ongles jaunes et son prosaïsme crasseux, atténuer l'aura de mystère dont il a choisi d'entourer la délicate jeune femme.

Posté à l'entrée du grand salon, il contemple un instant la foule des invités, peintres, écrivains, journalistes, dramaturges, acteurs. Certains sont des indics du KGB, Iouri les connaît et les évite, il décide de présenter à Pavel un écrivain talentueux, mais trop indépendant d'esprit aux yeux du parti qui a fait interdire la publication de ses œuvres, puis il l'emmène à la rencontre de jolies étudiantes et des femmes d'influence, avec l'espoir secret de faire tourbillonner les sens du jeune politicien. Il fait le tour de l'appartement, salue, complimente, commente et plaisante, naviguant tel le capitaine débonnaire d'un navire de croisière dans ces eaux oisives. Les fêtes moscovites n'ont pas besoin de luxe ni d'apparat, choses qui n'existent quasiment plus à l'état naturel. En revanche, ce qui est tenu de briller, ce sont les conversations. Les invités se doivent d'être spirituels, drôles, intéressants, parfois décadents, en fonction des mots d'ordre énoncés par une jeunesse avide d'échapper aux diktats officiels. L'ivresse est de rigueur dès lors qu'elle contribue à désinhiber les esprits. La vodka et le champanskoye – le mousseux géorgien – disparaissent dans les gosiers par litres entiers. Iouri a pris soin d'apporter un bon quota de bouteilles ainsi qu'un peu de fromage industriel, jaune et granuleux, le seul que l'on trouve encore dans les magasins. Il ne peut se permettre d'apporter les produits des beriozkas de la nomenklatura, sous peine de s'attirer des remarques soupçonneuses ou désobligeantes.

– Heureusement qu'on ne vient pas aux fêtes pour se nourrir, il n'y a déjà plus rien à manger, fait-il remarquer à Pavel en lui versant un grand verre de vodka.

– La nourriture, ça devient compliqué, rétorque celui-ci. Pas comme l'alcool.

– Le jour où les Russes ne trouveront plus de vodka à des prix acceptables, nous serons fichus ! Crois-moi, ce sera la révolution. Que dis-je, ce sera un tremblement de terre. La fin du monde.

– Là-haut, ils le savent bien, répond Pavel en levant l'index. S'ils l'oublient, le Kremlin brûlera.

Ils sont interrompus par un grand gaillard aux yeux enfiévrés par l'alcool.

– Vous avez raison, camarades. L'ivrognerie, c'est ce qui nous définit, nous les Russes. Si l'on nous empêche, d'une façon ou d'une autre, de nous y adonner, il se produira une catastrophe. Tenez, par exemple, si la milice avait écouté Gorbatchev, et si elle avait appliqué ses fameuses lois sèches, eh bien ça ferait longtemps que le peuple se serait débarrassé de lui. Gorbatchev doit son poste à la non-application de ses lois. Aux manquements de l'appareil répressif. C'est aussi clair qu'un bon litre de vodka. Et aussi paradoxal que certains chapitres de philosophie marxiste.

– Mais il faut bien limiter la consommation d'alcool dans ce pays, l'interrompt Iouri en lançant un clin d'œil complice à Pavel.

– Jusqu'à un certain point, peut-être, j'en conviens. Mais ce n'est pas le problème. Le problème ce n'est pas l'alcool. C'est l'abjection des Russes. On est incapables de se contenter de boire, il faut qu'on y ajoute la bassesse la plus crasse. Prostitution, vol, criminalité, fainéantise, sabotage de l'appareil productif, que sais-je encore ! Si on se contentait de boire tranquillement, il n'y aurait pas de problème, mais non ! Nous autres Russes, on fait ressurgir ce qu'il y a de pire chez l'homme. C'est ça qu'il faut corriger. Remarquez, chez les autres aussi il y a ces défauts. Mais chez nous, c'est spécial. On dirait que le fait de se rouler dans la fange dès que l'on boit relève d'une impulsion particulière, comme un trait de caractère, ou un défaut de fabrication. Moi, je dis qu'il faut parvenir à boire sereinement et tranquillement, sans engendrer de catastrophes.

– Et comment y parvenir ? demande Pavel, sincèrement intéressé.

– Ah, pour ça j'ai un secret ! Je sais boire sans être saoul. Et c'est ça qu'il faut apprendre aux jeunes dans ce pays. Et même aux vieux, d'ailleurs. Comment boire sans être saoul. Si chacun appliquait ce principe, alors on pourrait boire tranquillement dans les usines, toute la journée, sans craindre de faire chuter la production. Moi, grâce à ma méthode, je peux ingurgiter ma vodka toute une journée et toute une nuit sans le moindre vertige ni la moindre ivresse. Je peux avaler des litres entiers sans ressentir d'effet. Certains diront que c'est triste, une saoulerie sans ivresse, mais moi au moins, je ne risque pas de provoquer des accidents et des drames sociaux.

– Et comment t'y prends-tu pour boire sans être ivre ? demande Iouri. Franchement, ça m'intéresse.

Le grand type se penche en titubant légèrement, gratifiant au passage Iouri – qui réprime un haut-le-cœur – des relents de son haleine avinée.

– Ça, mon bonhomme, c'est mon secret… et je ne livre aucun secret… ni aux puissances amies ni aux puissances étrangères… Je ne te dirai rien, car je ne fais confiance à personne. Si ça se trouve, tu vas aller le répéter à la milice, et on va m'enfermer pour trahison de secret d'État. Donc, je ne dis rien… à moins que tu m'offres une bonne bouteille. Ou de quoi m'en acheter une.

Pavel et Iouri s'éloignent dans un éclat de rire. Après une heure à papillonner d'un groupe à l'autre, Iouri emmène Pavel dans un petit cabinet de travail plus calme. La banquette est occupée par un couple enlacé qui profite de la relative intimité du lieu, autre denrée rare dans cet univers socialiste qui oblige plusieurs générations à s'entasser dans des appartements exigus. Tout à leur désir mutuel, les amoureux ne prêtent guère attention aux deux hommes.

– Pavel Petrovitch, permets-moi de te demander une faveur. Je souhaiterais rencontrer Boris Nikolaïevitch pour une discussion discrète et totalement informelle. Penses-tu que ce soit possible cette semaine ?

– Je ne peux pas te le garantir. Il a des déplacements prévus à Sverdlovsk, mais je vais m'arranger. Y a-t-il quelque chose de grave ?

– Non, rien de grave, mais mes supérieurs s'inquiètent de ses discours et ils ont besoin d'être rassurés. C'est d'ailleurs pour cela que je suis avec toi. Pour les rassurer.

– Tu devrais alors leur faire comprendre qu'une révolution démocratique est en marche et que rien ne l'arrêtera. Tes patrons feraient mieux de choisir le bon camp et de nous aider.

Iouri lui renvoie un sourire. Ce qu'il y a de bien avec les idéalistes, pense-t-il, c'est d'abord leur naïveté, elle a quelque chose de stimulant. Il est bon que les jeunes gens aient encore le désir de changer le monde, se dit-il. Le communisme et sa pensée obtuse n'ont pas encore annihilé toute capacité d'indignation. Les longues années à arpenter les coulisses du pouvoir lui ont aussi enseigné que ces jeunes gens sont des instruments facilement manipulables pour les habiles idéologues. Il suffit souvent d'agiter sous leur nez l'étendard d'une noble cause pour en faire d'ardents propagandistes, de zélés thuriféraires, voire de petits procureurs sans scrupules. Sans vouloir blesser le jeune Pavel, Iouri ne résiste pas à l'envie de lui donner une petite leçon.

– Qui te dit, mon cher Pavel, que le KGB a un camp à choisir ? Le seul camp qui vaille pour lui est celui du drapeau. Notre pays, rien que notre pays, tout pour notre pays. Voilà la cause que défend le KGB.

– La neutralité n'existe pas dans le combat politique, disait Lénine. Et la défense d'une cause n'empêche pas d'aimer son pays.

– Je suis heureux de te l'entendre dire, répond Iouri. L'essentiel est d'être du même côté… et je pense que nous sommes du même côté.

– Tu parles pour toi ou pour tes supérieurs ?

– Cela dépend de ce que tu entends par « tes supérieurs », répond Iouri mystérieusement.

– J'ai une question à te poser, Iouri Stepanovitch. Est-ce que les gens, ici, savent qui tu es ?

– Et toi, Pavel Petrovitch ? Sais-tu qui je suis ?

– Je sais que tu travailles pour le KGB.

– Mais beaucoup de gens travaillent pour le KGB. Je peux t'en citer une dizaine rien que dans cet appartement.

– Mais toi, tu travailles officiellement à la Loubianka.

– Non, ce n'est pas tout à fait exact. Je travaille pour des personnages puissants dont certains sont au KGB, c'est vrai… mais je ne suis pas un guébiste au sens où on l'entend communément, même si j'en possède le titre. Mes vrais patrons sont soviétiques, russes pour la plupart, et ils appartiennent à divers cercles du pouvoir. Mais je ne t'en dirai pas plus pour ce soir, mon cher Pavel Petrovitch, je préfère garder ma part de mystère, sinon, très vite, tu ne t'intéresseras plus à moi, conclut Iouri dans un éclat de rire.

Les deux hommes continuent à bavarder jusqu'au milieu de la nuit. À leurs pieds, les bouteilles de Stolitchnaïa vides dessinent le périmètre de leur complicité naissante. Iouri comprend mieux en discutant avec Pavel le pouvoir d'attraction de Boris Eltsine sur la jeunesse du pays, et comment ce simple ouvrier de Sverdlovsk, devenu un puissant cadre du parti, est parvenu à attirer à ses côtés des personnalités comme Andreï Sakharov ou Anatoly Sobtchak. Eltsine est une clé. Cette clé, si elle est bien utilisée, permettra d'ouvrir le cadenas qui enferme les esprits depuis trop longtemps.

– Gorbatchev a échoué, argumente Pavel, ses gestes ne sont plus que des concessions destinées à ralentir sa chute, ses réformes sont des pis-aller, quant à ses sourires et à son charmant accent méridional, ils n'attirent plus la sympathie, mais la moquerie ! Gorbatchev a perdu la partie. Le retrait d'Afghanistan en est l'illustration. Le numéro un soviétique a capitulé, or un homme qui capitule perd son aura de chef. Sa chute n'est qu'une question de mois.

L'arrogance de Pavel met Iouri d'humeur joyeuse. Lui non plus n'aime pas les perdants. La fin de soirée s'illumine lorsque Helena les rejoint pour ferrailler avec passion autour des questions de politique intérieure. Depuis quelque temps, ce sujet occupe toutes les conversations en ville, Iouri n'a pas souvenir d'un tel engouement. Boris Eltsine et le camp démocrate se sont engouffrés dans la brèche ouverte par Gorbatchev. La contestation de l'ordre établi, la liberté d'expression, voilà les choses nouvelles auxquelles les Russes ont envie de goûter sans retenue. Le pays est peut-être au bord de la pénurie généralisée, mais les idées foisonnent et la parole se libère. Ventres vides et têtes pleines ! L'URSS est divisée entre ceux qui veulent suivre le rythme du Secrétaire général et ceux qui veulent foncer derrière Boris Eltsine. Iouri aime penser que la politique signifie à nouveau quelque chose. Il éprouve une certaine fierté à voir le corps social démontrer sa vitalité. Indubitablement, l'année 1989 restera dans les mémoires, songe-t-il.

4.

Je suis parti pour Magadan
Dans un long train, une caravane
Pas de première classe pour les gars comme moi
Mais un châlit en mauvais bois
J'suis un voyou de la pire espèce
Un criminel qui tue pour une pièce
On m'a condamné au goulag
À finir seul dans un stalag
Sur la route, la neige blanche
Cache les flots de sang versés,
Les plaies, les bosses et les lèvres gercées…
Va falloir, si j'en ai, que je baisse mes manches
Ici les criminels ne sont pas tatoués
Ils ont des knouts, des fusils, des épées
Ils portent l'uniforme et reçoivent un billet
Quand ils tuent les pauvres condamnés.

Chanson de goulag

Anton a vingt ans et il n'a jamais pris l'avion. Certes, il se souvient d'un interminable voyage en train avec son père dix ans plus tôt, juste après la mort de son frère, mais de périple en avion, jamais. Aussi ce départ est-il une fête, un moment épiphanique où la liberté qu'il éprouve en quittant son foyer trouve sa concrétisation à bord d'un Iliouchine volant à trente mille pieds d'altitude parmi les diamants du ciel. « L'oiseau a inventé les ailes pour que l'homme puisse s'en inspirer », lui a dit poétiquement son père en guise d'au revoir. Les mots sont importants lorsque l'on se quitte, ils résonnent comme le tocsin au loin et permettent de retrouver son chemin dans le noir de la mémoire. Leurs adieux furent réussis, émus, solennels, émaillés de promesses de retrouvailles. Son père va lui manquer, c'est sûr. Cependant, malgré un léger sentiment de culpabilité, Anton ne peut s'empêcher de se réjouir d'aller ainsi découvrir ce qui se cache au-delà de l'horizon. Cette vraie vie qu'il recherche, elle est là-bas, vers l'ouest. Vers le monde civilisé. Au-delà de cet austère bourrelet ouralien, loin de cette taïga spongieuse comme un corps malade et de ces forêts démentes. Pour son grand voyage initiatique, il n'emporte qu'un petit sac, car on ne s'encombre pas à l'aube d'une vie nouvelle. Dans ce sac s'empilent deux livres, un recueil du poète Vladimir Maïakovski où figurent ces vers qu'il a soulignés au crayon, « puisqu'on allume les étoiles, c'est qu'elles sont nécessaires à quelqu'un », ainsi que le chef-d'œuvre de Mikhaïl Boulgakov, *Le Maître et Marguerite*, roman qui le subjugue par son anticonformisme. C'est sûr, il ira visiter le célèbre étang du Patriarche cher à Boulgakov ! Le reste de son bagage se compose de quelques photos, celles de son frère et de sa mère, tous deux décédés, celle de son parrain Starchik, celle enfin de son père. Anton n'a pas oublié non plus les menus cadeaux, figurines de bois blanc, napperons en coton ouzbek, ainsi qu'un drôle de chapeau kirghize en feutrine destiné à Iouri, qu'il trouve absolument ridicule.

Mais l'essentiel de ce qu'il emporte est dans sa tête. Une collection de souvenirs, un chapelet de bons moments passés avec son père et avec son ami Sacha. Anton a du mal à dire précisément si son départ fut un déchirement. L'excitation du voyage est trop grande, la soif d'aventures, de nouveauté, d'horizons différents, fait naître en lui une joie qui efface la tristesse du départ. Certes, il a lu dans le regard de Sacha une pointe de mélancolie, le soir où ils se faisaient leurs adieux en contemplant au loin le ciel rougeoyant au-dessus de la centrale atomique. Anton a bien tenté de faire croire à son ami qu'il le ferait venir à Moscou. Sacha ne l'a pas cru.

– Pourquoi partirais-je ? Je suis né ici, j'y suis heureux. Que ferais-je là-bas, dans la capitale ? Je suis bien dans mon aquarium, c'est chez moi. C'est vrai que sans toi, ça ne sera pas pareil. Mais que puis-je y faire ?

Anton n'a pas su quoi répondre. Ils se sont séparés sur la promesse de s'écrire. Les lettres abolissent-elles l'absence ? La rendent-elles plus supportable ? Sont-elles autre chose que de vains propos destinés à clore les adieux ? s'est-il demandé sans vraiment chercher une réponse à cette question.

Il est impatient, il a hâte que l'avion se pose sur la piste de l'aéroport de Domodedovo. Se mêle à cette impatience une inquiétude confuse, ce n'est pas la peur du déracinement ni l'angoisse de l'aventure, qui tiennent davantage du vertige devant l'immensité de l'univers, c'est autre chose. Depuis quelques semaines, ses rêves ne le laissent pas en paix. Depuis que son père a reçu un appel enjoué de l'oncle Iouri l'informant qu'Anton était autorisé à déménager à Moscou, il rêve sans cesse des « sept sœurs », les vissotkis staliniennes, ces gratte-ciel érigés au lendemain de la Grande Guerre patriotique par un pouvoir soviétique imitant anxieusement la puissance américaine. L'une de ces tours, le bâtiment de l'université, revient régulièrement dans ses rêves. Anton s'y voit grimpant les étages quatre à quatre, bondissant sur les marches de marbre blanc jusqu'à se distendre les ligaments. Lorsqu'il atteint la plate-forme située sous la flèche, essoufflé comme un joueur de trompette au petit matin, il découvre une vue majestueuse. La capitale est à ses pieds, lascive et offerte. Il peut l'embrasser du regard, toucher des yeux ses courbes, palper de sa pupille dilatée les longs sillons qui rident sa peau blafarde, il peut presque sentir sa pulsation rythmique qui draine l'énergie des banlieues vers la mystérieuse caverne rose située au centre de ce gigantesque corps. Mais tandis qu'un sentiment d'exaltation s'empare de lui, il entend un grondement sourd qui ne tarde pas à s'amplifier. La terre se met à trembler, aux alentours les constructions vacillent, le stade central Lénine s'enfonce dans le sol tandis que plus loin, les maisons du quartier Khamovniki, les édifices de Park Kulturi et même les bâtisses qui entourent la place de Smolensk, plus au nord, s'effondrent un par un. La ville sombre dans un nuage de poussière sale, tandis que les eaux noires du fleuve débordent, emportant les décombres de la cité dans un tsunami purificateur. Paradoxalement, Anton, qui tient fermement le parapet du petit promontoire de pierre blanche, ne ressent nulle crainte, plutôt un double sentiment de soulagement et de joie. Il éprouve le frisson de Néron devant Rome en flammes, ou peut-être est-ce la joie mauvaise de Napoléon jetant un dernier coup d'œil au brasier moscovite avant d'emprunter la direction fatale de la Pologne et de sa Berezina ? Qui sait ce qu'il ressent ? Lui-même ne comprend pas si cette fin du monde l'enthousiasme ou l'effraie, si l'écheveau de ce rêve mensonger contient ou non quelque part de vérité.

Ce rêve, il l'a *vécu* à de multiples reprises ces dernières semaines, à chaque fois l'émotion fut plus grande. Certes, il lui serait simple de se contenter d'une interprétation psychologique, d'y voir, par exemple, la peur d'un jeune homme face à l'inconnu qui surgit dans sa vie, ou même la symbolique de l'effondrement d'une vie ancienne avant la naissance d'une nouvelle, mais ces explications ne le satisfont pas, elles sont trop personnelles. Or, il croit déceler dans ce rêve récurrent une intention supérieure, une dimension collective. Le rêve parle de mon pays et non de moi, croit-il deviner. Cette révélation occupe ses pensées durant une bonne partie du vol jusqu'à Moscou, elle l'emporte dans un brouillard de questions sans réponses qui finit par effacer sa conscience au profit d'un état cotonneux de demi-sommeil, en apesanteur au-dessus des nuages. Et c'est au grondement des aérofreins de l'Iliouchine qu'il se rend compte qu'il vient d'atterrir sur la piste de l'aéroport de Domodedovo.

Dehors, l'air est gris comme le ciel, sale comme le kérosène dont l'odeur écœurante s'enfonce vicieusement dans les narines. Où est passée la pureté adamantine de l'air sibérien ? Où sont les couleurs chatoyantes qui jouent avec l'arc-en-ciel du soleil au-dessus des forêts ? Tandis que les passagers descendent sur le tarmac, pour s'engouffrer dans la carcasse rouillée d'un vieux bus, Anton aperçoit au pied de l'appareil un gros scarabée noir à la calandre chromée, c'est une Volga, modèle 3102. Il connaît bien ce véhicule réservé aux officiels, il a laissé sur le rebord de la fenêtre de sa chambre la réplique en miniature que lui avait offerte Starchik pour ses huit ans. Il faut l'admettre, la Volga n'est pas aussi prestigieuse que la ZI, limousine copiée sur un modèle de Chrysler, mais elle possède suffisamment de noblesse pour distinguer son propriétaire de la masse populaire qui roule en Jigouli, en Zaparojets, en Moskvitch ou en… métro. Adossé à ce signe extérieur de prestige – parler de richesse serait exagéré –, un homme en pardessus bleu sombre attend les bras croisés. Tout en descendant de la passerelle, Anton regarde cet homme qui commence à s'agiter et faire des signes. Il se retourne et jette un coup d'œil en direction de la porte de l'avion, s'imaginant que cet homme et son véhicule sont là pour le commandant de bord. Pourtant, personne ne sort à sa suite, il est le dernier passager. À mesure qu'il descend les marches de la passerelle, la silhouette au pardessus bleu lui devient soudainement familière. Son père est là ! C'est lui ! C'est bien lui ! Il l'attend au pied de l'appareil. Mais que fait-il là ? La joie n'a pas le temps de grandir qu'Anton comprend sa méprise. Ce n'est pas son père. C'est son jumeau, l'oncle Iouri. Une décennie sans l'avoir vu avait occulté de sa mémoire cette troublante ressemblance. Cependant, une série de détails distingue l'exemplaire moscovite du jumeau sibérien. Le premier possède une fierté, une aisance et une assurance dans le menton que le second n'a plus, ou qu'il n'a peut-être jamais eues. Que fait-il là, sur le tarmac, au lieu de l'attendre à l'intérieur du hall d'arrivée ? L'oncle Iouri avance dans sa direction, et alors qu'Anton pose le pied sur le sol, il lui offre ses bras ouverts.

– Antochka ! Antochka ! Tu es devenu un homme ! Mais quel beau mec ! Tu ne me reconnais pas ?

L'oncle lui prend le visage entre les mains avant de l'adouber d'une bourrade virile, de celle que l'on réserve aux camarades de beuveries ou de régiment. Anton est ému. Bien sûr qu'il reconnaît l'oncle, et bien sûr qu'il est heureux de le revoir. Pas question de formalités officielles ni de passage devant les guichets. Les deux policiers qui s'approchent de la Volga saluent respectueusement l'oncle Iouri, jettent un œil distrait sur les documents de voyage d'Anton avant de s'éloigner. Iouri glisse deux mots à son chauffeur qui lui cède le volant et descend servilement de la voiture. Il rentrera en métro.

– Allez viens, Antochka. Je t'emmène manger les meilleurs pirojkis de Moscou ! dit-il en démarrant la voiture.

Cinq minutes plus tard, les deux hommes empruntent sur l'autoroute la voie centrale, celle qui est réservée à la nomenklatura, celle où nul ne s'aventure sans plaque d'immatriculation officielle, celle où la limite de vitesse autorisée dépend du moteur du véhicule, en l'espèce, un poussif cent vingt-cinq kilomètres heure. Ils arrivent au niveau du vieux monastère Danilovski, dans un quartier parsemé d'immeubles en briques jaunâtres d'une dizaine d'étages. Anton écarquille les yeux, tout est si étrange et si familier à la fois. Les bâtiments sont vétustes et mal entretenus comme à Tomsk. De grosses canalisations d'eau chaude dessinent sur les trottoirs de curieux motifs géométriques qui serpentent entre les blocs, tout comme dans sa ville natale. Tandis que les yeux d'Anton collectent avidement tous ces détails saugrenus, particuliers, étranges, nouveaux, tandis qu'ils soupèsent les différences, évaluent les ressemblances, Iouri prend la direction d'un petit restaurant privé caché dans un entresol moisi. Un endroit curieux, sombre et enfumé. À l'intérieur, la lumière filtrée par des fenêtres graisseuses raye l'atmosphère opaque, parvenant néanmoins à égayer les tables recouvertes de formica ébréché. La taverne soviétique aux allures de tripot clandestin bruisse de conversations murmurées. Une matrone en tablier gris s'approche d'un pas lourd et dépose sur leur table deux godets en verre ainsi que deux assiettes remplies de pirojkis à la viande. Dans la main gauche, elle tient une bouteille de vodka. Entre ses deux seins épais, elle a calé des dessous-de-verre en bois qu'elle laisse glisser habilement sur le coin de la table par une curieuse dextérité mammaire. Elle lance à Anton l'habituel regard sévère que les Soviétiques réservent aux inconnus. Se tournant vers Iouri, elle demande :

– Cent grammes chacun ?

– Cinquante pour moi, répond Iouri. Et toi ?
– Vous avez autre chose ?
– De la bière, du kvas ou du jus, répond la serveuse déjà impatiente.
– Un verre de kvas, alors, commande Anton. Ici aussi on boit la vodka au poids ? demande-t-il à son oncle.
– Oui. Dans tout le pays, on boit la vodka au poids ! répond Iouri avec un sourire narquois. La vodka pèse dans la balance de ce pays. Elle pèse plus que les tonnes d'acier des plans quinquennaux.
– Tu viens souvent ici ? demande Anton d'un air surpris.
– Je sais que cet endroit n'est pas très luxueux, Antochka, pas très *class*, comme disent les jeunes, de plus la patronne ne sourit jamais, sauf les jours où son ivrogne de mari est en voyage. Mais je t'assure qu'elle fait les meilleurs pirojkis du pays, ainsi que de très bons pelmenis. C'est l'un des premiers restaurants à avoir ouvert ses portes quand on a commencé à autoriser les coopératives privées. La taulière est une vraie gaillarde, crois-moi. Elle a bossé toute sa vie dans une cantine d'usine, avant d'en claquer la porte il y a dix ans, quand une bande d'ivrognes a voulu la violer dans le bureau du chef d'atelier. Elle a failli en égorger un au couteau de boucher ! Tu vois le tableau. Bon, tu veux des pelmenis ?
– Non, merci. Je mange des pelmenis sibériens depuis que j'ai l'âge de mâcher et je n'en peux plus. Je reste aux pirojkis.

Les deux hommes parlent longuement. Après dix ans de séparation, ils éprouvent le besoin de faire connaissance. Iouri veut tout savoir d'Anton, ses goûts, ses envies, ses ambitions. Rattraper le temps perdu devant une assiette pleine revient à convoquer la nostalgie à sa table, Iouri prend le risque de perdre l'appétit en découvrant le gouffre qui le sépare depuis une décennie de sa seule famille. Néanmoins, il bombarde son neveu de questions. Comment va ton père ? Sa carrière ? Sa vie ? A-t-il trouvé une femme (même si personne ne remplacera jamais ta mère, Anton) ? S'entend-il bien avec la direction de l'usine ? A-t-il besoin d'appuis ? Le temps, la distance et les recherches secrètes de Dimitri, sa propre carrière, trépidante et accaparante, tout cet encombrement du quotidien, cet embouteillage d'urgences, cet empilement de segments de vie ont séparé les jumeaux depuis bien longtemps. Pourtant Iouri se sent toujours intimement lié à son frère, les fils invisibles que rien ne peut couper entre eux reprennent soudainement de l'épaisseur. L'oncle et le neveu restent ainsi des heures à bavarder. L'oncle tente de noyer sa nostalgie dans la Stolitchnaïa. Le neveu feuillette avec un intérêt non dissimulé l'exemplaire moscovite de son album familial.

– C'est incroyable ce que vous vous ressemblez physiquement avec papa. J'ai presque l'impression que c'est lui qui se tient là, devant moi ! Même visage, même voix, mêmes mimiques.

– Eh oui ! Au moins quand je me regarde dans la glace, je vois comment il évolue physiquement. J'espère seulement qu'il ne boit pas autant que moi.

– Ça me rassure, en fait. En te regardant, j'ai un peu l'impression de ne pas l'avoir totalement quitté, d'être toujours un peu en sa compagnie !

Le restaurant s'est vidé, la patronne, devenue plus joviale au fil des heures, continue d'apporter régulièrement des pirojkis et quelques chachliks de mouton. Iouri et Anton sont désormais ses deux seuls clients. Le petit restaurant prend des airs de cuisine familiale. L'ultime barrière avant la familiarité est franchie lorsque la matrone au sourire retrouvé demande à Anton de l'appeler par son prénom, Irina, avant d'oser un compliment rougissant sur sa « belle gueule ». Il est plus de dix-sept heures lorsque les deux hommes s'apprêtent à quitter le padval. Alors qu'ils enfilent leurs manteaux, Irina, les yeux mouillés de vodka, les embrasse avec grandiloquence tout en leur glissant quelques pirojkis enveloppés dans l'édition du jour des *Izvestias*.

– Prends-les mon mignon, dit-elle à Iouri, je suis sûre que tu n'as pas de femme à la maison pour s'occuper de ton ventre, ni même de ton bas-ventre.

– Que ferais-je d'une femme alors que je peux toutes les avoir, lance-t-il, bravache, en titubant sur le seuil de la porte.

Iouri prend la direction de son domicile. La vodka roule dans ses veines aussi rapidement que sa voiture sur les avenues moscovites. Son humeur est joyeuse, sa bouche se remplit d'un parfum de violette, ses yeux agrippent le bitume avec une dextérité nouvelle. Quant à Anton, il manque d'habitudes urbaines. Trop de kvas et de vodka, trop d'autoroutes, trop de vitesse. Ses yeux n'ont aucune dextérité. Ils zigzaguent sur le trottoir. Lui qui pensait sa forêt démente comprend subitement que la ville l'est davantage encore. Le jeune provincial s'accroche au siège passager, il cherche vainement une ceinture de sécurité avant de se résigner, faute de preuve tangible de l'existence d'un tel dispositif dans le véhicule. Arrimé au volant, son oncle est prisonnier de deux démons complices, celui de la vitesse et celui de l'ivresse, il ne répond à aucun des appels à la prudence formulés par Anton. La voiture tremble, hoquette, tousse, tangue à droite et à gauche sur cette mer de bitume déchaînée par une tempête d'alcool, les pneus lancent des cris stridents dans les virages, les glissières de sécurité s'approchent dangereusement avant de s'écarter brusquement. Anton aperçoit quelques visages effarés à travers les vitres des Jigouli qu'ils doublent à vive allure. Il tremble de peur. Mais son oncle semble si sûr de lui. Ils finissent par arriver sains et saufs, Anton est blême, ses doigts crispés sur la poignée de la porte sont presque bleus. Iouri ne se rend pas compte de l'état dans lequel il a plongé son neveu. Corsaire joyeux, il saute de son vaisseau et passe le bras autour des épaules du jeune homme.

– Viens fiston, je vais te montrer ce qu'est la vie dans la capitale.

Iouri occupe un somptueux appartement de fonction dans l'une des sept sœurs, l'immeuble Kotelnicheskaïa, sur la berge du même nom, au sud du Kremlin. Un building construit pour les dirigeants du parti et les chefs du Soviet suprême. On y trouve aussi quelques académiciens et des personnalités aux fonctions discrètes. Ce cénacle de boyards hautains est servi par tout un peuple de laquais, indics et hommes de main au passé frelaté par une mauvaise vie. On peut les voir déambuler toute la journée dans les couloirs, entre les parkings et les bosquets qui poussent à l'ombre du pouvoir. Ils veillent cérémonieusement à ce que les importuns et les quémandeurs ne viennent pas troubler le repos des géants.

À l'entrée de l'immeuble se trouve aussi une personne peu ordinaire, une jeune femme aux longs cheveux bruns retenus par un fichu décoré de dahlias pourpres. Le corps drapé dans une tunique rappelant la dalmatique liturgique, elle attend Iouri Stepanovitch assise sur les marches du large perron, une cigarette filiforme captive entre ses doigts nerveux. En le voyant descendre de son véhicule, la jeune femme s'approche.

Un air inquiet obscurcit son visage juvénile. Iouri est surpris d'abord, fâché ensuite.

– Que fais-tu ici, Aliona ? Qui t'a demandé de venir ?

Le ton est sec, impératif. La brusquerie ne se cache pas. Iouri Stepanovitch n'aime pas les visites importunes.

– Je sais que tu as besoin de moi. Je peux t'aider. Je suis venue te proposer mes services. Ça te sera utile… dit-elle de façon mystérieuse.

– Pas maintenant, Aliona. Je suis avec mon neveu. Je ne l'ai pas vu depuis dix ans et nous avons des choses à nous dire. Reviens une autre fois. Ou plutôt, attends que je t'appelle.

Le visage de la jeune femme se ferme, une ombre triste traverse ses yeux noirs. Obéissante, elle s'apprête à tourner les talons lorsque Iouri la retient par le bras. Il regrette ses propos, il n'aime pas être brutal ou malpoli, et Aliona ne mérite pas qu'on lui parle ainsi.

– Attends un peu, dit-il d'une voix adoucie. Je monte chez moi, j'installe Anton et je te retrouve d'ici une heure au métro Taganskaya. Il y a une boulangerie qui sert du café aux clients. S'il n'y a pas trop de monde, attends-moi là-bas. Ou sinon, à l'un des kiosques, juste à côté.

Aliona sourit et s'éloigne d'un pas rapide. Anton interroge son oncle.

– C'est ton amie ?

– Amie n'est pas le bon terme, répond Iouri. C'est plutôt une connaissance, quelqu'un qui va bientôt travailler pour moi et faire de grandes choses dans ce pays.

Les deux hommes gravissent les marches du perron, puis pénètrent à l'intérieur du building. En voyant arriver le colonel Nesterov, le policier de faction se dresse précipitamment au garde-à-vous. De la main, Iouri lui fait signe de se détendre. Il lui présente Anton qu'il amène ensuite devant le vieux Petrov, concierge débonnaire et immuable, posté derrière une vitre à hygiaphone. Petrov est chargé de noter scrupuleusement les va-et-vient des habitants et des visiteurs. Qu'on ne s'y trompe pas, la tour est sous haute surveillance, les mines affables cachent un subtil réseau d'indicateurs avec lequel il faut cohabiter. L'oncle et le neveu s'engouffrent dans un large ascenseur pneumatique aux boiseries décorées de motifs pastoraux. Une fois dans l'appartement, Anton découvre un luxe qu'il n'imaginait pas, il pousse un sifflement admiratif devant la vue imprenable sur la Moskva. Son rêve obsédant lui revient alors en mémoire. La vissotka de l'université, celle de son oncle, cette coïncidence qui n'en est pas une le trouble, il est aussi perturbé par l'image de la petite femme brune qu'ils ont croisée en bas, Aliona. Il a déjà vu son visage en rêve, mais il ne se souvient ni des circonstances ni du moment. Il s'en ouvre à son oncle.

– Tu l'as vue en rêve ? demande Iouri, intrigué. Mais… sais-tu qui elle est ? As-tu entendu parler d'elle ?

Anton est désarçonné par ces questions. Non, il ne la connaît pas. Non, il ne sait rien. Il ne savait pas non plus que Iouri Stepanovitch vivait dans une vissotka. Un feu roule dans son esprit et ravage les broussailles de ses pensées. Une lumière venue d'un océan de doutes perce sa pupille. Il ferme les yeux. Un silence pesant s'installe. Iouri, décontenancé par le trouble de son neveu, entreprend de chasser la gêne, il ne veut pas qu'Anton soit mal à l'aise en ce jour de retrouvailles. D'un air enjoué, il lui prépare un thé, lui montre sa chambre et l'aide à ranger ses quelques affaires. Les deux hommes rient aux larmes lorsque Iouri pose sur sa tête le chapeau kirghize offert par Dimitri, et se met à mimer un cavalier de l'Altaï descendant la montagne à cheval.

– Ton père a toujours eu un don pour me ridiculiser ! Je pense qu'il doit bien se fendre la pipe tout seul dans sa ville-qui-n'existe-pas, en m'imaginant avec ce bonnet sur la tête.

La nuit est tombée. Au loin, les lampadaires au sodium dessinent des rosaces claires sur les murailles du Kremlin. Vue du vingtième étage, la ville est beaucoup plus belle qu'au ras du sol, relève Anton. La forêt de pierre et de béton magnifiée par les lumières le fascine. Le ciel, presque aussi pur qu'en Sibérie, déploie son drap indigo parsemé de pierres précieuses avec une majesté telle qu'Anton a du mal à détourner les yeux. Iouri le laisse à sa contemplation. Il doit retrouver Aliona qui l'attend à quelques kilomètres de là.

Comme prévu, celle-ci a trouvé refuge derrière un kiosque qui vend du café et des cigarettes, à l'abri du vent, mais pas du froid. Les dahlias pourpres de son foulard sont devenus bleus dans la nuit givrée. Iouri la débusque et l'embarque dans sa Volga.

– Est-ce que tu es superstitieuse, Aliona ? lui demande-t-il alors que le véhicule s'engage sur le kaltso, le boulevard circulaire.

– Quelle question, Iouri Stepanovitch ! Tu connais mon métier, non ?

– Oui, pardonne-moi. Mais… as-tu déjà entendu parler de rêves prémonitoires ?

– Cher Iouri Stepanovitch, je suis une voyante. L'aurais-tu oublié ?

– Oui… Mais toi… Est-ce que tu fais des rêves prémonitoires ?

– Pourquoi me poses-tu ce genre de questions ? Tu veux une consultation ? Je ne comprends pas…

– Excuse-moi, Aliona. Excuse-moi si je te froisse. Toi, tu es une voyante *officielle*, dirons-nous. Tu joues un peu avec tout ça.

– Tu m'accuses de charlatanisme ? rétorque-t-elle, offusquée.

Iouri est embarrassé. Il se prend les pieds dans le tapis. Et il n'aime pas ça.

– Je vais t'expliquer plus clairement mon problème. Le jeune homme que tu as vu tout à l'heure avec moi, c'est mon neveu. Et il fait des rêves. Des sortes de rêves prémonitoires. Il voit l'avenir en rêve. Tu y crois, toi, à tout ça ?

– Bien sûr que j'y crois ! Pourquoi penses-tu que je suis venue devant chez toi ? J'ai ressenti quelque chose cette après-midi… J'ai pensé que tu avais besoin de moi. C'est pour cela que je suis venue. L'intuition. La prémonition, si tu préfères.

Iouri lui lance un regard perplexe. Jusqu'à présent, ces histoires de prémonitions lui paraissaient n'être qu'un divertissement, un symptôme pathologique de cette époque bouleversée, elles prennent désormais une importance déconcertante. Il n'aime pas cette soudaine irruption de l'irrationnel. Iouri connaît Aliona depuis moins d'un mois, le temps nécessaire pour qu'elle devienne envahissante, embarrassante, toujours à l'appeler ou à pointer le bout de son nez devant sa porte. Pourtant, il fait preuve de patience, car il a besoin d'elle pour le projet, audacieux et risqué, qui commence à prendre forme dans son esprit, et dont il n'ose pas encore lui parler. Aliona pourrait fort bien être l'oiseau rare. Il doit donc la ménager. Ils se sont rencontrés dans les couloirs de la Loubianka, Aliona sortait d'une réunion en compagnie de hauts responsables du KGB et de scientifiques venus d'un centre secret de recherche en parapsychologie. Les blouses blanches étaient tout émoustillées par la présence de « la gitane ». En peu d'années,

Aliona est devenue une célébrité dans le pays. Voyante et guérisseuse tcherkesse, originaire de Kabardino-Balkarie, elle côtoie l'intelligentsia moscovite qui frissonne devant ses talents. Il y a quelques mois, la huitième section a fait appel à ses services pour relancer un programme d'études en parapsychologie. Iouri a immédiatement compris les sous-entendus et les non-dits de la démarche. Le matérialisme scientifique s'arrête là où la peur de perdre le pouvoir commence. Les temps sont devenus incompréhensibles pour les responsables du Politburo, les bouleversements politiques et sociaux sont trop rapides pour leurs esprits ankylosés, ils cherchent donc dans les limbes de la conscience humaine les présages qui leur permettront de mieux anticiper les événements en cours. Et dans ce but, tous les moyens sont bons, même les plus incongrus. C'est donc à l'issue d'une de ces séances de parapsychologie que Iouri a fait la connaissance d'Aliona. La jeune femme possède un charme magnétique et une franchise déconcertante. « Tu n'es pas comme eux, lui a-t-elle dit lorsqu'ils se sont adressé la parole pour la première fois, toi, tu viens d'ailleurs. » Ces propos mystérieux ont d'emblée flatté Iouri-le-vaniteux.

Tout en conduisant, il réalise qu'Aliona ne mentait pas lorsqu'elle affirmait être venue chez lui à la suite d'une prémonition. La jeune femme pourrait l'aider à comprendre Anton et ses rêves étranges. Un mystère pour comprendre une énigme, en somme. Cette idée saugrenue le fait sourire. Elle est chassée par une autre idée, tout aussi saugrenue, car ce soir, il a besoin d'Aliona pour un rendez-vous très particulier. Finalement, cette jeune femme commence à devenir indispensable.

– J'ai un autre service à te demander, ma chère Aliona.

– Si tu arrêtes de me prendre pour une diseuse de bonne aventure, je veux bien t'écouter.

– J'ai rendez-vous avec Gueorgui Ionani. Et je voudrais que tu m'accompagnes.

– Je connais Ionani. Mais qu'est-ce que tu fiches avec lui ? C'est un homme dangereux.

– Tu ne soupçonnes même pas l'étendue de sa dangerosité, Aliona ! C'est pour cela qu'il me faut lui parler. Et je suis certain que ta présence à mes côtés lui fera plaisir.

– Tu me prends pour qui ? Ou pour quoi ? Un petit cadeau que l'on fait à un vieux copain ?

– Plutôt une marque de déférence, répond Iouri avec un sourire de séducteur.

Le rendez-vous avec Ionani est une mission délicate. Les mains pures du parti ne sont pas censées manipuler les fruits pourris de la société, cependant il faut bien se salir les doigts quand l'infection menace de s'étendre à tout le verger. Car les mafias ont vite compris l'intérêt de la loi de 1986 autorisant les coopératives privées, elles ont envahi l'embryon du capitalisme naissant, s'enrichissant considérablement, du moins à l'échelle du rouble non convertible. Cette infection est en train de gagner le corps politique, l'argent file mystérieusement dans les poches des députés. Jusqu'où cette mauvaise fièvre peut-elle se propager ? Faut-il la combattre, comme le ferait tout bon médecin, ou au contraire l'orienter pour éliminer les organismes indésirables ? Il est temps pour le KGB d'enfiler ses gants et de plonger les mains dans les entrailles de Khimki et Iougo-Zapadnaïa, les quartiers réputés mafieux de la capitale. Iouri aurait pu demander une enquête aux services de sécurité intérieure, voire à la deuxième direction générale du KGB, chargée du contre-espionnage, mais il ne fait aucune confiance à ces serpents corrompus, et donc inefficaces. Il préfère sa méthode, discussion discrète et entente cordiale. Et c'est là qu'intervient Aliona. La Tcherkesse est fort appréciée des parrains caucasiens. Ionani, natif de Tbilissi, sera ravi de la rencontrer, calcule-t-il. Ces hommes, que leurs activités rendent sujets aux ulcères d'estomac, se perdent dans des nuages de pensées malsaines, d'hypothèses mortelles et d'équations périlleuses. L'avenir est leur ennemi, ils espèrent toujours en dompter les dangereuses ruades. Aliona, avec son talent mystérieux venu des âges anciens, leur offre cet espoir. D'un baiser sur la joue, Iouri la remercie d'accepter ainsi d'endosser son habit de gitane. Il prend la direction de Iougo-Zapadnaïa.

Il est déjà plus de minuit quand ils arrivent dans ce quartier lugubre. Une pluie froide s'échine en vain à nettoyer les salissures humaines, comme ces hideuses Khrouchtchevki rongées par la rouille, mornes stèles de béton gris agencées le long de la Perspective Vernadskovo. Le rendez-vous a été fixé dans une salle de sport, un bloc de béton rugueux maculé d'inscriptions obscènes. Devant l'entrée, un groupe de junkies entoure un énorme vigile en telniyachka de matelot. L'un des junkies, un punk décharné aux yeux enfouis dans le noir mascara de ses orbites, menace le vigile d'un couteau. L'éclair de la lame allume un signal d'alarme dans la tête de Iouri, qui stoppe sa marche et retient Aliona de la main. Par gestes brusques et désordonnés, le spectre humain animé par le vaudou de l'addiction danse une dangereuse chorégraphie à laquelle Iouri ne veut pas exposer la jeune femme. Par instinct, il presse le coude contre son flanc droit pour sentir la présence rassurante de son Makarov, logé dans son holster. Ils restent à distance, cachés dans un cône d'ombre, invisibles à la violence humaine, protégés des pulsions mortelles. Trois autres fantômes surgissent, eux aussi armés de couteaux. Iouri éprouve à la fois mépris et dégoût envers ces êtres qu'il ne cherche pas à comprendre ni à excuser. « Ce que le communisme n'a pas su guérir est forcément pervers et disparaîtra un jour », se dit-il. De loin, il jauge le rapport de force. La pluie tombe, mais l'orage n'a pas encore éclaté. Là-haut, les dieux s'amusent à manipuler ces marionnettes pathétiques au destin souillé par une nature irrespectueuse.

Soudain, le tonnerre frappe le sol. Une gerbe étincelante couronnée de cheveux blonds explose en une myriade d'invectives, de cris et de gestes vulgaires. Une jeune fille se rue sur le vigile qui se protège de cette déferlante aux embruns opiacés à l'aide de ses énormes bras. De sa position, Iouri admire le sang-froid de cet homme qui pourrait d'une main anéantir son assaillante, mais qui tente au contraire d'amadouer sa fureur. À l'instant où il comprend que l'homme temporise en attendant les renforts, la porte métallique de la salle de sport s'ouvre avec fracas, et une dizaine d'hommes aux mains galvanisées d'acier imposent une implacable loi, celle du plus fort. Les louveteaux effrayés oublient l'injonction chimique qui les maintenait sous son emprise et s'égaillent rapidement tandis que la voix d'Hadès résonne depuis la bouche d'un fusil à canon scié. Le coup de feu fait trembler Aliona. Iouri la rassure :

– Ne t'inquiète pas, tu ne risques rien tant que tu es avec moi.

Le calme revient devant l'entrée de la salle de sport, Iouri et Aliona sortent du cône d'ombre et s'avancent vers les hommes de Gueorgui Ionani. Iouri se présente. Il est attendu. L'un des séides mâchonne quelques mots insipides pour s'excuser des désagréments causés par les junkies désormais enfuis. Quelques secondes plus tard, la calandre noire de la Mercedes du parrain s'engouffre dans l'allée boueuse. Derrière elle, deux BMW aux vitres teintées inspectent les lieux de leurs phares puissants. Iouri se félicite d'avoir garé plus loin sa vieille Volga. Inutile d'avoir l'air d'un crève-la-faim face à Ionani.

L'œil méfiant et le nez généreux, Gueorgui Ionani résume par son visage l'ambivalence de sa nature. Quadragénaire d'allure décontractée, il entretient à grand renfort de plats en sauce, arrosés de vins amers, un embonpoint synonyme de respectabilité dans la communauté géorgienne où l'on professe que la notabilité est avant tout une affaire de tour de taille. Car Ionani se vit tel un notable dans cet aréopage mafieux, encombré d'un système de valeurs ancestrales, qui ne se préoccupe ni des origines sociales ni du casier judiciaire, mais uniquement du respect d'un code de conduite médiéval. Il se voit en chef exemplaire, remplissant scrupuleusement les obligations assignées aux hommes tels que lui, à savoir l'entraide, la solidarité, le respect des liens familiaux. Et peu importe si en dehors de ce groupe, cet homme exploite, avilit et détruit des vies, les siens ne le jugeront que dans le quadrilatère délimité par une morale boiteuse de prébendier. Il accueille les deux Russes avec le sourire franc de ceux qui savent déguiser leurs sentiments. Iouri lui présente la douce Aliona au regard d'encre. Son stratagème fonctionne, Ionani soupèse la jeune femme d'un œil connaisseur et, satisfait du résultat, se montre amical et volubile.

– Très chère Aliona, j'ai beaucoup entendu parler de vous et de vos dons extraordinaires. C'est un immense plaisir de vous rencontrer. J'espère que vous aurez l'occasion ce soir de m'en parler plus en détail, car je m'y connais mal en tarot divinatoire et je ne demande qu'à apprendre. Mais que faites-vous en compagnie de Iouri Stepanovitch ? Ce mécréant de communiste ne connaît rien et ne croit en rien ! ajoute-t-il avec un regard en coin à l'adresse de ce dernier.

– Doucement, Gueorgui Davidovitch, réplique Iouri. On dirait que tu viens de voir la réincarnation de sainte Nino...

Ionani se tourne vers lui et pose la main sur son épaule.

– Ne commence pas à salir nos saints, Iouri Stepanovitch. Je n'aime pas que l'on plaisante avec la religion, ajoute-t-il, pince-sans-rire, avant de tourner les talons.

Iouri et Aliona s'engouffrent à sa suite dans la salle de sport. L'air y est saturé de testostérone. La salle est en réalité un club de boxe clandestin. Sur la dizaine de rings disposés en enfilade, de jeunes athlètes s'entraînent à la boxe thaïe, en vogue à Iougo-Zapadnaïa. Au fond, une porte discrète ouvre vers une salle de restaurant plutôt spacieuse aux murs entièrement couverts de boiseries en pin.

– Vous aimez l'ambiance campagnarde par ici, fait remarquer Aliona.

– C'est pour les impacts de balles, précise Iouri, en lançant un regard entendu à Ionani.

– Si une fusillade éclate, explique le parrain, il suffit de changer les lattes en bois qui ont été abîmées. Cela évite de refaire tout le pan de mur, c'est plus pratique...

– Et cela permet d'éluder les questions de la police, ajoute Iouri en allumant une cigarette.

Iouri et Ionani s'installent autour d'une table dans l'une des alcôves qui offrent aux clients une relative discrétion. Aliona est poliment conviée à s'asseoir au bar en compagnie des deux serveuses.

– D'habitude, je n'aime pas recevoir les hommes de la Loubianka ici, chez moi, Iouri Stepanovitch, mais je fais une exception pour toi, vu ta réputation et ton influence.

– Et je t'en remercie Gueorgui Davidovitch. D'habitude, je ne me déplace pas chez des hommes tels que toi, mais moi aussi je connais ta réputation, rétorque Iouri avec un large sourire destiné à désamorcer l'ironie de sa réplique. Et je sais que tu préfères connaître ceux avec qui tu traites.

Le parrain approche son visage de celui de Iouri et plonge son regard dans le sien.

– Quand je dis que je connais ta réputation, je veux dire que je sais aussi que ton intelligence est à la hauteur de ton inconscience. Ton arrogance est si grande, dit-on, que tu as sans doute des ancêtres géorgiens. Cependant, n'oublie pas qui je suis, et ce que je représente dans ce pays, ajoute-t-il d'un ton faussement doucereux. On me doit le respect, conclut-il en plantant son index sur le napperon de papier blanc posé sur la table.

– En matière d'importance et de respect, les hommes que je représente te sont bien supérieurs, Gueorgui Davidovitch. Je te le dis sans mépris aucun, car je ne crains ni ne méprise les hommes de ton espèce. Je considère que d'une certaine façon, vous êtes indispensables à la société. Chacun de nous y a son rôle et chacun doit s'y tenir, c'est ainsi que fonctionne la société communiste.

Ces propos servent à fixer le rapport de force. Les deux hommes en sont conscients. Ionani se détend, il a face à lui un interlocuteur à sa hauteur.

– Tu es venu me demander quelque chose, alors je t'écoute.

– Je ne te ferai pas perdre ton temps, il est précieux et le mien aussi… Mes patrons veulent savoir pourquoi toi et les différentes bratvas vous intéressez autant à la politique, en ce moment. En d'autres termes, pourquoi financez-vous certains candidats du Bloc démocratique ?

Le parrain géorgien se laisse aller contre le dossier de sa chaise. Il claque des doigts en direction de la serveuse. Celle-ci arrive immédiatement avec un plateau contenant des jus de fruits et une bouteille de vodka.

– Nous allons boire aux réformes politiques, Iouri Stepanovitch, dit-il en levant son godet. À ta santé !

Après avoir trinqué, le mafieux sort de sa poche, d'un geste emphatique, un carnet recouvert de cuir brun. Il l'ouvre et montre à Iouri une page où figure une liste d'une cinquantaine de noms.

– Tu vois colonel, ça, c'est la liste des candidats à qui nous donnons de l'argent. Le Secrétaire général, Mikhaïl Sergueïevitch, a décidé d'organiser des élections démocratiques ? Très bien ! Nous disons oui ! *Davaï !* Et nous pratiquons, nous aussi, la démocratie ! C'est pas beau, ça, la démocratie ?

– Et j'imagine que bientôt au sein des bratvas vous allez élire de façon démocratique les parrains ? réplique Iouri.

Ionani part d'un grand rire qui fait se retourner les sentinelles attablées à quelques mètres de là.

– Tu en as de bonnes, toi ! dit-il en lui tapotant amicalement l'épaule. Ce qu'il faut, Iouri Stepanovitch, c'est encourager l'entreprise privée, et nous soutenons les camarades candidats députés qui sont en faveur de l'économie de marché. Mais tout cela concerne *votre* monde, pas le nôtre…

Iouri sort à son tour une feuille de la poche de sa veste. Il la déplie, la pose sur la table.

– Puisque nous en sommes à faire des listes, voici les noms des députés que *nous* apprécions et que vous allez faire élire… Je suis certain que nous allons nous entendre sur la façon de les aider.

– Comprends bien ceci, Iouri Stepanovitch, nous ne faisons pas de politique pour la politique, et nous ne dépensons pas notre argent en pure perte, ou pour les beaux yeux de

Krioutchkov. Nous allons là où nos intérêts sont les mieux servis. Et je peux te garantir que l'économie de marché est une source de profit bien plus importante que l'économie dirigée que tes patrons défendent comme si leur vie en dépendait. C'est vrai que durant des années, nous avons tiré de gros bénéfices de l'inefficacité de l'économie planifiée, ainsi que de l'incurie des dirigeants. Mais l'époque change. Ne sens-tu pas que ce pays est irrésistiblement attiré par le capitalisme occidental ? Les gens veulent de belles voitures, de beaux habits, dit-il en pinçant du doigt le revers de la veste de Iouri. Nous ne pouvons déjà plus revenir en arrière, si tant est que nous le voulions... C'est fichu ! Les capitalistes ont gagné la partie. Regarde les Chinois. Je leur donne vingt ans avant de contrôler le monde. Ils sont devenus capitalistes. Et nous le serons bientôt parce que cette économie privée, l'économie de marché, est une promesse de richesses fabuleuses pour ceux qui voient l'avenir comme je le vois. Demande un peu à Aliona ce qu'elle en pense, conclut-il en tournant la tête vers le bar où la jeune femme tire maintenant les cartes aux serveuses.

– Ce que tu dis est parfaitement juste. Et la question que je pose n'est pas de savoir si nous allons empêcher l'économie de marché, mais qui va en tirer les bénéfices sur le plan politique, et à quelle échelle. Certains veulent détruire notre Union soviétique, or nous savons tous deux, Gueorgui Davidovitch, que le futur du Russe que je suis et celui du Géorgien que tu es sont intimement liés... Rien ne doit séparer les peuples frères, unis depuis des siècles !

– Parfois, il faut détruire pour mieux reconstruire. Si certains ont besoin de nouvelles fondations, laissons-les faire. Vois-tu, Iouri Stepanovitch, le problème avec les politiciens, c'est qu'ils ne savent pas toujours très bien utiliser les arguments idéologiques. Ils pensent manipuler les foules, or ils sont prisonniers de leurs discours, et ils finissent par croire aux fables qu'ils inventent. L'Union soviétique est une fable.

– C'est un rêve commun, comme toute aventure politique, répond Iouri en mesurant la faiblesse de son argument.

– Un rêve ? Tu te fous de moi, Iouri Stepanovitch ! Si c'est un rêve, alors il repose sur l'aveuglement et la bêtise. Nos dirigeants n'ont plus la colère primordiale, l'absence de scrupules et la violence qui animaient les gens à l'époque de Staline. Et crois-moi, ça fait toute la différence ! Je vais te dire le fond de ma pensée. La perestroïka n'est qu'un pis-aller pour poltrons. Elle échouera. Et ses initiateurs sont des gens dangereux. Si j'étais à la place de ton patron, Krioutchkov, j'aurais fait fusiller ces imbéciles !

– Les hommes que je représente essaient justement de penser les rapports sociaux en des termes différents…

– Peut-être, mais ils sont marqués par leur culture et leur histoire. Regarde, ils nous tolèrent, nous les bratvas, parce que nous servons leurs intérêts. Mais dès lors que nous suivons notre propre voie, ils nous mènent une guerre sans merci.

– Alors, arrangeons-nous pour faire coïncider nos intérêts, dit Iouri en posant la main sur la feuille de papier.

– Nous pourrions y arriver, en effet. Car nous ne voulons pas la guerre, mais plutôt la coopération avec tes patrons. Et plus que la coopération, nous voulons une association. Comme à l'époque de Lénine. Quand il demandait aux mafias de voler le tsar pour affaiblir la monarchie.

Iouri se détend. Les yeux clairs du Caucasien retiennent son attention. Derrière les pupilles, un diablotin rieur le nargue. Toute cette discussion n'est qu'une pièce de théâtre, un jeu d'ombres et de masques. Ionani est aussi indéchiffrable que les mystérieuses stèles découvertes l'année précédente sur les rives du lac Baïkal par des archéologues français. Tout en faisant mine d'écouter le parrain, Iouri ouvre la porte de son esprit par laquelle il chasse les bruits, les couleurs, les sensations, ainsi que le murmure infernal de sa pensée. En quelques secondes, il plonge dans les eaux opalines de l'état méditatif, puis il chasse l'eau qui, en se retirant, laisse sur le sable fin un coquillage nacré. De ce coquillage s'extirpe le produit de son instinct fécond, ce serviteur qui jamais ne l'a trompé. La micro-méditation a duré quelques secondes, Iouri n'a même pas eu besoin de fermer les yeux. Il revient au réel avec la certitude qu'il peut compter sur Ionani. Le parrain tiendra parole et jouera le jeu exigé par le KGB. Toute organisation, fût-elle criminelle, doit posséder au sommet un visionnaire, un homme capable d'anticiper et de s'adapter. Ionani est cet homme-là. Un partenaire précieux.

Les deux hommes portent quelques toasts à la grandeur de l'URSS, à celle de la Russie nouvelle et son appendice fidèle, la Géorgie. Ils boivent enfin à l'avenir de l'économie de marché. La discussion officielle est terminée, Aliona les a rejoints. Toujours très intrigué par la jeune Tcherkesse, Ionani lui demande de sortir son jeu de tarot et de lui dire l'avenir. Iouri Stepanovitch se perd dans ses réflexions. Il sait bien, lui, quel est l'avenir de ce parrain ambitieux. Gueorgui Ionani va devenir l'un des maîtres du capitalisme naissant à Moscou, il va brasser des milliards, non plus seulement dans la prostitution, la drogue et le racket, mais aussi dans l'immobilier, la banque, le pétrole, il achètera des hommes politiques, des hauts fonctionnaires, des institutions, comme d'autres achètent des voitures, et il finira un jour avec une balle dans la tête, assassiné par un homme plus ambitieux, plus fort, moins ramolli par le luxe et l'argent. C'est le destin des chefs de clans, des criminels et des seigneurs, celui aussi des apparatchiks. « Un moment élève la renommée, un moment la détruit », notait avec justesse Pierre Corneille. Cependant, Ionani a raison sur un point. Avec sa violence ontologique, l'URSS ne sera rachetée que par la violence. Réformer ce pays n'est qu'une illusion, on ne réforme pas un crime, on le châtie ! Et la haine engendrée dans les cœurs n'est pas de celle qui se dissipe comme brume au printemps, elle crie vengeance, elle exige que le sang coule. La nuit n'est pas encore terminée, mais Iouri sait déjà que le réveil sera douloureux.

Ils prennent congé alors qu'une lune éclatante parsème de poussière givrée la nuit glacée. Ionani attend d'autres invités venus de l'Oural, d'Ukraine et du Caucase. Il n'est pas bon qu'un homme du KGB assiste à ces réunions. En sortant du club de sport, Aliona et Iouri croisent les sbires du parrain, tous anciens détenus de droit commun, reconnaissables aux étoiles tatouées sur leurs poignets.

– Nous avons nettoyé le chemin. Les drogués sont partis, l'informe le vigile en tenue de matelot.

Iouri ne peut s'empêcher de penser que le pays tout entier va tomber sous le contrôle de ces hommes. Tout ça pour en arriver là…

5.

Au fond du boyau dans le noir charbon
Ivan me donne sa pioche, ce gars est vraiment bon
Faut bien creuser, s'esquinter les jambons
Ivan me donne sa pioche et me fait la leçon
Cogne fort garçon ! T'es mineur de fond !
Ivan me donne sa pioche et ses gants en molleton
N'aie pas peur, vas-y, t'es sur un bon filon !
Ivan repart là-haut retrouver son litron
Et moi je reste seul… à remplir le wagon !

Chanson du Donbass

Il est midi au vingtième étage de la vissotka. Le fuseau horaire moscovite donne le ton à deux cent cinquante millions de Soviétiques. Dans ce vaste ensemble, on pense en heure locale, mais on obéit à l'heure de Moscou. Ainsi, trois heures plus loin vers l'est, Dimitri imagine la joie enfantine d'Anton illuminant les rues de la capitale, il voudrait bien se représenter son fils dans son nouveau décor, mais il n'y parvient pas, Moscou n'est qu'un puzzle de souvenirs flous et incertains dans sa tête, il n'y a pas mis les pieds depuis si longtemps ! Et puis, il ne sait pas précisément où habite son jumeau. Iouri est tenu à la discrétion. Ce culte du secret égare les frères plus sûrement que l'immensité de la steppe transsibérienne. Dimitri, qui n'a pas vu Iouri depuis dix ans, ignore tout de ses habitudes. Il ne sait pas qu'à cette heure son jumeau se prélasse dans son lit. En ce moment même, il récupère de sa longue nuit de palabres avec Ionani. Il ignore aussi que seul dans le salon, Anton est en train de regarder par la baie vitrée le pâle soleil d'octobre dissiper les cristaux de gel apparus sur les talus herbeux des berges de la Moskva. Anton réfléchit à sa nouvelle vie, il frémit d'impatience en attendant que l'oncle se réveille. Après quelques minutes de contemplation, il se lance dans l'exploration de l'appartement, Anton n'a jamais vu un tel espace ni un tel luxe, il n'imaginait même pas que cela puisse exister. À Tomsk, l'appartement de son père est vieillot, encombré de livres scientifiques et de brochures, les vieux meubles en formica sont abîmés, les ventres des fauteuils ont fondu, la bourre s'est enfuie par le dessous, aux murs, le papier peint jauni est, depuis longtemps, entré dans l'automne de son existence. Il se remémore en souriant les parois de sa chambre, elles sont si fines qu'il entendait le voisin déglutir sa vodka toute la journée ! Là-bas, à Tomsk, tout avait l'air usé, fatigué, faible. En comparaison, l'appartement de Iouri est un palais lumineux et moderne, on pourrait loger au moins trois familles de Tomsk ici, calcule Anton. Pourtant Iouri y vit seul. Comment fait-il pour supporter cette solitude ? Habitué au bruit, à la promiscuité, à l'envahissement de son espace par l'irruption continuelle des voisins de palier, le jeune garçon se sent perdu dans cette vaste cage silencieuse.

Durant sa minutieuse exploration, il découvre les gadgets offerts par le parti à ses enfants chéris, comme ces volets électriques qui découvrent le paysage d'une simple pression du doigt, ou cette stéréo intégrée dans un magnifique meuble en bois marqueté d'ivoire. Il s'apprête à en tourner le bouton quand un bourdonnement retentit dans la pièce. Après quelques secondes de surprise, il comprend qu'il s'agit de l'interphone de l'entrée. La voix du concierge l'informe qu'une certaine Helena Iossipovna, qui dit être une amie du camarade Nesterov, souhaite monter. Faut-il la laisser entrer ? Anton n'en sait rien, il ne la connaît pas puisqu'il ne connaît personne dans cette ville, il hésite un instant, puis il donne son accord au concierge en découvrant le plaisir d'être celui qui autorise dans cet univers hiérarchisé et déconcertant de la vissotka Kotelnicheskaïa. Quelques instants plus tard, il ouvre la porte et reçoit un choc au cœur en voyant le beau sourire d'Helena. Celle-ci le regarde d'un air étonné pendant une longue seconde, puis entre dans le vestibule d'un pas précautionneux. Ses yeux roulent de droite à gauche à mesure qu'elle examine les lieux.

– Non, je ne me suis pas trompée, dit-elle, je suis bien chez Iouri. Tu dois être l'un de ses amis ? demande-t-elle.

– Je suis Anton, son neveu. Et vous êtes ?

– Un neveu ? J'ignorais que cet ours de Iourik avait de la famille ! Je me suis toujours dit qu'il devait être tombé d'un astéroïde, ou que les cosmonautes l'avaient ramené de la lune ! Je suis Helena… Helena Iossipovna. Mais puisque nous sommes presque de la même famille, tu peux m'appeler Lena, ou Lenka. Au choix !

– Presque de la même famille ?

– Oui, la famille des amis, la grande famille, celle que l'on se choisit dans la vie.

Helena tient sous le bras une toile enrobée dans un grossier papier Kraft. Anton se propose de l'en débarrasser.

– C'est un cadeau pour Iouri ! Je l'ai peint en pensant à lui… Il n'est pas là ?

– Il dort toujours. Il a travaillé tard, explique prudemment Anton.

– Eh bien nous attendrons le réveil du prince Iouri, annonce-t-elle. Je vais me faire du thé, Anton, en veux-tu ?

En moins de temps qu'il n'en faut à un juge pour envoyer au goulag une cargaison de dissidents, Anton est devenu prisonnier du charme d'Helena. Ses yeux verts, son sourire propre à détruire irrémédiablement le permafrost sibérien, son rire léger sont autant de pièges irrésistibles pour un jeune homme plutôt habitué aux sous-bois qu'aux divinités vénusiennes. Une seule question le taraude, mais il n'osera pas la poser directement à l'intéressée, est-elle la petite amie de son oncle ? Celle qui laisse traîner son flacon de parfum français sur la tablette de la salle de bain ? Anton prie secrètement pour que ce ne soit pas le cas, il s'aventure même à promettre à tonton Lénine de relire intégralement *Le Manifeste du parti communiste*, s'il s'avère qu'elle n'est qu'une amie. Promesse qu'il s'empressera d'oublier lorsque après une petite inspection de la salle de bain, Helena revient l'œil soupçonneux en lui demandant s'il sait à qui appartient le flacon de Chanel n° 5…

Quelques minutes plus tard, Helena et Anton, assis l'un en face de l'autre à la table de la cuisine, tiennent chacun une grande tasse remplie de thé noir. Anton découvre alors que la timidité est encore plus paralysante pour l'homme qu'une dose de curare. Il n'ose pas poser la moindre question, laissant Helena faire la conversation. La jeune femme parle de son père, haut fonctionnaire du MID, le ministère des Affaires étrangères, autrement dit le deuxième nid d'espions du pays après le KGB, elle évoque sa rupture, « morale, mais pas physique faute d'appartement », avec ses parents, raconte l'académie de peinture, détaille sa rencontre avec son premier mari, Léonid, un peintre raté et amant médiocre, mais une célébrité incontestée des soirées d'artistes avec son humour ravageur et sa capacité surhumaine à enchaîner les fêtes. Elle lui parle de son travail, de son envie d'exposer ses toiles, de partir les montrer à l'étranger, d'ouvrir une galerie puisque désormais la loi l'y autorise, elle imagine des projets d'écriture, planifie des voyages, considère un instant l'hypothèse de faire carrière dans la photographie, bref, elle joue la jeune femme sûre d'elle face à ce puceau aux yeux écarquillés qui de toute sa vie n'avait jamais été pris dans un tel tourbillon de séduction, et qui boit ses paroles comme un nourrisson tète le lait de sa mère. En moins d'une heure, Anton en sait davantage sur l'intelligentsia, le charme féminin et la peinture contemporaine que le Moscovite moyen. En revanche, il n'a pas su lui parler des sous-bois sibériens, de sa forêt ivre, de sa ville interdite, de son parrain Starchik, ouvrier au cœur aussi gros que les muscles, ni de son père Dimitri, l'homme miracle qui a illuminé son enfance. Il n'a pas su parce qu'il bafouille devant Helena qui, très vite, s'est mise à regarder sa montre et à tapoter des doigts sur la table en bouleau clair, lorsqu'il a commencé à raconter son enfance. Mais il ne lui en veut pas. Qui s'intéresserait à un jeune provincial niais dont les seules connaissances se limitent à des notions de physique nucléaire, à la pêche aux poissons de rivière, ainsi qu'à quelques jeux aussi incongrus que la récitation en français des alexandrins de Corneille, passion que son père a longtemps partagée avec son oncle ? Anton se sent très rapidement ridicule face à cette diablesse envoûtante qui lui demande sans prendre de pincettes, mais avec cet air ingénu qui lui sert d'excuse permanente, pourquoi il est chauve à son âge. Heureusement que l'on entend du bruit dans le salon, et que l'on tourne la tête pour apercevoir celle ébouriffée de l'oncle Iouri en peignoir anglais qui s'étire dans l'encadrement de la porte en réclamant une tasse de café ! Helena n'a plus envie d'entendre la réponse qu'Anton rechignait de toute façon à lui donner au sujet de sa calvitie, elle se jette au cou de Iouri et l'embrasse sur la bouche en pressant sa poitrine contre la sienne. Elle trouve en même temps le moyen de lancer un clin d'œil complice à Anton, qui ramasse silencieusement les miettes de ses illusions éparpillées sur le carrelage de la cuisine.

Iouri prend son petit déjeuner à l'heure où le commun des mortels rêve d'une sieste digestive. Et il aime ce décalage, c'est une forme de contestation comme une autre, explique-t-il à Helena qui le charrie un peu sur les risques immenses qu'il prend à contester le régime… en dormant. C'est davantage un privilège, une forme de puissance, lui fait-elle remarquer. Elle-même vit au jour le jour, affranchie de l'argent et du travail comme une grande partie des artistes subventionnés. L'État tolère l'existence de ces « parasites sociaux » pour peu qu'ils ne refusent pas de décorer les façades des écoles ou des édifices publics. Helena est arrivée à pic. Sa fraîcheur et sa gaieté vont apporter une touche de légèreté au programme que Iouri a concocté pour l'après-midi, et qui tient en une phrase : « Faire visiter Moscou à Anton. » On se prépare en quatrième vitesse, sitôt la tasse de café avalée, on s'habille à la hâte, on embarque dans la Volga. Tout y passe, le Kremlin, le mausolée de Lénine, le Goum, le VDNKh, la navette Bourane, la galerie Tretiakov, du moins une infime partie, car Helena, qui voudrait pourtant visiter le musée de fond en comble, en est bien vite dissuadée par les deux garçons qui réclament de l'air ! On se retrouve donc à l'étang du Patriarche, à réciter des pages du roman de Boulgakov qu'Anton a emporté avec lui. Puis on va boire un thé sur l'Arbat en avalant quelques mauvais blinis. Iouri a une prédilection pour les gares, dit-il, et il éprouve subitement le besoin de faire visiter à Anton celle de Kiev, située au début de l'imposante avenue Koutouzov. Tandis qu'ils se promènent sous les voûtes staliniennes, Iouri demande à Anton et à Helena de l'excuser un instant, il a un ami à voir à l'administration. Ils n'ont qu'à patienter sur le banc en attendant son retour. Anton s'assied à côté d'un bomji, un SDF qui pue l'alcool et l'urine. Il n'avait jamais vu de près le moindre bomji et ne peut s'empêcher de lancer des coups d'œil obliques en direction du visage broussailleux.

– Qu'est-ce que t'as, petit ? Tu veux ma photo ? Si tu continues à me regarder comme ça, va falloir me donner une pièce, je pose pas gratuit, moi…

– Excuse-moi camarade, je ne voulais pas t'embêter…

– Tu viens d'où avec ta tête ? On dirait que t'es tombé dans une cuve de crème dépilatoire !

– C'est à peu près ça.

– Moi c'est Illarion. Et toi, tu t'appelles comment ?

– Anton.

– Ça se voit que tu n'es pas d'ici. Tu viens de Sibérie, je parie.

– Oui, c'est exact, des environs de Tomsk.

– Est-ce que tu veux savoir qui je suis vraiment, petit ? Parce que en fait, tu penses que je suis un clochard qui se saoule toute la journée dans la salle des pas perdus de cette fichue gare de Kiev ? Eh bien non. T'as tout faux ! En réalité, je suis un homme extrêmement puissant. L'un des plus puissants qu'ait jamais connus ce pays. Mais j'ai été dévalué par la milice et par le KGB. Ils ont fait de moi un traîne-savates, un moins que rien. Pour te dire la vérité, mon jeune ami, je suis la réincarnation de Vladimir Ilitch. Je suis né exactement le 21 octobre 1924, soit neuf mois après sa mort. Tu piges ? Je me suis rendu compte très tard de mon identité réelle, vers mes trente ans en fait…

ma mère n'arrêtait pas de me dire que je ressemblais au Christ avec mes cheveux longs et ma barbe châtain. En fait, elle se trompait, ma pauvre mère. Et ce sont les médecins de l'hôpital psychiatrique qui m'ont expliqué qui j'étais réellement. Pour eux, je ne pouvais pas être le Christ, étant donné que la religion chrétienne est dépassée par le communisme. Je ne pouvais donc être que le fondateur de la nouvelle religion russe. Seulement, les miliciens ne m'ont pas cru. Et quand j'ai voulu m'inscrire au parti pour reprendre en main ce que j'avais fondé, ils m'ont jeté en prison. Et là, je peux te dire qu'ils n'aiment pas beaucoup Vladimir Ilitch ! Oh là ! Carrément pas, même ! Tu ne peux pas savoir ce que j'ai enduré. Heureusement, on m'a laissé sortir assez vite. Sinon, je crois que je serais mort.

– Impressionnant… marmonne Anton, qui ne sait pas trop quoi répondre à son voisin.

– Tu vois le grand gars brun qui approche ? demande le bomji en désignant Iouri qui revient vers lui. Eh bien, c'est ce gars qui m'a sauvé d'une mort certaine. Grâce à lui, je mange à ma faim une fois par jour, et la milice me fout une paix royale. C'est un type bien, il ne me demande pas grand-chose, juste de surveiller les agissements de ce salopard de directeur de la gare. Tu ne peux pas savoir ce qu'il trafique, celui-là ! Toujours à combiner des trucs pour voler des cargaisons de train, détourner des colis, c'est un pur escroc. Et je te jure que quand j'aurai repris en main ce pays, il sera envoyé au goulag. Pas de pitié pour les parasites dans son genre !

D'un rapide geste de la main, Iouri fait s'enfuir la réincarnation de Lénine. Il est accompagné d'un petit homme rondouillard, vêtu d'une redingote verte que l'on jurerait sortie d'un magasin d'antiquités du XIXe siècle. Iouri fait les présentations, le petit homme s'appelle Vadim Vassilievitch, il travaille au théâtre Bolchoï, et occasionnellement comme comptable à la gare pour arrondir ses fins de mois. Iouri vient de lui extorquer trois places pour le ballet de ce soir.

La soirée est aussi belle que le fut la journée. Helena s'accroche au bras de Iouri. Anton, d'abord un peu jaloux, finit par se raisonner. La spontanéité de la jeune femme le surprend tout autant qu'elle le trouble. Helena dévoile au fil de la conversation ses multiples facettes, ainsi que l'immensité de sa culture. Elle emporte son auditoire dans un flot tumultueux où s'entrechoquent les théories artistiques d'avant-garde, les critiques radicales, les références historiques savantes, le tout ponctué de commérages croustillants, à mesure qu'ils croisent des personnalités en vue de l'intelligentsia. Elle émet un avis sur toutes les questions du moment, joue de son ingénuité pour arracher à Iouri quelques confidences politiques qui lui serviront, tôt ou tard, à briller en société. Même pendant le ballet, alors qu'ils sont assis au premier balcon – position où chaque chuchotement risque d'être entendu au parterre –, elle ne peut s'empêcher de commenter à l'oreille d'Anton les derniers ragots sur telle ou telle personne présente dans la salle. Anton se laisse emporter par le grisant chatouillement de ces murmures complices qui bercent une soirée comme il n'en avait jamais connu de toute sa vie.

Sur le chemin du retour, le jeune homme, épuisé, s'endort sur le siège arrière de la Volga. Helena fume une cigarette en se demandant si elle osera ce soir prendre entre ses mains le visage de son prince pour y déposer le baiser qui marquera enfin l'aboutissement de leur interminable flirt dont la stérilité commence à lui peser. Iouri conduit paisiblement dans les rues ensommeillées de la capitale. Ce soir, il a l'esprit serein. Les multiples questions qui l'assaillent, les tâches, les missions, les calculs et les interrogations se sont évanouis dans les éclats de rire d'Helena. Alors que la Volga emprunte l'avenue Kalinine, Anton se réveille en sursaut et pousse un cri.

– Oncle Iouri ! Est-ce que tu connais un certain Alexandre Yakovlev !?

La question surprend Iouri.

– Bien entendu... tout le monde le connaît. C'est une personnalité publique. Pourquoi me demandes-tu cela ?

– Est-ce que tu sais où il habite ?

– Euh... oui... Mais pourquoi tu veux savoir ça maintenant ? demande Iouri en tournant la tête vers son neveu.

– Il se passe des choses chez lui. Des hommes veulent entrer dans son appartement pour lui faire du mal !

La voix d'Anton est un fleuve de panique charriant des lambeaux de cauchemar.

– Qu'est-ce que tu racontes, Anton ?

– Je te dis que des hommes veulent lui faire du mal ! Je viens de le voir en rêve !

Iouri est troublé, il emprunte la chaussée latérale et gare la voiture tout en lançant un regard interrogateur à Helena. Celle-ci s'est penchée vers Anton et lui caresse le visage en chuchotant des paroles rassurantes. Le jeune garçon semble toujours aussi effrayé.

– Calme-toi, Antochka, lui dit son oncle d'une voix ferme. Calme-toi et raconte-moi ce que tu as vu dans ton rêve. Décris-moi ces hommes qui veulent faire du mal à Alexandre Nikolaïevitch.

– Je ne sais pas... Ils sont habillés de noir, comme des militaires, mais avec des cagoules sur la tête.

– As-tu déjà vu des Spetsnatz, Anton ? Les commandos des forces spéciales ? Est-ce que dans ton rêve, ils ressemblent à ça ?

– Je ne sais pas… Mais ils veulent entrer dans son appartement pour le tuer. Ils ont des armes à la main.

Helena regarde Iouri, un peu inquiète.

– Qu'est-ce qu'il a ton neveu ? Il n'a pourtant rien bu cette après-midi. Il fait souvent des crises comme ça ?

– Je ne sais pas, Helena… Je t'expliquerai plus tard. Il faut juste que j'appelle son père. Peux-tu emmener Anton prendre l'air deux minutes sur le trottoir ? Je n'en ai pas pour longtemps.

Iouri ressent une nervosité incompréhensible. Enfant du matérialisme dialectique, il n'a jamais accordé un grand crédit aux superstitions, aux croyances, à la foi religieuse. Pour lui, les rêves prémonitoires appartiennent à ce monde de l'irrationnel qu'il évite soigneusement. Pourtant Anton a bel et bien ressenti quelque chose dans la voiture, le ton de sa voix ne laisse aucun doute sur la force de son émotion. Son propre frère, professeur et académicien, sans doute encore davantage que lui versé dans le rationalisme et les sciences, l'a mis en garde. Il est convaincu que son fils possède un don de clairvoyance. Iouri se perd dans l'enchevêtrement de ses doutes. Une pensée rageuse lui lacère l'esprit. « Voilà que l'on en revient à l'époque de Raspoutine ! C'est ça ! L'époque est aux mystiques et aux moines illuminés. Tout cela n'annonce rien de bon ! Rien d'autre que la fin du monde. » Il pourrait balayer d'un revers de la main ces superstitions, rassurer son neveu, reprendre le volant et rentrer à la maison, mais l'ombre d'un doute vient obscurcir cette logique. Et si Anton avait raison ? Si ses rêves étaient réellement prémonitoires ? S'il avait une sorte de système d'alarme dans la tête ? Si cette foutue Aliona n'était pas seulement une diseuse de bonne aventure, comme il s'ingénie à le croire ? Si ces deux-là avaient raison et lui tort ? Et si, en conséquence, il se passait réellement quelque chose chez Yakovlev ? Vérifier ne coûte rien, s'il ne le faisait pas, il commettrait une erreur. Et puis, n'est-il pas impératif de s'assurer d'Anton ? De savoir s'il relève ou non de l'asile, et si son frère a besoin ou non de corriger une myopie paternelle. Iouri dispose à bord de sa Volga d'un téléphone, un outil ultramoderne réservé à l'élite, aux ministres, aux hommes comme lui que l'on a besoin de joindre en urgence où qu'ils soient. Il attend quelques secondes qu'Helena et Anton se soient éloignés de la voiture, ouvre la petite trappe qui cache le téléphone et sa lourde batterie. Iouri sait précisément qui appeler pour savoir si le KGB a lancé une opération secrète contre le domicile d'Alexandre Nikolaïevitch Yakovlev, l'homme qui a pensé la perestroïka pour Gorbatchev et qui, ce faisant, a mis en branle l'une des contre-révolutions politiques les plus puissantes du XXe siècle. Son contact travaille au service de Protection des personnalités, prestigieuse direction du KGB. Il est informé de tous les coups tordus en matière d'élimination, d'arrestation ou d'opération de désinformation, et ce sur l'ensemble du territoire soviétique.

Au téléphone, son interlocuteur est surpris.

– Comment connais-tu l'existence de cette opération, Iouri Stepanovitch ? Elle est censée rester secrète jusqu'au jour J. Et tu n'es pas habilité...

– Ce n'est pas à toi de décider qui est habilité et qui ne l'est pas. Je veux savoir quand et où votre petite opération sera lancée.

– Je ne peux rien te dire. Mais tu ferais mieux de rester à l'écart de tout ça. Tu n'as pas à parler de cette opération. Pas à moi, et surtout pas sur ce téléphone.

Iouri raccroche, il en sait suffisamment. Krioutchkov et la frange de réactionnaires staliniens, avec probablement à sa tête ce vieux débris d'Egor Ligatchev, veulent donner une leçon au camp démocrate. Le problème avec ces gens-là, c'est que l'on ne sait jamais jusqu'où ils sont prêts à aller. Yakovlev est en danger. Contrairement à ce qu'a rêvé Anton, l'opération n'a pas lieu en ce moment, mais elle est imminente. Iouri doit prévenir Yakovlev sans tarder. Mikhaïl Sergueïevitch serait furieux d'apprendre que le KGB a entrepris une action secrète contre son protégé, s'ensuivraient une purge et sans doute une bataille au sommet de l'État qui seraient forcément contre-productives, estime Iouri. Mais il hésite. Son coup de fil pourrait précipiter les événements et pousser le KGB à agir dans la nuit. Le mieux est encore d'aller réveiller l'éminence grise de Mikhaïl Gorbatchev. Il rappelle Helena et Anton qui s'étaient éloignés de quelques mètres. Tandis que le jeune garçon s'engouffre à l'arrière du véhicule, Iouri prend à part la jeune femme.

– Je ne comprends pas ce qui se passe avec Anton… Je viens d'avoir son père au téléphone, ment-il. Il semble qu'il soit sujet à ce genre de crise régulièrement. Ses rêves lui font parfois forte impression, au point qu'il les confond avec la réalité.

Helena pose une main sur sa joue.

– Ce n'est rien, Iourik. Ne t'inquiète pas. Anton s'est calmé. C'est un jeune homme formidable, et comme tous les jeunes, il est parfois impressionnable. Je pense qu'il a vécu trop d'expériences nouvelles ces derniers jours. Il a juste besoin de repos.

Iouri soupire mentalement. Heureusement qu'Helena est une femme sensible. Il a un dernier service à lui demander. Peut-elle rester avec Anton chez lui ? Car il doit régler quelques affaires avant de rentrer.

– Il faudrait que tu arrêtes de travailler si tard, Iourik. Sinon un jour tu feras une crise cardiaque.

– Ne t'inquiète pas pour mon cœur. Au rythme où vont les choses, il risque plutôt de finir enchaîné à tes beaux yeux !

J'en ai pour une heure ou deux, tout au plus. Tu n'auras qu'à prendre la chambre d'ami. Le lit est déjà fait.

– Et si je me retrouvais dans le tien ? répond-elle en souriant.

– J'appellerais le KGB !

Après avoir déposé Helena et Anton au pied de la vissotka, Iouri prend la direction de la maison de Yakovlev. « Le diable boiteux », comme l'ont surnommé avec haine et mépris les cercles réactionnaires, habite un appartement résidentiel dans un quartier central de la ville. Alexandre Nikolaïevitch n'est pas encore en disgrâce, mais il fait déjà l'objet de manigances punitives. Krioutchkov veut donner une leçon à Yakovlev car il le rend responsable de l'agitation dans le bloc de l'Est et de la crise politique que traverse l'URSS. Cette attitude surprend Iouri, le chef du KGB n'est pas homme à agir sans assurer ses arrières. Sans doute a-t-il reçu des garanties, ce qui signifierait qu'un complot contre Gorbatchev est en train de se tramer. Les bourrasques politiques qui secouent le pays emportent l'habituelle prudence. Les bonnes vieilles habitudes ne sont plus que feuilles mortes dans la bise d'automne.

Il est déjà plus d'une heure du matin, lorsqu'il arrive en bas de l'immeuble où vit Yakovlev. La rue, déserte et mal éclairée, est pour Iouri un terrain rassurant et familier, nulle menace ne rôde dans l'ombre des portes cochères, juste le morne silence nocturne d'une cité épuisée et exsangue. Yakovlev ne dort pas encore, les brocarts qui masquent ses fenêtres laissent s'échapper une faible lumière. Iouri sait déjà ce qu'il va faire. Grimper les étages, sonner trois coups brefs à sa porte pour l'avertir de son identité, selon le code en vigueur, entrer calmement et lui exposer la situation. S'il le souhaite, l'ancien bras droit de Mikhaïl Sergueïevitch pourra même être conduit en lieu sûr.

Un instant, Iouri s'imagine en sauveur, il pense que son intrépidité pourrait avoir de grandes répercussions pour l'avenir de cet homme, et même pour l'avenir de son pays. Le besoin d'une justification hyperbolique de ses actions est une manière pour lui de surmonter l'enfantine imprudence de son comportement.

Une heure plus tard, Iouri ressort de chez Yakovlev les épaules voûtées par le poids du ridicule. Le vieil homme a accueilli ses mises en garde d'un air goguenard. Il sait qu'il est en danger, Iouri n'est pas le premier à le prévenir. Il a déjà pris ses précautions. L'homme de la Loubianka se sent idiot, il s'est montré inutilement alarmiste face à un haut responsable qui ne craint manifestement ni l'appareil répressif ni la coercition politique. Iouri s'en veut d'avoir paniqué à la suite des propos d'Anton, il n'a pas su se contrôler, quel piètre professionnel du renseignement ! Alors que tout le KGB est convaincu qu'il pourrait d'un simple regard congeler les eaux de la mer Caspienne en plein été, le voilà qui perd son sang-froid. Iouri n'est pas à la hauteur de sa réputation.

L'air est glacial devant l'entrée de l'immeuble. Il allume une cigarette, tire une longue bouffée tout en regardant la pluie couler des chéneaux de zinc déglingués. Les façades moscovites sont des vieilles dames que leurs amants ne regardent plus. Tristes maîtresses que personne n'entretient, elles n'apportent nulle joie et nul plaisir. Tandis que son esprit divague, son attention est attirée par les fenêtres aveugles en face du perron où il se tient. Il sait, sans avoir besoin de le vérifier, que ces fenêtres cachent une armée d'agents équipés d'appareils photo, en train de surveiller les allées et venues de ceux qui rendent visite à Yakovlev. Il est observé, photographié, peut-être même filmé. Cette prise de conscience raffermit son orgueil. Après tout, il est l'un des hommes les plus redoutés de l'appareil. Il n'a pas besoin de se cacher. L'ours n'a aucun prédateur dans la forêt, et en ce moment il est dans la peau de l'ours. Par provocation, il va même jusqu'à prendre une pose d'acteur de théâtre, tête légèrement inclinée et main dans la poche. Au moins, sur les clichés, il sera à son avantage ! À son réveil, Krioutchkov sera informé de sa petite visite nocturne à Yakovlev, Iouri est prêt à parier que son supérieur ne lui en fera pas reproche, Krioutchkov agit en marge de la loi et surtout dans le dos de Gorbatchev qui risque fort de lui demander des explications sur ses combines tordues vis-à-vis de son mentor. Certes, Yakovlev agace beaucoup le Secrétaire général depuis qu'il tourne autour de Boris Eltsine, mais de là à penser que Gorbatchev puisse vouloir lui causer du tort, il y a un pas que seul Krioutchkov a la stupidité de franchir.

Iouri se dit qu'il ferait mieux de rentrer se coucher, mais il n'a pas sommeil. Il repense à Anton. Ce garçon est perturbant. Que signifie sa présence ici à Moscou ? Pourquoi est-il entré dans sa vie précisément maintenant, au moment où tant de choses sont en jeu ? Les questions que se pose un agent du KGB finissent toujours par engendrer une déferlante paranoïaque, lui avait un jour expliqué un instructeur. Il conseillait alors de libérer l'esprit de la tension provoquée par le perpétuel *pourquoi* par des exercices de méditation. Iouri va donc suivre partiellement ce conseil, s'arrêter de penser un instant, aller boire un verre dans l'un de ces bars clandestins que Gorbatchev a vainement tenté de faire fermer il y a quelques mois. Voilà la radieuse solution pour faire retomber le stress. Dans la rue, le vent secoue les caténaires des trolleybus qui lâchent des gerbes d'étincelles bleutées. Iouri lève les yeux, les lumières de la grande cité donnent aux nuages une teinte écœurante. Des globules de sang revanchards flottent dans le ciel et roulent silencieusement vers le sud, la pluie s'est arrêtée, mais la ville est un tombeau humide et froid.

Il est environ six heures du matin, lorsqu'il sort de la discrète taverne. Il a bu pendant trois heures en compagnie d'inconnus. Ouvriers, employés, techniciens, petits fonctionnaires. Des hommes et des femmes prisonniers d'une vie cadenassée par la misère invincible, des prolétaires à qui l'on verse leur ration de vodka et que l'on incite à la débauche et au sexe afin qu'ils ne pensent pas à se révolter. Avant, il y avait la guerre et la patrie, le communisme et la révolution. Des idéaux rouge sang, mais des idéaux ! Hélas, tout s'est dissous dans l'intestin géant du brejnévisme. Tout s'est affadi, sali, abîmé. Le rouge vif est devenu rose pâle, l'instinct révolutionnaire n'a pas survécu aux privations, aux Komunalkas, aux tickets de rationnement. Iouri ne s'est pas mêlé de leurs conversations déprimantes, trop de rancœurs baignent dans les verres d'alcool en ce moment. Les pénuries se sont aggravées, les grèves de l'été dernier ont un peu plus désorganisé un système productif devenu aussi stérile qu'un eunuque. Le peuple rumine sa colère, mâchonne sa faim, bientôt il laissera éclater sa haine contre les dirigeants.

À bord de sa Volga, Iouri remonte la grande artère qui longe l'usine de pâtes alimentaires du quartier d'Izmaïlovo. La nuit devient grise, le froid de l'aube précipite l'humidité en un vermicelle neigeux, les rues s'animent du va-et-vient des bus poussifs, fatigués avant même d'avoir entamé leur journée de travail. Par la vitre de sa voiture, Iouri distingue les visages usés et les manteaux charbonneux. En arrivant au niveau de l'entrée de l'usine, il note un attroupement. Des hommes déchargent clandestinement le contenu d'un fourgon trapu. Les ouvriers pillent leur propre usine, se cachant à peine pour écouler la production sur les trottoirs. Iouri se gare et décide d'aller voir de plus près à quoi ressemble ce trafic. Au pied du fourgon, une cinquantaine de dos courbés, de corps épaissis par l'âge et de chapkas usées par le temps attendent d'être servis. Les traits sont tirés, les bajoues mal rasées, les regards anxieux. Juché sur la plate-forme, un homme tend des paquets de nouilles qu'il échange contre quelques pièces. Les magasins sont vides, mais les vieillards ont faim, ils ont toujours eu faim, ils auront faim jusqu'à leur dernier souffle ! Quelques petits malins en profitent pour extorquer leurs derniers kopecks à ces vétérans des luttes prolétariennes. Iouri s'approche. Un air écœuré flotte sur son visage. Avec ses habits de luxe et son pas assuré, il est immédiatement pris à partie par un jeune guetteur qui tient un gourdin. Le jeune homme le toise de bas en haut, l'air perplexe, ses chefs lui ont expliqué que la police était de mèche, et qu'elle ne les embêterait pas, or, ce grand gars en manteau de luxe a bel et bien l'air d'un flic ou d'un gars important. Un importun important.

– Qu'est-ce que tu veux, camarade ?

– Qu'est-ce que vous vendez, toi et tes copains ?

Le jeune homme hésite à répondre, il lance un regard en direction du camion où ses amis se dépêchent d'écouler le stock avant l'ouverture de l'usine.

– On vend des pâtes. Pas de viande…

– Et ton âme ? Tu la vends ?

Le jeune homme se dandine d'un pied à l'autre et fait mine de ne pas comprendre. Il répond enfin nerveusement :

– Ne me fais pas perdre mon temps. Dis-moi ce que tu veux ou dégage !

– Non… en fait ton âme ne m'intéresse pas, reprend Iouri. Elle est pourrie, elle est corrompue. Tu pilles ton usine, probablement avec l'accord de tes patrons, mais tu n'expliques pas à tous ces gens pourquoi ils sont obligés de venir se geler les pieds à six heures du matin, et payer trois ou quatre fois le prix officiel pour un produit qu'ils ne trouvent plus dans les magasins d'État, parce que justement toi et tes copains vous videz les stocks ! Ton âme est pourrie, je te dis… aussi pourrie que ta sale gueule.

– Si tu cherches les ennuis, tu vas en trouver, répond le jeune homme en relevant ostensiblement son gourdin.

– C'est toi qui vas en avoir, *Ivan Dourak*, si tu continues à me parler sur ce ton ! réplique Iouri, en l'attrapant brutalement par le cou au niveau de la pomme d'Adam.

La prise est imparable et provoque une suffocation quasi immédiate.

– Tu sens ce que ça fait d'être pris à la gorge par un salopard ? Tu le sens bien, là ? dit Iouri en enfonçant ses ongles dans la peau.

Le jeune homme tente de se débattre et de pousser un cri. La petite foule de clients tourne la tête dans leur direction, tandis que deux vendeurs sautent du camion pour venir prêter main-forte à leur copain. Iouri relâche le jeune homme tout en le poussant brutalement en arrière. L'agent du KGB grimace férocement, il sort son Makarov tandis que la foule se disperse en courant.

– On ne veut pas de problèmes, camarade ! lance l'un des vendeurs en agitant les mains devant lui. On ne fait que vendre nos produits ! On a l'autorisation, on a des papiers !

Iouri est hors de lui. Il pourrait les arrêter, appeler la police, faire saisir ce putain de camion et envoyer au goulag ces chiens d'affameurs. Il pourrait même d'un simple coup de fil faire virer le directeur de l'usine. Il crie sur les trois hommes qui le regardent, interloqués. Il les insulte :

– Profiteurs, escrocs, affameurs, saloperies de Koulaks ! C'est vous qui allez foutre en l'air ce pays ! Vous pillez ! Vous affamez les gens !

Ils le regardent sans savoir quoi faire, ils ne tentent même pas de se défendre face à ce grand gars qui brandit son arme devant leur nez. Ils devinent qu'ils ont affaire à un homme puissant. L'ours est un animal dangereux, et quand il se redresse, mieux vaut rester immobile. Iouri tourne les talons, dégoûté. Il remonte à bord de sa Volga. Il est en colère. Contre eux, contre lui, contre ce pays. Et dire que l'on s'apprête à fêter la révolution d'Octobre !

6.

Mon grand-père est allé à Berlin
Tuer les nazis de ses propres mains
Moi, j'ai hérité de tous ses vices
Mais je ne suis pas allé aussi loin
On m'a envoyé là où ça glisse
En Sibérie, rencontrer mon destin
Dieu qu'il fait froid dans la taïga !
Le vent, les loups et les Baba Yaga !
Ici ne vivent que les assassins
On n'y croise guère les belles de Berlin

Chanson de déporté

Le vent de novembre projette les flocons contre la baie vitrée. La nuit est violente, mais Iouri n'y prête guère attention. L'oreille collée au poste de radio, il retient son souffle depuis si longtemps qu'il a oublié la signification du mot respirer. Depuis cinq heures du matin, il écoute le programme spécial de la BBC en ondes courtes, radio interdite, et donc brouillée durant des décennies, désormais tolérée par la grâce de la glasnost. Iouri est captivé, incapable de se détacher du flot de paroles qui sort du transistor. La ville dort toujours. Est-il le seul à écouter la retransmission des événements incroyables qui se déroulent à quelques milliers de kilomètres d'ici ? Son regard traverse la fenêtre, transperce une nuée de flocons affolés, pour se poser sur les tours du Kremlin, piquets rouge sang plantés dans l'histoire douloureuse de ce pays. Leur majestueuse immobilité semble narguer les eaux noires de la Moskva qui coulent vers un destin inconnu. Ici aussi, l'histoire s'accélère. Les tours de briques et de pierres feignent de l'ignorer, mais c'est pourtant bien de ce château moyenâgeux devenu le creuset de la plus puissante révolution du xxe siècle qu'est parti le courant historique qui cette nuit a emporté l'Europe centrale.

Iouri écoute les envoyés spéciaux de la radio anglaise décrivant depuis des heures et des heures la foule en liesse, la communion entre Wessies et Ossies, les pans de mur abattus, les familles qui se retrouvent après des décennies de séparation. Il a le souffle coupé. L'histoire est en train de s'écrire par les superlatifs triomphants des reporters anglais. Cette nuit du destin va bouleverser le monde, chambouler l'avenir des habitants de la planète. L'excitation le gagne, il voudrait réveiller ses voisins, partager avec eux ce moment décisif, avertir Anton et Krioutchkov, alerter au plus vite le Secrétaire général ! Un instant, il s'imagine être réellement le seul, de ce côté-ci du mur, à suivre les événements de Berlin. Mais non. Il doit se tromper. Car ce pays, cet ogre politique dans le ventre duquel il vit depuis plus de quarante ans, a lui-même réchauffé le printemps berlinois. Comment les serviteurs de cet empire déboussolé pourraient-ils donc ignorer qu'en ce moment même, dans les rues allemandes, un peuple assoiffé de liberté brise ses chaînes, le regard tourné vers l'Ouest ? Un sentiment ambivalent l'envahit, il est du mauvais côté de ce fichu mur, il voudrait tant être au milieu de cette foule célébrant la mort d'une illusion et le début d'une nouvelle, plus attirante, plus séduisante, plus belle. Il voudrait y être, non pas pour appartenir au camp des vainqueurs, mais pour goûter la saveur de ce fruit inconnu, la liberté.

Son mur à lui est tombé depuis longtemps. Iouri s'est libéré des croyances inculquées par le parti communiste, mais rien, hormis un cynisme amer, n'est venu remplacer dans son cœur la fierté du jeune komsomol qui défilait sous le drapeau rouge. Il connaît pourtant les territoires obscurs de l'âme humaine, et pour avoir arpenté ses vallées éplorées, il sait que les révolutions sont des allumoirs qui finissent immanquablement par incendier le ciel et consumer les rêves. La liberté qui embrase Berlin n'est pas pour lui, elle n'est pas pour des hommes tels que lui. Une tristesse atavique, la tristesse de l'homme lucide, le gagne peu à peu. Il se tient du mauvais côté du mur. Mais ce mur a-t-il un bon côté à lui offrir ? Une gorgée de thé chaud chasse sa mélancolie, il lui faut se concentrer sur l'analyse des événements.

Le mur de Berlin est tombé et sa chute en annonce de bien plus graves, pressent l'homme de la Loubianka qui tente d'évaluer les conséquences géopolitiques de cette nouvelle. L'URSS veut faire croire qu'elle possède le don de se métamorphoser, d'habiter un autre corps et de le faire vivre à sa guise. En un mot, de se fabriquer une nouvelle peau, une autre identité, une utopie différente. Mais personne ne croit à cette fable et la chute du mur de Berlin signifie prosaïquement la fin du rideau de fer, l'agonie d'un empire, le crépuscule d'une tyrannie rouge, le déclin de cet absolutisme venu des steppes comme un vent glacial. Iouri n'est pas optimiste. Le Secrétaire général qui veille là-bas, de l'autre côté du fleuve, à l'abri de ses remparts, est-il conscient que sa peau se joue en cet instant précis dans les rues d'Allemagne ? Comprend-il que s'il se retourne pour regarder son Eurydice devenue inatteignable, il connaîtra le destin d'Orphée ? Il est condamné à abandonner aux enfers celle qu'il a tant aimée, la femme devenue insaisissable, l'amante qui se détourne de lui et ne regarde plus le vieil homme aux idées fripées. Sans elle, il ne survivra pas.

Il est désormais six heures du matin, les tourbillons de neige continuent de balayer la façade de la vissotka, blanchissant l'aube qui tarde à venir. Iouri se laisse doucement griser par l'euphorie qui règne à Berlin. « Elle venait d'entendre des mots que redoutait sa raison, mais que souhaitait son cœur », écrivait Tolstoï au sujet d'Anna Karénine… Un léger bruit de porte l'arrache à ses pensées. Anton se réveille. Iouri aperçoit son crâne lisse et pâle. Le neveu se dirige d'un pas ensommeillé vers son oncle. Celui-ci l'accueille en lui tendant une tasse de thé brûlant.

– Est-ce que tu n'aurais pas rêvé d'un mur qui s'effondre, cette nuit, par hasard, mon neveu ?

– Euh, non, mon oncle, répond le jeune homme d'une voix hésitante, j'ai rêvé de mon père. Un beau rêve d'ailleurs. Nous étions dans la forêt ivre et à mesure que nous la traversions, les arbres prenaient des couleurs vives… jaune, rouge, vert. Très étrange. Je ne rêve pas souvent de la maison…

– Je te pose cette question car un événement incroyable s'est produit cette nuit en RDA, à Berlin précisément. Le mur est tombé…

– C'est une bonne nouvelle ? demande Anton.

– Cela dépend pour qui, répond son oncle.

– Et pour toi ?

– Pour moi, quand le sol se dérobe sous mes pieds, je sais ce que j'ai à faire pour ne pas tomber. Mais je ne suis pas sûr que tout le monde dans ce pays possède les mêmes qualités d'équilibriste.

– Je ne comprends pas bien ce que tout cela signifie…

– Et visiblement tu n'es pas le seul, Anton. Mais tu pourrais peut-être aider beaucoup de gens à comprendre. Tes rêves sont une source d'enseignement. D'ailleurs, écoute-moi bien, ce matin, mon amie Aliona va venir te voir. Elle voudrait te parler de tes rêves. C'est un sujet qui l'intéresse beaucoup. Tu sais, elle est *extrasens*.

Anton ne répond pas. Il ne sait pas quoi dire. Ses rêves appartiennent à son intimité, à l'essence cachée de son être. Il ne sait pas s'il a envie de les dévoiler devant une inconnue. Iouri devine son trouble.

– Il s'agit juste d'évoquer ces questions. Et en plus, avec une personne dont c'est le métier, en quelque sorte. Crois-moi, Aliona en connaît un rayon dans ce domaine. Tu verras, elle pourra t'aider à mieux te comprendre…

Anton se tait. Iouri n'insiste pas. Leur attention est à nouveau captée par le bourdonnement de la radio. L'oncle entreprend d'expliquer à son neveu les événements qui se déroulent en Allemagne, ainsi que les bouleversements qui touchent l'URSS. Pour les uns, le rêve s'achève, pour d'autres, il commence.

Deux heures plus tard, Aliona sonne à la porte. Iouri lui sourit, l'installe dans le canapé et lui sert une tasse de thé. Son idée est simple, il va s'éclipser en vitesse et laisser les deux jeunes gens discuter en paix. Il ne veut pas interférer dans le *travail* d'Aliona, elle lui fera un compte rendu par la suite. Tandis qu'il jette son manteau sur ses épaules et s'apprête à sortir de l'appartement, il relève une fissure sur le mur blanc de l'entrée, il ne l'avait encore jamais vue. De plus près, il s'aperçoit que la peinture est écaillée sur une dizaine de centimètres, laissant apparaître une drôle de couleur sombre. « La pourriture du régime… » pense-t-il.

Restés seuls dans l'appartement, Aliona et Anton s'empêtrent dans leur gêne. Ils aimeraient faire connaissance, mais ne savent pas s'y prendre. Le silence qui s'est installé à leurs côtés sur le canapé ne semble pas près de décamper. Anton regarde ses pieds, Aliona évite de tourner la tête dans sa direction. Au bout de quelques minutes, elle a une idée en forme d'échappée belle.

– Est-ce que tu veux que je te fasse visiter l'un des plus beaux parcs de Moscou ? Le parc Sokolniki. Tu verras, c'est magnifique en ce moment ! Il y a encore quelques feuilles aux arbres, et l'atmosphère y est très paisible.

– Ma forêt me manque, lui répond Anton. Chez moi, là-bas en Sibérie, j'y allais plusieurs fois par semaine. Ici, il n'y a pas d'arbres. Tout est si minéral, si différent ! Alors, oui ! Je veux bien voir ton parc.

– Tu vas apprécier Sokolniki ! répond-elle dans un sourire franc et lumineux.

Quelques instants plus tard, ils s'engouffrent dans la station de métro Taganskaïa. Le damier de marbre qui recouvre le sol, les écussons, les faïences et les dorures à la gloire des héros de la Seconde Guerre mondiale impressionnent Anton. Il n'avait jamais imaginé que le métro moscovite puisse être un musée. Il s'était d'ailleurs imaginé beaucoup de choses sur cette ville, dont il avait rêvé intensément durant les mornes années de son enfance, et force est de reconnaître que la réalité est plus saisissante. La réalité le déconcerte, son extravagance et sa singularité fendillent ses certitudes. Les façades abîmées des maisons, les pastels défraîchis qui recouvrent les anciennes demeures aristocratiques, le béton hideux qui se dispute partout avec la noble pierre blanche, les briques ouvrières du vieux Moscou, l'architecture expérimentale qui répand, çà et là, sa sauvagerie primale, tout excite sa curiosité. Ce qui l'intrigue le plus, c'est l'irrespect des urbanistes, leur méconnaissance de la beauté. Les styles s'accumulent en couches géologiques. Constructivisme, symbolisme, décorum, grandiloquence stalinienne. Anton pensait à tort que Moscou était une ville harmonieuse.

– Elle est belle par endroits, lui explique Aliona, mais il faut chercher, fouiller la ville pour redécouvrir son passé, ses trésors cachés. Moscou masque sa noblesse sous les oripeaux du bolchevisme, la sacralisation du prolétariat, le culte de la modernité. Elle la cache pour mieux la découvrir aux curieux. Cette ville se fait désirer.

Arrivés au parc Sokolniki, ils s'approchent d'un kiosque qui sert un ersatz de café et des gâteaux secs. Le froid est tombé sur la ville. Dans le parc, l'air est revigorant. Ils contemplent les bouleaux aux troncs galeux et se choisissent un banc à l'abri du vent et des regards, comme le feraient deux jeunes amoureux. Aliona a mille questions à lui poser. Pour l'instant, elle n'ose pas. Il a l'air si timide, si fragile. Elle craint de faire éclater la bulle qui le protège. La jeune femme retire son bonnet de laine, remet de l'ordre dans ses cheveux. Elle a une idée. Elle va lui parler d'elle, de son enfance sur les contreforts du Caucase, dans cette petite ville industrielle qui fut autrefois l'un des centres de la culture médiévale tcherkesse, elle va lui parler de sa grand-mère, Hazman, de ses talents de chanteuse, de ses dons de devineresse, elle va lui raconter l'histoire de son peuple, les épopées chevaleresques des guerriers caucasiens, les mythes et légendes qui ont fermenté durant des siècles à flanc d'alpages.

Anton l'écoute attentivement, concentré sur le visage d'Aliona, ses cheveux de jais et ses yeux en amande dont les pupilles brillent à l'évocation de sa terre natale. Elle lui parle maintenant de son parcours de fille de berger kolkhozien, de son éducation, de ses engagements.

– Oui, j'ai cru au communisme, comme tous les enfants de ma ville. J'ai frissonné en écoutant le professeur d'histoire évoquer la grandeur de la nation soviétique, vanter le courage des héros de la révolution prolétarienne mondiale. Pour nous, la victoire de la classe ouvrière, c'était la victoire du bien contre le mal. Et les beaux lendemains promis par le parti. Qu'est-ce que j'ai pu y croire ! À chaque fois que l'on annonçait un plan quinquennal ou décennal, je calculais mentalement les jours qu'il restait avant de vivre tous heureux, dans l'opulence, sans pénuries de pain ou de pommes de terre, sans que ma mère doive aller faire la queue de longues heures pour trouver des produits laitiers ou de la viande. J'attendais de pied ferme que le communisme triomphe enfin de ses ennemis capitalistes ! Et il ne fallait pas me demander deux fois d'aller aux réunions des komsomols. L'embrigadement, les travaux d'intérêt général, les sorties à la campagne, les étés passés dans les fermes à aider les kolkhoziens au rythme des chants révolutionnaires, tout cela, je le faisais avec enthousiasme et bonheur. Je découvrais un monde généreux, ouvert, impliqué, nous nous engagions pour la bonne cause. Je l'avoue, j'ai aimé la liturgie du parti, ses drapeaux rouges, les calots bleus sur la tête, les calicots que l'on sortait les jours fériés, pour les défilés et les réunions d'éducation politique.

Anton la regarde en souriant. Il a participé aux mêmes activités, connu les mêmes émois lorsque les garçons de Tomsk défilaient fièrement dans les rues, célébrant la révolution d'Octobre. Ils ont crié les mêmes slogans, applaudi les mêmes héros, embrassé la même religion. Le cœur d'un enfant s'ouvre toujours plus vite que ses yeux. Ils ont connu les mêmes désillusions à mesure qu'ils grandissaient…

L'attention d'Anton se fait plus soutenue lorsque Aliona se met à lui parler de ses visions. La frayeur ressentie à l'orée de ses rêves, devenant peu à peu épreuve douloureuse, le choc éprouvé en comprenant que ses fantasmagories envahissaient la réalité, y laissant une trace infâme et une brûlure vive. Comment admettre ces visions qui se concrétisent dans le destin tragique d'inconnus ou d'êtres chers ? La mort, la maladie, les drames. Qu'est-ce que signifie ce don merveilleux que sacralisait sa grand-mère ? Pourquoi s'est-il mué en oiseau de mauvais augure ? L'œil perçant n'est-il que malédiction ? Il n'est pas facile à l'âge de dix ans de se sentir possédée par une multitude de voix, par un fleuve de vies qui déborde, l'avertissant bien trop tôt que la destinée humaine ne se résume pas à une insouciante promenade au pays de l'enfance. Il lui a fallu, avec l'aide de sa grand-mère, s'atteler à comprendre cette agitation intérieure, à la domestiquer et à en saisir le sens.

Anton retient son souffle. Les propos d'Aliona sont un coup de poing à l'estomac. Il peut à peine bouger, malgré le froid qui commence à engourdir ses pieds. Un geste, un mouvement ou un mot pourrait interrompre le flot de paroles, or il ne le veut pas, il a enfin rencontré quelqu'un qui parle sa langue. Aliona a vécu sa vie et traversé les mêmes enfers du doute, de la peur et de l'incompréhension. Anton a trouvé son double, sa sœur jumelle.

Perdu dans ses pensées, Iouri Stepanovitch arrive à la Loubianka guidé par les réflexes de l'habitude. Il sait ce qu'il fait, il a confiance en Aliona, il saura bientôt si son neveu est psychotique, affabulateur, ou s'il est au contraire l'un de ces êtres étranges comme il en naît parfois durant les temps troublés que traverse son pays. Car l'époque est favorable aux prophètes, vrais ou faux, aux fols en Christ, ces moines exaltés qui arpentaient la Russie tsariste en prêchant la bonne parole. Aliona saura lui dire si son neveu possède un don, et si ce don pourrait lui être utile, s'il faut y croire ou au contraire s'en méfier, renvoyer le garçon dans sa Sibérie natale, là où les distances infinies abolissent la monstruosité. Ces réflexions alourdissent son pas tandis qu'il gravit les marches de l'imposant bâtiment.

Il pressent ce qu'il va y trouver aujourd'hui. Une atmosphère électrique, une ambiance assassine, des hommes énervés ou en colère, d'autres inquiets et tendus. Certains se réjouiront peut-être, beaucoup cacheront leurs pensées intimes, car la prudence est reine, en attendant l'avènement d'une ligne officielle qu'il conviendra alors de suivre aussi fidèlement que le chien trottinant dans les pas de son maître. Il imagine aussi que le tout-puissant Vladimir Alexandrovitch Krioutchkov sera dans tous ses états, malade de voir s'effondrer ainsi un pan entier de la puissance soviétique. Il entend déjà ses discours grandiloquents, ses mots outrés, ses mises en garde débitées d'une voix monocorde, il connaît par avance ses propos ambigus où perceront, sous d'hypocrites recommandations à l'adresse du Secrétaire général, de véritables menaces à l'encontre du camp réformateur. Krioutchkov n'a sûrement pas dormi, la chute du mur de Berlin était sa pire crainte, c'est désormais une réalité avec laquelle il va devoir vivre. Vivre avec son pire cauchemar ! Le mépris qu'il éprouve pour son chef fait naître en Iouri des pensées sadiques, il se réjouit des affres dans lesquelles est probablement plongé son supérieur.

En poussant la porte de la salle de réunion, il découvre une réalité conforme à ses prévisions. Le KGB est en état de siège. La pièce irradie davantage qu'un réacteur nucléaire ukrainien hors de contrôle. Krioutchkov et ses adjoints Parkhomenko, Iassine, Lebedeiev, Stepanchouk, hurlent des ordres au téléphone, tandis qu'une armée de secrétaires et de fonctionnaires prend des notes ou apporte des télégrammes et des fax. Le KGB est en train d'évacuer Berlin-Est. La panique se lit sur les visages, la colère aussi. « C'est toujours pareil, se dit Iouri. On sait depuis des mois que cela va se produire, et quand cela se produit, on est pris de court. » Krioutchkov lève la tête et aperçoit son subordonné. Par des signes de la main, il lui ordonne de l'attendre dehors, Iouri obéit et quitte la pièce. Il connaît la règle tacite entre eux, ne jamais parler en présence d'autrui, leurs échanges doivent rester confidentiels. Il se rend au bureau de Dzerjinski, Krioutchkov l'y rejoint une dizaine de minutes plus tard. Fait exceptionnel, il ne porte pas de veste. La cravate desserrée qui pend sur sa poitrine ressemble à un maquereau mort au bout d'une ligne.

– C'est foutu, Iouri Stepanovitch ! C'est foutu ! Le bloc est foutu ! Mais on ne va pas pleurer un mort, hein ? Ça ne servirait à rien ! On va préparer son enterrement et faire en sorte de marcher dignement derrière le convoi funèbre.

– Si j'avais le cœur à rire, Vladimir Alexandrovitch, je dirais qu'une mort rapide vaut mieux qu'une longue agonie… et qu'il est effectivement temps de solder l'héritage.

– Garde tes phrases pour tes amis du camp démocrate. Je ne suis pas d'humeur à supporter tes provocations. J'ai du travail. Nous devons rapatrier à Moscou des années et des années de paperasses stockées à Berlin, sinon les Américains vont mettre la main dessus… On a déjà sorti l'essentiel, mais je ne veux pas leur laisser la moindre miette. Pas même une empreinte de doigt. J'ai carte blanche du Politburo et du Secrétaire général.

– Et en quoi puis-je vous être utile, Vladimir Alexandrovitch ?

– Je sais que tu as des liens avec les milieux d'affaires. Les nouveaux capitalistes qui se sont enrichis ces dernières années. Tu connais Gueorgui Ionani et toute cette bande de voyous, non ?

– Ionani est un mafieux… mais tous les nouveaux riches ne sont pas des mafieux. Beaucoup sont même des membres du parti, ou leurs enfants…

– Je m'en fiche de savoir ce qu'ils sont ! Pour moi ce sont des crapules. Mais nous avons besoin d'eux, de leurs comptes en banque pour rapatrier des fonds placés en Allemagne.

– En RDA ?

– Non, pas en RDA ! Qu'est-ce que nous foutrions de comptes bancaires en RDA ? Ce sont des comptes à l'Ouest ! dans les banques de l'Ouest !

Krioutchkov lui lance un regard alourdi de doutes sur ses capacités intellectuelles.

– Tu connais un capitaliste du nom de Kalchinsky ?

– Oui. Il brasse l'argent du parti, mais aussi de Ionani, et il fait ressortir le tout plus propre…

– Tu vas aller le voir, ainsi que Ionani. Tu leur demanderas d'ouvrir en urgence des comptes à la Deutsche Bank par lesquels nous ferons transiter notre argent. Ce sont de très grosses sommes. Ils seront payés pour ça.

– Combien ?

– Un pourcentage que nous déterminerons bientôt.

– Je commence à mieux comprendre les conséquences de la chute du mur de Berlin, lance Iouri sans chercher à masquer l'ironie de son propos.

– Ne joue pas les oies blanches, Iouri Stepanovitch. Tu sais parfaitement comment fonctionne le système, rétorque son supérieur en quittant la pièce d'un pas énervé.

En cette journée particulière, les murs ne tombent pas seulement dans l'ancienne capitale du Reich, en passe de redevenir celle de l'Allemagne réunifiée. Dans le cœur d'Anton aussi un mur s'est effondré. Son mur de la honte. Son mur d'incompréhension. Son mur de silence. Celui qui le séparait des autres membres de l'espèce humaine depuis tant d'années, au point qu'il se sentait exclu. C'est Aliona qui a produit ce miracle, l'extrasens tcherkesse a su trouver les mots, les gestes, les attitudes. Anton s'est ouvert comme un coquillage dans la nuit lumineuse des rivages coralliens. Il s'est livré, il lui a dévoilé son intimité, ses rêves, ses pensées confuses, ses intuitions fulgurantes, les mille et une souffrances vécues, la douleur des autres qu'il ressent parfois comme une plaie à vif, la peur face à l'incrédulité, l'angoisse de rêver d'un événement tragique qui toucherait son père ou sa famille. Il lui est arrivé plusieurs fois de *voir* la mort de telle ou telle personne, à chaque fois l'expérience fut si traumatisante qu'il a mis des semaines voire des mois à s'en remettre.

Aliona et Anton ont passé la journée dans le parc de Sokolniki, devenu l'incroyable jardin des révélations. Les allées scintillantes de givre et de neige ont célébré leur gémellité. Puis, ils se sont réconciliés avec cette ville indocile au cours d'une longue balade parmi les pins et les bouleaux, jusqu'au pavillon de chasse. Chacun venu d'un ailleurs que les souvenirs ont magnifié, chacun s'adaptant difficilement à cet univers anguleux, les voilà désormais liés par un passé semblable et, pensent-ils, un destin commun. Leur conversation prend un tour plus léger à mesure que leurs jambes s'affermissent dans les allées du parc. Ils s'interrogent sur l'oncle Iouri, cet homme à la fois inquiétant et séduisant qui réussit à s'affranchir des pesanteurs de la vie. Iouri est un mystère pour Aliona, qui avoue avoir du mal à le cerner. Il ne ressemble à personne dans cette ville. Il est libre ! Ce mot, les Russes, habitués à vivre selon les règles édictées par d'autres, ne savent pas le définir avec précision. Dans la réalité, la contestation est ce qui s'en approche le plus. Mais souvent, cette forme de désobéissance civile relègue le rebelle en marge et en fait un paria, or Iouri n'est pas de cette espèce, argumente Aliona.

– Je devrais le détester pour tout ce qu'il représente, le parti, le KGB, etc. Mais je n'y arrive pas. Je ne sais pas comment il s'y prend, mais il sait se faire aimer.

– Ce sont peut-être ses belles boucles brunes et sa gueule de chanteur de charme ? suggère Anton.

– Arrête ! Ce n'est pas ça… Non, je ne sais pas… J'ai le sentiment qu'il a su échapper à la fois à la peur et à l'obéissance, sans pour autant s'imbiber de vodka comme le font beaucoup.

– Je le connais à peine, je ne l'ai quasiment jamais vu, mais il ressemble à mon père. Tous deux possèdent une forte confiance en eux. On dirait qu'ils viennent d'un ailleurs que nous ne connaissons pas.

Ils dissertent ainsi longuement sur Iouri, sur l'avenir de leur pays, sur les temps troubles que traverse l'URSS. Sur les promesses de la perestroïka, aussi. Celles d'un avenir lumineux, ou, en tout cas, sensiblement différent. Mais comment ne pas perdre son âme dans le terrain vague du doute qui encercle la ville et ses habitants ? À croire que tout ce que l'homme a construit ici peut s'effondrer au seul bruit d'une cavalcade de Huns venus de l'horizon ! L'immensité géographique a toujours protégé ce pays et ses habitants, pourquoi n'est-ce plus le cas aujourd'hui ? Est-ce justement cet infini et ce sentiment d'inviolabilité qui ont affaibli les hommes, déformé leur morale et leur vision du monde ? s'interrogent les deux jeunes Soviétiques.

De son côté, Iouri Stepanovitch est en proie à des affres nettement moins philosophiques. Il doit résoudre le problème typique auquel sont confrontés ceux qui exercent une forme de pouvoir. Comment contraindre un homme à abdiquer son libre arbitre, et à se soumettre à la volonté d'autrui ? Dans son cas, il doit obliger Ionani et Kalchinsky à mettre à la disposition de Krioutchkov leurs comptes bancaires allemands. Comment forcer un tigre de Sibérie à baisser la tête ? La première méthode est celle du fouet, une bonne lanière de cuir envoyée à une vitesse supersonique sur l'échine fait plier le plus coriace des animaux, mais on obtient alors la soumission et l'obéissance, et non la coopération. Dès que la morsure se relâche, l'animal risque de se retourner contre son bourreau. Iouri ne veut pas passer sa vie à regarder derrière son épaule si les monstres qu'il a engendrés surgissent pour lui planter leurs crocs meurtriers dans le cou. L'autre méthode consiste à récompenser. L'inconvénient d'une telle méthode, c'est qu'elle revient à se coller une sangsue sur la peau, un petit animal qui finira par mettre à mal l'organisme entier, le privant de ses forces. L'intestin du KGB, déjà suffisamment anémié comme ça, n'a pas besoin d'infection supplémentaire. La synthèse de ces deux méthodes peut fournir un bon compromis. Convaincre ces deux hommes qu'ils ont intérêt à penser comme lui, leur tendre la carotte, tout en brandissant le bâton sans jamais l'utiliser. Il faut à la fois la violence et la subtilité du dresseur de fauves. Iouri se voit bien en dresseur de fauves, il se sent suffisamment fort pour réussir, rien ne lui a jamais fait peur, pourquoi en irait-il autrement avec ces hommes ? En même temps, la trivialité de cette tâche l'épuise d'avance. Est-ce à ces besognes qu'il se destinait en choisissant cette carrière ? Évidemment, la réponse est non. Il rêvait de stratégies diplomatiques, d'influence géopolitique, de nobles missions au service de la patrie. Il était jeune. Jeune et brillant. Aujourd'hui, seule sa pupille brille encore. Mais elle brille d'une lueur de mépris, d'une flamme de colère, d'une étincelle qui fait défaut aux hommes soumis. Sa vigueur et son intelligence sont devenues les instruments d'une complexion dangereuse. Iouri, le brillant étudiant, le charmeur, le magnifique orateur des cours de philosophie marxiste, est aujourd'hui un animal redoutable, une arme affûtée au service d'un appareil répressif. Il le sait. Il en éprouve de l'amertume. Cette lueur qui brille dans ses pupilles ne sert désormais plus que d'avertissement pour les autres, ils doivent comprendre que rien ne peut désarçonner un tel homme, rien ne peut amoindrir sa confiance en soi, rien n'arrête sa volonté de puissance, ni les scrupules, ni la morale. Il ne craint même pas ses propres faiblesses. Tant qu'il mordra, il sera le chef de meute. Peut-être est-il déjà trop tard pour s'arrêter.

Iouri est prêt à parier que le plus difficile à convaincre ne sera pas le mafieux, mais le capitaliste. Enfanté par cette mère monstrueuse qu'est la perestroïka, l'arrogant Alexeï Kalchinsky est un jeune loup nourri aux mamelles généreuses du parti qui lui a confié une ribambelle de coopératives où circule l'argent du PCUS. Des sommes faramineuses en roubles, parfois en devises, des trésors auxquels le commun des communistes n'aura jamais accès et qui, à l'instar des richesses de l'Église catholique, dorment dans des caves secrètes dont on s'empresse d'effacer la localisation. En quelques mois, il s'est vu propulsé à la tête d'un empire quasi privé, sans aucun équivalent en URSS. Kalchinsky possède à la Gosbank, la banque d'État, des comptes si bien garnis qu'ils alimentent les fantasmes et les conversations des initiés. Fonctionnaires de la banque, ministres de tutelle, surveillants du PCUS, guébistes, tous s'interrogent. C'est donc ça le capitalisme ? C'est aussi facile que ça de se remplir les poches ? Kalchinsky fait partie des précurseurs de la Russie de demain. Celle des oligarques.

Comme son père, le général Piotr Vassilievitch, il possède un don inné pour se faire aimer des puissants. En son temps, le général s'était attiré les bonnes grâces de Léonid Brejnev par un simple trait d'esprit devenu depuis légendaire, formulé hardiment au cours d'une cérémonie officielle où les toasts à la vodka avaient réduit au silence les inhibitions. À Brejnev qui lui demandait ce qu'il pensait de l'état-major, Kalchinsky, qui n'était encore que colonel, avait répondu : « Nos généraux ? Beaucoup d'étoiles et bien peu de lumière ! » Brejnev en avait ri à s'en frapper la panse pendant toute la soirée ! Il avait ensuite appelé à ses côtés cet officier impertinent, pour en faire l'un de ses perspicaces conseillers en matière de défense nationale. Autant dire que la vie du colonel s'en était trouvée grandement améliorée, d'autant que le militaire était rapidement devenu un compagnon de virées du Secrétaire général. Brejnev, qui vénérait les voitures de sport et tout ce qui était objet de luxe, connaissait parfaitement l'Europe de l'Ouest et le monde occidental, c'est lui qui avait suggéré à Kalchinsky d'envoyer son fils, Alexeï, étudier à Genève et à Londres. Et le destin du jeune financier a croisé celui de la perestroïka. La loi de l'offre et de la demande dans sa plus pure expression. Les dignitaires communistes ouvrent l'URSS à l'économie de marché, et voilà que le jeune Kalchinsky arrive à point nommé pour dévoiler à ces caciques les vices splendides du capitalisme, ses formules magiques débloquant les portes du monde libre, ses opiacés qui enivrent au-delà de toute raison. Alexeï Petrovitch n'a pas mis bien longtemps à comprendre qu'une montagne de billets dissimulée sous une forêt de comptes à la Gosbank, la Sberbank ou la Vnesheconombank n'attendait qu'un jeune aventurier armé d'une boussole politique et d'une carte de crédit pour se répandre de Londres à Vladivostok, et de New York à Hong Kong. Mais Kalchinsky n'est pas seulement un brillant financier aux méthodes de golden boy américain. Le réduire à l'image qu'il renvoie, celle du prédateur en col blanc roulant en Mercedes et fumant les mêmes cigares que Fidel Castro – fournisseur attitré de son père –, serait commettre une erreur. Il est avant tout un créateur imaginatif, novateur et audacieux, un magicien de la finance qui se délecte de sa propre habileté. Les gigantesques mécanos industriels, les ingénieuses pyramides financières érigées dans ce désert capitaliste qu'est l'URSS, les montages aussi sophistiqués qu'efficaces, toutes ces constructions dénotent un esprit supérieur, audacieux et élégant. Malgré son jeune âge, malgré ses nombreuses déviances répertoriées soigneusement par les fonctionnaires de la Loubianka, Kalchinsky est un homme d'une envergure rare. Il a compris avant tout le monde que le processus politique actuel allait inéluctablement amener le pays à transférer ses immenses ressources entre les mains d'intérêts privés. Et si la logique de ce processus échappe encore à ceux qui l'ont mis en branle, elle apparaît à ses yeux aussi clairement que Véga dans le ciel nocturne. Il faut un cerveau particulièrement fécond pour faire naître du néant l'alchimie financière qui permet de transformer l'acier, le pétrole et le rouble en dollars. Et le fils du général, devenu un hussard magnifique, indispensable *héros de notre temps*, adopte les vices qui seront, quelques années plus tard, les étendards de sa génération. Costumes prétentieux, montres clinquantes, goût immodéré pour les filles et les opiacés vertigineux.

Le *golden boyard* habite une splendide datcha cachée derrière un mur de briques, au fond d'une discrète allée du village de Joukovka, la cité des apparatchiks, des généraux, des artistes officiels et des intellectuels encartés de rouge. Cette cité des puissants est interdite au commun des mortels, son accès est gardé par des policiers coiffés de chapkas bleu-gris, armés de fusils-mitrailleurs AK47, c'est un lieu hors du temps et de l'histoire, une bourgade paysanne devenue sanctuaire social, monde merveilleux où circulent des voitures luxueuses au milieu de pavillons coquets et de villas élégantes. Dans ses magasins, on trouve tout ce que le Soviétique moyen ne verra que de façon parcimonieuse durant sa vie, des produits dont il n'ose pas rêver, dont il ne soupçonne pas l'existence en de si importantes quantités. Fromages, saucissons, œufs frais, poulets et des tonnes de cette délicieuse crème fraîche, la smetana onctueuse, dont raffolent les Russes. Rien ne manque dans cette antithèse absolue de l'URSS. Les victuailles rares et exotiques y sont en surabondance. Viandes japonaises, françaises, caviar d'Astrakhan, alcools américains, on trouve même, luxe suprême, des bananes et des mangues venues d'Angola par avion-cargo. L'État ennoblit les aristocrates décadents de l'empire rouge à coups de bordeaux millésimés et de mets fins. Et cette grossière politique du ventre suffit amplement à souder toute une caste dévouée. D'ordinaire, lorsqu'il se rend à Joukovka, Iouri fait ses courses et remplit son coffre de champagne, de cognac et de cigarettes, mais aujourd'hui, bien que sa réserve d'alcool ait dangereusement diminué en raison des razzias éhontées d'Helena, il n'a pas le temps d'arpenter les rayons des boutiques, ce qui le met de mauvaise humeur. Il doit faire vite et obtenir l'assentiment de Kalchinsky, sinon Krioutchkov va l'accuser d'activités antipatriotiques.

– Il serait capable de me soupçonner de trahison, bougonne-t-il au volant de sa voiture.

Lorsque s'ouvre le portail menant à la datcha du jeune financier, une neige épaisse se met à tomber doucement dans un silence inerte. Le parc semble subjugué par cette oraison muette qui dépose un manteau soyeux sur les cimes et les bosquets. Iouri est frappé par la beauté de ce jardin forestier empli d'une sérénité qui manque tant à sa propre vie. Il n'y a pas la moindre brise, les pneus crissent sous un mélange de neige et de graviers. Iouri découvre, au bout de l'allée, une demeure de style anglais, un véritable petit manoir. La maison a dû appartenir à un bourgeois du XIXe siècle, avant d'être réquisitionnée par les communistes et attribuée à quelque ministre ou haut responsable moscovite, pour finir entre les mains du jeune financier, sans doute en remerciement de ses fructueux services. Iouri gare sa Volga à quelques mètres du perron sans prendre la peine de chercher le parking. Deux vigiles s'approchent de la voiture. Il leur montre sa carte, ceux-ci le saluent brièvement, s'emparent de ses clés et le conduisent au manoir.

En pénétrant dans le vestibule, il reçoit un choc auditif. Un rythme sourd et saccadé fait trembler les lourdes portes en bois qui mènent à la pièce principale. La sérénité du parc est déjà lointaine. Soudain, les battants s'ouvrent et un fracas de décibels s'abat sur lui. Quelque peu surpris, il esquisse un pas en arrière. Un kaléidoscope de lumières rouges le rattrape, tandis qu'une silhouette émerge du tsunami visuel et sonore. Iouri aperçoit une foule de filles et de garçons dansant sur les rythmes du groupe américain Nirvana. L'espace d'une seconde, il est transporté à Londres dans cette boîte de nuit où il a fêté l'an dernier les vingt-huit ans de Ioulia. La silhouette s'approche, Iouri reconnaît le visage d'Alexeï Kalchinsky. Jeans bleus et chemise blanche, cheveux en bataille et regard vitreux, l'homme d'affaires fait la fête avec ses amis.

– Tu es Iouri Stepanovitch ? Je t'attendais. Viens boire un verre pour commencer !

Il tourne les talons et repart vers le salon, épicentre de la fête. Iouri hésite un instant, puis finit par déposer son manteau dans les bras du vigile, avant de s'enfoncer dans le magma humain. La musique est à la limite du supportable. *Bleach* laisse place au rock russe de Viktor Tsoï. Des dizaines et des dizaines de corps sont massés, enchevêtrés, enlacés, pris dans le bouillonnement intense d'une fête orgiaque, où l'alcool et la musique noient les âmes dans une transe démentielle. Iouri remarque quelques corps féminins dévêtus et de jeunes athlètes torse nu. Le bruit s'atténue quelque peu lorsque le MC enchaîne sur le dernier album de Talking Heads. Kalchinsky emmène Iouri au fond de la pièce, vers un canapé où deux garçons caressent voluptueusement le corps d'une beauté slave. Il les chasse d'un geste de la main et propose à Iouri de s'asseoir.

– Est-ce que tu as baisé, aujourd'hui ? demande-t-il abruptement.

Iouri a parfaitement entendu la question, mais il est si déconcerté qu'il ne sait quoi répondre.

– Je te demande si tu as déjà baisé aujourd'hui ? insiste le jeune homme.

– Oui, j'avais compris…

– Parce que c'est important de baiser. On ne peut rien faire de bon dans sa journée sans avoir sorti sa queue. Tu comprends ? Baiser, ça aide à avoir les idées claires et à prendre les bonnes décisions. Moi, je ne commence jamais la journée sans avoir baisé. Et dès que je peux, je chope un cul, n'importe lequel. Une pute, une secrétaire, je m'en fous. L'essentiel, c'est de vider ce qu'on a là, au fond du ventre, et qui nous bouffe toute la journée. Tu piges ?

– Oui, je pige, répond Iouri sans grande conviction.

– Alors, t'as baisé ou pas ?

– Euh, non, je n'ai pas baisé…

– Tu vas le faire maintenant ! Et comme ça on pourra discuter tranquillement ensuite.

À peine ces mots prononcés, Kalchinsky se lève et attrape par le bras une ombre longiligne qui passe à sa portée.

– Nastia, viens ici ! Tu vas sucer mon ami. Dépêche-toi !

La jeune femme secoue le bras, tente de s'échapper, mais le financier ne la lâche pas.

– Fais pas chier ! Je te demande de venir t'asseoir ici et de sucer mon pote.

– Camarade Kalchinsky, je n'ai pas le temps de m'amuser ce soir, intervient Iouri. Je ne suis pas venu pour ça. Et note bien que je le regrette. Mais ceux qui m'envoient ont une chose importante à te demander. Et cela ne peut pas attendre. Je suis désolé de venir gâcher ta petite fête…

– On célèbre la chute de ce putain de mur de Berlin.

– Oui, je me doute bien. Nous aussi là-bas, on fait la fête, mais à notre façon…

– Ah bon ? Vous ne soutenez pas le *camarade* Honecker ?

– On l'emmerde. Qu'ils aillent se faire foutre, lui et sa clique de généraux nazis ! Mais je ne suis pas venu te parler de ça. Écoute-moi attentivement. J'ai besoin de dix minutes au calme avec toi. Et ensuite tu reprendras le cours de ta vie trépidante. Et moi, j'irai tranquillement chez moi, et je te promets que je baiserai l'une des plus jolies filles de Moscou.

Kalchinsky sourit à cette dernière remarque, manifestement heureux de voir ses idées triompher.

– Allons dans mon bureau, à l'étage, propose-t-il.

Le bureau est une vaste pièce sobre et fonctionnelle, triste dans son dépouillement, macabre dans sa géométrie. Une table en simili bois, des armoires de rangement, et au mur un cadre avec le diplôme vantard d'Alexeï Petrovitch, un MBA en finance d'une grande école londonienne. « Comment peut-on mettre aussi peu de vie et de goût dans une pièce où l'on est censé travailler une bonne partie de la journée ? » se demande Iouri qui pensait ce défaut réservé aux cadres du KGB. Kalchinsky est plus calme, son excitation est retombée depuis qu'il a quitté la fête, il se sert une tasse de café et pose le thermos devant Iouri.

– Pourquoi cette mine sombre ? demande le jeune yuppie soviétique. Tu me trouves décadent ? C'est ça ?

– Non, je me demande même si ce n'est pas moi le plus décadent de nous deux, répond Iouri dans un demi-sourire. Face à toi, je me sens un barbare empêtré dans la morale soviétique, perclus d'hypocrisie et paralysé par mes préjugés. Peut-être n'es-tu pas l'anomalie que le système tente d'éradiquer depuis soixante-quinze ans. Peut-être est-ce moi l'anomalie. Moi et tous les autres. Et tu serais en quelque sorte un précurseur...

– Je suppose que tu n'es pas venu pour philosopher sur l'Homme nouveau. Vas-tu me dire ce que la Loubianka attend de moi ?

– Trois fois rien. L'accès à tes comptes de la Deutsche Bank...

Kalchinsky, qui était en train d'avaler une gorgée de café, s'étrangle subitement et renverse la moitié de sa tasse sur sa belle chemise blanche.

– Quoi ?! Ils veulent mes comptes ? Mais ils sont fous ? Qu'est-ce qui leur prend ?

La surprise, pas plus que l'indignation, n'est feinte. Kalchinsky regarde Iouri, bouche bée et les yeux inquiets.

– Entendons-nous bien, Alexeï Petrovitch, ils ne veulent pas ton argent, ils veulent pouvoir utiliser tes comptes pour faire sortir leur fric de Berlin, précise Iouri, tout en se servant une tasse de café.

– Mais pourquoi ?

– Parce que justement le mur est tombé et il est temps d'émigrer à l'Ouest.

– Tu te fous de moi !

– À peine. Ils ont d'énormes intérêts financiers bloqués dans la banque d'État de la RDA. Et ils ne veulent pas que leur argent reste là. Le *camarade* Heinrich Honecker n'inspire plus confiance, manifestement.

– Mais c'est démentiel ! Je ne peux pas faire ça !

– Pour quelle raison ?

– Parce que les Allemands contrôlent tous les mouvements financiers venus de l'Est, ils surveillent et enquêtent. J'en sais quelque chose, l'an dernier ils m'ont bloqué quarante millions de dollars.

– Et ça s'est terminé comment ?

– Demande au Secrétaire général. Il a dû passer quelques coups de fil à Bonn.

– Donc il n'y a pas de problèmes. Si d'aventure ils viennent fouiner, nous passerons les bons coups de fil...

– Mais ça ne marche pas comme ça !

– Si ! l'interrompt brusquement Iouri. Ça marche comme ça ! Qu'est-ce que tu crois ? Que le mur est tombé tout seul ? Par la grâce des manifestations populaires ? Non. Le mur est tombé parce qu'un *deal* a été passé entre Gorbatchev et le chancelier Kohl. Et l'Allemand va même nous donner des sommes colossales pour cela. Pour qu'on lui rende ses petits Ossies. Tout s'achète de nos jours. Ce n'est pas à toi que je vais l'expliquer.

Il n'y a plus que nos vieux communistes pour croire encore le contraire.

Kalchinsky regarde Iouri avec un étonnement sincère. Il ne s'était jamais penché sur les mécanismes secrets des relations germano-soviétiques et découvre ce terrain de jeu fascinant où l'on peut inventer ses propres règles.

– D'accord. Admettons. Mais qu'est-ce que je gagne dans l'histoire ?

« Et voilà, pense Iouri. Le poisson a mordu à l'hameçon. » Il s'attendait à davantage de résistance, mais il est vrai qu'il connaît encore mal les nouveaux Russes, et qu'il ne mesure qu'imparfaitement le degré d'accoutumance aux devises fortes.

– Ça, Alexeï Petrovitch, c'est mon patron qui te l'expliquera. Tu vas l'appeler ce soir, à ce numéro, dit-il en lui tendant une carte de visite. Ne t'inquiète pas, il sait être généreux avec les bons patriotes. Et toi, tu es un bon petit komsomol.

Kalchinsky esquisse une moue incertaine. Il cherche à comprendre si Iouri se paye sa tête ou non.

– De toutes les façons, je n'ai pas le choix. Avec des gens comme vous…

Iouri a un petit rire sec.

– Tu sais, dans la vie on a toujours le choix. Même avec des gens comme nous, comme tu dis. Il suffit d'être prêt à en assumer les conséquences. Une dernière chose : notre ami Ionani, qui possède lui aussi de gros intérêts à Berlin-Ouest, est invité à se joindre à toi. Nous aurons besoin de sa collaboration. Tu te chargeras de lui faire passer le message. Il va gagner bien davantage d'argent qu'avec ses putes, ses faux boxeurs de compétition et ses trafics de drogue.

Iouri se lève et rajuste sa veste, il joue les caïds depuis quelques minutes et en a déjà passablement ras-le-bol.

– Bien, je vais te laisser travailler, ajoute-t-il. Juste un petit conseil. Tu possèdes une jolie maison, mais la décoration est repoussante. On se croirait à la Loubianka. Ou pire, au Kremlin. Tu devrais accrocher quelques tableaux modernes. Ça égayerait. Si tu veux, je peux t'envoyer une amie, peintre et grande experte en art contemporain. Elle connaît tous les jeunes talents moscovites. En plus, ils vendent leurs toiles pour une bouchée de pain.

– Je ne savais pas que le KGB s'occupait aussi de la décoration, rétorque le jeune financier dans un sourire.

– Mais qu'est-ce que le KGB ne fait pas dans ce pays, Alexeï Petrovitch ? S'il sait faire et défaire les fortunes, il peut bien décorer les maisons. Et puis Helena est une amie proche.

– Je vois. Je prendrai soin de ta protégée, dis-lui de m'appeler.

L'affaire se conclut par une poignée de main. Les deux hommes se scrutent avant de se séparer. Chacun emporte avec lui la conviction qu'ils se reverront rapidement.

La soirée est déjà avancée quand Iouri quitte le petit paradis de Joukovka. Étonnamment, l'atmosphère s'est réchauffée de quelques degrés. L'air est une caresse. Iouri rentre à Moscou par la Perspective Joukov, fière autoroute urbaine, baptisée en l'honneur de l'héroïque maréchal vainqueur de l'Allemagne nazie. Le visage martial aux mâchoires carrées que tous les écoliers soviétiques ont appris à connaître lui revient en mémoire. Par ricochet, ce souvenir le ramène au sous-sol de la Loubianka, dans ces salles d'archives sentant le moisi, ainsi qu'une forte odeur de colle à papier. L'endroit où il a mené des recherches sur le maréchal Joukov, il y a quelques années. Pour un féru d'histoire comme lui, les archives du KGB sont un jardin d'Éden duquel nul Dieu vindicatif ne l'a jamais chassé. Il a pu ainsi découvrir dans la correspondance secrète entre Staline et Beria les fameuses lettres montrant que le tsar rouge était persuadé que Joukov voulait l'éliminer physiquement. Staline n'avait pas seulement pris ombrage de l'immense popularité de ce militaire hors pair qui avait remporté les batailles de Moscou et de Stalingrad, il s'était fourré dans le crâne que Gueorgui Konstantinovitch Joukov voulait sa place. Lavrenti Beria, l'âme démoniaque du *grand dirigeant*, n'avait pas eu à forcer son talent pour entretenir le délire paranoïaque de son maître. Après la mort de Staline, Joukov, exilé dans une miteuse garnison aux marches de l'empire, avait été rappelé à Moscou par Khrouchtchev. Et c'est lui qui était allé en personne passer les menottes à Beria avant de le jeter en prison. Question d'honneur. « L'histoire de mon pays est une longue suite de vengeances menées par des médiocres contre des hommes d'exception », se dit Iouri.

Arrivé dans le centre, une inexplicable envie lui prend de faire un détour par le mausolée de Lénine, place Rouge. Il gare sa voiture à quelques pas de la statue équestre du maréchal Joukov. Quelques dizaines de mètres le séparent de l'inconsolable édifice de marbre noir et de porphyre. La place est totalement déserte, Iouri s'arrête devant le mausolée, allume une cigarette. Dans son esprit se tissent des liens entre Berlin et Moscou, entre hier et aujourd'hui. Soudain il sent un frôlement, une main se pose sur son épaule, il sursaute. Dans son dos, un homme lui souffle quelques mots à l'oreille :

– Voilà la source du malheur actuel, ce cadavre que l'on n'a jamais enterré, cette momie qui insulte Dieu. Tant que Vladimir Ilitch ne sera pas rendu à la terre, la Russie ne vivra pas en paix.

Iouri se retourne, le temps d'apercevoir un homme de grande taille, la tête engoncée dans un capuchon, s'éloigner vivement et disparaître derrière la cathédrale Vassili Blajennovo, Basile-le-Bienheureux. Sans doute le seul bienheureux de ce pays…

7.

À peine sortis de l'état sauvage, mes ancêtres ont traversé à pied les forêts enneigées. Rêvant d'un sol noir, d'une herbe grasse et d'un chaud soleil. Ces rêves laissaient derrière eux le sillon stérile de la mort, de la destruction et de la guerre. Mais chaque barbare rencontre son maître, et mes ancêtres ont subi le joug de ces violeurs d'espaces juchés sur leurs tristes montures. Les Huns ont prouvé par les larmes et le sang que les Varègues n'étaient encore que des enfants égarés sur le chemin des siècles. Les cavaliers de la Horde d'Or ont insulté nos pères, tué nos frères, renversé nos idoles et répandu une semence incertaine, comme on verse un poison dans la rivière.
Et je suis là / Héritière vaincue / Femme humiliée
Je suis morte tant de fois / Je ne puis mourir davantage
Je ne peux que vivre, portant le poids des cohortes damnées
Le temps m'a fortifiée / Et mes enfants ont grandi
Je suis devenue Mère vengeresse
Mon sort est injuste, mon destin est menace / Mais je suis toujours là
Aussi immarcescible que les épines du pin
Aussi lumineuse que les étoiles / Aussi évidente que la rivière qui coule
Tous les autres sont morts et ont disparu de nos mémoires
Tous sauf moi / Nul ne peut plus me bafouer
Nul ne peut plus me nier / J'ai survécu à l'enfer
Et l'enfer est devenu ma condition
Je fais le serment de me venger des conquérants

– Qu'est-ce que tu en dis, Iourik?
Iouri soulève une paupière plus lourde que la porte du cachot qui emprisonne ses rêves. Il somnolait sans vraiment prêter attention aux propos de son amante.

– Je dis que c'est magnifique! Vraiment très beau, insiste-t-il en forçant le ton.

– Tu manques de conviction...

– Non! Je t'assure. Tes poèmes me plaisent toujours. Celui-là est particulièrement réussi.

– Alors je te l'offre pour la nouvelle année. C'est mon cadeau. Une ode à la femme varègue. À moi! Pour commencer 1990!

– Merci Lenka. Tu es un amour, mais je te rappelle que tu n'es pas varègue, tu es à moitié juive et à moitié ossète.

– Peu importe, Iourik. Femme varègue, femme juive ou femme ossète... de toutes les façons, nous serons toujours maudites par quelqu'un.

Iouri s'en veut. Il aurait dû en dire un peu plus, être plus élogieux, ou simplement plus sincère, lui avouer qu'il n'écoutait pas vraiment. À quoi bon les faux-semblants? Entre eux, il n'est pas question de jeu. L'accord tacite, paraphé d'un simple regard deux mois auparavant à l'issue de leur première étreinte, stipule que la franchise sera toujours l'aiguillon qui fera avancer leur relation. Il sait que ce contrat prendra fin un jour, que le mensonge s'insinuera sans doute par les interstices de l'habitude et de la monotonie, mais d'ici là le cristal est pur, l'air est sain et les étoiles qui illuminent leurs cieux ne pâtissent d'aucun scintillement parasite. Il repousse les draps de lin blanc, découvrant le corps d'Helena. Avant de gagner la salle de bain, il observe un instant ce corps élancé, ce corps qu'il possède chaque nuit ou presque depuis deux mois, depuis l'arrivée d'Anton à Moscou, ce corps qu'il peut contempler des heures sans jamais se lasser. L'image qui lui revient en mémoire est celle de la jeune femme hier dans la rue. Elle marchait à sa rencontre sous les intempéries, protégée par la toile grise de son parapluie, de la courbure du mollet jusqu'à celle des cils, elle n'était que désir ardent. On aurait dit le soleil brillant sous un parapluie !

Helena sent le regard de Iouri se poser sur elle. Aussitôt, elle ouvre une paupière et se réveille. Elle frémit. Dans son ventre naît une chaleur soudaine qui remonte le long de sa poitrine et accélère les battements de son cœur. Le rythme s'emballe. La chaleur lui cambre les reins. Tout son corps se tend. Ses doigts agrippent les draps de lin tandis que les muscles de ses bras se tétanisent quelque peu. La chaleur est plus intense, plus envahissante, c'est un soleil de mai qui palpite en elle. Helena est au bord du lit, le souffle court, respirant difficilement. Un frisson électrise ses aisselles et descend le long des flancs. Son sexe devient humide. Elle s'en rend compte, voudrait s'en défendre, mais ne peut rien y faire. Son corps l'abandonne. Ses sens n'obéissent plus qu'à ce prince, apparu au détour de sa vie. Il a suffi qu'il quitte la pièce pour que déjà Helena souffre d'un mal inconnu, le manque. Est-elle devenue folle ? Elle qui n'a jamais subi le moindre joug masculin, voilà désormais que son corps supplie, réclame, exige la servitude. Elle, l'émancipée, la femme libre, comment peut-elle se laisser ainsi commander par un simple regard masculin ? Elle glisse du lit, se laisse doucement couler sur le tapis turkmène, sa peau éprouve la texture de la laine épaisse. Son sexe est désormais brûlant. Une infime partie de son esprit s'affole et se rebelle. En un ultime sursaut, elle tente de se réapproprier le contrôle de son corps. À quoi bon ? Le combat est inégal et la défaite si délicieuse. Allongée sur le tapis, elle gît sans force, les nerfs à vif, la peau couverte d'une pellicule de sueur. Elle reste ainsi allongée quelques minutes, laissant l'onde merveilleuse la traverser. Puis, épuisée, abandonnée par ce ressac intime sur la berge de son désir, elle se reprend. Le rythme de son cœur décélère. Elle voit à nouveau clair. Ses idées se réordonnent. Le réel revient en jappant joyeusement son cortège de bruits incongrus. La théière qui siffle le petit déjeuner, le tic-tac du réveil, le gargouillement de l'eau dans la plomberie. Elle ouvre les yeux. Elle sourit.

Elle est amoureuse de son prince Iouri depuis le premier jour. Longtemps elle a cru que cet homme qui ne manifestait à son égard qu'une curiosité polie ne s'intéressait pas à elle. Elle se trompait. Iouri est devenu son amant régulier. Et ce fut aussi simple que de frotter la pierre d'un briquet, une flamme est apparue, une chaleur est née, depuis, ils s'aiment, c'est pour elle une évidence. Le vernis de leur amour reflète une lumière intense. Il est encore trop tôt pour l'usure, le doute et la méfiance, ils viendront bien assez vite, aucun château de sable n'a jamais résisté aux vagues, se dit-elle dans un soudain accès de cynisme désabusé. Mais il ne sert à rien d'y penser. Mieux vaut vivre dans l'instant, ne rien anticiper, ne rien redouter. L'amour est un état suspendu.

Anton est devenu le témoin privilégié de cette rencontre, le cupidon qui note chaque détail de cette étrange topographie amoureuse qu'il ne connaît que par ouï-dire. Helena apprécie ce garçon sensible au visage d'ange. Il n'a pas la virilité moujtchina de Iouri, et pour cette raison, elle a envie de le choyer, de protéger sa fragilité. Iouri et elle parlent souvent de lui. Ensemble, ils l'analysent, jaugent ses talents, évaluent ses progrès dans la vie. Le jeune homme est un sujet de conversation commode qui leur permet de ne pas trop parler d'eux ni de leurs sentiments réciproques. Elle est pudique, il est secret. La part d'ombre en lui, qu'elle ne cherche pas à percer, ne l'effraie pas. Ses défauts à elle, qu'il se refuse à juger, ne l'inquiètent guère.

Lena rejoint son amant sous la douche.

– J'ai rendez-vous avec ton capitaliste préféré, Alexeï Petrovitch.

– J'espère qu'il va t'acheter des tableaux.

– Mieux que ça, mon amour. Il m'en a déjà acheté plusieurs. Hier je l'ai emmené chez Nijevoï et aussi chez Gontcharovski. Il adore leur travail ! Et ce gars ne compte pas l'argent. Je n'ai jamais vu ça. Nijevoï lui a demandé mille dollars américains pour une toile ! C'était une plaisanterie, juste pour tester son humour, mais devine quoi ? Il a payé sans hésiter. Il a sorti une liasse de dollars américains. Tu te rends compte ! Je n'en revenais pas. Nijevoï a fait des yeux ronds, il a même flippé un peu. C'est interdit d'utiliser des devises américaines.

– Dix à quinze ans de camp de travail, si je me souviens bien de mes cours de droit pénal, précise Iouri.

– Mais lui, il s'en fiche du droit pénal et des lois soviétiques. Ce gars est un extraterrestre.

– C'est aussi quelqu'un d'imprudent. On ne distribue pas ses dollars dans la rue ou dans les ateliers d'artistes…

– Tu veux mon avis ? Il est au-dessus des lois.

Iouri détourne le regard et quitte la douche. Il ne veut pas mentir à la jeune femme ni la blesser en la confrontant à la réalité. Bien sûr que le boyard est au-dessus des lois. Iouri aussi est au-dessus des lois. Et d'une certaine façon, même Anton est au-dessus des lois, depuis que Iouri l'a pris sous son aile. Dans cet appartement, il n'y a qu'elle qui soit *au-dessous* des lois, et tenue de les respecter ! Seuls les simples citoyens sont soumis à la punition légale imposée par l'État. Tout ce qui n'est pas expressément autorisé est interdit. Voilà comment ça fonctionne pour *vous*, se dit Iouri, pour ceux *du dessous des lois*. Les autres, les dirigeants, les puissants, les petits malins, éloignés du commun des mortels par une parallaxe cosmique, découvrent goguenards que l'univers n'a pas de limites.

Helena le retrouve dans la chambre.

– Il parle de financer ma galerie. D'en faire un lieu pour les artistes avant-gardistes. Que dis-tu de ça ?

– Hum… Mon premier réflexe d'homme jaloux serait de te dire de t'en méfier. De rester loin de lui avant qu'il ne t'achète pour une nuit ou deux. Mais je suis jaloux et non pas paranoïaque. S'il a envie de financer tes projets, et si toi tu es d'accord, je ne vois pas pourquoi vous ne feriez pas affaire ensemble. D'autant que son carnet d'adresses doit être rempli de gens qui peuvent se payer les toiles improbables de Nijevoï.

– Moi je crois qu'il aime sincèrement les artistes.

– Non Lenka. Il n'aime pas les artistes. Il aime se contempler en amateur d'art et en mécène. C'est différent. Et sache qu'il n'y a rien de sincère chez lui. Mais si vos intérêts se rejoignent, c'est bien pour tous les deux…

– Tu es quand même un peu parano.

– Je le connais. J'ai voyagé brièvement dans son univers. J'ai vu la face cachée de la lune. Elle est peuplée de monstres. Crois-moi !

– Viens avec nous ce matin, nous projetons d'aller chez le sculpteur Vadim Baratov. Alexeï Petrovitch veut acheter des sculptures pour sa datcha.

– Non. D'abord, Baratov est plus lourd qu'un plat de lentilles. Il n'a aucun talent. Et puis, je ne peux pas, j'ai du travail. Tu sais que ça s'agite chez les Baltes et les Géorgiens, en ce moment. Mes patrons sont nerveux. Mais ne répète pas…

– … *ce que je te dis, c'est un secret d'État,* oui Iourik, dit-elle en imitant son timbre de voix. Je sais, je ne dirai rien à personne ni de toi ni de ton travail dont je ne sais de toute façon pas grand-chose. Si les Américains me kidnappaient et me torturaient pour que je leur parle de toi, je ne saurais pas quoi leur dire à part que tu es un amant merveilleux et un homme délicieux.

– Merci, mais ils le savent déjà, il y a quelques années, j'ai dragué une attachée d'ambassade américaine…

Lena feint la fureur et lui jette au visage *Les Enfants de l'Arbat* qui traîne à côté du lit. Iouri esquive.

– Pourquoi n'emmènerais-tu pas Anton chez ton sculpteur ? J'ai l'impression qu'il s'ennuie ici. Il passe toutes ses journées dans l'appartement.

Iouri rejoint son neveu dans la cuisine, qui par la fenêtre regarde tomber la neige dense et cotonneuse. Il le secoue gentiment d'un geste de la main.

– Antochka ! *Allons ramasser les patates !*

– Bonjour mon oncle, comment vas-tu ?

– Tu veux aller visiter l'atelier d'un sculpteur malhabile et dénué de sensibilité artistique, avant d'aller te promener dans le château digne d'un dessin animé tchécoslovaque d'un apparatchik devenu millionnaire ?

– Présenté comme ça… ça ne donne pas trop envie. Et puis j'ai rendez-vous avec Aliona.

– Ah ! lance Iouri avec une intonation grivoise. La jeune et jolie Tcherkesse te donne rendez-vous désormais ! J'aime bien ça, c'est une fille très gentille, honnête et intelligente, et c'est une bonne communiste. Elle te fera de beaux enfants.

– Une bonne communiste ?

– Je plaisante, Anton… Je me fiche comme de ma première Volga qu'elle soit communiste, ou bouddhiste, ou capitaliste… et elle ne te fera jamais d'enfants, conclut-il en riant.

– Au fait, mon oncle, je voulais te parler d'un rêve.

– Oui, vas-y, je t'écoute, répond Iouri avant de se raviser. Mais… attendons qu'Helena soit partie. Elle ne va pas tarder.

Iouri préfère qu'Helena en sache le moins possible sur les rêves de son neveu, elle pourrait lui poser des questions et finirait par deviner ce qu'il a derrière la tête. Or, il y a certaines choses que Iouri ne dévoile jamais. Pas même devant elle. La jeune femme est dans le vestibule, en train d'ajuster une chapka en astrakan sur son chignon de jais. Iouri ressent un pincement au cœur en la voyant se contempler dans la glace. Il s'impatiente déjà d'avoir à attendre la nuit prochaine pour la serrer à nouveau dans ses bras. Tandis qu'il l'informe qu'Anton ne souhaite finalement pas l'accompagner, Helena, sur le pas de la porte, leur envoie un baiser depuis la paume de sa main.

– Donc ce rêve, reprend-il, juste après que la porte d'entrée s'est refermée derrière la belle artiste.

– Je vois Mikhaïl Sergueïevitch monter très haut, en haut d'une tour, puis il tombe, et alors qu'il tombe, j'entends un cri, le cri d'une multitude, d'une foule immense qui acclame sa chute. Ensuite, je vois une grande fête, où chacun des invités repart en emportant quelque chose. Des chaises, des assiettes, des meubles. Et je vois distinctement Boris Nikolaïevitch qui préside un banquet et porte des toasts à la grandeur de la Russie. Dans le rêve, tout le monde l'appelle *maître* ou *tsar*. Mais surtout, je vois ton patron, Vladimir Alexandrovitch, qui n'est pas content et aiguise un long couteau dans une pièce sombre du Kremlin. C'est étrange, non ?

– Tu suis un peu la politique. Et tu comprends que Gorbatchev et Eltsine sont en train de se battre pour le pouvoir. Il me semble que ton rêve a choisi un vainqueur.

– Et qu'il indique aussi une menace...

– En effet.

– Et cette menace, c'est toi... Ou du moins, des hommes comme toi...

Iouri se sent blessé par la remarque de son neveu. Il ne se voit pas comme une menace, mais au contraire comme un protecteur.

– Sait-on vraiment qui sont les hommes qui nous entourent, Anton ? Crois-moi, nous sommes derrière un miroir, celui d'Alice au pays des merveilles, un roman que tu liras peut-être un jour, et derrière ce miroir, les seules vérités qui valent sont celles que nous inventons. La vérité n'existe que parce que nous décidons de ce qui est vrai et de ce qui est faux. C'est le principe même de toute idéologie.

– Alors, dis-moi ce qui est vrai et ce qui est faux.

– Ce qui est vrai, dans notre situation, c'est que nous sommes au milieu d'une bataille entre deux hommes qui, dans leur combat, utilisent des instruments comme l'idéologie, la foi, la loi. Nous risquons de prendre des coups. L'important est donc de se protéger. Pour cela, il est bon de savoir discerner qui sont nos amis et qui sont nos ennemis. Or, les apparences sont souvent trompeuses. Je te propose une chose, poursuit Iouri, au lieu d'aller à ton rendez-vous galant, tu vas venir avec moi, et je vais te faire rencontrer un homme aussi étrange que puissant. Tu comprendras ainsi mieux, peut-être, ce qui se passe dans notre pays. Et pourquoi nous en sommes là.

Une heure plus tard, l'oncle et le neveu sont en route pour le sud de la ville, vers une boucle de la Moskva où se niche l'un des plus vieux couvents de la capitale, celui de Novodievitchi. Anton n'a posé aucune question, Iouri ne lui a donné aucune explication, le silence est un pacte.

Le couvent est cerné d'un long mur de briques rouges et blanches à créneaux qui donne à l'ensemble l'allure d'une forteresse. Au centre du mur se trouve une tour carrée décorée d'un bouquet de bulbes dorés à l'or fin, on y distingue une lourde porte couverte de plaques de métal peintes en vert. Iouri se gare devant la tour, il demande à Anton de l'attendre dans la voiture, avant de franchir le portail par une petite porte découpée dans la masse viride. Resté seul, Anton allume la radio d'où s'échappe la voix du *barde*, Boulat Akoudjava. Quelques minutes plus tard, Iouri revient, accompagné d'un homme vêtu d'un long manteau de laine noire à col de fourrure. L'homme s'assied à l'arrière de la Volga, Iouri démarre le moteur.

– Anton, je te présente le starets, c'est un ami à moi.

Anton tend la main. Il ne peut s'empêcher de dévisager cet homme. Un nez d'aigle, des joues creuses, un regard intense. Le starets sort lentement une main noueuse de sa poche et la pose délicatement dans celle d'Anton.

– Starets, voici mon neveu Anton…

Iouri contourne par l'ouest le mur d'enceinte pour aller se garer devant une isba campagnarde érigée dans le parc attenant au monastère. Les trois hommes entrent dans la maisonnette, s'installent à l'intérieur, et, tandis que le starets alimente le poêle avec une grosse bûche de bouleau, Iouri prépare le thé. Anton observe sans oser prononcer un mot, il détaille l'homme silencieux devant lui, ses bottes fourrées, sa kosovorotka en lin blanc, sa longue barbe grise. L'atmosphère qui règne dans ce lieu est déconcertante, le starets qui se tient face à lui semble surgir du fond des âges, d'un village qui aurait été coupé du monde depuis des siècles. Il ressemble à ces ermites que l'on croise parfois dans les forêts sibériennes, ces exilés de l'espèce humaine qui choisissent d'abandonner les hommes pour se consacrer à une cause supérieure, suivre leurs lubies, fuir leur passé ou leurs démons. Anton sait vaguement ce qu'est un starets. En fouillant dans sa mémoire, il déniche une vieille image de conte russe représentant ces moines des temps passés. Thaumaturges et mystiques, clairvoyants et visionnaires, les starets appartiennent au folklore orthodoxe. Des « pipes d'opium », aurait dit son père qui n'aime pas beaucoup la religion ni ses serviteurs. L'atmosphère est paisible dans l'isba. Anton se sent transporté à mille lieues de la ville. Les trois hommes boivent leur thé sans prononcer un mot. Chacun semble perdu dans ses pensées. Anton se demande si le starets – qui n'a toujours pas desserré les mâchoires – a fait vœu de silence. Finalement l'oncle Iouri s'éclaircit la voix d'une toux brève.

– Starets, j'ai besoin de tes conseils et de tes lumières…

– Je sais pourquoi tu es là, répond celui-ci d'une voix sourde en posant sa tasse de thé sur la toile cirée qui recouvre la table en bois.

– Tant mieux, car moi je n'ai pas les idées très claires.

– Tu veux savoir si les hommes que tu protèges méritent d'être sauvés ou non. Tu veux savoir si tu défends le diable ou si tu défends Dieu. C'est la question qui t'empêche de dormir la nuit… tu es perdu au milieu de ce monde qui ne te semble plus guère avoir de principes, voilà pourquoi tu es ici.

– Ce que j'aime avec toi, mon cher starets, c'est la façon non orthodoxe dont tu t'adresses à un bon communiste. Disons que mes préoccupations sont plus terre à terre, moins empreintes de religiosité.

– Venant d'un mécréant comme toi, cela ne me surprend pas, ajoute d'un ton pince-sans-rire le starets.

– Eltsine va devenir incontournable après les élections de mars prochain, c'est évident. Partant de là, Gorbatchev devra composer avec lui, et avec le bloc démocratique. Il ne pourra plus s'opposer à sa puissance montante. Nous allons nous retrouver rapidement avec deux pouvoirs. L'un en Russie, l'autre en URSS. Et nous pressentons déjà qui va gagner… Ma question est de savoir si l'armée et le complexe militaro-industriel sont prêts à envisager une disparition de l'URSS dans sa forme actuelle.

– La question n'est pas tant de savoir s'ils sont prêts à l'accepter, mais s'ils pourraient s'y opposer. Et si oui, dans quel but ? Nos généraux savent qu'ils ont perdu la guerre idéologique. L'Europe centrale va partir comme un seul homme, et se jeter dans les bras de l'Ouest. Elle nous abandonnera pour toujours. Le pacte de Varsovie est déjà mort et enterré. Quant à nos ingénieurs, ils ne pourront jamais combler l'écart grandissant avec l'Amérique, ni même espérer suivre les puissances de second plan, comme le Japon, l'Europe de l'Ouest et bientôt la Chine. Nous allons vivre la pire défaite que notre pays ait dû affronter. Une défaite morale qui signifiera la fin de notre modèle politique, économique, et qui signera pour les décennies à venir la disparition de notre puissance dans tous les domaines. Le peuple russe va devoir partir en exil à l'intérieur de lui-même pour retrouver la force et la vigueur, pour retrouver sa foi et se ressourcer, s'il veut un jour à nouveau guider le monde. Les temps qui viennent seront amers. Voilà ce que je sais et voilà ce que j'ai vu.

– L'illusion de la force n'est pas la force…

– Exact mon petit Iourik, et la Russie n'est plus qu'illusions, elle n'a plus rien à dire au monde. Et son silence pourrait fort bien durer éternellement. Donc, si tu comprends ce que je dis, tu réalises que les hauts gradés comme Varennikov ou Iazov ne peuvent s'opposer à la marche de l'histoire, c'est-à-dire à la disparition de cet empire impie et antireligieux. Ils ne feront rien d'autre que hurler dans la steppe par un jour de grand vent. Ce siècle est déjà condamné par l'histoire, c'est un siècle maudit.

– Starets, arrête avec tes imprécations, s'il te plaît. J'ai besoin de savoir ce que trament les généraux.

Le starets passe une main dans sa barbe. Il sourit. Ses yeux s'allument d'une lueur malicieuse.

– Ils attendent... ils attendent de voir ce que fera Gorbatchev quand la puissance de Eltsine sera devenue trop importante. D'ici là, ils ne bougeront pas.

– Même si les Baltes menacent de quitter l'Union ?

– Ils se fichent des Baltes. Ils seront mis au pas en temps voulu. Les généraux frapperont Gorbatchev quand celui-ci sera à genoux et affaibli. Comme les boyards savaient si bien le faire autrefois. Le coup doit être décisif. On ne peut pas se tromper. On ne peut pas prendre le risque de blesser le tsar. Il faut le tuer du premier coup. Ils élimineront donc Gorbatchev quand celui-ci sera trop faible. D'ici là, tu peux dormir tranquille.

– Iazov ?

– Oui, et tous ses amis au sein de l'état-major.

– Une conspiration ?

– Pas encore. Disons... des réunions... de plus en plus fréquentes. Un agacement commun.

– Dois-je m'en inquiéter ?

– Méfie-toi toujours des militaires, je sais de quoi je parle. Mais n'en fais pas non plus une obsession. Lorsqu'ils bougeront, tu le sauras bien en avance, car ils sont incapables de la moindre discrétion. On entend leurs médailles tintinnabuler de loin ! Méfie-toi en revanche de ton patron, Krioutchkov. C'est par lui que Satan s'exprimera.

À ce moment précis, le starets se lève brusquement.

– Attendez-moi un instant, je reviens.

Il quitte la pièce à grands pas, emportant avec lui une petite hache posée contre le poêle. Par la fenêtre, Anton voit le moine se diriger vers un tas de bûches et se mettre à débiter du bois. Dehors, la neige s'est remise à tomber.

– Quel drôle de personnage, mon oncle.

– Oui, un personnage très étrange. Cet homme que tu vois là-bas, en train de couper son bois comme un paysan russe, tient entre ses mains un pouvoir immense. Il est sans doute plus puissant que le Secrétaire général et plus dangereux que le chef du KGB. C'est une force secrète et obscure, à l'œuvre depuis des décennies. Il est général, mais il n'a pas d'armée, il *est* l'armée. Et le plus étrange, c'est qu'il n'apparaît jamais en public. On ne le voit jamais invité à la moindre cérémonie, aucun portrait de lui ne figure dans l'iconographie officielle, seule une poignée d'hommes connaissent son identité réelle. Moi-même, je ne le connais que sous ce titre de starets et sous quelques noms d'emprunt qui lui ont servi à l'occasion, lors de ses fonctions officielles. En vérité, je ne connais que son prénom, Volodia, mais je te déconseille de l'utiliser devant lui. Ne l'appelle jamais autrement que « starets ». Sa puissance vient du fait qu'il est à la jonction du monde militaire et du monde industriel. C'est lui qui a bâti ce que l'on appelle le complexe militaro-industriel, il a fait construire toutes ces merveilleuses armes avec lesquelles nous tenons nos prestigieux adversaires en respect !

– Mais pourquoi se fait-il appeler starets ?

– Ça… c'est une très longue histoire. Une histoire que très peu de gens connaissent, et qui est restée secrète, aussi secrète que son protagoniste est demeuré énigmatique aux yeux des hommes de son temps. Starets, ou plutôt Volodia, avait quinze ans lorsqu'il fut envoyé à Stalingrad. C'était en 1942. Il a participé à ce que les Allemands appelaient la *rattenkrieg*, la guerre des rats. Il en fut même l'un des instigateurs les plus importants. Les Soviétiques possédaient les plans des égouts de Stalingrad, ils s'en servaient pour se mouvoir, sans avoir à redouter les tirs d'artillerie de la Luftwaffe. Volodia, malgré son jeune âge, ou peut-être en raison de cela, était d'une témérité extraordinaire. Il connaissait sur le bout des doigts la topographie des égouts de la ville, grâce à lui les soldats soviétiques ont maintes fois surpris les Allemands, leur infligeant de lourdes pertes. Volodia était considéré comme un héros dans son bataillon, il avait déjà reçu de nombreuses décorations ainsi que les félicitations du général Tchouïkov qui l'avait en grande estime. Les Allemands connaissaient sa réputation et ne rêvaient que d'une chose, le capturer. Un jour, les rats ont lancé une opération particulièrement audacieuse dans les sous-sols de la gare de Stalingrad occupée par les Allemands. C'est Volodia qui en avait eu l'idée et qui en avait échafaudé le plan. Il s'agissait d'arriver par les égouts, après avoir creusé un tunnel de cinq mètres de longueur qui relierait le collecteur de la gare au reste du réseau, ensuite les soldats se rassembleraient dans une fosse de dégagement avant de surgir armes à la main dans la gare pour capturer les Allemands. Une épopée digne des Troyens ! Volodia était la tête pensante, mais aux yeux de la hiérarchie il était trop jeune, trop inexpérimenté, pour diriger l'expédition. Le commandement en fut donc confié à un capitaine de Saratov, un certain Michkine.

Un soldat grossier, bourru, pourtant très populaire dans sa compagnie en raison de sa bravoure. Le plan s'est déroulé à merveille. Les rouges ont surgi dans le bâtiment et après un bref échange de tirs ont arrêté une centaine de soldats, ainsi que leurs officiers supérieurs, dont un général nazi. Le bâtiment servait de poste de liaison et les Russes ont mis la main sur des codes secrets employés par les techniciens allemands. La prise était d'importance. La victoire était complète. C'est alors que le capitaine Michkine a révélé sa vraie nature… Tandis que les prisonniers allemands étaient attachés les uns aux autres, Michkine a sorti un grand couteau qu'il a soigneusement affûté devant eux, avant de découper des lanières de chair dans le corps d'un soldat mort. Puis, il a obligé deux jeunes soldats nazis à manger cette chair humaine ! Volodia et ses compagnons d'armes étaient révulsés par cet acte d'une barbarie inouïe. Ils ont tenté d'arrêter Michkine, mais celui-ci est, pour ainsi dire, devenu fou furieux. Il les a menacés de les tuer, les uns après les autres, s'ils ne se taisaient pas. Volodia n'avait pas peur, il voulait arrêter ce dément. Mais tu sais comme moi qu'un bon soldat est un soldat obéissant. Personne n'a osé le suivre pour stopper la furie de Michkine. Cependant, Volodia était déterminé. Il a commencé à houspiller son commandant, et tandis que les deux hommes se disputaient, Michkine a pris son fusil, l'a pointé sur Volodia et lui a tiré dessus au niveau de la cuisse. Puis, toujours sous la menace de son arme, il a obligé le jeune garçon à se relever, à prendre un couteau, et à égorger un par un les soldats allemands prisonniers. Volodia a protesté, il a refusé, Michkine a menacé l'un de ses camarades. S'il ne s'exécutait pas, il serait responsable de la mort d'un soldat russe ! Volodia a donc commencé à égorger un, puis un autre, puis un troisième soldat.

Imagine l'ambiance, Anton ! Dans cette gare froide et sombre de Stalingrad, tandis que l'artillerie résonne au loin, Volodia, un jeune homme de quinze ans, est obligé d'égorger des soldats ennemis, à peine plus âgés que lui ! Il n'en peut plus, mais Michkine ne lâche pas l'affaire. Il veut son carnage, il exige que ce soit le petit Volodia, l'enfant chéri des généraux, qui en soit l'auteur, il l'encourage même : « Vas-y ! Tue-les ! C'est comme ça que tu deviendras un homme ! » Ce que Michkine ignore, c'est que Volodia préfère la mort au déshonneur. Après avoir égorgé un quatrième soldat, il se retourne vivement et se rue sur Michkine. Avant que celui-ci n'ait pu esquisser le moindre geste, il lui plante son couteau dans le ventre. Volodia venait de tuer son commandant. Tout le monde semble alors se réveiller d'un long cauchemar. Les Allemands ne sont pas les seuls à être soulagés. Chacun, à commencer par Volodia, sait bien que la vérité ne pourra être cachée aux officiers russes, Volodia a commis un crime sur un supérieur, ce qui est impardonnable. Le jeune héros décide d'affronter son sort avec un courage qui force l'admiration de ses camarades, il se rend et confesse ses crimes. Les généraux sont mortifiés en écoutant le récit glaçant du drame de la gare de Stalingrad. Mais l'armée soviétique est en pleine guerre, elle a déjà perdu des dizaines de milliers de soldats dans cette bataille, personne n'a le temps ni l'envie de s'arrêter trop longtemps sur le sort d'un jeune garçon, audacieux et courageux certes, mais dont les actes sont inexcusables, même s'ils sont justifiés.

– Ce qui est justifié devrait être excusable ! relève Anton.

– Peut-être. Mais n'oublie pas qu'en temps de guerre, la morale est elle aussi en guerre, fait remarquer Iouri. Volodia est donc conduit le soir même devant un peloton d'exécution, dans une rue dévastée de Stalingrad. Cinq hommes le tiennent en joue. Le chef de bataillon s'apprête à baisser le bras, libérant ainsi la salve meurtrière, quand un obus éclate dans la rue, fauchant le peloton d'exécution. Volodia échappe miraculeusement à la mort. Il est légèrement sonné par le souffle de l'explosion. Personne ne prête attention à lui. Il se réveille quelques heures plus tard, la nuit est tombée, un gel féroce mord la ville, Volodia traîne sa jambe blessée jusqu'aux baraquements des soldats et tombe nez à nez avec le général Tchouïkov qui lui dit : « Si Dieu a décidé de te laisser vivre au milieu de toute cette folie humaine, ce n'est pas moi qui vais contrarier ses plans. Va te faire soigner et va te coucher. » Volodia est démobilisé quelques années plus tard. Il vient d'avoir dix-huit ans. Il est bardé de médailles. Ses actes de bravoure lui ont valu mille surnoms et une réputation de héros. Staline l'a même invité au Kremlin pour qu'il lui raconte les événements de Stalingrad. Cependant la guerre l'a changé. C'est certain, elle change tout le monde. Chez Volodia, ce changement prend la forme d'un ermitage en Sibérie dans un monastère isolé au milieu de la taïga. Il y reste quelques années, jusqu'à ce que ce que le comité local du parti s'intéresse à son cas. Car les habitants de la région ont rapporté la présence d'un jeune prédicateur mystique qui possède des talents de guérisseur et de clairvoyance. La rumeur court qu'un saint homme a fait son apparition en Russie. Ce n'est pas la première fois, et bien évidemment le parti et les organes de sécurité ont souvent affaire à ce genre de fables, ils savent comment traiter ces cas. Généralement on envoie le *saint homme* en camp de travail quelques années et le calme revient. Mais lorsque les autorités découvrent l'identité du prédicateur, elles n'osent pas intervenir. La réputation de Volodia est encore très grande, personne ne veut s'en prendre à un héros de guerre. Il est néanmoins envoyé à Sverdlovsk dans une école d'ingénieur militaire où son intelligence fait forte impression. Le KGB modifie son identité, raye son nom des tablettes officielles, récupère toutes ses médailles et gomme ses faits d'armes, puis l'envoie diriger un certain nombre d'usines et de programmes militaires. Mais à chaque affectation, Volodia s'arrange pour vivre à l'écart, en ermite, près d'un monastère ou d'une église abandonnée. Et les rumeurs recommencent. Saint homme, guérisseur, etc. Alors, à chaque fois, les autorités le déménagent et changent son identité. D'affectation en affectation, son véritable nom s'est perdu dans les limbes administratifs. Pourtant, partout où il passe, son talent et son charisme font impression. Volodia se tisse un réseau de fidèles et d'amis dans tout le pays, de Kaliningrad à Vladivostok, selon la formule consacrée. Ingénieur de grand talent, il participe à la construction de l'industrie de défense, tout en restant d'une certaine façon anonyme et invisible. Un homme commode, au fond, pour un État qui cultive le goût du secret. Un homme dépossédé de son identité, mais qui est en même temps devenu un saint, un illuminé, un starets. Le plus mystérieux à mes yeux étant de savoir comment cette foi de mystique a pu s'accommoder d'un métier qui rend si peu hommage à Dieu. L'œuvre du diable, peut-être…

Cet homme au destin étrange, vibrant dans l'épaisseur de l'histoire comme une force tellurique sous nos pieds, est de retour dans l'isba. Anton le regarde désormais d'un œil différent, il est impressionné, fasciné par ce personnage. Le starets ressent immédiatement le changement d'atmosphère. Il en sourit intérieurement.

– Qui est cet enfant ? demande-t-il à Iouri en désignant Anton d'un mouvement du menton.

– Anton est mon neveu. Le fils de mon frère.

– Tu me l'as déjà dit. Mais sais-tu ce qu'il porte en lui ? Sais-tu ce que j'ai *vu* en lui ? demande le starets tout en fixant le jeune homme.

– Je crois savoir qu'Anton possède certaines qualités qui font un être exceptionnel…

– Tu as raison, ton neveu est ce que l'on appelle un clairvoyant…

Le starets prononce ces mots avec une simplicité surprenante, comme s'il s'agissait d'une qualité ordinaire. Anton sent une chaleur envahir ses joues. À nouveau on parle de lui et de ses supposés dons, à nouveau il se sent timide, incapable de réagir et de poser la moindre question. Il aurait pourtant tellement de choses à demander à cet homme !

– Je vois en lui une âme simple et pure, une âme que le Christ, Notre-Seigneur, a parée de vertus miraculeuses. Son intuition est telle qu'il comprend d'instinct la nature et ses lois mystérieuses. Est-ce que je me trompe, jeune homme ?

Surpris par cette question qui s'adresse à lui directement, Anton se contente de hocher la tête.

– Tu dois faire attention à lui, Iouri. Les personnes qui ont ce don sont exposées. Et tu dois faire attention à toi par la même occasion.

– Je suivrai tes sages conseils, starets.

– Suis aussi celui-ci… Surveille les autres, mais surtout surveille-toi. Les événements qui vont se produire dans ce pays vont te conduire à des choix cruciaux. Mesure bien tes actes et les risques que tu prends. Le futur dépend d'hommes comme toi. Ta responsabilité est importante, Iouri.

8.

Elle s'appelait Loubna, c'était une sacrée ouvrière
Toujours prête au combat, jamais avare de son derrière
Le communisme, elle l'avait dans le sang
Et s'offrait à tous les passants

Chanson de taverne

Lorsque l'on frappe à votre porte à deux heures du matin, ne répondez pas, ce sont les agents du KGB. Si vous restez silencieux, ils iront chez le voisin! La plupart des Russes rient jaune en entendant cette boutade. Iouri n'a jamais trouvé la plaisanterie très drôle. Et il ne vient à personne l'idée incongrue de frapper à sa porte au beau milieu de la nuit. À personne, sauf à Vladimir Alexandrovitch Krioutchkov qui est l'un des rares à posséder le numéro de cette ligne téléphonique débouchant sur un combiné dont le bourdonnement implacable l'agace au plus haut point. Krioutchkov n'a pas besoin de raisons précises pour le déranger. Parfois, il le fait simplement pour tester son degré d'obéissance, car un subalterne, même protégé par le Kremlin comme l'est Iouri, reste un subalterne, c'est-à-dire un être dont on ignore délibérément les besoins, les joies ou les peines, et dont on bafoue la vie privée avec l'irrespect du maître s'introduisant dans la mansarde du valet. Le tchinovnik du KGB n'est pas censé se plaindre, il n'a ni horaires ni contraintes familiales, il ne connaît ni le froid, ni la faim, ni la maladie, ni même le sommeil. En réalité, un bon fonctionnaire soviétique est ce qu'il y a de plus proche du serviteur, lui-même cousin au premier degré de l'esclave. Il arrive aussi à Krioutchkov d'avoir une inspiration subite qu'il souhaite partager sans délai, ou encore une inquiétude de directeur, c'est-à-dire un tracas qui prend des proportions gigantesques dans sa tête mal rangée d'apparatchik. Le puissant patron de ce non moins puissant organe d'État qu'est le KGB est un lémurien farouche qui vit dans l'anxiété permanente d'avoir à rendre des comptes, au point d'en oublier que c'est en grande partie lui qui dicte les ordres.

Krioutchkov a donc de multiples mauvaises raisons de le réveiller au milieu de la nuit, sans compter les bonnes. Guerre nucléaire, mort du Secrétaire général, explosion d'une centrale atomique en Ukraine ou en Sibérie, débarquement d'extraterrestres… Iouri écoute le téléphone bourdonner sans arriver à décider s'il va prendre l'appel ou non. Son esprit rebelle est enclin à envoyer le chef du KGB se faire pendre, mais cette attitude serait forcément interprétée comme une grave déviance, ainsi qu'une preuve de son dilettantisme, or il ne peut se permettre d'exposer ses flancs ni d'offrir à son supérieur un motif pour l'écarter de certaines décisions. Il ne s'agit pas de vanité personnelle, Iouri se fiche d'avoir ou non l'oreille de Krioutchkov, il s'agit d'efficacité. Il a *besoin* d'être dans les bonnes grâces de cet homme. Sa raison finit donc par s'extirper du marécage d'agacement produit par un réveil brutal, et lui présente l'ordre impérieux de rappeler son supérieur. Qui plus est, en ayant l'air aimable.

– Bordel, qu'est-ce que tu fiches, Iouri Stepanovitch ? Ça fait une demi-heure que je cherche à te joindre !

– J'étais sur une autre ligne avec Mikhaïl Sergueïevitch, il s'inquiète de savoir ce que trame le KGB dans son dos…

– Ne te fous pas de ma gueule ! Je ne suis pas d'humeur !

– Que se passe-t-il, Vladimir Alexandrovitch ?

Tout en tenant le téléphone entre l'épaule et l'oreille, Iouri attrape sur la table du salon l'un de ces paquets de papirosis qu'Anton, qui s'est mis au tabac brun, laisse traîner partout. Il sort une cigarette, pince le long filtre en carton entre ses deux doigts et allume le côté opposé. L'odeur râpeuse l'arrête aussitôt. La violence olfactive lui soulève l'estomac. Il écrase immédiatement la cigarette dans le cendrier en comparant ses effluves nauséabonds à ceux que dégage l'organe d'État pour lequel il est censé éprouver de l'admiration. Sans pitié pour l'industrie du tabac soviétique, il saisit son paquet d'américaines suaves et moelleuses. Voilà enfin un tabac qui ressemble à quelque chose !

– Il nous faut un moyen de contrôler Boris Nikolaïevitch. Propose-moi une idée…

C'est ce ton de commandant qui agace le plus Iouri. « Il nous faut. » Pourquoi ne dit-il pas simplement « j'ai besoin de toi pour trouver un moyen de… », ou même : « Pourrais-tu m'aider à trouver une solution ? » Cet homme ne sait pas demander ni s'adresser aux gens, il dépersonnalise ceux qui l'entourent. Voilà la vraie faiblesse de notre système, pense Iouri. Ce n'est pas parce que l'URSS est un régime policier et paranoïaque qu'elle est en passe d'échouer, analyse-t-il, mais parce que la *verticale du pouvoir* nie toute humanité aux échelons inférieurs. Partant de là, elle étouffe l'imagination, la créativité, l'initiative. La hiérarchie est un poison qui se distille lentement dans l'organisme, pourrissant les racines, nécrosant les tissus.

– J'ai une idée, répond Iouri. Une idée à laquelle je pense depuis quelque temps. Un plan qui répond parfaitement à vos besoins…

– Vas-y, explique !

– Vous savez comme moi qu'un homme politique vit constamment dans l'angoisse de ses propres décisions. Et cette angoisse provoque une tension qui obscurcit le jugement, d'où le recours à une armée de conseillers et autres courtisans.

– Je sais tout cela. Où veux-tu en venir ?

– Patience, j'y arrive. Qu'est-ce qu'un bon conseiller, Vladimir Alexandrovitch ? C'est quelqu'un qui rassure le dirigeant, en lui permettant de croire que ses choix sont confirmés par une puissance cachée qui lui est supérieure et qui portera donc l'entière responsabilité de ses échecs, ou tout au moins, leur poids moral. D'où le succès qu'ont eu dans l'histoire de notre nation les prêtres et les moines auprès des tsars.

– Tu me conseilles d'envoyer Raspoutine à Boris Nikolaïevitch ?

– Non, pas un prêtre, une voyante…

– Tu es fou à lier, Iouri Stepanovitch, commente, dépité, le chef du KGB.

– Réfléchissez un peu. Et dites-moi le nombre de membres du Politburo qui ont eu recours aux services d'extrasens ces dernières années.

– Euh… je ne sais pas, moi… une bonne quinzaine, environ, sur une petite quarantaine de membres.

– Exactement ! Voilà pourquoi je pense qu'une voyante auprès de Boris Nikolaïevitch pourrait nous rendre de grands services. Elle pourrait guider ses choix, les orienter en fonction de nos attentes, et aussi nous rendre compte de ses doutes et de son mode de fonctionnement.

– Et tu connais la perle rare ?

– Disons que j'ai une petite idée… Je pense à Aliona.

– La Tcherkesse ? Elle n'est pas un peu jeune ?

– Si, justement. Et c'est sa jeunesse qui constitue son deuxième atout, après ses dons de voyance.

– Et qu'est-ce qui te fait croire qu'elle travaillera pour nous ?

– Elle nous aide déjà pour le programme secret de parapsychologie. Et je me charge de la convaincre.

– Est-elle préparée à ce genre d'exercice ? Est-elle compétente ? Sait-elle à qui elle aura affaire ? Boris Nikolaïevitch est un politicien rusé et redoutable. Il ne se laissera pas duper par ta Tcherkesse. Ton plan est voué à l'échec. Et de plus, il est idiot…

Iouri ignore volontairement la remarque désagréable de son supérieur. Il ravale son orgueil dans une bouffée de tabac blond.

– Léonid Ilitch était sous l'influence de Djouna, la magnétiseuse géorgienne. Et, vous devez vous en souvenir, Staline avait parfois recours aux services du voyant Wolf Messing.

– Staline était fou et Brejnev malade.

– Boris Nikolaïevitch est drogué à la vodka. C'est son point faible. Il écoutera Aliona.

– Je ne sais pas. Peut-être as-tu raison. Essaie ton plan. Mais souviens-toi que tu ne peux pas échouer.

Iouri raccroche, satisfait. Il va introduire le ver dans la pomme, ou plus exactement le petit parasite qui va forcer l'huître à façonner une jolie perle à l'intérieur de sa coquille. Un inséminateur, voilà ce qu'il est, voilà comme il voudrait se voir, un inséminateur plutôt qu'un manipulateur. C'est par cet artifice moral qu'il empêche la sensation répugnante qui rôde en marge de sa conscience de pénétrer dans sa psyché. S'il la laisse faire, elle va entrer et ravager ce qui lui reste d'estime de soi. Pourtant, il s'agit bien de convaincre Aliona de jouer un rôle détestable, sans doute malsain, et peut-être même dangereux.

La Tcherkesse est une jeune femme sensible, l'opposé d'une ambitieuse ou d'une intrigante. Il lui faudra réveiller en elle un démon dont elle ignore sans doute l'existence et la nocivité. Il n'aime pas cette idée. Mais a-t-il le choix ? Ce qui est en jeu est crucial pour l'avenir de son pays. C'est du moins la justification qu'il s'est trouvée et qui lui permet de continuer à se regarder dans le miroir. Il sait bien que ses arguments moraux sont à peine plus épais que la couche de glace qui recouvre l'étang du Patriarche à la fin de l'hiver. Il se pourrait fort bien que la glace cède sous ses pas. Et si, comme le dit le starets, les Russes vont bientôt goûter les fruits amers d'une immense défaite, la seule question qui le taraude est de savoir si cette défaite sera la conséquence ou la cause de la décadence de cette nation, et donc, de sa propre décadence.

Iouri se rendort dans la pestilence de ses pensées moisies. Il dort mal et se réveille au milieu de la matinée avec en tête l'idée fixe de mettre la main sur Aliona. Ce ne devrait pas être trop difficile, étant donné qu'elle et son neveu ne se quittent plus d'une semelle. Mais Anton n'est pas à l'appartement. Il n'a laissé aucun mot, Iouri ignore où il est parti. Il appelle le concierge de l'immeuble, au cas où Anton lui aurait dit quelque chose. Pas de piste. Un brusque accès de colère s'empare de lui, c'est l'appareil téléphonique qui en fait les frais. Il termine sa carrière contre le carrelage ocre de la cuisine. Iouri tente d'analyser son mouvement d'humeur, comme le lui a enseigné son professeur de philosophie hindouiste. Il en trouve la cause. « Cherchez la femme », disent les Russes en attribuant cette maxime aux Français. Et la femme n'est pas là… Helena n'est pas rentrée cette nuit. Certes, il lui arrive souvent d'aller dormir dans son appartement, mais d'ordinaire elle le prévient. Or, elle n'a pas fait signe. Iouri se sent soudain abandonné. D'un pas traînant, il se dirige vers la douche. Le jet brûlant n'arrive pas à réchauffer son humeur. Quand il sort de la salle de bain, le seul remède à son agacement est miraculeusement arrivé dans la cuisine : Helena est là, en train de disposer de magnifiques brioches au sucre sur un plateau. Luxe suprême, un paquet de café italien est ouvert, dégageant une odeur que Iouri associe à l'Ouest. Helena est resplendissante dans sa nouvelle robe serrée à la taille par une large ceinture de cuir. En un réflexe pavlovien, il bombe le torse.

– Jolie robe. Tu es allée à Paris, cette nuit ?

– C'est un cadeau d'Alexeï Petrovitch.

– Il t'offre des robes, maintenant ?

– Disons qu'il voyage beaucoup et revient avec des malles entières de vêtements pour ses copines et ses maîtresses. Il m'a juste proposé de me servir dans ses valises.

– Je vois.

– Ne sois pas jaloux, Iourik, dit-elle en l'enlaçant. Alexeï Petrovitch n'est rien d'autre qu'un ami.

– Je ne suis pas jaloux, Helena, je me dis juste qu'il y a beaucoup de choses que je suis incapable de te procurer.

– Mais il y en a tant d'autres pour lesquelles tu es l'unique fournisseur !

Iouri sourit, flatté par la remarque de la jeune femme.

– Goûte une de ces brioches, elles sont délicieuses, je les ai payées un prix fou à la beriozka de l'avenue Gorki.

– Tu es bien dépensière pour une artiste fauchée.

– Je ne le suis plus. Kalchinsky m'a acheté trois toiles et me les a payées en devises.

Combien de temps lui faudra-t-il avant de succomber pleinement au matérialisme ? se demande Iouri, se sachant mal placé pour lui faire la leçon avec son goût immodéré pour les vêtements européens.

– Je dois filer, je peux te déposer en ville ou chez toi si tu veux.

– Non, Kalchinsky a mis l'un de ses chauffeurs à ma disposition pour quelque temps. Il roule en BMW, tu te rends compte !

Iouri a la réponse à la question qu'il se posait. Helena découvre l'opulence et ne peut déjà plus s'en passer…

Il enfile une parka achetée en Italie, pose sur sa tête une chapka en vison et attrape sa paire de gants en cuir d'agneau. Il doit parler à Aliona au plus vite. Où peuvent être Anton et Aliona ? Les lieux de rencontre pour un jeune couple sont rares à Moscou. Les hôtels sont exclus, hors de prix et contrôlés par la police, les parcs le sont tout autant, trop froids en janvier, il reste les théâtres, les cinémas, les rares cafés, les musées. Moscou en regorge et Iouri ne se voit pas frapper à toutes les portes. Il se souvient qu'Aliona a une prédilection pour les artistes de la Taganka, le théâtre anticonformiste, rendez-vous privilégié de l'intelligentsia et des artistes moscovites. Il demande à son chauffeur de l'y conduire. La chance est de son côté, les deux *amoureux*, comme il aime à les voir, sont attablés dans la petite cafétéria installée au premier étage. Iouri tente de prendre un air détaché.

– Salut les jeunes ! Vous êtes venus mettre en scène vos amours ?

Anton sourit à cette remarque, mais Aliona ne semble pas apprécier les sarcasmes du guébiste.

– Nous sommes venus chercher un peu de calme et de tranquillité, précise-t-elle d'un ton sec.

– Ça tombe mal… Tu sais que moi, je ne laisse jamais les

gens tranquilles très longtemps, lui répond Iouri en s'asseyant à ses côtés sur le banc en moleskine rouge.

Anton se lève pour aller commander du café et des biscuits. Aurait-il compris qu'il souhaite parler à Aliona seul à seul ? s'interroge Iouri, surpris par la docilité du jeune homme.

– Aliona, j'ai une chose importante à te demander.

– Ça ne peut pas attendre ? Tu vois bien que je suis avec ton neveu.

– J'ai bien peur que non. Mais cela ne prendra pas beaucoup de temps. J'ai une proposition à te faire et je te laisserai le temps d'y réfléchir avant de me répondre.

– Le temps d'y réfléchir ? Qu'est-ce que cela signifie pour le KGB ?

– Le temps que tu te décides à accepter, répond Iouri d'une voix sucrée destinée à faire passer une amère vérité.

– Et quelle est cette proposition, ou plutôt cette obligation ?

– Tu vas travailler pour moi. Plus précisément, tu vas exercer tes talents auprès de Boris Nikolaïevitch Eltsine...

– Tu veux que je lui tire les cartes ?

– Je veux que tu deviennes pour lui une lumière, une conseillère, une amie, une confidente.

– Tu veux que je l'aide ?

– Oui. Que tu l'aides et que tu l'orientes. Il risque d'être un peu perdu et d'avoir besoin de conseils dans les temps troublés qui s'annoncent.

– Et tu veux que je l'espionne pour toi ?

– Non, pas que tu l'espionnes. Mais que tu lui donnes des conseils avisés.

– Les tiens ?

– Les miens, les tiens, les bons conseils. C'est un homme qui a besoin d'être épaulé, car il occupe de hautes responsabilités.

– Mais il a suffisamment de conseillers ! Je ne comprends pas… Et arrête de me parler comme à une attardée mentale !

– Aliona, tu n'es pas idiote. Tu sais comme moi que si les gens te consultent, c'est justement parce que leurs conseillers ne leur sont d'aucune utilité. Ils ont besoin de croire en un destin. Ils ont besoin de croire que les choses sont écrites quelque part. Tu ne peux pas imaginer l'angoisse que représente le libre arbitre chez nos dirigeants. Ils sont paralysés par leur propre audace. Le monde est un mystère et ils s'y sentent perdus. La collégialité des décisions n'est pas simplement un système de contrôle, c'est aussi un paravent commode pour masquer la peur. Si quelqu'un les prend par la main, leur décrypte le mystère du monde, pour les rassurer, pour leur faire comprendre qu'ils ne sont pas seuls, alors cette personne leur devient aussi indispensable que la bouteille de vodka l'est à l'ivrogne. Peu importe ce que cela représente de risible ou de ridicule aux yeux de la société, peu importe le degré de rationalité ou d'irrationalité, la partie se joue dans le domaine des émotions, et plus précisément dans le cercle des émotions puissantes et brutales que procure le pouvoir. Tu es une émotion, ma chère Aliona, une émotion qui peut sauver les hommes.

– Et si je refuse ?

– Mais pourquoi refuserais-tu, Aliona ? demande Iouri en prenant un air surpris.

– Parce que je n'en ai pas envie, par exemple…

– Tu n'as pas envie de devenir célèbre ou importante ? Car Boris Nikolaïevitch fera de toi une véritable star !

– Si je refuse, que va-t-il se passer ?

Iouri est gêné. Il hésite. Il n'a pas envie de brusquer la jeune femme. Ils savent tous deux qu'elle ne peut pas refuser la proposition de Iouri. Mais elle ne doit pas non plus se sentir prisonnière, ce serait contre-productif. Iouri aime bien Aliona, et son neveu encore davantage, il ne veut pas se comporter avec elle comme il se comporte avec les autres, Kalchinsky, Ionani. Il se tait, son regard se perd quelque part au-delà de la fenêtre. Il n'a plus qu'une balle dans son pistolet, sa dernière cartouche, celle que l'on souhaite ne jamais avoir à utiliser, car elle peut tout aussi bien conduire au paradis ou en enfer.

– Alors, si tu refuses, je trouverai quelqu'un d'autre, finit-il par dire d'une voix volontairement dépitée.

Au bout de quelques secondes, Aliona pose sa main sur la sienne.

– Je vais le faire, Iouri Stepanovitch.

– C'est vrai ? Pour quelle raison ?

– Parce que tu me le demandes. Parce que je sais que c'est important. Et aussi parce que tu serais capable de m'éloigner d'Anton, si je refusais.

Iouri ne dit rien. Aliona a raison. Il est capable de tout. Même de faire du mal à ceux qu'il aime.

– Ne t'inquiète pas, Aliona. Je serai toujours là pour toi. Il ne t'arrivera rien de mauvais, je te le garantis.

– Mais comment vais-je faire la connaissance de Boris Nikolaïevitch ?

– Je connais l'un des membres de son cabinet, Pavel Petrovitch. Un jeune démocrate idéaliste. C'est lui qui te présentera. En attendant, ne dis rien à Anton. Ceci doit rester absolument secret.

– J'avais compris.

Anton revient, apportant trois gobelets de chicorée, un liquide saumâtre qui fait grimacer Iouri. Anton est futé, il ne pose jamais de question, il sait qu'Aliona travaille de temps à autre pour son oncle, et il a décidé une fois pour toutes que cela ne le regardait pas. Mais Aliona est livide. Anton s'inquiète.

– Que se passe-t-il ? Tu fais une drôle de tête.

Aliona ne répond pas, Anton dévisage Iouri. Avec un naturel qui sied parfaitement à l'enceinte de la Taganka, celui-ci prend une mine compassée.

– J'ai annoncé à Aliona une triste nouvelle concernant ses grands-parents. Ils sont décédés dans un accident de voiture dans le Caucase, précisément sur l'axe Piatigork-Naltchik, ajoute-t-il pour donner plus de corps à son mensonge.

Iouri se lève tandis qu'Anton prend Aliona dans ses bras. Mentir à son neveu est suffisamment pénible, il ne veut pas s'infliger le spectacle des conséquences émotionnelles de son attitude, il prend congé. Il doit se rendre au Kremlin. Avant de partir, il aperçoit le regard noir que lui lance Aliona. Son visage est devenu le miroir de la honte où il contemple son âme pathétique. Quelque peu désemparé, il quitte les lieux. Une fois en route, il chasse ses pensées sombres d'un coup d'essuie-glace rageur. Il doit garder les idées claires.

Là-bas, derrière les murailles du pouvoir, les drapeaux rouges faseyent dans un vent mauvais. L'économie soviétique s'effondre, les estomacs se vident, et du corps social s'élève un grondement annonciateur de temps troubles. Bientôt les manifestants prendront les rues d'assaut, leurs pas sur le bitume seront amplifiés par les opportunistes qui défient désormais ouvertement l'autorité. Les *ministères de force* ne font plus leur travail et laissent s'organiser la désorganisation. Quant aux échelons intermédiaires, ils ne font même plus semblant d'appliquer les ordres venus d'en haut. La peur a disparu. Ceux qui décident de tout ont déjà détourné le regard et sont en train de faire leurs valises. Personne, à commencer par Mikhaïl Sergueïevitch Gorbatchev, ne sait où va ce foutu pays. Au milieu de la tempête qu'il a lui-même déclenchée, le Gensec est convaincu que son tempérament sauvera le régime et qu'il saura imposer une révolution douce, une réforme apaisée.

– Il se croit où, cet imbécile ? En Tchécoslovaquie ? maugrée Iouri tout en se dirigeant vers la place Rouge.

Gorbatchev veut maîtriser les démons qu'il a lui-même libérés et qui agitent leur puissance maléfique au-dessus de sa tête. Comme si l'agneau pouvait dicter sa loi aux loups ! Il ferait mieux d'écouter sa femme. Au moins Raïssa Maximovna sait montrer les crocs de temps à autre. Si seulement elle s'intéressait moins aux robes de luxe et davantage à la politique, elle pourrait rendre d'immenses services, pense Iouri. La faiblesse de Gorbatchev est plus visible encore que sa tache de naissance sur le front. Elle se lit dans ses mots. Le Gensec veut présenter au Politburo ses idées sur les réformes économiques. Le bruit circule qu'il voudrait négocier avec Boris Eltsine un plan de passage à l'économie de marché en cinq cents jours. Réformer l'économie soviétique en cinq cents jours ! *Cinq cents jours !* Et pourquoi pas deux cents, ou dix, ou dix mille ? Qui va croire ces foutaises ? Face au public, l'ours Gorbatchev se dandine au bout de sa chaîne sans savoir sur quel pied danser.

Iouri stoppe un instant sa voiture sur la place Rouge, l'endroit l'a toujours impressionné. Cette réminiscence symbolique de la vaste steppe eurasienne, où palpite aujourd'hui le cœur de la ville, résume la démesure d'un peuple venu des confins sauvages. D'un côté le Goum, le commerce et le pouvoir de l'argent ; de l'autre les murailles du Kremlin, le pouvoir temporel et la politique ; entre les deux prennent place les bulbes byzantins aux couleurs chatoyantes de la cathédrale Vassili Blajenni, symbole du pouvoir spirituel. Cette église baroque et fantasque, où un sang italien coule dans des veines tatares, est devenue le symptôme maladif d'une nation drapée dans sa sombre légende. Et au passant qui l'ignorerait, une inscription apposée sur sa façade explique que le tsar Ivan le Terrible a fait crever les yeux de son architecte italien, afin qu'il ne puisse jamais reproduire ailleurs une telle merveille. L'avertissement est clair, le maître n'est jamais redevable à son sujet.

Iouri pénètre au Kremlin par la porte Spassky, la porte réservée aux cérémonies officielles. À chaque fois qu'il franchit ce grand porche, il ressent un léger sentiment de fierté. Étrangement, ce sentiment diminue avec le temps. Jusqu'à quand sera-t-il fier de son pays ?

La réunion à laquelle il est convié se déroule dans l'imposante salle d'apparat du grand palais du Kremlin. Sous les dorures, orphelines des Romanov, s'alignent les costumes gris de l'académicien Chataline, du Premier ministre Ryjkov, du jeune ministre réformateur Yavlinski, et tous ceux de la horde patibulaire des grognards du Politburo. Iouri s'assombrit à la perspective de devoir ingurgiter d'interminables discours, servis dans la gamelle graisseuse de la perestroïka. Il a déjà goûté d'innombrables fois ce brouet et en ressent déjà le poids sur son estomac. Mais il se trompe. Aujourd'hui, les propos qui se tiennent sous les bannières de la Russie soviétique sont révolutionnaires au sens plein du terme. Les orateurs qui montent tour à tour à la tribune tiennent en main une nouvelle idéologie acérée comme une lame de boucher. Ils portent chacun un coup fatal à l'orthodoxie communiste. Le crime de l'Orient-Express en somme ! Durant plus de trois heures, ces hommes assassinent l'un après l'autre les dogmes soviétiques. Économie planifiée, commandes d'État, prix fixes, dirigisme, tout y passe, il faut tout changer ! Envoyer balader le Gosplan ! Saborder la Gosbank ! D'ailleurs, tout ce qui commence par un « Gos » devient subitement désuet, ridicule, anachronique, suspect. Le plan Chataline est une révolution ! Derrière les orateurs, visiblement satisfaits de leur forfait, assis à un pupitre surélevé, Mikhaïl Sergueïevitch, les bras croisés comme un kolkhozien après le labour, contemple stoïquement son champ retourné. Son demi-sourire masque à peine sa défaite. Le Secrétaire général a baissé les bras face au camp réformateur qui lui impose désormais le contenu idéologique des futures réformes. Ce plan Chataline sera la victoire politique de Boris Eltsine.

Dans les premiers rangs, Iouri aperçoit la silhouette d'Alexeï Kalchinsky. Celui-ci exulte. Mais il est bien seul. Autour de lui, les visages sont graves et soucieux. Aliev, Primakov, Ligatchev et Krioutchkov, les durs, les communistes d'obédience brejnévienne, n'ont manifestement pas envie de revêtir l'habit du croque-mort. Ils ne s'y trompent pas, la mort du communisme, c'est aussi la leur. Ils ne laisseront pas les réformateurs clouer le couvercle du cercueil sur leur tête sans résister et se battre jusqu'au bout. Pour l'instant, ils cherchent à comprendre les implications politiques de ce qui se joue devant eux. Qui sortira gagnant de cette révolution ? Qui en fera les frais ? Un peu plus loin dans la salle, Boris Eltsine présente un visage indéchiffrable. Iouri comprend alors qu'une alliance secrète, et sans doute provisoire, est en passe d'être signée entre Eltsine et Gorbatchev. Aux côtés du député, son nouvel allié Alexandre Yakovlev sourit à l'idée que son œuvre triomphe enfin. Iouri dresse mentalement la liste de ceux qui, dès la fin de la séance, se mettront à comploter pour faire échouer le plan Chataline. Il poursuit son panoramique sur la salle quand son regard est attiré par un groupe de jeunes hommes assis aux derniers rangs. Des étrangers ! Des Occidentaux ! Iouri ne les avait pas remarqués. Il sait que Gorbatchev et Eltsine ont chacun fait venir discrètement à Moscou des spécialistes occidentaux, des conseillers recrutés par des cabinets américains et payés à prix d'or. Ce sont eux qui connaissent les mécanismes de l'économie de marché, qui savent les secrets ayant permis aux ennemis de l'URSS de posséder une avance technologique désormais irrattrapable. Ce sont eux qui affûtent les griffes des jeunes loups lâchés dans les travées du pouvoir par le chef de meute Gorbatchev. Iouri est curieux de savoir ce qu'ils ont dans la tête. Mais comment les approcher ? Il finit par apercevoir son jeune ami, Pavel Petrovitch, le conseiller de Boris Eltsine. Une pause-café lui offre l'opportunité de rejoindre le jeune homme, en grande discussion avec un gros poupon blond, coincé dans un splendide blazer bleu marine. Pavel fait les présentations. Le poupon s'appelle Boris Parker, un fils ou petit-fils d'émigrant russe devenu américain. Souriant, arrogant, sûr de lui, Parker est un pur produit de l'Amérique, en dépit de son prénom russe. Iouri le prend immédiatement en détestation, mais il se montre affable et même spirituel, allant jusqu'à le complimenter sur sa cravate jaune d'or et sa chemise d'une blancheur sibérienne. L'Américain au visage couperosé explique à qui veut l'entendre qu'il représente des investisseurs désireux de s'implanter sur ce nouveau marché qu'est devenue, aux yeux du monde capitaliste, l'Union soviétique. Il bombe fièrement la poitrine, parle russe avec un déplorable accent new-yorkais, se révèle incapable de rouler un minimum les « *r* ». Iouri n'en croit pas ses yeux ni ses oreilles, il a face à lui, dans l'une des salles du grand palais du Kremlin, une caricature de capitaliste en train de soupeser le poids spécifique de l'économie soviétique. Il préfère s'éloigner. Pavel lui présente ensuite un jeune

Français, un *as* de la finance, Jacques Varamian. « Avec un nom pareil, il a autant de chance d'être français que moi anglais », pense Iouri. Jacques est d'origine arménienne, se croit obligé de lui expliquer le jeune Pavel.

– Vous aussi, vous êtes venu racheter l'URSS ? demande Iouri sans vraiment chercher à cacher son agacement.

– Non, ce n'est pas mon objectif. Je suis venu voir si cela valait le coup d'investir de l'argent dans les quelques entreprises qui tournent encore...

Iouri est sur le point d'exploser ! Mais pour qui se prennent ces gamins déguisés en hommes d'affaires ? Ce Jacques-Vara-quelque-chose n'a pas vingt-cinq ans, et il se comporte comme un antiquaire qui regarde d'un œil dégoûté la pièce rare qu'une retraitée désargentée veut mettre en gage dans sa boutique ! Il s'apprête à lui en faire la réflexion, mais se ravise, il est ici pour comprendre et apprendre, pas pour donner des leçons.

– Donc, si je vous comprends bien, Jacques, vous permettez que je vous appelle Jacques ?

– Je vous en prie...

– Si je comprends bien, il n'y a pas grand-chose à sauver de notre belle et grande industrie soviétique ?

– Ça, je n'en sais rien. Je ne connais pas suffisamment votre pays. Mais ce que je sais, c'est que les secteurs pétroliers, gaziers et miniers ont besoin de capitaux pour moderniser leurs équipements. Et c'est là qu'il y a des affaires à faire. C'est un peu l'Eldorado ici.

– L'Eldorado ? On voit effectivement que vous ne connaissez pas encore ce pays ! répond Iouri.

– Je ne demande qu'à apprendre. Je suis ici pour un an, pour le compte d'une banque française. J'aurai le temps de comprendre ce qui se passe.

– Moi-même, j'ai du mal à tout comprendre, rétorque Iouri dans un éclat de rire. Mais si vous avez besoin d'un poisson-pilote, je peux vous faire découvrir quelques bons restaurants.

– Oui, volontiers. Vous travaillez dans quel secteur ?

– L'espionnage… et l'assassinat des ennemis de la patrie…

Le sourire de Jacques Varamian s'efface aussitôt. Iouri le regarde d'un air tranquille et poursuit la conversation dans un français parfait.

– Je suis membre du KGB, j'en suis même un membre influent, mais rassurez-vous, je n'assassine personne. Et je ne vous espionne pas non plus, c'est une tâche qui échoit à des collègues bien moins capés que moi. Ils doivent d'ailleurs déjà savoir suffisamment de choses sur votre compte, sinon vous ne seriez pas là.

– Ça, j'imagine ! Mes bagages ont déjà été fouillés dans ma chambre d'hôtel !

– Normal, c'est une procédure habituelle. Ils vont progressivement vous laisser en paix. Et d'ailleurs, s'ils vous embêtent, dites-le-moi, je leur demanderai davantage de discrétion.

– Je n'y manquerai pas.

– Je meurs d'envie de comprendre comment fonctionne le capital-investissement, Jacques. J'ai entendu ce mot prononcé tout à l'heure par ce jeune Américain, là-bas, mais j'en ignore le sens. Accepteriez-vous de me l'expliquer devant un verre de vodka, un de ces soirs ?

Jacques ne répond pas immédiatement. Ses yeux trahissent son inquiétude. Est-il sain de nouer des relations avec un tel homme ? Qui est dangereux, qui ne l'est pas ? Que peut-il refuser à son interlocuteur, ici, dans l'enceinte du Kremlin ? Iouri a parfaitement décrypté son hésitation.

– Je suis curieux, mais je ne veux pas être une gêne, Jacques. Mon travail consiste à rendre compte au Secrétaire général des manigances du monde politique, pas d'effrayer les capitalistes français ou américains, et si vous préférez que nous arrêtions là nos relations, je ne m'en formaliserai pas...

– Non, non, au contraire, je prendrai volontiers un verre avec vous. Vous me raconterez comment vous avez appris à parler français aussi bien. Étiez-vous en poste à Paris ?

– Oui, quelque temps, il y a des années. Mais je maîtrisais déjà la langue de Molière et Corneille bien avant cela. C'est une vieille tradition chez nous, comme vous le savez... Bon, je passe vous prendre ce soir à vingt heures. J'imagine que vous êtes descendu au Metropol ?

– Comment le savez-vous ?... si vous me permettez cette question ridicule.

– C'est le seul hôtel à peu près sympathique de cette ville.

Iouri a besoin de se vider l'esprit. Les sourires carnassiers des apprentis capitalistes lui ont donné mal au ventre. Il ne comprend pas leur monde, tout en pressentant qu'il sera nocif à son pays, ainsi qu'à lui-même. Les valeurs perdues du communisme ne renaîtront pas dans les principes séduisants de l'économie de marché. Ça au moins, il en est certain. Passablement énervé, il abandonne sa voiture et quitte à pied le Kremlin alors qu'une violente bourrasque oblige les badauds à déserter la place Rouge. Le ciel s'est abaissé de plusieurs centaines de mètres. En tendant le bras, il pourrait toucher ces nuages menaçants, voire les chasser d'un revers de la main. Des tonnes de neige sont en train de tomber sur la ville. Comme à chaque fois que Moscou est figée par le climat, Iouri a l'impression que le temps s'arrête. Ce qu'il a vu et entendu au Kremlin ne laisse rien présager de bon. Que fait-on d'un cadavre, une fois que l'âme s'est envolée ? On le met au cimetière, ou alors on l'expédie dans un four à deux mille degrés pour s'en débarrasser, c'est la même chose partout. Partout sauf ici ! Ici, on le laisse pourrir lentement dans un mausolée, après l'avoir gorgé de substances chimiques bloquant la décomposition des tissus. Iouri redoute qu'il en soit pareil pour l'Union soviétique. Le cadavre ne sera pas enterré, il ne va pas pourrir dans l'ombre d'un caveau, il ne brûlera pas non plus en enfer, comme il le mérite sans doute. Non… il va encombrer le chemin de l'histoire pendant encore des centaines d'années. Voilà ce qui va se produire.

Iouri est perdu. Dans ses pensées comme dans sa ville. Cela fait plus d'une heure qu'il se débat contre le vent en arpentant les rues du quartier Proletarski, le quartier des prolétaires. Il a croisé la Perspective Andropov, la rue des Machinistes, celle de la Gare routière, et plus à l'est, la rue de Krasnodar. Il est remonté ensuite par l'avenue de Volgograd, vaste artère qui part de la place Taganskaïa. Le froid est aussi haineux qu'un bourreau de la Kolyma, plus mordant qu'un lieutenant-instructeur de l'armée rouge. Iouri lui rend coup pour coup, il a ouvert son manteau, les bourrasques frappent sa chemise et brûlent sa poitrine. Elles ont beau faire, il ne pliera pas, il continuera à marcher sans s'arrêter. La douleur qu'il commence à ressentir est une souffrance christique qui l'élèvera à la dignité de martyr sur la voie de la salvation. Il souffre pour son pays, pour son destin et pour lui-même, il souffre pour faire briller enfin quelque chose dans le sombre tunnel qu'il traverse depuis un temps infini. Mais cette lumière accrochée au bout de la douleur est si pâle ! Iouri erre entre le passé et l'avenir. Le vent lui fouette le visage, ses mèches brunes se couvrent de givre. De temps à autre, il croise le regard surpris d'une babouchka ou d'un ouvrier, étonnés de voir ce grand gaillard, si bien habillé, déambuler, manteau ouvert, sans même une chapka sur la tête dans les rues glaciales. Il renonce à chercher son chemin, se laisse guider par ses pas, son instinct va lui indiquer la route de la maison, à moins qu'il l'emmène à l'asile ! À la maison des fous. Là où, au moins, on s'occupera de son cas. Ou alors, il va mourir de froid. Oui, c'est comme ça que l'on doit finir dans ce pays. Iouri est encerclé de monstres qu'il n'arrive pas à semer dans la neige. D'un côté, les guébistes sanguinaires, de l'autre, la horde des profiteurs qui, sentant le vent tourner, cherchent le meilleur moyen de s'enrichir et préserver ainsi les positions sociales dont leurs grands-pères avaient, en leur temps, dépouillé l'aristocratie. Que peut-il espérer de cette Russie nouvelle qui pointe son nez sous la couche de crasse et de sang accumulée par l'histoire ? Elle risque fort de ressembler à l'ancienne, mais amputée de l'espoir qui animait les générations précédentes, tronquée de ce messianisme qui justifiait les injustices et pardonnait les échecs. Iouri continuera à avancer, à poser un pied devant l'autre, quelles que soient les conditions atmosphériques et l'épaisseur de la couche de neige. En dépit du froid mortel, il avancera. Il est destiné à vivre des temps douloureux, Sisyphe rouge condamné à faire rouler éternellement son rocher. Ces pensées incohérentes le font trébucher. Il sombre dans un puits noir et froid. Une nuit silencieuse et ouatée s'abat sur lui.

Lorsqu'il se réveille, il sent deux mains puissantes le traîner sur le sol, un dallage froid et rugueux. Il est engourdi. L'endroit où il se trouve est sombre, sale. Une odeur fétide d'urine et de putréfaction lui râpe les narines. Impossible de prononcer un mot, il n'y parvient pas. Ses pieds et ses mains ne répondent plus. Est-il attaché ? Un souffle aviné réchauffe son visage, c'est celui de l'homme qui le tire par le col de son manteau.

– Camarade, il ne faut pas boire autant… ou alors, évite de sortir de chez toi. C'est comme ça qu'on finit à la morgue.

L'homme lui parle, s'arrête un instant de le traîner, lui tapote doucement la joue. Iouri n'arrive pas à formuler une pensée claire, il est en perdition quelque part entre les îles Solovki et les berges de la Kolyma, l'enfer blanc de la détention à perpétuité…

– Réveille-toi camarade ! Tu ne peux pas rester là ! C'est juste une entrée d'immeuble. Si la milice te surprend ici, tu finiras au dessaouloir.

Le bon samaritain qui l'a sorti de la rue est un bomji, un clochard, puant l'alcool. Iouri esquisse un geste et tente d'agripper son bras, le bomji a un mouvement de recul.

– Oh merde ! T'as vu tes doigts ! Ils sont plus bleus que la Caspienne au soleil ! Mon vieux, il faut faire quelque chose pour toi, sinon tu vas crever.

L'homme s'éloigne, Iouri l'entend tambouriner aux portes des appartements. Il est donc bien dans un hall d'immeuble. C'est logique. « Le seul geste de solidarité qui nous reste est de relever les ivrognes tombés dans la neige », se souvient-il. Chacun sait qu'il peut se retrouver dans cette situation un jour ou l'autre. Quelques instants plus tard, une main secoue délicatement son épaule. On le tire, on le redresse, on le traîne jusque dans un appartement. Iouri renifle l'odeur d'un bortch au chou, il sent dans son dos le métal chaud d'un radiateur, puis il entraperçoit à nouveau la main qui le secouait auparavant, c'est une vieille main fripée, elle lui touche la joue, il sombre dans l'inconscience.

Des siècles plus tard, il se réveille. Il est allongé, enroulé dans une couverture. À côté de lui, posée sur une table de chevet, une tasse de thé fumante lui indique qu'il n'a pas encore quitté cette Terre. Il tente de la saisir, mais ses mains engourdies répondent mal. La tasse tombe sur le sol, le bruit attire des pas, des petits pas, des pas de souris. Une porte grince en s'ouvrant, un visage se place entre son regard et la table de chevet, une paire d'yeux bleus, un nez rose sur lequel sont posées des lunettes à monture métallique.

– Comment vous sentez-vous, camarade ? demande une voix aigrelette, la voix d'une vieille dame.

– Comme un ingénieur atomique tombé dans un réacteur… marmonne Iouri.

– Il ne faut pas boire comme ça, camarade. La vodka est mauvaise pour l'homme.

– Iouri Stepanovitch… c'est mon nom… Mais je n'ai pas bu… pas une seule goutte d'alcool depuis au moins trois jours… je vous assure.

– Je m'appelle Anastasia Alexandrovna. C'est Piotr, le bomji qui traîne toujours autour de chez moi, qui vous a déposé ici. Il vous a ramassé dans la rue, après que vous êtes tombé dans la neige. Il m'a dit que vous deviez être un ivrogne, un ivrogne important vu vos habits.

– Je ne suis pas un ivrogne. Du moins pas aujourd'hui… Je ne sais pas ce qui s'est passé. J'ai marché… longtemps… pour chasser des idées noires…

– Ah, je vois ! Un chagrin d'amour !

– Si vous voulez… c'est ça… un chagrin d'amour… Je crois qu'on ne se comprend plus, elle et moi…

– Ne vous inquiétez pas. Les chagrins d'amour, c'est comme les dettes de jeu. À force d'en accumuler, on finit par s'enfuir ! Pas de quoi se laisser mourir dans la neige, mon jeune ami.

– Vous ne la connaissez pas. Elle n'admet pas que l'on puisse la quitter, même si elle fait tout pour…

– Croyez-moi, jeune homme, on se remet de toutes les peines. Même les peines de cœur.

– Vous connaissez cette vieille chanson française ? « Plaisir d'amour, ne dure qu'un moment, chagrin d'amour… »

– « Dure toute la vie ! » Oui ! Je connais bien ! Je la chantais quand j'étais jeune ! répond la vieille dame.

– Eh bien, je pense que mon chagrin risque de durer toute la vie.

– Rien ne dure éternellement, hormis la mort.

– Vous parlez toujours par maximes, Anastasia Alexandrovna ?

– La sagesse des anciens est une lanterne pour les jeunes, dit-elle en riant. Je vous taquine, Iouri Stepanovitch. Permettez-moi d'en profiter un peu, je n'ai pas tous les jours de la visite.

– Vous n'avez pas de famille ?

– Je n'en ai plus, répond la petite dame aux cheveux d'argent. Mon mari est mort, il y a une dizaine d'années, et mon fils n'est jamais revenu de son service militaire.

– Le fameux bizutage des camarades militaires ?

– Oui… du moins je crois. Je n'ai jamais pu voir son corps. On me l'a renvoyé dans un cercueil plombé… et j'ignore ce qui s'est passé.

– Ce pays est une punition… commente Iouri.

– Mais c'est le seul que nous ayons, répond-elle philosophiquement. Je peux vous donner un peu de soupe, si vous voulez. Mais si vous préférez dormir, je n'y vois aucun inconvénient. Je peux aussi envoyer un voisin prévenir votre famille. Vous habitez dans le coin ?

– Non, j'habite vers Izmaïlovo, ment-il. Mais je ne veux pas abuser de votre hospitalité. Pourriez-vous me donner mon manteau, s'il vous plaît ?

Iouri veut remercier la vieille dame. Il attrape son portefeuille et constate qu'il est vide. Piotr le bomji s'est visiblement récompensé de sa bonne action. On n'est jamais mieux servi que par soi-même, dirait Anastasia Alexandrovna.

– Je voulais faire un petit geste pour vous. Mais mes roubles ont dû disparaître dans la rue.

– Ne vous inquiétez pas de ça, répond-elle. Je n'ai pas besoin d'être remerciée. Et puis, ma retraite me suffit amplement. Le problème, ce n'est pas l'argent à dépenser, on en a tous un peu, ce sont les marchandises. Il n'y en a quasiment plus. Moi qui adore le saucisson, impossible d'en trouver dans le quartier.

– Je connais un endroit où l'on trouve les meilleurs saucissons de tout le pays, je vous promets que je vous en apporterai des kilos.

– Oh c'est gentil, dit-elle en battant des mains comme une enfant. Mon mari me taquinait toujours à propos de mon goût immodéré pour le saucisson. Mais il s'arrangeait toujours pour que je n'en manque pas.

– Il était attentionné.

– Vous n'imaginez pas, Iouri Stepanovitch.

– Que faisait-il dans la vie ?

– Arkady Ibrahimovitch était médecin endocrinologue. Le meilleur de toute l'URSS. Malheureusement, il prenait moins soin de lui que de ses patients. Il travaillait trop. Le cœur…

– C'est toujours le cœur qui lâche dans ce fichu pays, commente Iouri désabusé.

– Et vous, que faites-vous dans la vie, Iouri Stepanovitch ?

– Moi ? Je… je travaille au Gosplan. Je suis économiste, ment-il.

Il n'ose pas avouer à cette charmante vieille dame qu'il travaille pour l'institution honnie de tous les Soviétiques. Il souhaite appeler son chauffeur. Il est tard, les rues sont désertes, et il n'a pas envie de traîner à la recherche d'un taxi.

– Avez-vous le téléphone, Anastasia Alexandrovna ? demande-t-il sans trop y croire.

– Oui. Sur le papier, j'ai le téléphone. J'ai reçu, il y a de cela cinq ans, une lettre du ministère des Télécommunications m'informant que le téléphone me serait installé prochainement. Et depuis, je paye chaque mois quatre roubles et vingt-cinq kopeks pour l'abonnement. Mais je n'ai toujours pas le téléphone. Ce pays va me tuer !

– Je vois… Je pourrai peut-être vous aider, j'ai un ami bien placé au ministère.

– Cela me ferait très plaisir. Mais ne vous sentez pas obligé…

Iouri serait bien resté là des heures à bavarder au chaud avec la vieille dame. Il se lève à contrecœur. En s'habillant, il constate plusieurs choses désagréables. D'une part, son corps est en ruines, il souffre d'engelures, ses mains lui font mal, il peut à peine serrer les doigts, ses pieds sont des meurtrissures douloureuses, ses précieux vêtements sont souillés, maculés de saleté et de neige, et son manteau est déchiré aux coudes. La vieille dame lui donne un onguent à base de graisse animale.

– Buvez beaucoup de thé, lui conseille-t-elle. Il faut rétablir une bonne circulation sanguine.

Avant de prendre congé, il détaille l'appartement d'Anastasia Alexandrovna. Une vague de tristesse s'abat sur lui. Le deux-pièces minuscule est décati. Papiers peints jaunis, peintures écaillées, linoléum troué, évier ébréché.

« On est bien en URSS, pense-t-il, le seul pays où la veuve d'une sommité du monde médical croupit dans l'indigence. »

9.

Au fond des vieilles tavernes
J'ai chanté ma rengaine
Ô liberté ! Pourquoi m'as-tu quitté ?
Pourquoi as-tu laissé le destin t'éloigner ?
Avec ma guitare à la main
De la Baltique à la mer Noire
Je t'ai cherchée partout, espérant retrouver
Dans les rires des Lena, des Nastia, des Nina
L'éclat de ta belle voix, la douceur de tes bras
Mais jamais aucune ne pourra remplacer
L'infidèle que tu es, et que j'ai tant aimée…

Complainte du moujik exilé, Nijni Novgorod, 1908

Anton hésite. Il a posé ses deux maigres pattes sur le rebord métallique de la cage, plongé son bec dans ses plumes jaunes pour débusquer l'insecte qui lui picote la chair, il a redressé la tête avant de la tourner alternativement de chaque côté en un mouvement saccadé et nerveux. La porte de la cage est ouverte, il pourrait d'un simple battement d'ailes prendre son envol et disparaître à tout jamais de cet endroit qui constitue son seul horizon depuis si longtemps qu'il a fini par déterminer son comportement. Il ouvre les yeux, il n'est pas un oisillon farouche, plutôt un homme enchaîné, effrayé par l'immensité qu'il se promettait pourtant d'arpenter d'un pas joyeux, voilà ce qu'il est ! Lorsqu'il a quitté sa ville natale, le mot « liberté » ne cessait de résonner dans sa tête. En avançant dans sa nouvelle vie, il en est venu à comprendre que ce mot implique un long apprentissage. Anton a réalisé son rêve, mais il n'a pas accompli son destin. Venir à Moscou, changer de paysage, croiser d'autres visages n'est pas une finalité, il faut trouver sa voie et émerger du maquis impénétrable dans lequel il a choisi de s'aventurer. Désormais, personne ne décide plus à sa place, ni son père ni son pays. Et même si l'oncle Iouri le regarde avec des arrière-pensées grosses comme des chars T-80, il ne décidera pas de sa vie. Alors que va-t-il faire ? Où va-t-il étudier ? Dans quel but ? Avec qui va-t-il se lier et pour quelles raisons ? Que signifie faire société lorsque la société se défait ? C'est là, pense-t-il, que réside le nœud du problème. Il pourrait faire des choix raisonnables ou des choix commodes qui correspondent à ce que la Rodina, la patrie, attend de lui, mais ces choix seraient-ils vraiment les siens ? Et puis qu'est-ce que signifie ce mot, « patrie » ? La patrie, ma patrie, notre patrie ! On a beau décliner les articles, on a beau y ajouter un possessif, on a toujours l'impression que c'est elle qui nous possède, elle qui exige, elle qui réclame tant depuis des siècles. Pourtant ses contours sont devenus flous, son cœur est fragile, sa substance devient évanescente. Il est difficile de se représenter exactement ce qu'est cette mère qui laisse ses enfants dans l'indigence, qui renie aujourd'hui ce qu'elle adorait hier, qui produit un discours aussi dissonant que le bruit d'une cloche fêlée. Une monnaie si dévaluée que les marches de l'empire la méprisent. Un archétype si nauséabond que les citoyens s'en détournent en se pinçant le nez. Anton ne peut compter sur la patrie pour bâtir son avenir, pas plus qu'il ne pouvait, enfant, compter sur son père ni sur Starchik. Autour de lui, le doute est devenu la seule certitude. Il lui faudrait l'assurance des aventuriers, la force des conquérants pour aborder les rivages inconnus. Le starets a vu en lui quelque chose. Mais quoi ? Ce qu'il a dit lui a embrouillé un peu plus l'esprit. Qu'est-ce que signifie être *clairvoyant* ? En cet instant, il ne se sent nullement clairvoyant. Le starets a parlé de son âme *pure*, mais quelle pureté y a-t-il au fond de son âme ? Il n'y voit que peur et manque d'assurance. Ah cette fichue liberté ! Quelle saloperie ! Quelle maladie de merde ! Il lui faudrait un sol où poser le pied, or le sol se dérobe, et davantage encore la nuit lorsqu'il rêve, car ses rêves alimentent ses doutes. N'a-t-il pas vu la nuit dernière le monde s'effondrer ? Dans tout le pays, des hommes étaient occupés à supprimer la couleur rouge. Les murs du Kremlin étaient repeints en blanc, les drapeaux soviétiques aux franges dorées disparaissaient dans de vastes camions-bennes tandis que d'autres hommes s'ingéniaient à débaptiser les noms des rues. Soudain, il s'est trouvé propulsé dans un tribunal, où une longue file de prolétaires et de kolkhoziens attendaient de passer devant un juge, celui-ci leur demandait de sortir leur portefeuille, puis il prenait un pied à coulisse, comme on en trouve encore chez certains artisans, et se mettait à mesurer l'épaisseur du portefeuille. Ceux qui n'avaient pas le portefeuille suffisamment épais devaient entrer dans une salle, par une porte sur laquelle était inscrit le mot « rebut ». Même un idiot peut comprendre ce qui est en train d'arriver à sa patrie. L'avènement de l'argent roi ne va pas tarder. Les signes sont là, dans les rues et dans les têtes. Les pénuries s'aggravent, les Moscovites se battent quotidiennement pour trouver de quoi manger. En cette fin d'hiver de l'année 1990, il devient difficile de trouver une chemise, ou une pièce de rechange pour sa voiture. Les prix ne cessent de grimper au marché noir, le plus florissant de tous. Anton est écœuré par le nombre de combines qu'il faut monter pour espérer se procurer une paire de chaussures convenables. Le marché est noir, le ciel est gris, et les tickets de rationnement bleu pastel font une discrète réapparition. Iouri lui a expliqué que de grandes transformations étaient en cours, pourtant il ne semble pas savoir lui-même où vont les dirigeants.

Mais les fissures d'un univers qui se fendille ont aussi des avantages, elles laissent s'échapper de curieux monstres, de fascinants voyageurs qui apportent une lumière nouvelle, les odeurs épicées des pays lointains, des vies incroyables et des histoires remplies d'anecdotes fascinantes. Tout un monde, en provenance des limites de l'empire et d'au-delà des mers, arpente les rues tristes de Moscou. Marchands caucasiens, trafiquants baltes, industriels allemands, prostituées kazakhes, musiciens kirghizes, commerçants chinois, banquiers indiens, aventuriers africains. L'internationale de l'audace s'est donné rendez-vous rue du prolétaire rouge !

Ainsi, Anton s'est lié d'amitié avec un jeune étudiant congolais, Boniface, un mathématicien qui rêve de devenir médecin. Enjoué et spirituel, ce jeune homme parle russe avec l'accent onctueux des Français et une pointe fleurie qui n'appartient qu'à lui. Il a raconté son pays, les forêts, les villes poussiéreuses et chaudes, les filles aguicheuses, le goût immodéré de ses compatriotes pour les habits élégants. Ses sacs sont pleins des jeans venus de Berlin-Ouest, et de musiques européennes ou africaines. Car Boniface M'Boussa est un saute-frontières, il voyage dans tout l'espace soviétique grâce à son passeport d'étudiant, rapportant de ses épopées les produits les plus recherchés de la jeunesse moscovite, jeans américains, montres à quartz, et ces parfums français qui donnent à l'étudiant congolais un ascendant considérable sur les compétiteurs russes dans la perpétuelle quête de filles. Le *noir* est tendance auprès de celles qui rêvent de bas nylon, et de ceux qui ne jurent que par les chaussures italiennes. Boniface possède des liasses de roubles qu'il cache sous le linoléum de sa chambre d'étudiant à l'université Patrice Lumumba. « Le monde change, se plaît-il à répéter à Anton, *et tu dois changer avec, petit!* »

Cet univers mouvant, cette mer agitée, représente un défi à relever pour les audacieux, Anton en est conscient, mais fait-il partie de cette catégorie ? A-t-il l'âme d'un aventurier ? L'esprit débrouillard ? La fibre industrieuse ? Il ne se sent pas du tout à l'aise dans cette ville où les pénuries et la pauvreté endémique ont réduit les rapports sociaux à des rapports marchands. Si la faim transforme les hommes, il découvre aussi qu'elle débouche parfois sur une étrange boulimie. Comme celle qui s'est emparée de Lena. Depuis quelque temps, elle ne parle plus qu'argent, vente de tableaux, vernissages et galeries. Les discussions sur le constructivisme, le post-cubisme, l'art nouveau, les courants littéraires, la programmation du Bolchoï n'éveillent plus guère son intérêt, du moins plus autant qu'avant. Quant à sa beauté fraîche et naturelle, elle se pare désormais de voiles artificiels, comme ce maquillage envahissant, ces colliers et tout cet attirail dont Anton se demande à quoi il peut bien servir.

Au fond, pense-t-il, la liberté, c'est les autres ! On la fait surgir d'une rencontre impromptue, elle se niche dans les relations humaines, dans la découverte d'un corps ou d'un esprit étranger. Anton se dit qu'il pourrait tomber amoureux d'Aliona, au moins la Caucasienne n'a pas tendance à se prendre pour une beauté de magazine ! Elle est jolie, surprenante et souvent drôle, de plus, il pense qu'il lui plaît. En tout cas, elle se laisse faire quand il lui prend la main, quand il appuie longuement les bises qu'il dépose sur sa joue. Anton devrait oser l'enlacer et lui déclamer quelques mots d'amour, peut-être même tout simplement se ruer sur elle, l'embrasser passionnément. Comme ça, au moins, il serait fixé. Mais quelque chose le retient. Ce n'est ni la timidité ni le manque de désir, c'est une question. Est-il sage de tomber amoureux de son double ? Aliona est si proche de lui, si semblable. Lorsqu'il regarde son visage, il a l'impression de se voir dans un miroir, quand il l'écoute, il a le sentiment de s'entendre parler, et dès qu'il commence une phrase, il n'est pas rare qu'elle la termine.

Comme il ne sait pas où il va, il déambule, c'est peut-être ainsi qu'il trouvera le sens du mot « liberté ». Il déambule dans sa vie et dans sa ville. Il est maintenant au pied de l'université Patrice Lumumba, l'université africaine de Moscou, quartier général de Boniface. C'est là qu'il hèle un taxi *privé*, autrement dit, une voiture particulière dont le chauffeur arrondit les fins de mois en transportant le quidam. Une vieille Jigouli crasseuse aperçoit sa main tendue et freine en glissant sur la fine couche glacée. Le chauffeur est habile à rouler sur une chaussée enneigée, il s'arrange pour que son pneu avant droit vienne rebondir contre la bordure du trottoir, juste ce qu'il faut pour immobiliser la voiture, sans effrayer le piéton.

– Tu vas où, gamin ? demande l'homme barbu aux cheveux hirsutes engoncé dans la petite voiture.

– Kotelnicheskaïa.

– La berge ou l'immeuble ?

– La berge, répond Anton, de peur de faire grimper le prix en indiquant un immeuble dont tout Moscou sait qu'il est occupé par les fonctionnaires les plus privilégiés du pays.

– Allez, grimpe ! Je t'y emmène pour deux roubles.

Anton ne discute pas le prix et s'installe à côté du chauffeur. Au passage, il note un drôle de fatras sur la banquette arrière encombrée d'un gros jerrycan d'où sortent des tuyaux de caoutchouc qui plongent dans des bocaux à demi remplis d'un liquide translucide à forte odeur de vodka.

– Tu veux un verre ? lui propose le chauffeur en indiquant du pouce le siège arrière.

– Un verre de quoi ? demande l'innocent Anton.

– Ben de vodka, voyons ! T'as pas vu ma distillerie ?

– Ta distillerie ?

– Je t'explique… C'est une invention de mon cru. Sous le capot de la voiture, il y a plein de chaleur qui se perd… Alors moi j'ai entrepris d'utiliser cette chaleur, et j'ai installé une sorte de grosse bouilloire. J'y mets tout ce qu'il faut pour distiller, et hop ! Ça sort dans le jerrican qui est à l'arrière. De la bonne vodka bien chaude. Et pour la refroidir un peu, je fais passer le tuyau qui est là par l'extérieur, il revient ici, là… et la vodka est bien fraîche. Bon, il faut compter cent bornes pour un demi-litre, mais je t'assure que c'est plus économique que tout ce que j'ai essayé jusqu'à présent.

– Ingénieux… mais c'est légal ?

– T'en poses toi des questions à la con ! Est-ce que je te demande si c'est légal d'avoir aussi peu de cheveux sur la tête ? bougonne le chauffeur.

– Ne t'énerve pas, je me renseigne.

– Rien n'est légal dans ce pays. Pourtant, je t'assure que quand un milicien m'arrête, je ne paie pas la moindre amende. On trinque et c'est réglé. Alors, tu veux un verre ?

– Oui, c'est la première fois de ma vie que je roule dans une distillerie.

– Alors tu vas voir ce qui sort de mon moteur. Je te garantis que c'est du premier choix.

Le chauffeur débranche l'un des tuyaux qui passent derrière

son siège, attrape deux godets nichés dans la boîte à gants et les remplit.

– À la tienne ! Au fait, je m'appelle Vilur... Santé !

– Moi, c'est Anton. Vilur, je n'ai jamais entendu ce prénom, c'est russe ?

– Vladimir Ilitch Loubit Rodinou ! Et oui, mes parents étaient de bons petits communistes !

Anton éclate de rire. Vilur démarre le moteur de la Jigouli qui bondit sur la chaussée dans une gerbe de neige boueuse. Un gargouillement se fait entendre sous le capot.

– Tu fais quoi dans la vie, Vilur, hormis la distillerie automobile ?

– Beaucoup de choses. J'invente. Je suis inventeur. À l'origine, je travaillais dans les moteurs d'avion comme ingénieur, mais j'en ai eu marre de bosser pour ces malades mentaux du complexe militaro-industriel. Dès que tu as une idée qui ne rentre pas dans leurs esprits étroits, ils te font comprendre que tu es un saboteur ou un pervers. J'ai même fait trois ans de camp dans les années quatre-vingt pour avoir osé critiquer le programme de motorisation des Tupolev.

– Et depuis tu distilles...

– Je bois mon talent. Et j'ai quelques autres trouvailles à mon actif. J'ai inventé un réseau télématique. Tu sais ce que c'est, la télématique ?

– Non, pas vraiment.

– C'est le fait de transporter des informations à distance par le téléphone. Eh bien moi, j'ai mis au point un système télématique qui permettait, par exemple, aux chercheurs d'échanger des informations sans avoir à rédiger des courriers. Juste en passant d'un ordinateur à un autre, via un troisième. Eh bien tu sais ce qu'en a pensé le KGB ?

– Non, mais j'imagine qu'ils ont dû avoir la trouille, là-bas, à la Loubianka.

– Exactement. Activité d'espionnage ! Voilà comment ils ont qualifié mon invention. Mais j'ai quand même dû leur refiler mon prototype et tous mes plans. J'ai même failli repartir en Sibérie !

– Depuis, tu as changé de vocation, on dirait.

– Oui, et je m'amuse. Et tu sais ce qui m'amuse le plus ?

– Non.

– C'est le fait que j'ai installé une distillerie dans la Zil du ministre de la Santé. Tu me crois si tu veux, mais son chauffeur est mon cousin, et quand il a vu ça, il en a parlé à son boss, le ministre. Le vieux a presque versé des larmes quand il a bu ses premiers cinquante grammes sur la route entre Moscou et Tambov !

Ils devisent ainsi lorsque au niveau de la Perspective Lénine, près du métro du même nom, un milicien leur fait signe de s'arrêter.

– Tu vas pouvoir tester ta méthode de persuasion, fait remarquer Anton avec ironie.

– T'inquiète, tu vas voir, ils ne résistent pas.

À peine la voiture arrêtée, le milicien monte à bord. Pratique totalement inhabituelle, puisque d'ordinaire les miliciens se contentent de contrôler les papiers, en réclamant au passage un billet.

– Eh, camarade milicien ! Pourquoi tu montes dans ma voiture ? demande Vilur d'une voix inquiète.

– Tais-toi, parasite. Et roule. Tu vas m'amener au poste, j'ai une course urgente. Si tu préfères que je contrôle tes papiers, dis-le-moi ! Non ? Bon alors en route, je n'ai pas de temps à perdre. Je vais au métro Kolkhoznaïa.

Vilur est agacé, mais n'en laisse rien paraître au milicien. Quant à Anton, il se demande quand l'homme en uniforme va découvrir la distillerie ambulante. Vilur ne lui en laisse pas le temps.

– Tu veux un verre de blanche, camarade milicien ? J'en ai de la bonne à bord, propose l'obséquieux taximan.

– Puisque c'est offert gentiment, ça ne se refuse pas.

Après une cinquantaine de grammes ingurgités, le milicien se détend quelque peu.

– C'est rare de nos jours les citoyens aussi généreux que toi. Tout le monde se bat pour le moindre rouble et plus personne ne partage avec la milice. Il faut toujours réclamer, exiger, trouver quelque chose qui ne va pas, menacer d'une amende, parfois même d'une nuit au poste. Ça me fatigue, ce cirque, bougonne-t-il. Mais toi, tu es resté un bon Soviétique. Je te félicite, camarade.

– Vilur. Je m'appelle Vilur.

– Très bien Vilur. Toi le chauve, c'est quoi ton nom ?

– Anton.

– Anton et Vilur. Deux bons citoyens soviétiques. Bravo ! Bon, puisque vous êtes sympathiques, je vais vous expliquer ce qui me pousse urgemment vers le métro Kolkhoznaïa. Voilà. Je dois présenter officiellement devant mes chefs mon projet pour limiter sévèrement la dépravation dans ce pays. Comme vous le savez, nous traversons des temps difficiles. L'adultère, la prostitution, le sexe à tout va. Notre grande Russie se vautre dans la débauche, au point de faire ressembler Sodome et Gomorrhe à un monastère de Vieux-Croyants. Tout ça n'est pas bon. La jeunesse est corrompue, la vieillesse est libidineuse. Bref, ça ne va pas, et l'État ne sait plus comment s'y prendre pour ramener les gens dans le droit chemin ni comment limiter cette dépravation socialisante généralisée. Alors moi, j'ai eu une idée. J'ai élaboré une stratégie pour freiner les appétits féroces de nos concitoyens, diriger leur énergie vers des tâches plus nobles et surtout plus intéressantes, socialement parlant. Je suis convaincu qu'il faut limiter le nombre de rapports sexuels que peut avoir chaque couple. Une à deux fois par semaine me semble être un maximum si l'on veut préserver la force vitale en chacun de nous et éviter ainsi de la dilapider inutilement. Je vous entends déjà, mes chers amis ! Vous vous demandez : mais comment va-t-il s'y prendre pour surveiller ce qui se passe sous les draps, dans l'obscurité des chambres soviétiques ?

Anton et Vilur approuvent tous deux d'un hochement de tête, n'osant interrompre une si curieuse démonstration.

– C'est là qu'intervient toute l'ingéniosité du Russe. C'est là qu'entrent en scène les années d'expérience accumulées par notre glorieuse milice et nos efficaces services de renseignements. Il suffit d'instaurer dans les familles une surveillance totale. De jour comme de nuit. Vous me suivez ?

Anton et Vilur font un signe négatif de la tête.

– Vous n'êtes pas sans savoir que dans nos villes, les gens s'entassent dans les appartements. Bon. Et il n'est pas rare que sous un même toit cohabitent un couple, ses beaux-parents, et parfois ses grands-parents, s'ils ont survécu à ce siècle particulièrement mortifère. Il faut donc jouer sur le nombre, et demander aux beaux-parents de surveiller les enfants, surtout s'ils sont jeunes mariés. Nous pourrions procéder à des relevés hebdomadaires, mettre au point une comptabilité familiale qui reposerait non pas sur la déclaration de bonne volonté, car cela ne marche jamais, mais plutôt sur le penchant terriblement humain au voyeurisme et à l'espionite qui, nous le savons bien, constitue un trait de caractère prégnant chez nous autres les

Russes. De même, les voisins pourraient très efficacement surveiller les bruits nocturnes, comptabiliser ce qui leur semble être des ébats amoureux. Cela nous permettrait de recouper les informations et de prendre en faute les contrevenants. Vous voyez ! Ce n'est pas si compliqué ! Il suffit de s'organiser, conclut triomphalement le policier.

– Excuse-moi, camarade, j'aurais une foule de précisions à te demander sur le pourquoi du comment de cette brillante méthode de contrôle social, se risque prudemment Vilur, mais une question me taraude encore plus que toutes les autres.

– Vas-y, je t'écoute, camarade taximan.

– Comment peux-tu être certain que tes supérieurs vont approuver ton projet ?

– Ah, je ne sais pas encore s'ils vont l'approuver. Vous connaissez comme moi les mœurs déplorables de nos responsables. Sans parler de leur pusillanimité dès qu'il s'agit d'introduire des méthodes modernes, ou de bouleverser leurs habitudes. Mais mon paternel sera présent tout à l'heure pour m'écouter. Et comme il dirige la police de Moscou, ses subordonnés n'osent pas trop le contredire. Donc, ils vont approuver mon idée et elle sera officiellement soumise à la direction nationale du ministère des Affaires intérieures. Avec un peu de chance, je serai même appelé à présenter mon projet au ministre Boris Karlovitch Pougo en personne. Il est letton, et l'on dit que les Lettons n'aiment pas trop la dépravation.

– Oui, je comprends mieux, camarade milicien… Tu veux un autre verre ?

10.

Quand on est au milieu des roses, on en prend le parfum.
Proverbe russe

Le restaurant de l'hôtel Metropol est sans doute le carrefour le plus déconcertant de la ville. Sous la grande verrière, un peuple de diplomates, de ministres, de voyageurs inconnus, d'hommes d'affaires venus des quatre coins de la planète, d'artistes étrangers et d'espions patentés du KGB, s'observe discrètement. Chacun cherche à débusquer un visage familier à qui se raccrocher au milieu de cette faune cosmopolite et affairée, ou même simplement quelqu'un avec qui engager la conversation, et qui pourra fournir d'intéressantes informations sur le pays invisible, celui qui cache sa vérité sous les masques de la propagande et de l'idéologie. Car dans cet hôtel de rêve, sorti de l'imagination des géniaux décorateurs européens du XIXe siècle, les stucs, les ors et les miroirs reflètent le mensonge qui prévaut en ces terres hostiles. Nul n'est certain que le touriste qui se promène nonchalamment, le diplomate courtois qui discute un verre à main, l'homme d'affaires qui trépigne au bar soient réellement ce qu'ils prétendent être. Dès lors, chacun agit comme le joueur de poker attablé en méfiante compagnie. Le bluff est de mise. S'intéresser aux autres tout en évitant de se dévoiler est un art subtil. On se gardera donc de ces serveurs dont la nonchalance cache la duplicité, on se méfiera aussi de ces belles-de-nuit au nez poudré, Mata-Hari slaves au tempérament de feu, on ne fera pas davantage confiance à cet inconnu descendu du train qui insiste pour engager la conversation. Pour les étrangers, le frisson de se retrouver dans un espace à la fois familier et dangereux l'emporte souvent sur la perspective d'une soirée seul dans sa chambre à contempler au mur la reproduction d'une des merveilles de la galerie Tretiakov, aussi le bar ne désemplit-il jamais avant deux heures du matin.

Assis sur l'un des tabourets, Iouri regarde le kaléidoscope de visages. Il scrute ces mines faussement décontractées, s'en amuse même, quand il aperçoit le jeune Français avec qui il a rendez-vous qui se dirige vers lui.

– Bonsoir Jacques ! Merci d'avoir accepté mon invitation. Et je suis encore désolé de vous avoir fait faux bond, l'autre soir. J'ai été retenu par la situation dans les pays baltes. Mes patrons avaient besoin d'une analyse urgente pour le Politburo.

Comme les autres étrangers présents dans l'hôtel, Jacques a l'air parfaitement à l'aise. S'il n'ignore pas que l'endroit est sous surveillance, il semble avoir décidé de s'en fiche comme de sa première cravate. Il est jeune, se dit Iouri et donc enclin à la confiance. Tant mieux, car il n'avait pas envie de passer la soirée avec un poltron paranoïaque.

– Rassurez-vous, j'ai trouvé à m'occuper. Les distractions ne manquent pas dans cette ville. On ne fait pas un pas sans rencontrer une personne formidable.

– J'aime bien votre sens de l'humour, Jacques. J'espère pour vous qu'il est solide, parce que dans ce pays vous en aurez besoin.

– Oui, je commence à comprendre que l'humour et la patience sont les qualités essentielles pour survivre ici.

– Il en faut bien d'autres, je vous assure. Et notamment une ténacité à toute épreuve.

– Un banquier d'affaires est un peu comme un boxeur. Il s'accroche au match tant qu'il sent qu'il peut le remporter, il est alors capable d'encaisser tous les coups. Mais si le combat devient trop déséquilibré, il préférera se coucher rapidement.

– Et vous allez m'expliquer en quoi le match que vous venez jouer ici vaut le coup d'être tenté.

– Oh ! C'est très simple, Iouri. Regardez votre pays. Près de trois cent millions de consommateurs en puissance qui vivent dans la pénurie, malgré les immenses richesses du sol et du sous-sol. On voit tout de suite les bénéfices que l'on peut en tirer.

– Moi, je vois davantage une société qui lutte pour préserver un modèle égalitaire dans un environnement international qui lui est hostile.

– Il m'est venu une réflexion, Iouri. Vous, les Russes, vous pensez avoir perdu la guerre des étoiles contre Reagan.

– C'est le cas, non ?

– Non. Vous avez perdu la bataille de la paix sur Terre ! Si les gens mangeaient à leur faim, s'ils trouvaient dans les magasins de quoi satisfaire leurs besoins, vous n'auriez aucun problème. Vous seriez les maîtres du jeu. Mais là, vous n'avez aucun argument à offrir à personne. Vous avez besoin de réformes et d'ouvrir votre pays au monde.

– Ce n'est pas faux, je le reconnais. Mais est-ce qu'un système comme le nôtre est réformable ? À cette question, Gorbatchev répond par l'affirmative. Moi, je pense qu'il se trompe. Ce pays est paralysé par ses contradictions, et quand bien même voudrait-il changer qu'il ne le pourrait pas. C'est une chose de comprendre les erreurs commises et les souffrances que l'on a engendrées, c'en est une autre d'être à la place de ceux qui souffrent. Et ceux qui ont supporté nos erreurs ne s'inclineront jamais devant l'histoire, ce serait s'agenouiller devant ceux qui les ont mis en esclavage. Ils ne veulent pas de réformes, ils veulent faire exploser le système. La violence appelle la violence...

– Je ne savais pas que les hommes du KGB étaient à ce point pessimistes !

– Vous ne savez pas grand-chose, Jacques, sauf votre respect...

– Je l'avoue humblement. Et je ne demande qu'à apprendre.

– Alors je vous propose de rencontrer l'un des hommes qui montent dans ce pays, et qui joueront sans doute un grand rôle dans un avenir proche.

– Un visionnaire ?

– En quelque sorte. Et surtout un homme d'affaires comme vous. Mais un homme d'affaires à notre façon, à la mode soviétique. Très différent de ce que vous pouvez imaginer. Il s'appelle Gueorgui Ionani, je suis curieux de voir si vous pourriez vous entendre tous les deux. Quelque chose me dit que vous êtes faits du même bois... Ah ! Et puisque vous aimez la boxe, ça tombe bien. Je vous emmène voir un combat clandestin, c'est sur notre route.

En pénétrant dans la salle de boxe qui sert de tanière à l'ours géorgien, Jacques Varamian éprouve un haut-le-cœur immédiat. Sur le ring, deux hommes, le visage ensanglanté, s'échangent à mains nues des coups d'une violence archaïque dans une atmosphère survoltée et braillarde. Le ring est une caisse de résonance, chaque coup s'accompagne d'un craquement d'articulation, d'un horrible bruit d'os brisé. La brutalité physique et la douleur s'expriment comme elles peuvent par des gémissements et des soupirs. Nulle noblesse n'apparaît dans les rictus déformés, les visages emboutis, les paupières tuméfiées et les lèvres fendues par ces bûcherons impitoyables. La fierté des combattants a laissé place à l'instinct de survie battant l'air de ses poings fermés. Les deux hommes se lancent des regards désespérés, ils ne se voient plus en adversaires, mais en colocataires de l'abîme où leur humanité est en train de sombrer. Amer constat d'échec à flanc d'orgueil maltraité, ce combat luciférien excite les envies assassines d'une foule hystérique qui brandit des liasses de roubles en invectivant les boxeurs. Les plus déchaînés réclament la mise à mort du combattant qui chancelle, nez écrasé, regard éperdu. Un rogaton d'humain qui ne va pas tarder à s'avouer vaincu.

– Vous aimez ? demande Iouri à Jacques Varamian, devenu plus pâle qu'un drap de lin sorti des usines de Gorki.

– Je n'aime que les combats à distance. Ceux que l'on remporte d'un trait de plume au bas d'un contrat, répond le Français, en tentant de se donner une contenance.

– La délicatesse n'est pas notre fort, ici en Russie.

– Et la pitié est un sentiment dangereux, je sais.

– Allons voir Gueorgui Ionani, propose le Russe. Ses bureaux sont juste derrière la porte.

– Non… Attendez un peu, s'il vous plaît. J'ai l'impression que ces hommes, là-bas, organisent des paris sur le vainqueur. Et j'aimerais bien tenter ma chance.

Iouri est étonné. Le pâle jeune homme a repris des couleurs, une lueur brille désormais dans ses yeux.

– Vous êtes certain ? Vous voulez parier sur lequel ? Et combien ?

– J'ai cent dollars en poche. Et je voudrais miser sur celui qui a le nez en sang.

– Le gros ? Mais il va perdre, Jacques ! Regardez-le bien, il est au bord de l'évanouissement !

– Justement, si je parie sur lui, et s'il gagne… je gagne beaucoup.

– Mais il ne peut pas l'emporter.

– Vous en êtes sûr ? Vous ne pensez pas qu'il bluffe ? Moi, je me demande s'il ne joue pas un petit jeu destiné à faire monter les enchères. Regardez bien Iouri, depuis deux minutes les hommes autour du ring se précipitent avec des liasses de billets autour du bookmaker, là-bas. Je parierais ma chemise que le boxeur et le bookmaker sont de mèche.

– Ce n'est pas impossible, en effet. Bien vu, Jacques ! Donnez-moi l'argent, je vais miser pour vous.

Tandis que Iouri se faufile jusqu'au bookmaker, le combat se rééquilibre rapidement. Le gros boxeur ensanglanté redresse le torse et repart à l'assaut. Iouri a juste le temps de parier les cent dollars de Jacques que le gladiateur décroche la mâchoire de son adversaire d'un fulgurant uppercut. Le renversement est total. Un silence pesant s'abat sur le ring. Seuls deux ou trois spectateurs exultent, Jacques en fait partie. Le combat s'achève en quelques secondes lorsque le vainqueur se précipite sur son adversaire groggy pour lui envoyer un coup de pied au visage qui projette une canine sur le parquet du ring. Ce soir, le protège-dents n'était pas obligatoire. Lorsque Iouri revient vers lui, Jacques est tout sourire.

– Qu'est-ce que vous en dites, Iouri ?

– J'en dis que c'est finement observé de votre part. Vous me surprenez, Jacques. Vous êtes un curieux personnage.

– J'adore gagner du fric ! conclut Jacques en ajustant son nœud de cravate.

– Alors vous allez apprécier mon ami Ionani.

Les deux hommes se dirigent vers la porte qui mène au restaurant du parrain quand deux molosses s'interposent. Iouri note immédiatement le renflement caractéristique d'une arme automatique sous leur veste.

– Dites à votre patron que son ami Iouri Stepanovitch est ici avec un Français. Un banquier.

Les gardes du corps acquiescent d'un mouvement du menton. L'un des deux pénètre dans le restaurant tandis que le second croise les bras, se muant en une allégorie vivante de la muraille infranchissable. Jacques et Iouri échangent un regard rieur. Le petit Français a l'air de s'amuser, se dit Iouri. C'est bon signe ! Le molosse revient au bout de quelques secondes et, toujours sans dire un mot, leur ouvre la porte. Gueorgui Ionani est à table, une fourchette à la main, une serviette à carreaux autour du cou. De loin, on dirait un vieil italien s'apprêtant à souper. Mais son air débonnaire est une fausse impression, Ionani ne sourit pas.

– Je ne suis pas content de te voir, Iouri Stepanovitch. Tes patrons se comportent mal avec moi, et si tu viens m'apporter de mauvaises nouvelles, alors tu peux repartir aussitôt. Je ne suis pas d'humeur…

– De quoi te plains-tu, Gueorgui Davidovitch ? Du fait que le KGB a mis le nez dans tes affaires allemandes ? Tu sais bien que tu vas te faire un beau paquet de fric dans cette histoire. Je ne pense pas que tu sois à plaindre.

– Je n'aime pas que le KGB fouille dans mes comptes en banque. Les comptes en banque, c'est comme la famille, c'est sacré. Surtout quand ils sont à l'étranger. Et puis, vos méthodes sont beaucoup trop brutales pour les temps modernes. Vous effrayez mes partenaires et vous me dépeignez sous un mauvais jour. Les Européens n'aiment pas ça.

– Et sous quel jour devrions-nous te dépeindre, Gueorgui Davidovitch ? Sous celui d'un honnête entrepreneur soviétique qui cherche à comprendre les règles de l'économie de marché ? Tu n'es qu'un voyou, ne l'oublie pas.

– Qui est le voyou ? Celui qui utilise le knout tressé par son maître pour frapper le moujik, ou celui qui se rebelle contre l'autorité et entend fixer ses propres règles ? Est-ce que tu ne t'es jamais demandé ce qu'un homme fin et intelligent comme toi faisait au service de cette machine d'État dont l'unique objectif est de bander les yeux du peuple pour mieux piller l'arrière-boutique ?

– Tu réfléchis beaucoup lorsqu'il s'agit de tes intérêts !

– Et toi pas suffisamment lorsqu'il s'agit de tes patrons. Je suis sans doute un criminel, Iouri Stepanovitch, ou du moins ce que tu considères comme tel en vertu de lois dont tu feins de ne pas comprendre le caractère nocif, mais je resterai toujours un amateur comparé à toi. Ceux qui dictent les lois sont de plus grands criminels que ceux qui les violent. Du moins, dans ce pays.

– Les mots que tu prononces me semblent un peu lourds pour tes lèvres.

– T'ai-je déjà raconté l'histoire de mon père, David Amvrossievitch, que les communistes ont emprisonné après la Grande Guerre patriotique ? Et pourquoi ? Parce qu'il avait mis en place un réseau privé d'approvisionnement en nourriture dans Tbilissi livrée au chaos et à la faim. Ils l'ont accusé d'être un koulak, un commerçant, alors qu'il ne faisait que sauver des vies. Mais il refusait de confier ses bénéfices au KGB local. Et c'est pour cette raison qu'ils se sont acharnés sur lui. Non pas en raison d'activités anticommunistes, mais juste parce que les communistes le soupçonnaient de vouloir garder son argent. Ils ont rédigé une loi contre lui, ils ont voté une résolution pour le déchoir de ses titres et de ses médailles reçues durant la guerre. Quand je te dis que les criminels sont ceux qui font les lois, je ne raconte pas de mensonges.

– Et toi, tu veux venger ton père, c'est ça ?

– Ne me parle pas de vengeance, je ne venge personne. La vengeance est un réflexe d'homme libre, or nous ne sommes pas libres. Le comte de Monte-Cristo n'aurait jamais survécu dans ce pays. Les communistes se seraient chargés de le faire disparaître. La seule liberté que nous avons, c'est celle du prisonnier qui descelle le mortier de sa cellule à la petite cuillère. Au bout d'un moment, il réussit à creuser un trou et à voir la lumière. Et puis un jour, il enlèvera une brique et sortira la main. C'est tout ce qu'il peut espérer...

– Je pense que tu as déjà pas mal réussi ton évasion, Gueorgui Davidovitch. À ce qu'il me semble, la prison n'a plus suffisamment de barreaux pour te retenir.

– Et elle en aura encore moins demain, quand ce système se sera effondré.

– Tu veux abattre le système ? Te voilà devenu révolutionnaire ! répond Iouri d'un ton moqueur.

– Pas besoin de l'abattre, il va s'effondrer de lui-même, c'est évident. Et tu tomberas avec lui, Iouri Stepanovitch. Les hommes comme toi deviendront des esclaves. C'est le propre de toutes les révolutions que de renverser les maîtres et leur faire subir ce que les valets ont enduré. Tu devrais faire comme moi, préparer déjà l'avenir, anticiper le coup suivant.

– Eh bien justement, pour t'y aider, je t'ai amené mon nouvel ami, Jacques. Il est banquier d'affaires. C'est un Français qui s'y connaît plutôt bien. Ne fais pas attention à son jeune âge. Il va t'apprendre beaucoup de choses que tu ne connais pas encore. Je suis sûr que vous allez vous entendre.

Ionani jette un regard dénué d'expression en direction de Jacques Varamian.

– Nous n'allons pas rester debout à te regarder manger Gueorgui Davidovitch, ajoute Iouri. Tu as perdu tes bonnes manières de Géorgien ?

Ionani, qui tient toujours son couteau dans la main, s'en sert pour leur désigner les chaises devant lui. Sans dire un mot, les deux hommes prennent place face au parrain. Ionani claque des doigts, un serveur accourt et dépose sur la table deux verres ainsi qu'une bouteille de vin géorgien.

– Servez-vous. J'imagine que le Français boit du vin...

Jacques Varamian approuve d'un hochement de tête. Ionani affecte une mine renfrognée et entame son steak de bœuf tandis que les deux invités goûtent le vin. Après un instant, le parrain lance un œil interrogateur en direction du Français.

– Il est bon ce vin, commente prudemment Jacques en se retenant de cracher le breuvage insipide.

Iouri traduit ses propos et Ionani se détend quelque peu.

– Qu'est-ce qu'il veut, ce Français ? demande-t-il à Iouri.

– Il cherche des opportunités d'affaires. Des entreprises où investir de l'argent.

Cette fois, Ionani remplit lui-même les verres de ses deux invités.

– J'ai justement reçu une belle proposition de la part de l'usine d'aluminium de Kouïbychev, en Sibérie. Est-ce que ton ami s'intéresse à la production d'aluminium ? Parce qu'ils veulent vendre sans passer par la centrale d'État, et ils cherchent des acheteurs.

Au bout de quelques minutes, les trois hommes discutent à bâtons rompus de la production d'aluminium et des possibilités d'investir directement à Kouïbychev. Iouri est surpris par la facilité avec laquelle Varamian et Ionani se comprennent, il découvre que l'argent est la *lingua franca*, l'obché iazik, des entrepreneurs. La discussion tourne autour du prix d'achat à la sortie d'usine des lingots d'aluminium. À aucun moment, Jacques n'interroge Iouri sur le pedigree de son interlocuteur. Ses manières ne laissent pourtant aucun doute sur ses origines sociales, et le lieu même où ils se trouvent, à savoir l'arrière-boutique d'une salle de boxe clandestine, suffit à renseigner sur les activités louches de Ionani. On dirait que Varamian se fiche de savoir avec qui il traite. Tout ce qui l'intéresse, c'est le deal, l'argent. Ionani prétend qu'il peut fournir entre vingt et trente mille tonnes d'aluminium en deux mois si le Français trouve un client. Jacques est intéressé, il connaît bien le marché mondial de l'aluminium, et sa banque travaille avec de gros industriels allemands et français. Un premier accord pourrait se conclure rapidement. Iouri est impressionné. Le jeune banquier français, formé dans les meilleures écoles de commerce européennes et le parrain géorgien, élevé dans les faubourgs de Tbilissi, n'ont absolument rien en commun, pourtant ils échangent sourires et poignées de main comme deux vieux amis. Par ailleurs, Iouri est surpris par la célérité avec laquelle ces hommes prennent des décisions, ils pensent et agissent à la vitesse de la lumière, bien plus rapidement en tout cas que les pachydermes politiques ou les dinosaures fonctionnarisés. L'eau qui descend de la montagne n'est pas plus agile qu'eux à s'adapter au terrain.

Les deux hommes ont terminé de parler affaires. Ils se reverront dans les jours à venir pour peaufiner un éventuel accord. Ionani, qui finit d'ingurgiter son steak, affiche enfin un sourire décontracté. Le ventre plein, il peut commencer les mondanités. Jacques est-il bien d'origine arménienne ?

– Alors nous sommes cousins ! Cousin caucasiens ! Nous avons beaucoup de respect pour les Arméniens chez moi. Contrairement à ce que disent certains, nous ne les méprisons pas du tout. Même s'ils sont un peu empotés parfois, ils font de bons commerçants. Et on peut leur faire confiance, jamais un Arménien ne trahit un Géorgien et l'inverse est tout aussi vrai.

Jacques Varamian connaît les codes et les règles de respect en vigueur dans le Caucase. Il sait se comporter et choisir ses mots pour saluer l'accueil chaleureux du Géorgien. Iouri se caresse le menton. Ce Varamian est tout sauf stupide. Et Iouri va avoir besoin de son intelligence pour apprendre la cartographie de cet univers capitaliste qu'il découvre à peine. Car son rôle consiste à ne pas se laisser dépasser. *Ce n'est pas le moment de s'endormir.*

11.

La trahison est l'autre nom de l'individualisme. Elle commence par l'oubli du collectif et se transmet par la concupiscence et l'envie. Quand ta volonté s'amenuise à mesure que ta morale défaille, tu nourris en ton sein un serpent nommé trahison.
Et ton âme, déjà condamnée, vacille au bord du volcan où l'égoïsme, tel un torrent de lave, brûle les châteaux dont rêvaient tes parents.
Précis de morale rurale du kolkhozien Chaliapine

Celui qui ne dort plus, ou presque plus, dans ce pays, c'est Boris Nikolaïevitch Eltsine. Pavel Petrovitch, son jeune assistant, peine à suivre le rythme. Son mentor est un hyperactif, un bourreau de travail, solide comme un bœuf, audacieux comme un cavalier tatar. Ses diatribes antisystème enflamment les esprits, il est sur tous les fronts, de toutes les manifestations, de tous les congrès, de meetings en réunions, de symposiums en plénums, de visites d'usines en inaugurations officielles, de Sverdlovsk à Gorki en passant par Moscou et Leningrad. Le leader démocrate est une tornade qui sillonne le pays en détruisant au passage les granges branlantes de la politique soviétique. Pavel l'accompagne partout. Il le suit jusque tard dans la nuit lorsque les verres de vodka servent à briser les méfiances, lorsqu'il faut à grand renfort de toasts sceller des pactes et des alliances. Boris Nikolaïevitch et son sens inné du contact, sa bonhomie et son franc-parler font fureur. Il ne pratique pas le salmigondis de novlangue communiste où se noie la parole gorbatchévienne, au contraire ses propos sont compréhensibles, et donc accessibles au plus grand nombre. L'effet est si intense qu'il emporte le Bloc démocratique de victoire en victoire.

Pavel Petrovitch est éreinté par la campagne et le tumulte. Contrairement à son maître qui se nourrit de la ferveur populaire, qui engrange l'énergie des foules massées à ses pieds, et dont l'ego se gonfle de la certitude d'être l'homme providentiel, il n'a rien pour alimenter sa source intérieure. Rien d'autre qu'une admiration sans bornes pour cet hercule de la politique qui a décidé de défier le système répressif le plus élaboré et le plus complexe qui soit au monde. Aussi, Pavel Petrovitch est-il un jeune homme flétri et à bout de forces. Alors que la campagne électorale s'est achevée et que Boris Eltsine est triomphalement élu député, il se réfugie dans la consommation effrénée d'amphétamines, afin de gagner un peu de cette vitalité dont son mentor est si bien pourvu et qui lui fait tant défaut. Mais les amphétamines laissent des sillons profonds dans la psyché, des lacérations dangereuses qui déchirent le tissu de sa personnalité, l'exposant aux rayons mortels de la paranoïa. Le médecin l'a prévenu et lui a conseillé la modération, Pavel Petrovitch ne l'écoute qu'à moitié. Quel autre choix a-t-il que ces béquilles chimiques qui l'aident à avancer, fût-ce en clopinant ? En cet instant précis, des bouffées d'angoisse explosent dans son esprit comme les grenades lancées par les Spetsnatz dans Kaboul en flammes.

Depuis plus d'une heure, Boris Nikolaïevitch est enfermé dans son bureau avec cette jeune sorcière caucasienne qui tente d'emprisonner son esprit. Et cette situation l'agace au plus haut point. Pourquoi cet homme si dominateur, si sûr de lui a-t-il besoin de cette femme ? Qu'est-ce qu'il cherche auprès d'elle qu'il ne trouve pas auprès de lui ? Auprès des siens ? Ce n'est pas une histoire de sexe, Boris Nikolaïevitch a déjà tout ce qu'il faut pour satisfaire ses envies les plus baroques, c'est autre chose, mais quoi ? Et cette femme ! Qu'est-ce qu'elle veut ? Pavel est presque certain qu'elle tente de le manipuler, l'histoire ne regorge-t-elle pas de faux voyants, de prédicateurs et de moines thaumaturges qui ont joué un rôle néfaste auprès des dirigeants ? Il redoute l'emprise grandissante de la Tcherkesse sur l'esprit de Boris Nikolaïevitch. Pavel s'en est ouvert au colonel Korjakov, le responsable de la sécurité du député et l'un de ses compagnons de beuveries. Hélas, ce gros abruti qui ne comprend rien à la psychologie humaine, l'a regardé d'un œil torve avant de lui demander de lui fiche la paix avec des détails qu'il juge sans importance.

Pavel est presque certain que Iouri Stepanovitch, le serpent visqueux du KGB, est pour quelque chose dans la présence de cette Aliona. Elle est apparue soudainement un soir après un meeting à Volgograd, avec son beau sourire et sa façon ingénue de quémander une entrevue avec Boris Nikolaïevitch. Pavel n'y a d'abord pas prêté attention, les femmes qui se précipitent au cou du responsable politique sont nombreuses, celle-là paraissait inoffensive. Mais Boris Nikolaïevitch est ressorti de sa rencontre totalement surexcité, il s'est mis à expliquer à tout le monde qu'il venait de rencontrer quelqu'un possédant un don extraordinaire. Pavel a dû lui conseiller la discrétion, car il n'est pas bon qu'un dirigeant affiche ainsi sa crédulité. Mais lorsqu'il lui a demandé de renoncer à cette voyante, il s'est attiré une remarque glaciale du député. « C'est à toi que je vais renoncer. » La jeune femme est donc revenue, et aujourd'hui Boris Nikolaïevitch ne peut plus s'en passer. Dès qu'il est à Moscou, il la convoque dans son bureau ou à son domicile. Même lorsqu'il est en déplacement, il lui arrive de la faire venir à ses côtés. Il est déjà dépendant de la boisson, et le voilà accro à la boule de cristal. Il y a de quoi s'arracher les cheveux.

Aliona finit par sortir du bureau. La jeune Tcherkesse est vêtue d'une robe claire, parsemée de motifs géométriques. Ses cheveux sont retenus par une fine lanière de tissu, ses bottines de cuir lui donnent l'allure d'une provinciale, ou plutôt de ces filles américaines hippies que Pavel a vues en photo dans un magazine circulant plus ou moins clandestinement. Elle est belle, c'est indéniable. Belle et dangereuse, juge Pavel qui repousse un sentiment d'admiration pour son visage où les obsidiennes de ses yeux camouflent des pensées indicibles. Une réflexion brutale traverse en trombe sa psyché pour se fracasser sur le mur du réel : et s'il la faisait kidnapper ? Juste pour l'effrayer et la forcer à fuir Moscou… Projet insensé ! Il le sait. Mais il ne peut s'empêcher d'imaginer pour elle les pires châtiments, ceux que les tsars réservaient autrefois aux faux prophètes. Car elle est dangereuse, il en est convaincu, elle pourrait affaiblir ce timonier qui, déjà, affronte le gros temps sur une mer déchaînée. Il doit d'une façon ou d'une autre l'écarter, lui faire comprendre qu'elle n'est pas la bienvenue, et que l'inclination du maître envers elle pourrait se transformer en pente dangereuse si elle n'y prenait garde.

– J'espère que vous n'allez pas raconter à n'importe qui les conversations secrètes que vous avez avec notre député ! lance-t-il perfidement alors qu'elle le frôle en sortant du bureau de Boris Eltsine.

– Pour qui vous prenez-vous à me parler sur ce ton, Pavel Petrovitch ? répond Aliona d'un ton glacial. Je ne suis pas votre employée, que je sache.

La jeune femme sent monter depuis des semaines l'hostilité du secrétaire. Elle a d'abord tenté de l'amadouer, de copiner avec lui pour s'en faire un allié, cela n'a rien donné. Elle en a parlé à Iouri Stepanovitch qui lui a conseillé la méthode brutale, rendre coup pour coup et faire comprendre à Pavel qu'il n'est qu'un sous-fifre. Depuis, la jeune caucasienne, qui n'a pas froid aux yeux, n'hésite pas à rembarrer ce blanc-bec qui se prend pour le coq de la basse-cour.

– Gardez votre venin pour vos subordonnés, Pavel Petrovitch, continue-t-elle. Et laissez-moi tranquille, sinon j'expliquerai à Boris Nikolaïevitch que vous me persécutez. Nous verrons bien qui de nous deux le député gardera à ses côtés.

– Vous n'êtes qu'une sorcière ! Et les sorcières finissent au bûcher ! rétorque-t-il, le visage rouge de colère.

Sous l'effet des substances chimiques qu'il ingurgite chaque matin, Pavel Petrovitch sent ses barrières inhibitrices s'effondrer subitement. Il perd tout contrôle sur lui-même et se met à hurler comme un dément dans l'antichambre du bureau. Surprise et quelque peu effrayée, Aliona sort précipitamment. Resté seul, le jeune homme tente de retrouver son calme, sans y parvenir. D'un geste rageur, il attrape son manteau et sort du bâtiment de la Douma, il a besoin de marcher, de refroidir le magma brûlant de ses pensées. Il décide de remonter l'avenue Kalinine à grandes enjambées. Le long sillon de graphite jalonné d'immeubles ressemble, ce jour-là, à l'allée d'un cimetière aux pierres tombales démesurées. Sa colère dirige ses pas, l'amenant directement devant le siège de la Loubianka. La façade imposante tente de l'intimider, mais il ne se laisse pas impressionner. Au policier en faction devant la porte, il demande à voir Iouri Stepanovitch. Le policier l'envoie vers le guichet d'accueil situé sur le côté du bâtiment. Derrière une grille, un autre agent à la mine sévère lui demande ce qu'il veut, Pavel se présente et explique qu'il souhaite s'entretenir avec Iouri Stepanovitch Nesterov, bien qu'il n'ait pas rendez-vous.

– Je ne peux pas déranger Iouri Stepanovitch comme ça. Si tu n'as pas rendez-vous, camarade, inscris ton nom ici. Je lui transmettrai.

– Mais il faut absolument que je lui parle aujourd'hui, c'est important ! insiste Pavel.

– Écoute-moi bien, camarade. On n'est pas au Goum, ici. On ne débarque pas comme ça pour voir un colonel du KGB. Est-ce que tu sais au moins qui est Iouri Stepanovitch ? Il n'est pas de ceux que l'on dérange pour rien.

– Mais je le connais ! Et il me connaît !

– Alors s'il te connaît, pourquoi n'as-tu pas rendez-vous ?

La discussion menace de tourner court. Pavel sort sa carte d'assistant parlementaire, le policier la regarde d'un air vaguement écœuré, comme il regarderait un poisson pourri sur les étals du marché central.

– Qu'est-ce que ça peut me faire que tu sois assistant parlementaire ? Tu serais député ou ministre que la règle serait la même. Ici, tu es à la Loubianka.

Pavel n'a plus qu'une solution. Il sort son passeport, le montre au policier, avant de le glisser sous le grillage du guichet d'accueil. L'agent se détend quelque peu et esquisse un demi-sourire satisfait. Voilà que ces deux hommes se mettent enfin à parler la même langue. Le policier ouvre le passeport et prend discrètement le billet de dix roubles glissé entre deux pages.

– Camarade assistant parlementaire, tu m'es sympathique… et j'ai beaucoup de respect pour l'organe que tu représentes. Je vais donc faire un geste, enfreindre le règlement, pour t'être agréable et te rendre service.

Il saisit le vieux combiné téléphonique posé devant lui et appelle le secrétariat de Iouri Stepanovitch. Pavel l'entend marmonner quelques syllabes inaudibles avant de raccrocher.

– Va t'asseoir là-bas, sur ce banc. Le secrétariat va me rappeler dans quelques minutes. Je te dirai alors si le colonel peut ou non te recevoir.

Pavel passe la demi-heure suivante à bouillir d'impatience sur le banc de bois. Alors que son esprit est arrivé à un stade de fusion avancée, il décide que la plaisanterie a suffisamment duré et se lève pour quitter la salle d'attente. Le policier au guichet l'interpelle :

– Où vas-tu comme ça ?

– Je ne peux plus attendre, je pars. Je reviendrai demain.

Le vigile appuie sur un bouton. Un bourdonnement se fait entendre. Un homme apparaît dans l'embrasure de la porte.

– Tu ne vas nulle part, camarade. Tu as demandé à voir Iouri Stepanovitch et j'ai dérangé son secrétariat pour toi. Maintenant tu vas t'asseoir tranquillement et tu attends sagement que l'on vienne te chercher.

Pavel regarde la porte dont l'accès est désormais barré par une mitraillette en bandoulière, puis il dirige son regard vers le guichetier qui ne prête déjà plus attention à lui. Il est au cœur de la Loubianka. Le système vient de lui faire sentir qu'il n'a pas plus de liberté qu'une souris de laboratoire. Il n'a d'autre solution que de se résigner. Pavel n'est pas victime d'un traitement particulier, les choses fonctionnent comme ça ici. Il renonce à quitter la pièce, mais sa reddition le rend nerveux. Assis sur son banc, Pavel se ronge les ongles, il ne réalise pas que toute cette mise en scène a pour objectif d'amoindrir son assurance et d'atténuer son éventuelle agressivité. Ce n'est ni de l'abus de pouvoir ni de la méchanceté gratuite, juste une tactique policière devenue un code de conduite.

Une heure s'écoule encore avant que la sonnerie du téléphone se mette à résonner dans la petite pièce. Le policier l'appelle.

– Eh toi, là-bas. Réveille-toi ! On vient te chercher. Le colonel Nesterov va te recevoir. Tu as de la chance. D'ordinaire les importuns dans ton genre finissent au commissariat, lance-t-il dans un éclat de rire.

Iouri est embarrassé. Il se doute de l'objet de la visite de Pavel Petrovitch. Il vient sûrement se plaindre de l'omniprésence d'Aliona auprès de son patron. Iouri a été imprudent, il n'aurait jamais dû entrer en contact direct avec Pavel, mais plutôt dépêcher quelqu'un à sa place. Le jeune homme est intelligent, il n'a pas tardé à faire le lien entre la curiosité affichée par le KGB pour Boris Eltsine et l'arrivée inopinée de la belle Tcherkesse. La question est désormais de savoir comment calmer Pavel. Lui mentir ne servirait à rien et ne ferait qu'exposer Aliona à la colère du jeune homme qui finirait par avoir le dessus. Il reste les méthodes habituelles, ce dossier que Iouri possède sur Pavel suffirait à l'envoyer au tribunal pour activités antipatriotiques. Car ce jeune imbécile s'est rendu à trois reprises en moins d'un an à des invitations émanant des ambassades britanniques et françaises. À croire que personne ne lui a jamais enseigné la prudence. Iouri feuillette les photos le montrant trinquant avec le premier conseiller de l'ambassade de France. Cet idiot est même tombé dans le piège tendu par une attachée d'ambassade britannique qui a réussi à s'immiscer dans son lit. Il suffirait d'un mot écrit par Iouri en exergue de son dossier pour que le juge envoie l'innocent finir sa vie en Sibérie, à bouffer des patates pourries par moins cinquante degrés !

Mais ce serait stupide et surtout contre-productif. On ne soigne pas un mal de tête en s'arrachant les cheveux. Iouri referme le dossier et le range dans son tiroir. Il va lui dire la vérité, voilà la solution. Il va lui prouver sa bonne foi, et dès lors Pavel Petrovitch lui en sera reconnaissant. La vérité, lorsqu'elle s'affiche sur la bannière du tsar, permet toujours de faire avaler n'importe quel mensonge à ses sujets.

Avant de descendre dans le hall chercher Pavel Petrovitch, Iouri s'est changé. Il dispose dans son bureau d'une garde-robe personnelle qui lui évite d'avoir à repasser chez lui en cas de cérémonie ou d'événements imprévus. Il a enfilé un costume trois-pièces gris perle, acheté à Paris. Avec sa cravate joliment dessinée par un styliste dont il a oublié le nom, il ressemble à un jeune loup de la City. « Si Jacques Varamian me voyait habillé ainsi, il me proposerait un poste dans sa banque ! » pense-t-il en souriant. Il descend le grand escalier qui mène au hall d'un pas nonchalant, passe une tête dans la salle d'attente, non sans avoir fait un discret signe de remerciement au policier qui a su faire patienter Pavel durant près de deux heures.

– Cher Pavel Petrovitch ! Je suis heureux de votre visite impromptue ! Et je suis désolé de vous avoir fait attendre. Vous savez ce que c'est avec un métier comme le mien, les rendez-vous et les réunions sont aussi imprévisibles que la météo sur les contreforts de l'Oural.

– Non justement, je ne sais pas ce que c'est, car j'ignore la nature exacte de votre métier, rétorque Pavel d'un ton furieux. Mais je commence à comprendre que cette activité consiste à utiliser n'importe quel artifice, même le plus folklorique, pour arriver à vos fins et manipuler les gens !

Iouri est quelque peu surpris par la violence du ton employé par le jeune assistant parlementaire. « Il va devoir se calmer », se dit-il.

– Pavel Petrovitch, je vous propose de poursuivre cette discussion dans mon bureau. Si vous voulez bien me suivre…

Les deux hommes s'engouffrent dans le ventre de l'immense bâtiment. Iouri a sa petite idée du chemin qu'ils vont prendre. Les couloirs impersonnels laissent rapidement place aux boyaux sinueux, aux passages sombres, aux escaliers étroits. Pavel Petrovitch n'a encore rien vu. Iouri emprunte à dessein l'accès qui descend à la prison secrète du KGB. Officiellement, elle n'est plus utilisée depuis des décennies, officieusement, il en va différemment, car s'y trouvent toujours enfermés quelques prisonniers de luxe, c'est-à-dire ceux à qui le KGB a juré d'interdire à tout jamais la lumière du jour. À mesure que les deux hommes avancent vers ces lieux iniques, l'atmosphère s'assombrit et les couloirs suintent. Ils arrivent enfin au niveau des cellules secrètes. Sous la lumière blafarde des néons blancs, les gardiens paraissent cadavériques. Personne ne traverse ces lieux sans éprouver un malaise immédiat, c'est le cas de Pavel, que Iouri observe du coin de l'œil tout en marchant à ses côtés. Le jeune homme transpire, il ne résiste pas au besoin de mettre la main devant le nez, il est vrai que l'air est saturé d'odeurs chimiques et d'effluves humains d'origines douteuses. Ils finissent par remonter au niveau du rez-de-chaussée pour retrouver la lumière du jour, avant de rejoindre un bureau inoccupé qui sert justement à recevoir des visiteurs extérieurs comme Pavel. Les deux hommes n'ont pas échangé un seul mot durant tout ce trajet.

– Bien, Pavel Petrovitch. Vous pouvez désormais parler sans crainte de m'humilier devant le personnel de la Loubianka, dit Iouri d'une voix froide tout en prenant place derrière un bureau de bois.

La petite promenade a fait son effet. Pavel est désarçonné. Il est au cœur du plus grand broyeur de citoyens soviétiques qui existe en URSS, et il n'a pas songé un instant à prévenir quelqu'un. Quelle erreur ! Il est désormais à la merci de ce colonel Nesterov dont la voix lugubre augure sans doute d'intentions diaboliques. Pavel réalise l'ampleur de la bêtise qu'il a commise en rabrouant le tout-puissant colonel devant les policiers de l'accueil. Une sueur froide coule le long de sa colonne vertébrale.

– Je vous écoute, Pavel Petrovitch, poursuit Iouri, tout en soupesant d'une main sadique le trouble, pour ne pas dire la peur, du jeune homme.

– Je… Je ne voulais pas vous humilier devant ces policiers, Iouri Stepanovitch. La colère a guidé mes propos… Je m'excuse de vous avoir parlé sur ce ton.

– La colère ? Pourquoi ? Vous êtes en colère contre moi ? demande Iouri innocemment.

Pavel baisse la tête, semblant chercher en lui le courage de poursuivre la discussion. Cet homme assis sur une chaise en face de lui tient son sort entre ses mains. Le puissant colonel a beau décorer sa brutalité d'étoffes occidentales, il n'en reste pas moins un animal dangereux, et s'il se rue sur lui, Pavel ne saurait même pas comment riposter. Il ne s'est jamais battu avec personne depuis ses années de collège. Pourquoi s'est-il fourré dans un tel guêpier ? Il est au bord du gouffre et ne sait plus quoi dire ni quoi faire pour s'en sortir. La panique annihile sa capacité de jugement, son cerveau se brouille, sa vue se trouble, Pavel est sur le point de défaillir.

– N'ayez pas peur, Pavel Petrovitch, vous pouvez me parler.

Il ne vous arrivera rien. Je vous l'assure… Ne faites pas cette tête de condamné ! Nous ne sommes plus en 1953 !

Les mots de Iouri Stepanovitch produisent un effet apaisant, Pavel retrouve peu à peu son calme, sa respiration décélère. Mesurant combien sa conduite peut paraître ridicule, il reprend pied dans la réalité, ce monde froid et rugueux où rien ne sert de jouer au plus malin avec le juge suprême assis face à lui. Pavel choisit donc la franchise.

– Est-ce vous, Iouri Stepanovitch, qui avez envoyé Aliona auprès de Boris Nikolaïevitch ?

– C'est moi, en effet, reconnaît Iouri.

Pavel ne s'attendait pas à une telle réponse. À nouveau, il ne sait plus quoi penser. À quoi joue cet homme ? Pourquoi avoue-t-il ses basses manœuvres ? Est-ce parce qu'il a l'intention de se débarrasser de lui au terme de leur entretien ? Le jeune assistant parlementaire a toutes les difficultés du monde à congédier cette peur envahissante, il regrette d'avoir absorbé des amphétamines ce matin. Cette journée n'aurait pas dû naître !

– Et vous savez pourquoi je l'ai fait, Pavel Petrovitch ? poursuit Iouri. Pour protéger Boris Nikolaïevitch. Je n'ai ni besoin de le surveiller ni de l'influencer, j'ai juste besoin de le protéger.

– Contre quoi ? demande Pavel, réellement surpris.

– Contre qui, plutôt. Contre ceux qui ne veulent pas voir ses idées triompher. Contre ceux qui redoutent que son combat politique ne signifie la fin de l'URSS telle que nous la connaissons. Contre les réactionnaires, si vous préférez.

– Mais qui vous a demandé de le faire ?

– Je vais vous surprendre, Pavel Petrovitch, c'est Mikhaïl Sergueïevitch en personne qui me l'a demandé. Et il l'a demandé à moi, et non au KGB. Bien entendu, Krioutchkov est au courant, mais je lui ai fait croire qu'il s'agissait d'une manœuvre destinée à avoir de l'influence sur le député démocrate.

– Pourquoi le Secrétaire général voudrait-il le protéger ? Il ne peut pas le supporter ! Il l'a écarté de la direction du parti dès 1987.

– Ça, c'était en 1987. Depuis de l'eau a coulé sous les ponts. Mais pour répondre précisément, je n'ai pas de certitudes. Je suppose que Mikhaïl Sergueïevitch cherche à préserver toutes les options, vous savez comme moi qu'il est constamment en train de vouloir rassembler les opinions contraires, ou faire la synthèse entre les tendances. Il est incapable de fermer une porte, encore moins de la claquer au nez d'un homme aussi influent que Boris Nikolaïevitch.

– Vous en êtes sûr ?

– Je ne fais que spéculer, le Secrétaire général m'honore de sa confiance, mais pas de ses confidences. Du moins pas toujours...

– Pour qui travaillez-vous, Iouri Stepanovitch ?

– Je viens de vous le révéler.

– Pour Gorbatchev ?

– Et pour Krioutchkov. Disons que je cherche moi aussi à faire la synthèse.

– Mais comment Aliona peut-elle protéger Boris Nikolaïevitch ?

– De plusieurs façons. Tout d'abord en l'écoutant et en le rassurant. Vous savez comme moi qu'un homme politique doute en permanence de lui et de ses décisions, et qu'il a besoin d'une oreille attentive, d'une vision clairvoyante, fût-elle folklorique, comme vous dites. Mais Aliona est aussi bonne conseillère. C'est elle, par exemple qui a suggéré à Boris Nikolaïevitch de parler aux journalistes occidentaux et de travailler à sa stature internationale.

– Pour quelle raison Gorbatchev voudrait-il ainsi se couper la main droite ? Et pourquoi voudrait-il renforcer son adversaire !? Je ne comprends pas !

– Je l'ignore, Pavel Petrovitch. Mikhaïl Sergueïevitch est convaincu de la nécessité d'avoir à ses côtés une aile réformatrice puissante et influente. Peut-être est-ce la seule raison. De toute façon, il a compris qu'il ne pourra pas aller contre le sens de l'histoire.

– Boris Eltsine va le tailler en pièces.

– Je le crois prêt à courir ce risque.

– Iouri Stepanovitch, je dois vous dire avec franchise que je vais informer Boris Nikolaïevitch de ce que vous venez de me révéler. À savoir qu'Aliona travaille pour vous. Il doit le savoir et je ne peux pas le lui cacher, sinon je ne serais pas un employé loyal.

– Dites-le-lui, c'est normal et cela ne me pose aucun problème, conclut Iouri sous l'œil surpris du collaborateur du député Eltsine.

L'homme de la Loubianka regarde le jeune attaché parlementaire se lever et arpenter nerveusement le bureau en songeant qu'il lui reste beaucoup à apprendre. Son visage traversé de tics nerveux en dit long sur son manque d'assurance. Pavel est perdu dans ce monde politique peuplé de prédateurs aux stratégies aussi violentes qu'élaborées. Il en comprend la finalité, mais, faute d'expérience, il n'en saisit pas les mécanismes ni les règles. Pavel Petrovitch n'imagine pas un instant que Boris Nikolaïevitch se fiche comme d'une guigne de savoir qui dans son entourage travaille ou non pour le KGB. Ce dernier est né et a grandi avec les constants rappels de la toute-puissance de l'appareil répressif. Aussi la main gantée de noir, toujours prompte à saisir l'échine, est-elle devenue pour lui, comme pour tous les responsables du parti, une habitude, une variable à prendre en compte dans les équations ordinaires des calculs tacticiens. Le KGB n'est rien d'autre qu'un facteur parmi d'autres, il n'est peut-être même pas le plus dangereux pour un homme qui vit entouré d'adversaires dont l'unique objectif est de le faire trébucher dans des gouffres infernaux. Ce leader, en qui Pavel voit l'avenir du pays, s'est toujours battu pour repousser les limites imposées par les institutions, transgresser les règles, contourner les obstacles. Pour louvoyer dans cet univers, sa souplesse lui fut tout aussi utile que son mépris du danger. Aujourd'hui, Boris Nikolaïevitch déploie ses troupes sur un terrain où ses adversaires, ankylosés par soixante-dix ans d'obéissance, se meuvent avec bien plus de lenteur que lui. Il va trop vite pour eux, et tandis que chacun cherche à comprendre quelle sera sa prochaine audace, son prochain coup politique, plus personne ne songe sérieusement à l'arrêter. Même le KGB n'est plus en mesure de s'opposer à lui, Gorbatchev ne le permettrait pas. Le Premier secrétaire tient beaucoup trop à son image de réformateur pour risquer de la voir ternie par une chasse aux sorcières dans le camp démocrate. Écarter Boris Nikolaïevitch reviendrait à condamner sa grande œuvre, la perestroïka, ainsi que sa stature internationale d'homme de paix. En cette année 1990, Boris Nikolaïevitch ne craint plus personne, hormis ses propres démons qu'Aliona se charge de tenir en laisse. Il a juste besoin de renverser en sa faveur le rapport de force, c'est-à-dire prendre le contrôle du parlement russe et faire basculer le pouvoir entre ses mains, laissant à Gorbatchev les rênes d'une carriole vide appelée Union soviétique. Cet homme ne pense plus depuis longtemps en apparatchik. Il pense en révolutionnaire. Et c'est ce que Iouri a parfaitement analysé et que Pavel tarde à comprendre. Voilà pourquoi il peut abattre ses cartes devant le jeune homme sans craindre de perdre ni ses atouts ni la partie. « Il finira par jouer ce jeu aussi bien que moi », se dit Iouri en lui serrant la main. Un policier arrive pour accompagner Pavel jusqu'à la sortie. La porte du bureau se referme, laissant Iouri seul en compagnie de ses calculs cyniques.

Il oublie rapidement Pavel et ses carences pour concentrer son attention sur le rendez-vous que lui a fixé Krioutchkov dans leur cachette secrète, le bureau de Dzerjinski. Comme à son habitude, Krioutchkov affecte un air coléreux. À croire que chaque événement qui se produit sur Terre est destiné à le mettre hors de lui ! Il est en guerre permanente contre le changement, l'inconnu, le hasard. Krioutchkov ne fait pas confiance à son instinct, se dit Iouri qui ne peut empêcher la survenue d'une bourrasque de mépris à chaque fois qu'il s'entretient avec son supérieur.

– Te voilà enfin ! lance celui-ci d'une voix agacée en voyant Iouri entrer dans le bureau. Je me demandais si ta nouvelle façon de me montrer ton insupportable arrogance consistait désormais à me faire attendre.

– J'ai l'arrogance bien plus perverse, Vladimir Alexandrovitch. Et si j'avais voulu la mettre en pratique, je serais arrivé avec cinq minutes d'avance pour vous faire honte. Car il vous arrive de ressentir de la honte, n'est-ce pas ?

– C'est peut-être ce que je ressentirai le jour où je t'offrirai une promenade aux îles Solovki. Mais en attendant, je vais t'envoyer en mission éclair en RDA, ou du moins en ex-RDA, puisque désormais ce pays n'existe plus.

– Toujours vos histoires d'argent ?

– Non, il ne s'agit pas de cela. Enfin… pas tout à fait, mentil, déconcerté d'avoir été si facilement démasqué. Dans une heure, tu vas prendre place à bord de l'Antonov qui décolle pour Dresde. Tu sais que nous avons une importante base militaire là-bas. Et tu vas superviser scrupuleusement une cargaison que nous ont préparée nos amis du GRU. Il s'agit d'une cargaison très spéciale. Autant te dire que si ce n'était pas le cas, je ne t'enverrais pas là-bas. Tu risques fort de passer la nuit à Dresde, mais tu seras en bonne compagnie parce que tu vas déposer à la base les femmes de nos pilotes. Elles n'ont pas vu leurs maris depuis des semaines.

– Et puis-je savoir en quoi consiste cette cargaison ?

– Tu le sauras bien assez tôt. Et change de vêtements. Ils n'ont pas besoin de savoir à Dresde que nos agents s'habillent désormais comme des maquereaux français !

– Et doivent-ils continuer de penser que le KGB est au service de la patrie, ou puis-je leur révéler que nous ne sommes plus qu'une bande de trafiquants assoiffés d'argent ?

– Ça suffit, Iouri Stepanovitch ! Contente-toi d'appliquer les ordres pour une fois.

Autrefois, Iouri affectionnait ces missions expresses. Elles avaient toujours un petit goût d'aventure, et l'on y faisait souvent des rencontres déconcertantes. Son souvenir le plus marquant reste ce voyage en Italie, en compagnie d'un agent du *cabinet spécial* encore appelé le *cabinet des poisons.* L'homme, un personnage enjoué au visage rond entouré d'une chevelure bouclée, s'appelait Philocrate Partchouk. Un bon vivant qui vidait les verres de vodka comme on tire au revolver, d'un coup sec, sans trembler, en espérant faire des dégâts. Il devait livrer à Naples une mallette contenant des fioles de substances mortelles destinées à la mafia italienne qui payait au prix fort ces poisons indétectables mis au point dans les laboratoires du KGB. Partchouk avait pour tâche d'enseigner aux Italiens la manière d'utiliser ces armes sans se mettre en danger. Ensemble, ils avaient passé trois jours agréables dans une villa de l'arrière-pays napolitain. C'est à cette occasion que Iouri avait découvert la beauté de la baie de Naples et le charme envoûtant des églises de la région. N'ayant rien d'autre à faire que de veiller à ce que Partchouk ne se tire pas une balle liquide dans le cerveau, il s'était promené de longues heures dans les ruelles napolitaines, se rêvant en voyageur solitaire gravissant la pente des siècles.

Mais cet épisode avait eu en lui un écho désagréable. D'aussi loin qu'il se souvienne, Iouri n'avait jamais été dupe. Il avait perdu sa foi naïve dans le communisme l'été de ses neuf ans, après un camp de pionnier au cours duquel les moniteurs sadiques prenaient un plaisir évident à faire souffrir les enfants dans le but hypocrite de les endurcir. À partir de ce moment, sans jamais rien laisser transparaître de ses doutes, il n'avait plus cru aucune des vérités officielles que les adultes tentaient de lui inculquer. Et s'il admettait la nécessité de la violence d'État dans le combat planétaire contre les puissances capitalistes, l'expédition napolitaine ressemblait trop à une affaire d'argent maquillée en opération secrète pour qu'il se satisfasse des explications de ses supérieurs. Il avait donc discrètement enquêté, découvrant au sein de son institution un réseau d'affairistes corrompus qui remontait jusqu'au sommet du parti. Rien de bien étonnant, hormis le fait que des proches de Léonid Brejnev y étaient impliqués. Le plus difficile était de faire tomber les responsables sans s'exposer. Iouri avait donc entrepris de scruter minutieusement les rapports de force au sein du KGB, du

Politburo et du Comité central, pour trouver la solution. Il s'était finalement contenté de confier ses preuves aux adversaires des personnalités incriminées. Une dizaine de hauts responsables qui avaient rapidement été démasqués au cours d'une opération secrète. C'est à cette occasion qu'Andropov et Krioutchkov avaient appelé Iouri Stepanovitch à leurs côtés. Naples avait donc engendré une éruption fantastique ayant emporté des dirigeants se croyant intouchables. Iouri en avait conçu une joie mauvaise, mais, malgré l'opération de nettoyage, son degré de confiance envers le système n'avait pas augmenté d'un iota. Cette fois-ci, le voyage s'annonce plus tranquille, du moins le pense-t-il en arrivant à l'aéroport.

Car en montant dans l'Antonov, Iouri reçoit immédiatement un choc. Il est accueilli par une acclamation admirative entrecoupée de sifflets. Cinquante-deux jeunes femmes, très précisément, le regardent entrer dans la carlingue. Iouri est à la fois surpris et gêné, il tente de se glisser le plus discrètement possible sur l'un des sièges latéraux aménagés dans l'avion-cargo. Peine perdue. Cinquante-deux paires d'yeux rieurs le dévisagent, avant qu'un torrent de remarques taquines et de commentaires sur son physique ne s'abatte sur lui. Les femmes sont surexcitées, certaines veulent l'embrasser, d'autres l'attrapent par le bras, les plus téméraires lui proposent de s'asseoir à leurs côtés. Iouri se sent d'abord flatté d'être ainsi l'objet du désir féminin, il est ensuite quelque peu effrayé par l'audace de ces furies qui n'ont pas l'air de vouloir se calmer, alors que l'appareil roule déjà sur le tarmac, s'apprêtant à décoller. Alerté par le brouhaha, le commandant en second est obligé de rappeler à l'ordre la compagnie indisciplinée. Les jeunes passagères sont belles à se lancer dans le vide sans parachute !

Elles partent rendre visite à leurs époux en poste sur la base aérienne de Dresde. À entendre leurs propos désinhibés et à voir leurs yeux embués, certaines ont manifestement déjà largement entamé le week-end de festivités, ainsi que les bouteilles de vodka. Philosophe, Iouri se dit qu'il a rencontré pires compagnons de voyage. Le policier en lui s'intéresse rapidement à l'incroyable attirail que ces femmes de soldats emportent avec elles. L'Antonov est une épicerie volante. Caisses de bières, sacs emplis de jambons, meules de fromage, saucissons, poulets vivants et morts, œufs, bidons de lait, boîtes de gâteaux et bocaux de cornichons.

– Dites donc, ils meurent de faim à Dresde vos maris ? demande-t-il à sa voisine.

– Tu ne crois pas si bien dire, lui répond la jeune femme aux yeux enflammés par l'alcool. Ils n'ont rien d'autre que des patates et du pain. C'est horrible ! Heureusement qu'on peut les rejoindre.

– Et vous y allez souvent ?

– Une fois par mois environ. Aux frais de l'armée, camarade !

– Non, cette fois-ci ce n'est pas l'armée. C'est Alexeï Petrovitch Kalchinsky qui paye le voyage ! lance l'autre voisine de Iouri.

– Kalchinsky ? Et pourquoi paie-t-il vos week-ends à Dresde ? demande Iouri d'un air innocent.

– Je ne sais pas, camarade. Sans doute est-il patriote…

– Comment t'appelles-tu, lui demande Iouri.

– Je suis Olga Maximovna, et mon amie à côté de toi s'appelle Valentina Mamedovna.

– Et à la différence d'Olga, je ne suis pas mariée à un soldat de Dresde, d'ailleurs je ne suis pas mariée du tout. J'accompagne mes amies, c'est tout.

Belle brune aux yeux en amande et au sourire vermillon, Valentina Mamedovna lance un regard bravache à Iouri. Celui-ci opine distraitement, feignant de ne pas remarquer l'invitation sous-entendue. Il s'interroge. Pourquoi Kalchinsky joue-t-il les philanthropes avec l'armée de l'air ? Quelles affaires est-il en train de nouer ? Voilà des questions intéressantes, auxquelles il se promet de chercher des réponses.

– Et toi, comment t'appelles-tu ? Un bel homme comme toi ne peut pas rester incognito, reprend d'un ton espiègle Valentina Mamedovna.

– Je suis le colonel Nesterov, répond Iouri d'une voix gutturale, destinée à briser toute tentative de séduction.

– Colonel de l'armée de l'air ? Tu n'as pas l'air d'un soldat… insiste la jeune femme.

– Non, je suis colonel du KGB.

Cette fois, Iouri a réussi son coup. Il vient de jeter un froid polaire qui ne quittera pas la carlingue avant l'arrivée à Dresde. Ses voisines se désintéressent de lui. Il peut réfléchir tranquillement, et surtout penser à celle qui règne sur son cœur, Helena. Iouri se cale du mieux qu'il peut sur le banc latéral de l'Antonov, il baisse son chapeau, ferme les yeux et s'endort.

Lorsqu'il se réveille, les femmes ont quitté l'avion, les manutentionnaires de Dresde commencent à sortir les caisses. Au fond de l'appareil, il voit des pièces détachées d'automobiles russes. Calandres, ailes de Jigouli, parebrises soigneusement emballés. Décidément cet appareil est une caravane volante.

Le commandant de la base, le colonel Ignatiev, l'attend en bas de l'échelle. Il est soulagé par l'arrivée de Iouri, sur qui il pourra désormais se décharger de la responsabilité de la cargaison secrète.

– Bienvenue en Allemagne, camarade colonel. J'espère que vous avez fait bon voyage.

– En charmante et bruyante compagnie. J'ai le sentiment que vos hommes vont passer un week-end festif.

– Ils l'ont bien mérité. Depuis quelques mois c'est un cauchemar ici. On prépare le repli, et croyez-moi, ce n'est pas de tout repos !

– Ni de gaieté de cœur, j'imagine... ajoute Iouri

– Ce n'est pas à moi de commenter la politique extérieure du Secrétaire général, Iouri Stepanovitch. Mais la vérité m'oblige à dire qu'il n'est jamais agréable pour un soldat d'abandonner le terrain qu'il occupe...

– Nous abandonnons tous quelque chose dans la vie. La question est de savoir si l'on s'allège ou si l'on s'affaiblit, philosophe le guébiste.

– Nous verrons bien. Tout cela n'est guère de notre ressort. Venez, je vous invite au mess des officiers, vous dînerez à ma table ce soir. D'ici quatre heures du matin, l'avion sera chargé, vous pourrez repartir à l'aube avec cette foutue cargaison.

– Elle vous donne des migraines, on dirait...

– Tu parles ! Deux tonnes d'or ! Depuis que les caisses sont ici, je ne dors plus. Je suis toujours à me demander si les Allemands ne vont pas découvrir le pot aux roses et venir récupérer leur trésor. Ou si mes soldats ne vont pas se mutiner et emporter le butin.

– Ne vous inquiétez pas commandant. C'est désormais ma responsabilité.

Iouri ne peut cacher un sentiment d'écœurement. Toujours ces sales combines ! Depuis des mois, les militaires peinent à organiser leur départ d'Allemagne, faute d'argent, mais les chefs de l'armée et la direction du KGB s'arrangent pour voler tout ce qu'ils peuvent avant de partir. Où ira cet or ? Dans quelles poches ? Kalchinsky est-il mêlé à ce trafic ?

– Au fait commandant, avez-vous des nouvelles d'Alexeï Petrovitch ?

– Kalchinsky ? Non, pas depuis sa dernière visite il y a un mois pour mettre au point cette... cette opération commerciale.

– J'espère qu'il est généreux avec vous.

– Oui, c'est lui qui affrète les vols des épouses, depuis plusieurs mois, et qui remplit les cargos de bonnes choses. Pour le reste, je ne peux rien dire, car je n'en sais rien. Je ne fais qu'obéir à l'état-major.

– Je vois.

– Vous pourriez peut-être m'aider, Iouri Stepanovitch.

– Et comment ?

– Nous avons besoin de convois ferroviaires pour embarquer le matériel lourd. Mais Moscou ne nous en envoie pas. Et lorsque j'en réclame, on me dit de m'adresser à la direction des Transports militaires.

– C'est logique.

– Oui, mais ce qui ne l'est pas, c'est que les responsables me demandent des sommes faramineuses pour envoyer les trains. Or, je n'ai pas cet argent, car nous n'avons plus de dotations financières. Je ne sais plus quoi faire. Si nous ne déménageons pas d'ici le printemps, je perdrai ma promotion, et je risque bien d'être mis en retraite forcée.

Le sentiment de gêne qui s'empare de Iouri est si puissant qu'il pourrait stopper net les flots noirs de l'Elbe qui coule à quelques centaines de mètres de la base. Il baisse la tête et laisse échapper un soupir d'impuissance. Une armée défaite sans avoir combattu est déjà une chose déprimante, mais une armée prolétarisée, réduite à mendier son billet de retour à la maison est un véritable motif de suicide. Iouri fixe un point imaginaire au revers de la vareuse élimée du colonel, puis il pose son regard sur les bâtiments décrépits des officiers.

– Allons boire à la libération de l'Allemagne, colonel, allons nous saouler ! Nos parents sont morts pour éradiquer le nazisme de cette terre, il ne sera pas écrit que nous y enterrerons notre dignité dans un suaire rouge. Je ferai ce que je peux pour vous obtenir vos trains.

– Merci, grommelle le colonel. Vous m'enlevez une deuxième épine du pied.

12.

J'ai vu des bas, des jolis bas
Marcher à petits pas
Guidés par des mollets
Enrobés de soie
J'ai vu les jambes
Ah, les belles jambes !
Arpenter les quais
Où les talons claquaient.
Sur les pavés gelés
De la gare de Smolensk.
Mon cœur a déraillé
Mon cœur s'est emballé
Pour une paire de jambes
Et pour de beaux mollets
Tout enrobés de soie
Marchant à petits pas !

Romance moscovite

Iouri s'est découvert une habitude qu'il qualifie de charmante. Il apporte chaque semaine du saucisson à son amie de l'avenue de Volgograd, Anastasia Alexandrovna. Au magasin réservé aux officiers de la Loubianka auquel il s'approvisionne, il prend soin de sélectionner le saucisson typiquement soviétique, fabriqué en usine avec ce goût et cette couleur si particulière, dus aux adjonctions de conservateurs et de colorants. Ni trop rouge ni trop rose, fumé à point. Il ne doit pas se tromper, un saucisson étranger ou exotique risquerait de déplaire à la vieille dame. Elle n'est pas du genre difficile, Iouri est pratiquement sûr qu'elle ne lui en ferait pas reproche, mais il ne veut pas voir dans son regard la moindre trace de déception. Quelquefois, il apporte aussi du filet mignon et du rôti de porc, et de temps à autre, il ajoute une boîte de ces chocolats infects, bourrés de saccharose et d'huiles alimentaires, que les palais soviétiques prennent pour de l'authentique cacao, faute de comparaison fiable. En remontant face au vent l'avenue de Volgograd, les bras chargés de ses précieuses victuailles, il note les queues devant l'épicerie d'État. Elles sont devenues de plus en plus longues. Une ménagère au visage outré, qui a sans doute reniflé ce qu'il transportait, lui lance un regard jaloux. Iouri est du côté des privilégiés depuis si longtemps que l'aiguillon de la honte ne cherche même plus à l'atteindre. Mais il est lucide, ceux qui jouent avec le ventre et la patience du peuple, espérant ainsi arbitrer leurs positions politiques, font un pari risqué.

Dans l'entrée de l'immeuble d'Anastasia Alexandrovna, il croise Piotr, le bomji qui l'avait tiré d'un mauvais pas, l'hiver dernier. Piotr le salue respectueusement. Malin, il a repéré la *charmante* habitude, et se poste toujours aux abords de l'entrée. Iouri ne manque jamais de l'accueillir à bras ouverts, lui glissant quelques roubles, voire un saucisson entier, dans la main. Piotr le remercie d'un air servile que Iouri feint de ne pas voir. Il sonne à la porte d'Anastasia. Son moment préféré arrive alors. Dans l'encadrement, les yeux rieurs de la vieille dame précèdent de peu son sourire doux. Puis elle glousse de plaisir en déballant soigneusement les victuailles sur la toile cirée de la cuisine.

– Mon bienfaiteur ! Vous êtes mon bienfaiteur, Iouri Stepanovitch ! lance-t-elle de sa voix aigrelette.

– N'exagérons rien. J'essaie juste de réparer les injustices de l'État envers votre famille.

– Un généreux justicier autoproclamé. Voilà qui vous êtes !

Iouri passe une heure à bavarder de tout et de rien avec Anastasia Alexandrovna. Elle s'intéresse à la politique, le bombarde de questions sur les querelles au sein du parti entre les réformateurs et les conservateurs. Iouri fait semblant de ne pas s'y connaître, elle lui reproche alors son manque d'engagement politique. Il se rattrape en lui servant quelques ragots dont elle est friande sur Raïssa Maximovna que l'on dit dépensière et futile, ou sur Boris Eltsine dont la réputation de fêtard est devenue proverbiale. Parfois, Anastasia convoque son amie, Dragomira Nikiforovna, tout aussi chenue, tout aussi fragile et tout aussi précieuse qu'elle dans ses gestes. Les deux petites vieilles lui racontent leur enfance, les années trente et quarante, l'ambiance, exaltée et effrayante à la fois qui régnait à Moscou. Iouri plonge avec délices dans le tumulte d'une époque que le temps mensonger couvre d'un voile d'insouciance.

– On était pauvres, mais on était jeunes. Et nous rêvions de la révolution en marche tout en récitant les poèmes de Maïakovski, en lisant les romans de Gorki. La vie était belle. Singulière, mais belle…

– Tu rêvais surtout de beaux révolutionnaires, Nastiouchka, si mes souvenirs sont exacts.

– C'est vrai, Dragomira ! Je soupirais pour le bel étudiant qui habitait au coin du boulevard Sretenski, le petit blond qui avait un grain de beauté sur le menton.

– Vous ne rêviez pas du beau kolkhozien ou du jeune ouvrier émérite ? demande Iouri avec ironie.

– Est-ce que l'on peut tomber amoureuse d'un kolkhozien quand on a vingt ans ? s'interroge Anastasia, faussement outrée.

– Moi, j'étais amoureuse d'un joueur de violon qui, pour gagner sa vie, allait d'usine en usine proposer ses services. J'ai oublié son nom. Il y a si longtemps…

– Non, Dragomira, toi, tu rêvais d'être actrice de théâtre. Je me souviens que tu arrivais chaque matin à l'école avec en tête l'idée de faire quelque chose de révolutionnaire. Mais comme tu ne savais pas quoi exactement, tu enlevais ton manteau dans la cour et, malgré le froid, tu te mettais à déclamer à tue-tête de la poésie communiste.

Iouri se laisse envelopper par la brume enchanteresse de cette nostalgie qui le guide insensiblement vers sa propre enfance nimbée d'instants de grâce et de bonheurs fragiles. Les années soixante s'alanguissaient dans une lumière particulière, la vie était plus facile, l'enthousiasme n'avait pas disparu, les vacances d'été charriaient l'odeur des blés d'Ukraine et rayonnaient des couleurs chatoyantes des foulards féminins.

Ces visites le mettent donc généralement de bonne humeur. Il en sort ragaillardi, comme si son esprit trouvait dans ce passé embelli les justifications de ses propres choix au service de son pays. Si les gens étaient si heureux à l'époque, c'est que nous avions raison. Ou du moins pas totalement tort. Pourquoi tout s'est-il dégradé ensuite ? Pourquoi ces années quatre-vingt, mornes et infectes, et cette vie repoussante ?

Il décide de remonter à pied jusqu'à l'appartement d'Helena. La nuit juniale se fait attendre, laissant la douceur du jour musarder sur les trottoirs. Ce soir, Helena donne une fête. Il ne l'a pas vue depuis des semaines. Accaparée par une nouvelle vie, elle déserte ses habitudes et délaisse son amant, pense Iouri. Kalchinsky finance sa galerie, il l'a même emmenée en voyage à Londres pour qu'elle puisse rencontrer les marchands d'art occidentaux et apprendre leurs méthodes. À ce qu'il a entendu dire, elle excelle dans ses nouvelles activités. Le bureau londonien lui a même consacré un rapport détaillé, notant qu'elle est devenue, en peu de temps, la coqueluche des mécènes anglais. Helena est déjà en route pour le Nouveau Monde, Iouri est resté à quai. Sur ce quai, il a d'abord fait les cent pas, éprouvant le regret de ne pouvoir lui raconter chaque soir les détails de sa journée, les coulisses du combat politique qui engage leur pays dans une transformation radicale. Partager ces moments avec Helena avait du sens à ses yeux, ne plus le faire revient à vivre seul, tristement et sans témoin. Mais peu à peu, il s'est éloigné de ce quai abandonné et l'absence de son amante a fini par devenir une habitude. Ce soir, ses sentiments sont troubles. Iouri s'interroge sur la réalité d'un amour qui se dilue si facilement dans l'eau de la vie. Il doit en être pareil pour Helena qui ne se manifeste plus que par de brefs coups de fil. En quelques mois, la fusion volcanique a laissé place à un basalte en voie de refroidissement accéléré. Le tourbillon de l'époque érode les volcans, ses urgences n'ont que faire des êtres et de leurs sentiments.

En arrivant chez elle, il note quelques changements significatifs. L'appartement a été repeint à neuf, le buffet brille de mille feux avec son cortège de bouteilles d'alcools variés, dont l'opulence ferait pâlir d'envie le directeur de l'usine Stolitchnaya. Helena est rayonnante, le serre-tête qui retient ses cheveux vers l'arrière brille comme une couronne argentée. Elle a rassemblé chez elle ses amis peintres et ceux de son protecteur Kalchinsky, deux clans bien distincts qui n'occupent pas les mêmes espaces. Tandis que les artistes, en pull de laine et pantalon grossier, s'agglutinent incrédules devant le riche buffet, les jeunes loups rôdent en meute près des fenêtres, lançant aux premiers des regards moqueurs. Au milieu, Helena vibrionne d'un groupe à l'autre, s'ingéniant à tisser des liens. Son objectif est clair, aider les peintres à vendre leurs œuvres aux jeunes cadres aux poches gonflées.

– Lenka, tu es rayonnante ! lance Iouri avec une joie forcée.

– Iourik chéri, bienvenue dans mon nouvel appartement ! J'espère que cela te plaît, la rénovation m'a coûté une fortune.

– J'aime surtout le buffet. Je n'ai jamais vu autant à boire ni à manger dans une seule pièce.

– C'est Alexeï Petrovitch qui a fait livrer tout ça. Pas mal, hein ?

– Espérons que ton piège fonctionnera. Si je comprends bien, les gars de Fourmanni pereoulok sont ici pour vendre leurs affreuses toiles figuratives à ceux de Joukovka.

– Elles ne sont pas affreuses du tout. Est-ce que tu sais par exemple que Gricha Brouskine se vend à plusieurs centaines de milliers de dollars à l'étranger ?

– Est-ce que tu penses que cela nous a échappé ? répond-il avec une lueur machiavélique dans l'œil. Pour ton information, je connais quelques petits malins de la Loubianka qui se sont précipités sur ses toiles dans l'espoir de gagner de l'argent. Il a dû en céder une partie avant de décamper à l'Ouest.

– Ah, il y a donc des esprits éclairés à la Loubianka, relève-t-elle d'un ton perfide.

– Non, seulement des fonctionnaires intéressés et avides.

Le regard de Iouri croise ensuite celui d'Alexeï Kalchinsky. Il ne l'a pas revu depuis sa petite visite à sa datcha, il y a de cela des mois déjà. Le jeune homme le toise d'un air ironique et s'approche d'un pas assuré.

– Iouri Stepanovitch, je suis content de vous revoir. Et je vous dois des remerciements. Sans vous, je n'aurais pas eu le privilège de rencontrer notre charmante Helena Iossipovna.

– Je vous renvoie le compliment, sans vous ma charmante Helena n'aurait jamais compris la loi de l'offre et de la demande.

– Dois-je entendre derrière vos paroles un reproche déguisé ?

– Entendez ce que vous voulez, Alexeï Petrovitch, je fais les dialogues, mais pas les sous-titres.

Le jeune oligarque reste silencieux, ne sachant comment répondre aux propos désinvoltes de Iouri.

– Avez-vous pu décorer vos bureaux, au moins ? reprend ce dernier.

– Oui, ces peintres valent de l'or en Europe, et davantage encore aux États-Unis. Je compte bien faire quelques beaux profits.

– Le contraire m'aurait surpris, Alexeï Petrovitch.

– Vous ne m'aimez pas beaucoup, Iouri Stepanovitch…

– Ah parce que en plus, il faut vous aimer, Alexeï Petrovitch ? répond Iouri avec sur le visage un air de défiance.

– Vous n'aimez pas ce que nous sommes, nous les jeunes cadres de l'URSS. En fait, je crois que vous êtes l'un de ces fonctionnaires jaloux.

Helena, qui rôdait autour des deux hommes, comprend rapidement que la conversation menace de dégénérer. D'un geste brusque, masqué derrière le paravent de l'affection, elle attrape Iouri par le bras.

– Permettez, Alexeï, que je vous emprunte Iouri quelques instants, j'ai besoin de lui en cuisine, dit-elle d'un ton faussement enjoué.

Une fois seule, elle lui lance un regard furieux.

– À quoi tu joues, Iourik ? Qu'est-ce qui te prend de te disputer ainsi avec Alexeï ? Tu ne vois pas à quel point j'ai besoin de lui ?

– Pour quoi faire ? Pour enrichir tes copains peintres ? Ou pour t'enrichir, toi ?

– Pour vivre ! Pour vivre, espèce d'imbécile ! Pour développer mes activités, lancer ma carrière.

– Lancer ta carrière ou remplir tes poches ? Parce que avec Kalchinsky, c'est de cela qu'il s'agit.

– Et alors ? Quel mal y a-t-il à cela ? Je n'ai pas le droit de profiter de la vie ? Oui, je rêve de voir Paris, Londres ou New York ! Oui, j'aime les belles robes et les parfums français, et tout cela, je vais pouvoir me l'offrir ! Et bien plus encore, je vais enfin construire quelque chose ! Bâtir une vie qui ait un sens ! Devenir une personne dont on respecte les projets, les opinions, dont on admire le travail ! Du moins, si tu ne viens pas tout gâcher !

– Et où sont passées tes idées nobles sur l'art pour tous, l'éducation du peuple, l'avant-gardisme et la libération des énergies ? Où sont passées tes envies de réformer le monde, de le rendre plus humain et plus juste ? Ce lien avec les autres qui était, jusqu'à présent, plus important que tout à tes yeux.

– Tu n'as pas remarqué que l'égoïsme est devenu le seul étalon moral de ce pays ? C'est chacun pour soi. Et dans ces conditions, j'estime avoir le droit d'accorder la priorité à ma propre vie. Pourquoi la société devrait-elle toujours être plus importante que moi ? Qu'est-ce qu'elle m'apporte ? Rien. Peut-être à toi, elle donne beaucoup, mais toi tu es un serviteur du système. Un bon petit communiste.

Le mépris contenu dans ces propos gifle la fierté de Iouri.

– Je ne sais pas ce que je suis, Lenka, mais je sais seulement que mon idéal ne passe pas par Kalchinsky et son fric.

– C'est toi qui dis cela, avec ton goût immodéré pour le luxe occidental ! Laisse-moi rigoler.

– Eh bien, rigole toute seule si tu le veux…

– Je ne finirai pas comme toi, Iouri ! Insatisfait et malheureux.

– Tu préfères finir en bibelot de décoration sur l'étagère de Kalchinsky ? C'est ça ta conception de l'émancipation ?

Iouri ne lui donne pas l'occasion de répondre. Sa bonne humeur n'a pas résisté dix minutes à l'ambiance de l'appartement, il quitte la cuisine avec la ferme intention de dire un dernier mot à Kalchinsky avant de quitter la pièce. Sa raison est en péril, submergée par un flot de colère.

– Alexeï Petrovitch, avant de partir je voulais vous informer que j'ai transmis au Secrétaire général mon rapport sur l'évacuation de la base de Dresde. J'ai cru comprendre que vous fournissiez une logistique en *or massif* ! Je n'étais pas certain que tout le monde au sein de l'appareil gouvernemental disposait de suffisamment d'informations sur cette évacuation. C'est désormais chose faite, si vous voyez ce que je veux dire.

Kalchinsky ne sourit plus, l'ironie a disparu de son visage poupin. Iouri ne lui laisse pas le temps de répondre, il tourne les talons et quitte l'appartement. Helena le rattrape dans l'escalier.

– Iourik ! Où vas-tu ? Qu'est-ce que tu fais ?

– Je pars. Je ne supporte pas l'ambiance qu'il y a chez toi.

– Mais qu'est-ce qui te prend ?

– Rien. Je te laisse t'amuser avec les gosses de riches puisque c'est désormais l'argent qui t'intéresse. Et je t'épargne la vue d'un atrabilaire grincheux.

Il abandonne Helena entre deux étages, à mi-chemin entre deux mondes.

Iouri s'engouffre dans sa voiture, un carrousel d'émotions tournoie dans sa tête, la colère, la tristesse et la peur. La peur de perdre Helena, la tristesse de ne plus pouvoir continuer à vivre avec elle, la colère de s'être laissé piéger par ses réactions. Tout comme ce pays bouleversé par une accélération subite de l'histoire, Helena change rapidement, trop rapidement pour lui. Il commence à ne plus la reconnaître, à ne plus la comprendre. Pourquoi cède-t-elle si vite aux sirènes de l'enrichissement ? Où sont passées ses valeurs ? Que deviennent ses joies et ses plaisirs désormais dilués dans le grand bain du capitalisme renaissant ? Elle s'est jetée dans les bras de Kalchinsky comme un papillon de nuit s'immole sur une ampoule. Iouri est pris d'un remords. Pourquoi reproche-t-il à Helena d'être perdue dans ce monde en fusion ? Il l'est tout autant. Pourquoi est-il injuste avec elle ? Au moins, elle fait des choix, alors que lui hésite, calcule ou fait des pas de côté, l'homme-crabe qui marche sans avancer. Que peut-il reprocher à la femme-panthère qui avance par bonds ? Qui est-il pour la juger ? Il démarre en trombe. Il a besoin de se changer les idées. Il sait où trouver ce qu'il lui faut.

Anton, son neveu, son regard franc, sa tête déplumée « d'elfe en hiver », selon le mot d'Aliona. Anton et son cœur généreux, voilà ce qui va lui redonner le goût des autres. Il est justement à la maison, en compagnie de la jeune Tcherkesse. Du pas de la porte, Iouri les entend rire dans la cuisine. Deux enfants qui oublient un instant leurs vies trop lourdes, deux âmes qui ne se sont pas encore égarées. Leurs rires ravivent immédiatement les couleurs ternies de son humeur, Iouri est heureux de les trouver, il leur propose d'aller faire un tour en ville, peut-être même d'aller boire un verre au Metropol. Anton et Aliona ont une soirée de prévue dans un squat d'artistes vers Tchestye prudi où ils ont leurs habitudes, pourquoi ne viendrait-il pas avec eux ? Iouri accepte avec enthousiasme. Il enfile un pantalon de toile claire, un polo bleu et un blouson, parfaits pour l'ambiance.

Une demi-heure plus tard, ils entrent dans le hall d'un immeuble des années trente. Le vaste bâtiment a déjà un genou à terre. Abandonné par ses occupants, il est devenu le refuge d'exilés, peintres et musiciens. La nuit est violette, l'air froid et sec sent la noisette. Dans la grande pièce du rez-de-chaussée, une centaine de personnes éclairées par une rampe de spots colorés dansent au son d'un groupe de métal. Aliona et Anton se fondent dans la masse, elle tient son elfe par la main. Iouri les abandonne à leur envie d'être à deux, il part explorer les étages supérieurs. Le palier du premier déborde d'une foule joyeuse et enivrée. Une jeune fille s'arrête devant lui, sans prononcer le moindre mot, elle l'embrasse langoureusement, Iouri se laisse faire et l'enlace, sa peau est douce, il s'imagine un instant la déshabillant. À peine a-t-il eu le temps de formuler cette pensée qu'elle s'enfuit et part retrouver sa bande d'amis dans le couloir sombre d'où sort une musique hésitante. Sa bouche conserve quelques instants un déconcertant goût de cerise. Il monte un étage et se retrouve cette fois sur une plate-forme peuplée d'ombres enlacées, le coin de l'intimité, se dit-il. Sur sa droite, par une porte entrouverte, s'échappent les premières notes d'une sonate pour piano. Iouri reconnaît la musique romantique, mais il a du mal à en déterminer l'auteur, Chopin ou Liszt ? Intrigué, il pousse la porte, pour déboucher sur un réduit encombré de bouteilles vides au bout duquel brille une pâle lueur. Il s'y engouffre jusqu'à une pièce aux murs lépreux dans laquelle flotte une douce odeur de paraffine ainsi qu'une étrange impression d'irréalité qui laisse Iouri songeur. Une jeune fille est assise devant un vieux piano Tchaika éclairé par une longue bougie insérée dans un tuyau métallique devenu chandelier. Il se demande un instant si cette personne, assise au piano en train de jouer, existe en dehors de son imagination. Il n'ose approcher pour vérifier ses impressions et choisit de s'installer, le plus discrètement possible, au bout de la pièce, dans un vieux canapé défoncé.

Durant de longues minutes, il écoute la pianiste passer avec aisance de Chopin à Brahms et de Bach à Tchaïkovski. Un sentiment de quiétude s'installe à ses côtés. Assis dans la pénombre, Iouri a l'impression qu'un être invisible lui caresse tendrement la main. À la lueur de la bougie, la silhouette de la virtuose lui rappelle celle d'Helena. Une Helena à la peau translucide, pure, non corrompue par un quelconque Kalchinsky. Le contre-jour trace une physionomie élancée, des épaules droites, se devine aussi une robe en mousseline rose aux manches gansées de dentelle blanche : scène d'un autre temps, sortie tout droit d'une gravure de l'aristocratie pétersbourgeoise du XIXe siècle agonisant. Iouri écoute la musique en laissant ses pensées dériver sur le fleuve du passé, il prend soin de réorienter la barre à chaque fois que l'image d'Helena apparaît sur la rive, il ne veut plus songer à elle. Au bout d'un temps qu'il a du mal à mesurer, la pianiste s'interrompt. Le silence se fait dans la pièce, tout juste entend-on la lointaine musique des rockers du rez-de-chaussée. La jeune fille se lève, souffle la bougie, et la nuit dévoreuse s'empare du lieu. Le concert est terminé. Le charme est sur le point de se briser, les bruits environnants se sont évanouis, Iouri ne fait pas un geste, il espère vainement retenir la beauté de cet instant. Alors qu'il se demande si la pianiste a remarqué sa présence, il sent un frôlement, le canapé s'affaisse légèrement, un corps vient se blottir contre lui, une tête se pose sur son épaule, une main glisse le long de sa cuisse.

– Comment t'appelles-tu ? lui demande une voix.

– Iouri Stepanovitch, et toi ?

– Kallista… Kallista Tarassovna.

– Tu joues merveilleusement bien, Kallista.

– Merci, Iourik… Je peux t'appeler Iourik ?

– Oui.

– Je rêve de jouer à Paris. À la salle Pleyel.

– Pourquoi ? Pourquoi veux-tu quitter Moscou ?

– Je ne veux pas spécialement quitter Moscou. Je veux juste me produire sur les plus belles scènes du monde.

– Pourquoi n'avons-nous pas les plus belles scènes du monde, ici, dans notre pays ? interroge Iouri, davantage pour lui-même que pour la jeune pianiste.

– Peut-être que nos communistes ont oublié la beauté en chemin, répond-elle.

– Mais nous avons le Bolchoï, le Kirov, les grands musées.

– Oui Iourik, mais tout cela est un héritage du passé. Qu'avons-nous offert de beau au monde depuis un demi-siècle ? Pas grand-chose…

Iouri fouille dans sa mémoire. Qu'y a-t-il de beau dans son pays ?

– Tu as sans doute raison, Kallia… Est-ce que tu vis ici ?

– Non, mais j'y viens souvent. J'ai beaucoup d'amis dans ce squat, on est dans notre bulle ici, on se sent libre. Personne ne vient nous dire ce que nous devons faire ou ne pas faire, ce qui est permis ou ce qui ne l'est pas.

Iouri sent la jeune femme se serrer contre lui. Son bras enlace ses épaules. Il lui caresse doucement les cheveux.

– Qu'est-ce que tu fais dans la vie, Iourik ?

– J'essaie de transformer ce pays… répond-il évasivement.

– Les Russes veulent toujours transformer les choses. Est-ce que ça te paraît normal ? On dirait que c'est une maladie ici !

– C'est la nature humaine.

– C'est dangereux…

Iouri sent les doigts fins de la pianiste se glisser sous son polo et parcourir son torse. Ce contact sur sa peau le fait frémir, il aimerait voir cette main et ce visage, mais il est aveuglé par la nuit d'encre.

– Tu as peur de la nuit ? demande-t-elle.

– Non, pourquoi en aurais-je peur ?

– Je ne sais pas. Je sens ta tension.

– J'aimerais voir ton visage… ton corps.

– Laisse à la nuit ses mystères, conseille-t-elle.

Puis elle se redresse, l'embrasse furtivement. Iouri sent son souffle.

– Caresse ma poitrine, dit-elle. Ouvre ma robe et caresse-moi. Je veux te sentir sur moi, je veux sentir tes mains et tes doigts, je veux sentir ton corps.

Un temps indéfini s'est écoulé. Le silence règne dans l'immeuble. En bas, le chant lointain de la nuit solitaire s'est arrêté. Après avoir fait l'amour, Iouri s'est assoupi un instant, Kallista aussi. Il se réveille, frôle son visage, puis ses cheveux. Ils sont longs et bouclés. Sont-ils blonds, bruns, châtains ? Kallista se lève. Il perçoit le froissement de sa robe. La jeune femme se rhabille, il fait de même.

– Viens avec moi, Iourik. Je vais te faire rencontrer quelqu'un d'intéressant.

Kallista lui prend la main, l'entraîne hors de la pièce, ils empruntent un escalier aux marches de marbre défoncées. Ils sont seuls dans la pénombre, l'immeuble qui grouillait de vie est désormais muet. Iouri se laisse faire avec le sentiment d'être parti loin, très loin, de sa vie habituelle. Ils montent un étage, puis un autre, et encore un, Iouri est étonné, il ne pensait pas que l'immeuble comportât autant d'étages, d'ordinaire les constructions du début du siècle sont assez basses. Mentalement, Iouri compte neuf, puis dix étages, il ne sait plus très bien, tout cela lui paraît irréel, il voudrait que cet escalier obstiné s'arrête un jour, tout en souhaitant ne jamais arriver, ne jamais lâcher la main de Kallista. Sa douce chaleur ainsi que le parfum de ses cheveux suffisent à son âme. La jeune femme ne dit pas un mot, Iouri n'ose pas la questionner. Ils débouchent enfin sur une terrasse découverte. L'air est frais. Iouri respire à pleins poumons. La curieuse odeur de noisette qu'il avait sentie en arrivant est plus insistante encore à cet endroit. Le ciel immense déploie au-dessus d'eux sa parure miraculeuse qu'une lune lointaine rehausse de sa beauté. Iouri remarque ensuite une foule silencieuse rassemblée sur la terrasse au pied d'un petit belvédère couvert d'un toit de zinc. Au centre du belvédère, un jeune homme, vêtu de ce qui ressemble de loin à une robe de moine, capuche rabattue sur la tête, semble mimer des gestes de prière. À ses côtés se tient une jeune fille, cierge à la main. Iouri est étonné, ces deux silhouettes lui sont familières ! Il s'approche et se mêle à l'assistance. Dans son dos, Kallista lui murmure quelques mots à l'oreille :

– Écoute attentivement Anton. Ce qu'il dit est important.

Iouri ne répond pas. La surprise le muselle. Son neveu, son Anton, se tient sous le belvédère en compagnie d'Aliona. La foule de jeunes gens rassemblés dans le noir est venue pour l'écouter.

– Qui est ce jeune homme ? demande-t-il dans un souffle à Kallista.

– C'est Anton. Un garçon venu de Sibérie, dit-on. Il a des visions, et il nous en parle ici chaque semaine. Peu à peu, les gens ont commencé à s'intéresser à lui, car ce qu'il dit est profond, plein de sens, et très troublant. Il parle de nous, de ce que nous avons en nous. Mais je me tais, il va commencer…

La terrasse est plongée dans le noir, seul le belvédère est éclairé par quelques bougies. Inhabituelle à Iouri, l'atmosphère de recueillement semble familière à ce public. Iouri ne peut se départir d'un sentiment singulier. Un prisme déforme sa vision. Kallista pose sa tête contre son épaule et l'enlace. Sa douceur l'apaise. Il réalise alors que rien n'est fortuit. C'est Anton qui l'a invité ici.

– Où est passée notre âme ? me suis-je demandé en venant ici ce soir. S'est-elle perdue dans les replis de l'histoire ? S'est-elle dissoute dans le grand rêve collectif ? A-t-elle péri sous les coups de knout que l'on nous assène depuis mille ans ? Où est-elle, cette âme, soi-disant si forte et si particulière, cette fameuse âme russe ? Voilà la question qui me préoccupait en venant ce soir. Et je me suis aperçu que je n'avais pas la réponse. Pas plus moi qu'un autre. Aucun de ceux qui nous dirigent n'a la réponse. Aucun d'entre vous n'a la réponse. Personne ne sait ce qui nous est arrivé. Personne ne peut dire avec certitude pourquoi notre peuple s'est collectivement enfoncé dans cette hallucination malsaine qu'est devenue notre société. Pourquoi notre belle âme de Russe se complaît-elle dans la fange du totalitarisme, de la délation, de la médiocrité, de l'alcoolisme à outrance ? Si j'avais la réponse, je serais le sauveur de ce pays. Mais je ne l'ai pas. Et sans diagnostic, il est difficile de prescrire un remède. Pourtant, je me dis que nous avons au moins une chose à accomplir pour dissiper le brouillard qui nous aveugle. Nous devons nous débarrasser de nos vieilles habitudes. Je ne parle pas seulement de nos dirigeants. Ceux-là, leur temps est terminé. Je parle de cette sale odeur de fumier que nous répandons sur le monde. Nous autres Russes, nous puons. Mais nous ne puons pas la sueur de l'honnête travailleur, ni même la saleté de l'ivrogne. Notre odeur est bien plus infecte. C'est celle de la soumission, celle des petits compromis et des combines, celle de la corruption de l'âme et du corps, l'odeur du médiocre et du résigné, l'odeur de la peur face aux petits chefs, devant ceux qui ont un pouvoir de coercition, ceux qui peuvent nous compliquer la vie en nous refusant une attestation, un document officiel, une autorisation. Si encore nous avions seulement peur des policiers, de la justice, de l'État, ça irait ! Mais nous avons peur de tout le monde. Il nous faut nous débarrasser de ça. Je sais ce que beaucoup pensent. Facile à dire, quand on est dans l'ombre d'une maison, entourée de gens dont on sait qu'ils ne vont pas nous dénoncer ! Mais réveillez-vous un peu ! Nous ne sommes plus sous Staline. Nous n'avons plus les mêmes raisons que nos parents d'avoir peur. Et si individuellement nous sommes fragiles, faibles, désemparés, n'oubliez pas que collectivement nous sommes forts. Alors, réveillez-vous ! Levez-vous ! Défendez votre liberté ! Nous sommes devenus une nation de poltrons, car nous portons en nous la peur de vivre. Et pour conjurer cette angoisse existentielle, nous partons à la conquête du monde en prétendant le dominer. Mais les Russes ont oublié l'essentiel de ce qui fait la vie. Le respect de l'homme, de l'autre, de l'individu. L'autre est pour nous un motif d'angoisse, alors qu'il devrait être un objet de curiosité. Nous sommes d'obtus barbares effrayés par l'immensité du vide qui est en nous. Une immensité plus vaste encore que les steppes qui nous entourent. Voilà ce que nous sommes devenus.

Anton parle d'une voix douce. Il est calme. Serein. Son élocution est lente, presque trop. L'auditoire est captivé. Iouri regarde autour de lui, il distingue les regards avides dans la pénombre, lui-même se laisse subjuguer par les mots de son neveu. Il réalise qu'il n'a jamais vraiment parlé avec lui, qu'il ne l'a jamais vraiment écouté. « Il vit sous mon toit, se dit-il, et je ne sais pas qui est ce garçon. »

– J'ai fait un beau rêve la nuit dernière. J'ai vu notre monde s'effondrer. Et j'ai ressenti une immense joie. Ce désastre nous libérait, nous pouvions enfin parler, chanter, respirer, loin des chapkas grises qui nous observent sournoisement depuis tant de décennies. Dans ce rêve, ceux qui nous tiennent en laisse avaient disparu, happés par quelque mystérieuse force de la nature. Plus de chefs, plus de policiers, plus de députés, de directeurs ni de membres de comité, plus de gouvernement ni de Politburo, plus personne. Il ne restait que nous. Et je me suis dit : « Enfin, nous sommes libres ! » Mais j'ai compris, ensuite, que si nous n'étions plus courbés, nous n'étions pas encore redressés, nous n'étions pas libérés de notre joug intérieur. Vous pensez peut-être qu'une fois les communistes chassés du pouvoir nous allons construire un monde plus beau, plus équitable, plus humain ? C'est faux. Nous n'en serons pas capables tant que nous ne serons pas débarrassés du démon qui est en nous. Et, si l'on n'y prend garde, ce démon va nous imposer une loi plus sauvage et plus impitoyable encore. Il est dit dans la Bible que le diable écrit sur chaque chose son nom pour les posséder. Et c'est exactement ce que nous allons faire. Nous serons des diables avides de posséder. L'argent va devenir notre maître. Nos valeurs, qui de toute façon sont décrépies, vont tomber en poussière. Par quoi seront-elles remplacées ? Ce que j'ai vu en rêve, c'est un monde où les babouchkas deviennent des mendiantes, où les cuisiniers se transforment en chefs de milice, où les ouvriers prostituent leurs filles.

Un murmure parcourt la petite assemblée. Iouri est stupéfait. Son neveu vient d'exprimer à voix haute le malaise qui encombre son âme depuis des mois. Il se perd dans ses réflexions, n'écoute plus Anton, ne sent plus le bras de Kallista autour de sa taille ni son souffle chaud sur son cou. Il s'aperçoit soudain que la jeune fille a disparu. Il se retourne, la cherche du regard dans la pénombre, il croit voir sa silhouette emprunter l'escalier qui mène au rez-de-chaussée, il se met à la suivre, l'appelant par son nom, doucement d'abord puis plus fort à mesure que sa voix résonne dans la cage d'escalier. Il croit entendre le bruit de ses talons sur le marbre, et se met à accélérer le pas. La descente est interminable, Iouri arrive sur le palier du premier étage à bout de souffle, Kallista n'est pas là. Il croise un homme qui fume une cigarette et lui demande s'il a vu passer une jeune fille, celui-ci lui indique de la main l'entrée de l'immeuble en contrebas. Kallista est partie, Iouri court jusque dans la rue, il reprend son souffle dans le silence nocturne, lève la tête, regarde la façade de l'immeuble plongée dans l'obscurité. La nuit semble avoir avalé les derniers étages. Anton est là-haut, perdu dans les étoiles.

13.

Nous mourrons comme des fantassins,
Mais nous n'exalterons ni la rapine, ni la corvée, ni le mensonge!
Ossip Mandelstam, *Minuit à Moscou*

L'horloge de la tour Spasskaïa vient de sonner quatre coups. La nuit mélancolique entoure un faible cône de lumière qui éclaire l'homme assis à son bureau. Le carillon impérial l'extrait brièvement de sa rêverie, il pose le stylo, relève la tête et s'éponge le front à l'aide d'un mouchoir blanc, insistant par réflexe sur la tache de naissance qui orne son crâne chauve. Il travaille sans relâche depuis le début de la soirée. Son épouse est allée se coucher depuis longtemps, l'officier d'intendance s'est replié dans ses appartements, les serviteurs ont disparu, et les gardes du corps veillent désormais loin de lui, derrière les lourdes portes du palais qui l'enferment dans la solitude symbolique. Un sentiment d'exaltation s'empare de lui, surmontant l'envahissante fatigue qui se joue de ses sens. Il vient d'achever la construction d'une merveilleuse machine, un gigantesque mobile de Calder dont il a dessiné soigneusement chaque pièce afin qu'elle préserve l'équilibre général tout en donnant à l'ensemble une impression d'harmonie et d'efficacité. C'est du moins ce qu'il pense.

Un vieux meuble en bois émet un craquement, une lame de parquet renvoie un bruit sourd, une mouche entrée par on ne sait quelle ouverture aperçoit la lumière de sa lampe et s'agite dans sa direction, sans qu'il puisse la distinguer. L'homme s'agace de ces bruits, de ces mouvements infimes qui viennent subitement briser la plénitude de son être et l'harmonie de sa pensée. Le calme est devenu une denrée rare, il est donc précieux, rien ne doit venir le troubler. Mais la mouche persiste à bourdonner lourdement quelque part dans l'ombre imperturbable, alors que dehors le vent insistant apporte l'écho d'un train en partance pour la province. Le monde réel refait surface. Son autarcie mentale s'effrite peu à peu à mesure que ses sens happent à nouveau les bruits environnants, favorisant ainsi l'émergence d'une pensée parasite en prise avec le réel. Une pensée qui le sort de son état méditatif et le rappelle à l'ordre. C'est ainsi que survient le doute.

L'homme relit ses notes, replonge dans son texte, regarde son mobile de Calder d'un autre œil, il commence à lui trouver quelques défauts, des incohérences. Le mobile est moins joli qu'il ne le pensait, il est même carrément déséquilibré, là et là, si l'on y songe. Il sent une émotion monter en lui, l'envie de déchirer ces feuilles de papier. *Ça ne marche pas!* Il est sur le point de jeter l'éponge, il voudrait que quelqu'un vienne éprouver pour lui un peu de compassion, qu'une main amicale le réconforte, sachant parfaitement qu'un homme dans sa position en est réduit à trouver en lui seul le réconfort dont il a besoin. Le doute est là, dans ces feuilles de papier, au beau milieu de ce fatras mental, transcrit en pattes de mouches sur feuilles blanches. Le mobile de Calder s'est cassé la figure. Ses mains tremblent, la pendule indique quatre heures du matin, il n'a pas dormi depuis près de vingt heures. Désormais les vagues d'émotions se font de plus en plus violentes, il ne veut pas céder, mais que peut-il faire face à l'impuissance dans laquelle il se débat ? Comment conserver la maîtrise des événements quand tout vous échappe ? Que devient l'estime de soi quand toute solution s'enfuit comme une souris sous la plinthe, et que l'on ne pense plus mériter ni les honneurs ni le respect que l'on était en droit d'attendre ? « Le paralytique du Kremlin », voilà comment certains journaux anglais l'ont surnommé. L'homme qui est à la tête de la deuxième puissance du monde, celui qui dirige l'empire le plus vaste de la Terre, est un paralytique. Il ne sait même pas construire un mobile de Calder ! Pour ne pas sombrer, Mikhaïl Sergueïevitch a besoin d'aide. Il prend son téléphone et appelle son fidèle agent, cet homme dont la physionomie virile le rassure, dont l'action discrète et secrète parvient souvent à le remettre sur le droit chemin, Iouri Stepanovitch Nesterov.

Il va venir, mais d'ici là, il doit se remettre au travail, démonter pièce par pièce sa construction, réarranger les noms, réaligner les postes, intercaler un nouveau venu sur la liste, modifier l'alchimie instable de l'élite dirigeante du pays. Il rafistole ainsi sa construction avec le sentiment désespérant d'être un artiste raté, incapable de produire un travail simple et beau, subtil et émouvant.

Une demi-heure plus tard, un bourdonnement rouge éclaire le maroquin de son bureau. Il appuie sur le bouton, la porte s'ouvre, Iouri Stepanovitch apparaît dans son champ de vision. Les deux hommes échangent une poignée de main, quelques politesses d'usage. Le Secrétaire général le remercie de s'être déplacé au milieu de la nuit. Ils prennent place dans les deux fauteuils jumeaux, solennellement agencés de chaque côté d'une immense table basse. L'homme a déboutonné sa chemise et retroussé ses manches, son regard est inquiet, sa mine est défaite. Il prête à peine attention à son interlocuteur, poursuivant mentalement le monologue qui le tient éveillé depuis tant d'heures. Il sait qu'il peut y arriver, que rien ne résiste à son intelligence et à sa force de travail. Il parle pour se rassurer, pour éprouver son humanité, pour chasser cette déshydratation que le pouvoir et son formalisme exercent sur sa personne. Au beau milieu de cette chaude nuit d'été, dans l'intimité familière d'un bureau, il n'est nul besoin de posture, il peut se laisser aller à n'être qu'un homme. La compagnie de Iouri Stepanovitch lui en offre la possibilité, il est sans jugement ni calculs, il ne l'observe pas, il le regarde. En cet instant, ce serviteur lui est précieux. L'homme lui tend une enveloppe, en expliquant qu'elle contient le projet de réorganisation des instances dirigeantes ainsi que le compromis temporaire passé avec le camp réformateur de Boris Eltsine. Puis il revient à son bureau, appuie sur le bouton qui commande l'ouverture de la porte et tourne le dos, sans plus dire un mot.

Iouri quitte la pièce après un bref salut. Il sait ce qu'il doit faire. Le Secrétaire général lui confie l'organigramme afin qu'il puisse surveiller ses adversaires et surtout ses supposés alliés. L'ordre implicite est clair, Mikhaïl Sergueïevitch se méfie de Vladimir Krioutchkov, tout comme de son principal adversaire, Boris Nikolaïevitch. Il est en position de faiblesse face au premier, et cherche le moyen de contrer l'immense volonté de pouvoir du second. La politique soviétique est devenue un champ de bataille où l'idéologie n'est qu'un outil au service de l'ambition. Mikhaïl Sergueïevitch s'apprête à livrer un nouveau combat de titan. Mais en a-t-il véritablement l'envie ? C'est l'interrogation qui raccompagne Iouri jusqu'à sa voiture garée dans l'enceinte du Kremlin. Dehors, la lumière de l'aube éclaire la ville. Iouri doit aller retrouver son vieil ami le starets.

Il arrive aux abords du monastère à l'heure où les chrétiens orthodoxes assistent à la divine liturgie du matin. Ceux de Novodievitchi vivent reclus et coupés du monde extérieur, leur existence est tolérée par le parti à condition qu'ils ne fassent aucun bruit, on ne doit ni les voir ni les entendre dans la cité. Autrefois, Iouri a eu pour mission de réorganiser la hiérarchie d'un monastère de Perm qui commençait à faire un peu trop parler de lui. C'est à cette époque qu'il a fait la connaissance du starets, celui-ci travaillait à l'usine de moteurs d'avions de la ville et profitait de son temps libre pour se rendre au monastère. On aurait volontiers pardonné au camarade sa bigoterie d'autant qu'il effectuait un travail remarquable avec son équipe d'ingénieurs, mais son penchant pour les guérisons miraculeuses a fini par mettre la ville en émoi et les médecins de l'hôpital local sur les nerfs. Dénoncé par ces derniers, il a dû aller s'expliquer devant le comité local du parti qui s'est cru obligé, vu les fonctions de l'intéressé, d'en référer à Moscou. Le jeune Iouri Stepanovitch a donc été envoyé aux côtés d'un commissaire politique pour enquêter sur cette affaire. L'intransigeant fonctionnaire voulait faire un exemple en expédiant en camp ce *fanatique* d'une religion proscrite. Pour sa part, Iouri ne voyait pas l'intérêt de mettre en péril un programme militaire de la plus haute importance, et dont le starets – qui se faisait appeler à l'époque Illarion Ienisseievitch Toumanov – était la pierre angulaire. Il ne lui fut pas trop difficile de se débarrasser de ce thuriféraire zélé. Et c'est la femme de chambre de l'hôtel où ils étaient logés qui s'en est chargé, une nuit, en enfourchant sauvagement le commissaire déboussolé par tant de fougue amoureuse et submergé par l'ivresse sexuelle de cette jeune beauté aux seins d'albâtre. Les enregistrements sonores de cet épisode tempétueux, ainsi qu'un cliché en noir et blanc des deux amants les yeux cernés de fatigue, firent s'indigner les hypocrites responsables du parti et eurent pour effet de ramener le commissaire politique à la maison, ainsi qu'au plus bas échelon de l'appareil. Débarrassé de l'œil de Moscou, Iouri a pu prodiguer quelques conseils de bon sens au starets, ce qui lui a valu sa reconnaissance d'abord, son amitié ensuite.

Iouri est donc toujours le bienvenu, il est accueilli par une accolade chaleureuse et une tasse de café brûlant. Le starets est heureux de revoir son ami. Il l'interroge sur Anton et lui réitère ses conseils le concernant. Iouri lui relate l'épisode de Tchestye prudi, le starets sourit comme s'il venait d'avoir confirmation de ses intuitions. Les deux hommes bavardent ainsi durant une demi-heure, appréciant ce moment de complicité. Enfin, Iouri sort de sa sacoche les deux documents fournis par le Secrétaire général, il les donne au starets qui les examine soigneusement. Après quelques minutes de réflexion, il les lui rend.

– Gorbatchev ne veut pas revenir en arrière. Mais il a compris qu'il ne donnait plus le tempo. Il aurait pu démissionner au profit de Boris Eltsine et sauver ainsi l'URSS. Mais il a choisi au contraire de se faire élire président de l'Union en réformant la constitution. Cette fuite en avant est désespérée, car personne ne doute plus que Boris Nikolaïevitch préférera faire exploser l'URSS plutôt que de renoncer au pouvoir.

– Ma question étant de savoir comment gérer la tempête qui s'annonce.

– Nul ne le sait, Iouri, et moi pas plus qu'un autre… Ce que je comprends, en revanche, c'est qu'il nous faut anticiper et rapatrier en Russie la puissance industrielle disséminée dans l'empire. Les centres de recherche, les usines sensibles. Je peux te faire une liste. Il faut mettre sur pied un programme discret et rapide, sinon nous risquons de perdre beaucoup lorsque l'URSS éclatera.

– Discret et rapide, deux qualités russes, ironise Iouri.

Le starets sourit à cette boutade.

– Tu dois fidélité au Gensec, Iouri, c'est certain, mais tu dois avant tout fidélité à ton pays. Un homme ne compte pas lorsque l'avenir d'une nation est en jeu.

– Je le sais, mon ami, je ne le sais que trop bien.

– Fie-toi à ton instinct, regarde, écoute.

– Je redoute les temps à venir, et pas seulement parce qu'ils signifient la disparition de l'Union. Quelque chose d'autre m'inquiète. Sommes-nous prêts à vivre des temps nouveaux ? Sommes-nous moralement prêts ?

– Aucun peuple n'est jamais prêt à faire la révolution. Il y a forcément des incertitudes. Le risque est de se libérer d'une prison pour retomber dans une autre. Les peuples qui en sont privés chérissent la liberté. Malheureusement, ils ne savent pas ce qu'elle signifie. Et lorsqu'ils sont enfin face à elle, ils s'en détournent. Par crainte, parce qu'ils n'assument pas le poids écrasant qu'elle met sur leurs épaules. C'est pourquoi nous avons besoin de guides, d'hommes et de femmes qui proposent un système de valeurs, une morale à la hauteur des enjeux. Et j'en viens à ton neveu, Anton. Il a des choses à dire, et ce qu'il dit peut t'être utile.

– Les temps nouveaux appellent des hommes nouveaux.

– Je t'aiderai, Iouri. Je t'aiderai du mieux que je peux, dans la mesure de mes faibles moyens. Et je prierai pour toi.

Le cœur apaisé, Iouri quitte l'isba en compagnie de son ami. Le starets est un sol rocheux. À chaque fois qu'il pose le pied sur ce sol, Iouri sait qu'il pourra continuer à avancer sans tomber. Cette assurance l'aide à repousser la mélancolie qui l'assaille depuis des jours. Il a besoin de force et de courage pour affronter un quotidien de plus en plus oppressant. La lutte politique, l'hystérie de la vie publique, les complots, les trahisons et les coups bas polluent son environnement. Et puis, il y a Helena. Son éloignement, son absence, la distance qu'ils ont mise entre eux. Pourquoi sont-ils tous deux aussi négligents avec leur amour ? Pourquoi se laissent-ils emporter dans le flot de leur existence sans chercher à naviguer ensemble ? S'aiment-ils vraiment ? Iouri n'a pas la réponse à cette question, il sait simplement que sans elle, la saveur de la vie s'affadit.

Iouri redresse la tête et bombe le torse. Il lui faut polir son orgueil, une longue journée débute. Il prend congé du starets. À Moscou, deux hommes, deux associés, Jacques et Gueorgui, l'attendent. Les nouveaux rois de l'aluminium réclament son aide. Ces deux-là ont fini par s'entendre comme larrons en foire pour gagner de l'argent en vidant les stocks des industries métallurgiques. Pourquoi pas après tout, au moins ils enrichissent le pays ! Le rendez-vous a été fixé dans un appartement de la place de Smolensk que Ionani loue à un parent diplomate. Devant l'entrée de l'immeuble, un vieil homme est assis sur une chaise sous une guérite de bois peinte en vert.

– Où vas-tu comme ça, camarade guébiste ? demande-t-il à Iouri.

– Qui te dit que je suis un guébiste ? répond celui-ci, sincèrement surpris d'avoir été si facilement démasqué.

– Les gens comme toi, je les repère à cent lieues à la ronde. Ce n'est pas difficile, j'ai de la pratique, j'ai beaucoup côtoyé ceux de ton espèce, précise le vieil homme d'une voix hargneuse.

– Je vois. Je suis tombé sur un vieil anticommuniste qui veut faire payer au premier venu sa misérable condition, lance Iouri d'une voix grinçante.

– Qui te dit que je suis anticommuniste, le guébiste ? Ce que je sais du communisme dépasse tout ce que ta petite tête de policier pourra jamais contenir.

– Tu n'as pas froid aux yeux, vieil homme. Tu sais que je pourrais t'expédier au bout du pays, juste en passant un simple coup de fil, depuis la cabine qui est à l'angle de la rue, là-bas ?

– Je ne te crois pas, le guébiste. Tu me sembles trop prudent et trop fier de toi pour commettre une telle bêtise.

– Toi, tu commences à me plaire, camarade. Alors, vas-y ! Dis-moi ce que tu sais du communisme, puisque tu sembles si bien informé.

– Le communisme, camarade, c'est l'espoir poussé jusqu'à l'extrême et qui, de ce fait, débouche sur le désespoir. Ou plutôt, je dirais que le communisme, c'est le désespoir poussé à l'extrême et qui débouche donc sur un fol espoir. Celui qui naît lorsque l'on n'a plus rien à perdre dans la vie. Il n'a pas besoin de se justifier aux yeux de la société, car il sait tout, il est tout. C'est un savoir global. Une philosophie transcendantale. Le communisme est à la fois la vérité et le mensonge. De ce fait, il ne permet aucune contradiction. Voilà sa supériorité sur les autres systèmes philosophiques enseignés à l'Ouest. Personne ne peut le mettre en doute, car il intègre lui-même la réponse à apporter au doute. C'est la force de l'idéologie communiste à laquelle ces idiots de capitalistes, si intelligents soient-ils, n'avaient jamais pensé. Qu'est-ce que tu dis de ça ?

– Je dis que le charabia idéologique t'a bien embrouillé la tête ! Et si tu veux un conseil, en voilà un : lis des romans d'aventures et arrête avec la philosophie marxiste.

– Et voilà, c'est toujours pareil avec les guébistes. Dès que l'on commence une conversation profonde, y a plus personne. Va te faire foutre, toi et ta clique policière !

Iouri abandonne le vieil homme sur son trottoir et monte jusqu'à l'appartement de Ionani. L'endroit a des allures de palais oriental avec ses tapis ouzbeks aux motifs géométriques accrochés aux murs. À l'intérieur, princier, Jacques Varamian est assis dans un fauteuil en forme de trône. Gueorgui Ionani se lève pour accueillir Iouri qui ne manque pas de remarquer la très belle montre suisse accrochée au poignet rustique du Géorgien. Vraisemblablement un cadeau de son nouvel ami français.

– Les affaires marchent bien, lance Iouri en désignant la montre.

– Oui, et mes partenaires sont généreux, commente Ionani en lançant un regard de biais vers Jacques. Merci d'être venu, Iouri Stepanovitch, Jacques et moi avons besoin de tes conseils.

– Je ne savais pas qu'un homme aussi doué que toi en affaires avait besoin des conseils d'un fonctionnaire, ironise Iouri.

– Tu n'es pas n'importe qui, Iouri Stepanovitch. Tu es un homme influent et dont les services sont inestimables. C'est pourquoi avant toute chose je veux te faire un cadeau.

Gueorgui Ionani se dirige vers une petite commode d'où il extrait une grosse sacoche qu'il dépose devant lui.

– Voilà ce que Jacques et moi voulons t'offrir pour te remercier de nous avoir permis de nous rencontrer. Tout ce qu'il y a de plus légal, en plus !

Iouri soupèse du regard la sacoche. Il calcule. En imaginant qu'elle contienne de grosses coupures, il y en a facilement pour un million de roubles, et si la sacoche regorge de devises, marks allemands ou dollars américains, elle pèse environ deux à trois cent mille dollars. « De quoi acheter du saucisson pour Anastasia jusqu'à la fin de ses jours et même au-delà », songe-t-il.

– Ce que vous avez à me demander doit être très important pour prendre le risque de corrompre un fonctionnaire d'État, commente Iouri d'une voix neutre.

Ionani s'est assis à califourchon sur une chaise. Iouri se souvient qu'il aurait rêvé de devenir entraîneur de boxe.

– Ne tournons pas autour du pot, dit-il. Jacques et moi avons besoin d'autorisations signées de la Vnesheconombank pour nos opérations de barter. Seulement tes petits copains ne veulent pas nous aider. On dirait que d'autres que nous s'intéressent à l'exportation de l'aluminium dans ce pays. Toi, d'un simple coup de fil, tu pourrais débloquer la situation, et comme nous sommes amis, nous aimons bien te faire des cadeaux.

Iouri s'inquiète un instant pour le jeune Français. Est-ce qu'il comprend bien ce qui se joue dans cette pièce, et ce dans quoi il met les mains ? Réalise-t-il qu'il traite avec l'un des parrains les plus puissants de Moscou ? Qu'on ne pactise pas impunément avec un tel homme ? Ionani fonctionne selon des règles très particulières, une fois que l'on a vendu son âme au diable, on lui appartient ! Il devient impossible de s'en détacher. De par son statut, Iouri est immunisé contre la nocivité du système clanique de la mafia, mais ce petit docteur Faust ne l'est pas. Son passeport français n'est en rien une assurance vie. Iouri va devoir songer à lui expliquer les règles du jeu soviétique.

– Tu me connais un peu, Ionani, tu sais que je vais refuser ton argent.

– Je m'en doutais.

– Je ne veux pas que notre ami, ici présent, pense que les hommes d'affaires russes sont des corrupteurs en puissance, et que les fonctionnaires d'État sont avides de devises. Aussi tu vas reprendre ta belle sacoche et faire don de son contenu aux bonnes œuvres de ton choix. Néanmoins, je vais t'aider parce que tu nous as rendu des services dans un passé récent, il est légitime de te renvoyer l'ascenseur. Tu vois, Ionani, nous ne sommes pas tous des brutes irresponsables au KGB.

Ionani secoue la tête.

– Je ne comprendrai jamais les Russes. Quand on vous fait un cadeau, vous refusez de le prendre, et à la place vous voulez en faire un autre. Il faudra m'expliquer un jour ce que vous avez dans la tête.

– Les cadeaux sont les bienvenus s'ils ne sont pas empoisonnés, mon cher Ionani.

– Laisse-moi quand même te faire une surprise. J'ai une information qui va t'intéresser. Je comptais la marchander auprès de toi, si tu refusais de m'aider, mais puisque l'on ne peut pas marchander avec un tel patriote, je vais te l'offrir gratuitement. Alexeï Kalchinsky est très remonté contre toi. Je ne sais pas ce que tu lui as fait, mais il a bien l'intention de te le faire payer. J'ai entendu dire qu'il cherchait des hommes pour te donner une petite leçon de savoir-vivre. Fais attention à lui, il a des moyens importants.

– « Qui ne craint point la mort ne craint point les menaces », lance Iouri en français. Il n'a pas apprécié que je dévoile publiquement ses petites manœuvres est-allemandes. Rassure-toi Ionani, cet homme ne peut rien me faire.

– Loin de moi l'idée de sous-estimer tes capacités, Iouri Stepanovitch, cependant tu dois comprendre une chose, les temps changent rapidement dans ce pays, et ceux qui hier étaient les maîtres et seigneurs perdent peu à peu leur pouvoir. Les nouveaux boyards ont des moyens et des méthodes qui les rendent particulièrement dangereux, sans compter qu'ils bénéficient d'appuis au sein de l'appareil d'État. Tu sais qui est

Kalchinsky, je ne vais pas te faire l'affront de te rappeler qu'il a des amis très haut placés.

– Je te remercie de ta sollicitude, cher Gueorgui. Je te le dis sans ironie aucune. Cependant, sois certain d'une chose, je sais comment me protéger des oursons aux griffes acérées. Ce garçon a un point faible, le même que le tien d'ailleurs, il pense que tout s'achète dans ce bas monde.

– Ne fanfaronne pas, Iouri Stepanovitch. Tout le monde dans ce pays n'a pas ta grandeur d'âme ni ta probité. Si tu savais le nombre de tes collègues qui viennent manger dans ma gamelle, tu serais profondément écœuré. Je connais beaucoup de policiers qui tueraient père, mère et au passage un ou deux colonels du KGB pour une liasse de dollars.

– Que veux-tu mon ami, l'esprit patriotique s'est perdu.

– Veille à garder ta tête sur tes épaules, c'est tout ce que je te conseille.

– Merci de ce conseil, je saurai prendre soin de moi.

Iouri a beau plastronner, il sait qu'avoir Kalchinsky comme ennemi n'est pas une chose à prendre à la légère. Mais le fait de le savoir lui donne un temps d'avance, et pour éviter que le jeune financier ne fasse une bêtise en s'en prenant à lui, Iouri va tout simplement avertir ses patrons, qui sont aussi les siens. Entre gens du sérail, on ne se tire pas dessus.

14.

Il y a trois choses que l'on ne peut pas cacher, l'amour, la toux et la misère.

Proverbe ottoman

Aliona sonne à la porte. Iouri l'accueille chaleureusement, la fait asseoir dans le salon face à une théière fumante et un paquet de biscuits au miel qu'il a dégotés spécialement pour elle dans une beriozka réservée aux diplomates. Il a aussi posé sur la table basse un petit coffret de bois contenant une montre de femme plaqué or, achetée à sa demande par son contact à Genève. Il a longtemps hésité sur la façon dont il allait la remercier pour son travail auprès de Boris Nikolaïevitch. Car Aliona se comporte comme si elle rendait service à un ami, se contentant, de temps à autre, de lui raconter ses observations sur l'état d'esprit du leader démocratique, notamment ses peurs et ses angoisses. Jamais elle ne donne l'impression d'effectuer un travail. Iouri a rapidement compris qu'elle avait besoin de cette distance, il n'exige pas d'elle les rapports détaillés qu'il réclame d'habitude à ses agents. Pour autant, elle est un vecteur d'influence sur le député, et il a besoin d'elle pour convaincre Boris Eltsine de ménager Gorbatchev.

– Voici un petit cadeau pour te remercier de ton aide, Aliona, dit-il en lui tendant le petit coffret de bois. J'espère que tu aimeras.

– Merci, qu'est-ce que c'est ? demande-t-elle en ouvrant le paquet.

– Un simple gage de mon amitié.

– Je pensais que le KGB rémunérait ses espions en argent, dit-elle d'une voix sarcastique.

– Je ne te considère pas comme mon espionne, mais comme une amie précieuse qui me rend un grand service.

– Tu peux voir les choses ainsi, Iouri Stepanovitch. Mais moi, je considère que j'effectue un travail pour le compte du KGB, et cela ne me plaît guère d'avoir à te rendre compte de l'intimité de Boris Nikolaïevitch.

– Tu commences donc à éprouver de la sympathie pour lui.

– C'est un homme exceptionnel, tant par ses qualités que par ses défauts. Et je pense sincèrement qu'il est plus utile de l'aider que de le combattre.

– C'est exactement ce que je fais à travers toi, Aliona. Je ne le combats pas, je cherche seulement à comprendre sa stratégie et, par ton intermédiaire, à faire en sorte qu'il évite les pièges tendus. Ses ennemis sont les mêmes que les ennemis de Mikhaïl Sergueïevitch. Chaque coup porté à Eltsine est un coup contre Gorbatchev, et vice-versa.

– Je pense qu'il le comprend parfaitement.

– Alors, il doit aussi comprendre une chose. Le temps s'accélère. Il doit se préparer à affronter une hostilité de plus en plus grande. Pour cela, il lui faut des alliés dans l'armée, ainsi qu'au sein de la police. Tu devrais lui conseiller de se rapprocher des cercles nationalistes russes. Ils sont bien implantés dans les organes de force.

– Il ne m'écoute pas quand je lui parle politique. Avec moi, il ne fait que s'épancher, se plaindre de ses faiblesses, de son caractère brutal, il parle constamment de ses parents, de sa ville, de ses amis d'enfance. Il est obnubilé par la crainte de n'être pas à la hauteur, de faire honte à sa mère. Et il veut toujours que je lui tire les cartes.

– Dis-lui qui tu es réellement, et qui t'a envoyé auprès de lui. C'est le bon moment. Il faut être franc et direct, car le temps presse. Krioutchkov et ses amis ne vont pas tarder à se réveiller et à passer à l'action. Il doit absolument se préparer. Il n'est plus temps de louvoyer ou de biaiser.

– Mais j'imagine qu'il y a bien d'autres canaux que moi pour le lui faire comprendre. Pourquoi moi plutôt qu'un autre ?

– C'est vrai qu'il existe d'autres canaux, sans doute plus directs, mais ne sous-estime pas ton rôle. Lorsque tu lui parles, tu t'adresses directement à l'enfant qui est en lui, et non à l'homme politique. C'est la force de ta parole. Elle touche son être profond.

– Je ne te savais pas si psychologue, Iouri Stepanovitch. Parfois tu me surprends.

– Pour être parfaitement franc, Aliona, j'applique le même raisonnement pour Anton. Je pense que ta présence à ses côtés est importante. Et d'ailleurs, je suis très curieux de comprendre ce que vous faites, à Tchestye prudi. J'en ai eu un aperçu l'autre soir, pourtant beaucoup de choses m'échappent, je ne comprends pas ce qu'Anton représente pour tous ces gens.

– Demande-le-lui, il te l'expliquera. Et si tu veux mon avis, tu devrais davantage écouter Anton, tu comprendrais ainsi bien mieux ce que pensent les jeunes de ce pays, ce qu'ils espèrent, ce à quoi ils aspirent.

– C'est ce que je compte faire. Anton va arriver dans quelques instants. Je vais l'emmener faire une promenade à la campagne et nous en profiterons pour parler. Tu peux te joindre à nous, si tu le veux.

– Je ne peux pas, je dois accompagner Boris Nikolaïevitch pour une tournée dans le Caucase. Il me l'a demandé.

Aliona passe la montre à son poignet, la contemple un instant, remercie Iouri d'un sourire, avant d'enfiler son manteau et de prendre congé.

– Je sais que tes intentions ne sont pas mauvaises, Iouri Stepanovitch, dit-elle sur le pas de la porte. Je crois même que je commence à comprendre ton projet. Il faut cependant que tu sois prudent sur un point. Ne mélange pas tes proches et ta famille à ces histoires politiques. Tu n'as rien à y gagner. Tu ne feras que semer involontairement le malheur et la désolation autour de toi. Chez nous, on a une expression pour cela. Le berger ne doit jamais se déguiser en loup.

Resté seul, Iouri réfléchit aux propos d'Aliona. Il comptait informer Anton du rôle que joue son amie auprès du leader politique. Mais Aliona a raison. Il faut le préserver et le laisser à l'écart de ces jeux dangereux. Anton est sa seule famille. Il doit le protéger. Il va suivre le conseil de la jeune femme, écouter son neveu, tenter de comprendre ce qu'il fait a Tchestye prudi.

Lorsque Anton arrive, Iouri lui propose d'emblée de l'accompagner. Il doit se rendre à une centaine de kilomètres de la capitale pour discuter avec le président du grand kolkhoze Prolétaire rouge. Le kolkhoze emploie nombre de vétérans de l'Afghanistan et sert de plaque tournante à un trafic d'armes qui alimente les groupes criminels. Le tuyau est venu de Ionani qui n'en finit plus de payer à Iouri ce qu'il estime être une dette d'honneur. Anton accepte avec une certaine excitation de l'accompagner.

– Tu vas arrêter des gens, mon oncle ?

– Non, ce n'est pas mon travail, je vais juste parler avec le directeur du kolkhoze et lui faire comprendre que nous connaissons la nature criminelle de ses activités. Et je l'obligerai à collaborer avec nous.

– Tu vas laisser un trafiquant d'armes agir impunément ?

– Je vais le forcer à me révéler ses complices, ses réseaux, ses clients, et ensuite nous mettrons un terme à tout ceci.

Iouri éprouve un sentiment de fierté à montrer à Anton une facette valorisante de ses fonctions. Les hommes de la Loubianka sont globalement détestés, et s'il se fiche de l'opinion générale, en revanche, il ne veut inspirer ni peur ni répulsion à son neveu. Certes, il ne verra jamais une lueur d'admiration briller dans les yeux d'Anton, mais il se contenterait d'une petite pointe de respect.

L'oncle et le neveu s'engouffrent à l'arrière de la Volga. Iouri lui présente son chauffeur, Roublev, insistant avec force détails sur ses qualités physiques. Roublev est l'un des meilleurs experts en arts martiaux de l'agence, un ancien champion olympique de karaté. Il servira à calmer les esprits si la discussion au kolkhoze s'envenime, explique Iouri, conscient de ce que ces détails peuvent avoir de romanesque pour un jeune homme. Anton l'écoute d'un air impressionné. La voiture emprunte la route du sud en direction de la ville de Riazan. Très vite, ils se retrouvent au milieu des bosquets de bouleaux et de pins. Anton est heureux de sortir de la ville. La campagne lui manque. Les arbres surtout.

– Si je t'ai proposé de m'accompagner, Anton, c'est aussi parce que j'ai besoin de discuter avec toi. Je veux que tu m'expliques ce qui se passe à Tchestye prudi. Je t'ai vu dans un rôle inhabituel. Tous ces jeunes gens rassemblés qui t'écoutaient religieusement. Tu fais quoi exactement avec eux ?

– Ne t'inquiète pas mon oncle.

– Je ne m'inquiète pas, mon cher Anton, je suis juste curieux, j'ai juste envie de comprendre.

– J'ai du mal à répondre à cette question, car je ne le sais pas moi-même. Je crois que je cherche une place. Ma place dans la vie. Personne ne m'a enseigné comment y parvenir. J'imagine que c'est naturel, et que d'une certaine façon la vie nous enseigne ce que nos parents ne nous disent pas, mais moi, j'ai du mal à y voir clair. Je reçois des signaux, des pistes, je formule des envies, je rencontre des gens. Mais que faire avec tout ça ? Pour me guider, j'ai mon instinct, ainsi que toutes ces voix intérieures qui me parlent en images et en mots. J'ai commencé à transcrire les phrases qui surgissent dans mon esprit, le matin au réveil. C'est comme si la nuit ouvrait un espace, et qu'elle libérait un flot de paroles enfouies quelque part au fond de ma tête. Et cette parole m'a semblé intéressante, ou en tout cas digne d'être relatée. Quand j'ai commencé à en parler en public, à mes amis de Tchestye prudi, ils m'ont écouté avec beaucoup d'attention. Et cela s'est répété. À chaque fois, il y avait davantage de monde. Maintenant, ils viennent nombreux pour m'écouter. Je t'avoue que je suis le premier surpris par la tournure que prennent les choses. Et je crois que, petit à petit, je commence à comprendre ce que j'ai à faire dans ce pays.

– Et qu'est-ce que cette voix intérieure te dit, de notre pays, de notre peuple ?

– Je suis comme tout le monde, mon oncle. Exalté et effrayé à la fois. Exalté par cette liberté nouvelle qui surgit à chaque coin de rue, dans chaque discussion, dans les débats, les théâtres, les musées, les clubs littéraires. La ville bouillonne et c'est formidable ! Mais en même temps, je ressens une inquiétude. C'est imprécis et difficile à définir. Je me dis que les hommes de notre pays sont faibles et qu'ils ne possèdent pas la force morale qu'avaient nos grands-parents. Peut-être que le totalitarisme a brisé quelque chose en nous. La liberté et la démocratie, ces mots agissent sur les gens comme des philtres magiques. Ils sont fascinés, mais j'ai l'impression qu'ils ne les comprennent pas vraiment. C'est un peu comme si ce langage n'était pas le leur. Ils ne savent pas encore que la démocratie et la liberté impliquent de grands sacrifices.

– Et quels sont ces sacrifices ?

– Je ne sais pas précisément. Mais je pense que nous allons devoir abandonner une partie de notre innocence. La fin du communisme signifie la fin d'une abomination terrible, et c'est une bonne chose, mais nous allons enterrer nos rêves et nos espérances.

– Mais c'est pour en découvrir de nouveaux, non ?

– Je ne sais pas. Quelque chose me dit que la violence d'État sera rapidement remplacée par une autre violence à laquelle il nous sera difficile d'échapper. Une brutalité chasse l'autre.

– Tu parles comme le starets, Anton.

– Je parle comme les hommes confrontés à l'inconnu. Pour être libre, il faut y être prêt, il faut être en condition. Si un homme affamé se ruc sur un plat sans y prendre garde, il risque des maux de ventre, des déséquilibres physiologiques.

– Tu as raison, Anton, mais ta vision des choses est pessimiste.

– Nous verrons bien, mon oncle.

Par la fenêtre de la voiture, Iouri contemple la campagne environnante. Rapidement, il se perd dans ses pensées. Il n'aime pas beaucoup cette campagne souillée, industrialisée et mise au pas. À ses yeux, il existe deux sortes de campagnes. Les forêts et les bois, monotones murailles vertes qui encadrent les routes bitumées, et les villages kolkhoziens, furoncles hideux aux hangars rouillés, aux logements déprimants où s'abrutit à grand renfort d'alcool un peuple d'ouvriers agricoles faméliques et bornés. La prolétarisation de la vie paysanne n'a pas fondamentalement transformé la vie des moujiks d'autrefois. Devenus de simples mécaniciens de la terre, ils restent dénués de tout savoir-faire, privés de coutumes et d'histoire, serfs modernes d'un système qui prétend les glorifier. Iouri n'aime pas ces prolétaires ruraux, frustes et sans ambition, à mille lieues de la sophistication dont il aime penser qu'elle définit sa personne. Il ne les aime pas, et ne cherche pas à les connaître.

La route qui mène au kolkhoze du Prolétaire rouge emprunte un sentier qui traverse un petit bois, pour déboucher sur un vaste plateau herbeux dont l'accès est fermé par une barrière métallique portant fièrement une étoile rouge. Au loin, les hangars et les bâtiments agricoles se perdent dans les champs de blé jaunes. Anton remarque la beauté simple des lieux, Iouri, lui, est immédiatement frappé par l'odeur pestilentielle qui se dégage de la porcherie industrielle, pourtant située à un kilomètre à vol d'oiseau. Devant la barrière, un jeune garçon tient une guitare à la main, tandis que son copain vide au goulot une bouteille de vodka. Ils n'ont pas quinze ans et sont déjà vaincus. La voiture s'arrête devant eux, Iouri sort se dégourdir les jambes, suivi de son neveu.

– Bonjour camarades ! Quel bon vent vous amène ici ? lance le guitariste en leur tendant la main.

– Nous cherchons Semion Alexandrovitch, le directeur.

– Aaah… ce salopard ! Qu'est-ce que des gens de la ville comme vous veulent à cette crapule ? demande-t-il, sans chercher à cacher son ébriété.

– Nous sommes envoyés par le ministère de l'Agriculture, ment Iouri.

– Alors j'espère que vous allez le virer ! Foutez-le au goulag. Il le mérite !

– Vous ne l'aimez pas beaucoup, on dirait, fait remarquer Anton.

– Personne ne l'aime, cette raclure. Il se prétend chef du kolkhoze. Il est même pas foutu de garder sa bonne femme chez lui. Elle s'est barrée. Et elle a eu raison, crois-moi ! J'te l'dis comme je l'pense, ce gars c'est une raclure ! Et s'il était pas protégé par les communistes, ça fait longtemps qu'on l'aurait chassé.

– Qu'est-ce qu'il vous a fait ? demande Iouri qui commence à trouver la situation cocasse.

– Qu'est-ce qu'il nous a fait ? Ben tiens ! J'vais t'le chanter ! Avant ça, on fait les présentations… Moi c'est Bassiouk, et lui, le blond, là, celui qui tient pas debout, c'est Andreï. Androuchka ! Mon meilleur pote. Et en plus, c'est le fils de ce salopard de Semion Alexandrovitch.

Anton et Iouri se présentent. Roublev s'extrait du véhicule et leur fait un signe de loin. Bassiouk s'assied sur le plot de béton qui retient la barrière et attrape sa guitare. Les premières notes sont miraculeusement cristallines, il entame sur l'air de *Katioucha* des paroles de son cru, tandis qu'Andreï bat le rythme sur un vieux bidon rouillé.

Semion, salopard de Semion
Fils bâtard de Raïssa Petrovna
Tu te prends pour un tsar ou pour un roi
Mais tu n'es qu'un kolkhozien comme moi
Quand le soir tu te saoules à l'eau-de-vie
Quand on te trouve sur la route, étourdi
T'es aussi ridicule qu'un moujik
Qui aurait plongé la tête dans l'alambic ! Hop !

Un instant, Bassiouk, emporté par l'euphorie de son tour de chant, se prend pour Vladimir Vissotski. Il lève sa guitare triomphalement, ce qui le fait basculer de son plot de béton. Il se relève, hagard, tandis qu'Anton éclate de rire. À ses côtés, Andreï verse des larmes sans que l'on comprenne très bien s'il pleure sur son père, ou sur le portrait que vient d'en faire Bassiouk. Mais Iouri en est certain, il pleure comme le font ceux à qui la nature a refusé l'entièreté de leurs facultés mentales.

Les visiteurs ne sont pas au bout de leurs surprises, car un petit homme rondouillard, au crâne chauve et à la mine joviale, s'approche d'un pas vif en brandissant une canne. Arrivé à proximité des deux adolescents, il lève rageusement le bras, lâche quelques insultes et menace les gamins de faire s'abattre sur eux la foudre s'ils ne déguerpissent pas au plus vite. Les gosses détalent comme s'ils venaient de voir le diable en personne. Iouri est étonné de leur réaction, d'autant que le petit homme paraît assez inoffensif malgré son état d'excitation. Sa chemise est trempée de sueur et il s'éponge le front à l'aide d'un mouchoir en tissu.

– Excusez ces enfants, camarades. Ils importunent trop souvent les visiteurs. J'espère qu'ils ne vous ont pas trop embêtés ?

– Pas du tout, répond Iouri. Ils nous ont même distraits avec leur chant à la gloire du directeur.

– Vous êtes venu voir Semion Alexandrovitch ? Méfiez-vous de lui, honorables étrangers. Cet homme est un renard vicieux, doublé d'un serpent venimeux.

– J'ai l'impression qu'il n'a pas beaucoup d'admirateurs dans le kolkhoze ! fait remarquer Iouri.

– C'est peu de le dire ! Et d'ailleurs, j'espère que vous allez l'arrêter.

– Qu'est-ce qui vous fait penser que je pourrais le faire arrêter ?

– Allons camarade ! Voyez un peu votre tenue ! Et votre voiture ! Vous me semblez être l'un des dignes représentants de cette noble institution qui est aussi le pilier de notre grande nation, et que les gens ne désignent jamais sans un trémolo de peur dans la voix, ou en croisant les doigts dans le dos pour conjurer le mauvais sort.

– On ne peut rien vous cacher, camarade. Mais malgré son efficacité, cette institution n'a pas encore la faculté de connaître tous les citoyens de ce pays par leur nom et leur patronyme, et je ne connais toujours pas le vôtre…

– Je m'appelle Piotr Denissevitch Zabrinski, contremaître sans emploi, ex-commissaire politique, et probablement futur professeur de philosophie.

Iouri détaille la physionomie du petit homme. Son pantalon de toile grossière est usé mais parfaitement propre. Sa chemise, bien que trempée de sueur, sort tout droit de l'amidonnage. Il n'a rien d'un ouvrier agricole ni d'un vagabond.

– Tu dis que tu es sans emploi. As-tu des papiers sur toi ? demande Iouri.

– Ni emploi, ni certificat de travail, ni papiers. J'ai été dépouillé par Semion Alexandrovitch. Ce salaud m'a tout pris.

– Mais alors, si tu n'as ni papier ni travail, qui es-tu ?

– Je suis un génie méconnu. Ou plus exactement, un génie bafoué ! Détesté ! Avili ! Rabaissé ! Méprisé ! Trituré et tripoté par tout un tas d'imbéciles qui n'acceptent pas mon génie ! Je fais peur aux idiots parce que justement je *suis* un génie, et que les gens n'aiment pas les génies, du moins les génies vivants. Ils les préfèrent morts. Les génies morts sont plus commodes, car on n'a pas à rougir de la comparaison. Tandis qu'avec les vivants, ça peut devenir très rapidement embarrassant. À force de les côtoyer, on est constamment renvoyé à sa propre nullité. Moi, je suis un génie vivant que personne n'aime. Je l'ai compris le jour où, au poste de milice, le chef m'a demandé de lui expliquer pourquoi je parcourais le kolkhoze en « gueulant partout », selon ses propres termes, que l'URSS devait une bonne fois pour toutes envahir l'Europe de l'Ouest. Je l'ai regardé avec une certaine commisération qu'il a dû prendre pour de l'arrogance, car il m'a giflé par deux fois. Comme ça, d'un revers de la main, aller-retour, gratuit. Ensuite seulement, j'ai pu lui expliquer la notion, pourtant bien de chez nous, de révolution mondiale. Car nous savons, nous les génies, que seule la révolution mondiale triomphera. C'est pourtant logique. Si la révolution n'est pas mondiale, mais seulement locale, elle n'a aucune chance de vaincre ses ennemis. *A contrario*, si elle est universelle, elle n'aura plus d'ennemis à affronter. Mais le chef n'a pas réussi à comprendre ce raisonnement limpide. Il m'a répondu : « Mon Dieu, Zabrinski, pourquoi veux-tu que nous fassions endurer au reste du monde les malheurs que nous faisons subir, ici, aux Russes ? » Et il est parti d'un grand éclat de rire. Alors moi, je me suis tu. Je n'ai rien dit et je suis resté bras croisés. Il a fini par appeler son supérieur, un gros Ivan quelque chose, avec un nez qui ressemble à s'y méprendre à un foie atteint de cirrhose, encore que je n'aie jamais vu que des reproductions de foies atteints de cirrhose, et jamais les foies en soi… Cet homme lugubre m'a demandé de répéter mes arguments devant lui. J'ai accepté en me disant qu'un génie se devait de professer inlassablement, quels que soient l'environnement et le public. Et puis, j'avoue que je ne voulais pas subir un nouvel aller-retour. « Seule la révolution mondiale permettra de transformer radicalement les hommes », ai-je dit, avant que le gros

Ivan ne parte lui aussi d'un grand éclat de rire. Après, il s'est mis en tête de me faire chanter *L'Internationale* en italien, parce qu'il avait passé l'été avec une délégation du parti communiste de ce noble et grand pays frère, venue en vacances chez nous. C'était pour m'humilier. Je l'ai compris instantanément et j'ai refusé net. Alors, lui aussi m'a giflé, pour me faire comprendre que même un génie doit se plier aux ordres de la milice. Puis, il a dit qu'il me ferait interner pour schizophrénie si je ne faisais pas un effort. Mais est-ce qu'un génie doit avoir peur de l'asile ? Je ne crois pas. Et si la milice voulait m'interner, que pouvais-je y faire, hein ? Je suis un génie, pas un martyr. Du coup, j'ai passé trois semaines à l'hôpital. Ils ont fini par comprendre que je n'étais pas dangereux, et m'ont libéré, après m'avoir fait signer un papier dans lequel je m'engageais à ne plus prôner la révolution mondiale dans les rues de notre village. Vous vous rendez compte. Un génie communiste devrait se taire sous prétexte que je dérange ces messieurs les fonctionnaires !

– Ils avaient raison, tu n'es pas un génie. Tu es un imbécile. Notre révolution, c'est comme nos machines à laver ou nos stéréos, elle est inexportable. Personne n'en veut. C'est une révolution adaptée aux Russes, pas aux autres.

– Mais tu te trompes, toi aussi ! Tu m'avais l'air intelligent avec tes beaux habits, mais là, je constate que tu es aussi borné que nos miliciens. Laisse-moi t'expliquer les choses autrement. L'idéologie est la réponse à tous nos maux. Rien n'est adapté ou inadapté au regard de l'idéologie, aucun peuple n'est supérieur à un autre quand il s'agit d'idéologie, aucun homme n'est meilleur qu'un autre. Nous sommes tous dans le même sac, aux yeux de l'idéologie. Et il suffit d'accepter ses principes pour que le monde s'éclaire d'un coup. En somme, tous les hommes sont égaux face à l'idéologie. Eh bien pour la révolution mondiale, c'est la même chose. Même un enfant de cinq ans peut le comprendre !

Iouri et Anton se regardent avec un sourire complice. Ils remontent en voiture après avoir respectueusement salué ce curieux personnage. Orphelin de son seul public, Piotr Denissevitch affiche un air désespéré. Tristement, il les accompagne d'un signe de la main. Quelques minutes plus tard, leur voiture s'arrête devant le bureau du directeur, Semion Alexandrovitch Petrovsk. Iouri demande à Anton de l'attendre quelques instants avec Roublev. Le temps est chaud, le vent sec soulève une poussière jaunâtre. Iouri rajuste sa cravate et emprunte l'escalier extérieur qui mène au bureau du directeur.

Celui-ci, quinquagénaire grassouillet, aux cheveux grisonnants et au visage hâlé par le soleil de juillet, est un homme aux gestes brusques, habitué à commander, un despote rural qui règne sur deux mille personnes et dix mille hectares de terres noires qui donnent du blé, des betteraves, des pommes de terre. Ses employés l'ont surnommé « Staline » depuis qu'il s'est laissé pousser la moustache. Prenant ce surnom à la lettre, il aime terroriser sa secrétaire, ainsi qu'une bonne partie des travailleurs du kolkhoze qu'il punit pour un oui ou pour un non. Autrefois, le comité local du parti contrôlait son action et les ouvriers agricoles lui tenaient la dragée haute, mais depuis la perestroïka, le parti a perdu ses commissaires politiques ruraux et Semion Alexandrovitch n'a plus de comptes à rendre. *De facto* libéré de sa tutelle, Semion Alexandrovitch a rapidement compris les bénéfices qu'il pouvait tirer de la situation. Il s'est arrangé avec un groupe de gros bras emmené par un machiniste du nom de Larionov, et cette milice privée fait désormais régner la terreur parmi les employés. Il y a quelques mois, des vétérans de l'Afghanistan sont venus proposer d'utiliser les hangars du kolkhoze pour entreposer des caisses d'armes. Semion Alexandrovitch a reniflé la bonne affaire. Et maintenant, chaque semaine ou presque, des convois apportent des caisses dont le contenu, armes et munitions, est d'abord entreposé quelques semaines avant de repartir ensuite en voiture jusqu'à Moscou, caché sous les capots. Voilà pourquoi, depuis quelque temps, les mafieux moscovites règlent leurs comptes à coups d'AK 47. Le Staline des champs de patates et son milicien en chef veillent à ce que personne n'ébruite ce trafic, les quelques grincheux tentés d'aller se plaindre auprès des autorités ont fini avec un bras cassé ou un nez défoncé. Larionov est présent dans le bureau du directeur quand Iouri y pénètre.

– Messieurs, je suis le colonel Iouri Stepanovitch Nesterov du Comité d'État pour la Sécurité, dit-il en refermant la porte sous les yeux surpris des deux hommes. Je veux les noms de vos fournisseurs et ceux de vos clients. Et rapidement, s'il vous plaît. Si vous n'obéissez pas, je ferai fermer ce kolkhoze et je vous enverrai tous à Lefortovo, première étape d'un voyage vers l'Asie dont vous ne reviendrez jamais. C'est bien compris ?

Les deux kolkhoziens face à lui sont estomaqués par cette soudaine irruption. La journée avait pourtant bien commencé, ils venaient de prendre tranquillement le café avec la nouvelle secrétaire de Semion, une grande perche à la mine sympathique que Larionov lorgne déjà avec des appétits lubriques, ils s'apprêtaient à contrôler les statistiques de la récolte de pommes de terre, diminuées d'une quantité destinée au marché noir local, pour envoyer les données au bureau agricole régional, bref, rien de bien compliqué, rien de fatigant, rien d'inhabituel. Ils projetaient aussi de consacrer leur énergie à dégoter deux kilos de viande de bœuf pour le barbecue que Semion envisage d'offrir à sa femme, afin de se faire pardonner ses frasques et de la convaincre de revenir habiter à la maison. Et patatras ! Ce beau programme tombe à l'eau ! Voilà ce grand gars, à la mine sombre, surgi de nulle part, qui entre sans y être invité, comme seule la mort peut le faire, et qui se met à les menacer de relégation et de prison ! C'est à n'y rien comprendre ! Une histoire de fous ! Larionov est tenté, l'espace d'un instant, de prendre son knout pour corriger cet insolent, mais, aussi fruste soit-il, son instinct de paysan renifle l'importance du quidam, et lui commande de n'en rien faire. Quant à Semion Alexandrovitch, il est tout simplement incapable d'articuler une pensée cohérente, le ciel vient de lui tomber sur la tête.

– Pardon, camarade, je n'ai pas bien compris ton nom, demande Larionov d'une voix blanche. Et qui t'a amené ici ?

– Je suis le colonel Nesterov. Iouri sort sa carte et son ordre de mission qu'il jette négligemment sur le bureau. Et celui qui m'a amené ici est un grand admirateur de ton œuvre, ironise l'agent. Bon, maintenant on ne va pas y passer la journée. Je veux les noms, et en vitesse !

– Mais camarade colonel, je ne vois pas de quoi tu parles, je n'ai pas de noms à te donner.

– D'accord, très bien, si c'est ce que vous voulez.

Iouri ramasse son badge et son ordre de mission, se lève et quitte la pièce tout aussi rapidement qu'il y était entré.

Stupéfaits, les deux kolkhoziens le regardent sortir de la pièce sans réagir. Mais alors qu'il s'apprête à monter à bord de la Volga, Semion Alexandrovitch dévale l'escalier quatre à quatre, et tout essoufflé, se rue sur la portière de la voiture.

– Attends, attends camarade colonel ! On peut discuter ! Viens avec moi, ne pars pas ! On va trouver une solution !

Iouri ouvre sa portière.

– Je veux les noms. On commence par ça et ensuite on voit ce qu'on fait de toi. C'est tout.

La terreur qu'inspire l'homme de la Loubianka est l'arme la plus efficace qui soit. Semion n'a pas d'autre choix que de capituler et d'essayer de sauver ce qui peut encore l'être, c'est-à-dire sa liberté. À nouveau dans son bureau, il rédige sur une feuille de papier la liste de ceux à qui sont destinées les caisses d'armes, et sur une autre, les noms de ses fournisseurs, dont certains sont des officiers ou d'ex-officiers. Iouri le rassure :

– Pour l'instant, ne change rien. Continue de recevoir les caisses et d'effectuer tes livraisons. Si je note le moindre changement, si l'approvisionnement s'arrête subitement, je te désignerai comme seul responsable et je t'expédierai moi-même en Sibérie. Si tu te comportes gentiment, alors tu n'auras aucun ennui. Compris ?

Le directeur opine du chef. Il n'a pas le choix. Le KGB tient entre ses mains les généraux qui vident les armureries, il connaîtra rapidement dans le détail l'identité des groupes criminels qui en profitent. Iouri sait très bien qu'il s'agit moins d'arrêter ce trafic que d'en tirer profit, d'en manipuler les commanditaires, de faire chanter les exécutants et les clients, de s'assurer ainsi la mainmise sur un groupe interlope de criminels qui pourraient, à l'avenir, rendre de petits ou de grands services à la maison Russie. C'est ainsi que l'on contrôle ce fichu pays. Il faut de la violence, de la ruse et un degré d'amoralité au-dessus de la moyenne.

15.

Nous deviendrons errants et vagabonds.
Immense est le pays de la passion,
Et l'amour impose à ses chevaliers
Des épreuves chaque jour plus sévères,
Il exige l'éloignement et la séparation,
Il détruit la paix, le sommeil et le repos.
Vladimir Vissotski, *La Ballade de l'amour*

Iouri n'a plus de nouvelles d'Helena depuis des semaines. Un silence de tombeau. L'été prend fin, le temps est devenu orageux, la vie politique aussi. Il ne cesse de penser à cet amour inachevé. « On ne s'est pas quittés, on ne s'est peut-être pas trouvés. » Les Moscovites reviennent de la campagne les bras chargés de provisions. Seaux débordants de légumes, sacs de pommes de terre et bocaux de condiments en saumure encombrent les couloirs du métro, les gares déversent une fière caravane de prolétaires chargés de gros sacs de voyage débordant de victuailles. Le grand projet révolutionnaire a l'estomac dans les talons. Il faudra tenir l'hiver avec ce que l'on a récolté cet été. Iouri, quant à lui, devra tenir la vie entière avec ce qu'il n'a pas su semer. Ses pensées sont des toiles d'araignées couvertes de moucherons. Son humeur est morose. Elle pourrait au moins faire signe ! Il pourrait peut-être retourner sonner chez elle ? Il s'y est déjà rendu voici deux semaines, personne n'a répondu, la diejournaïa de l'immeuble lui a juste indiqué : « La demoiselle est partie en voyage. » Partie sans laisser un mot, sans l'avoir appelé. Le silence vaut-il acte de rupture ?

Anton est occupé avec ses nouveaux amis de Tchestye prudi, il est rarement à la maison, Aliona ne fait plus signe que par courrier, il se sent seul pour la première fois de sa vie. Il y a bien son frère, Dimitri, qui l'appelle régulièrement pour avoir des nouvelles de son fils. Iouri le rassure, mais il ne lui raconte pas grand-chose, il craint de l'effrayer et de se ridiculiser s'il lui explique qu'Anton est devenu une sorte de gourou pour la jeunesse underground de la capitale. À qui est-il utile désormais ? Quel est son rôle social ? N'est-il pas, comme le rouble, en train de glisser lentement vers une dévaluation ? Même le Kremlin semble se débrouiller sans lui. Mikhaïl Sergueïevitch tente de parer les coups de Boris Eltsine qui veut récupérer pour le compte de la République de Russie la banque publique et la caisse d'épargne. Depuis qu'il a été élu, en mai de cette année 1990, à la tête de la République de Russie, la plus grande république de l'Union soviétique, le chef démocrate se sent pousser des ailes. Un nouveau compromis a été conclu qui affaiblit un peu plus le leader soviétique. Le plan Chataline est désormais prêt à être rendu public. Il prévoit d'abandonner l'économie planifiée. En résumé, la lutte politique a modifié les dogmes idéologiques. Dans la presse, les débats sont animés, pleins d'espoir et d'optimisme, les démocrates revendiquent une liberté nouvelle, le despotisme de l'État est voué aux gémonies. Les couloirs obscurs de la société sont hantés par le KGB qui s'agite dans tous les sens à mesure que les républiques socialistes et soviétiques réclament davantage d'autonomie. Le paysage est mouvant, l'époque est passionnante et pourtant Iouri s'en désintéresse. Amant esseulé, amant incapable d'aimer avec justesse, il se morfond. Même ses démêlés avec Kalchinsky ne raniment guère sa flamme. Le scandale des deux tonnes d'or volées à Dresde a fini par faire du bruit en haut lieu. Krioutchkov est furieux contre lui, le Politburo l'a convoqué pour entendre son témoignage, Iouri s'en fiche, il se contrefiche des conséquences de ses actes, il a donné une leçon à cet arrogant de Kalchinsky, et c'est bien l'essentiel. Punir cet homme qui a détourné l'esprit de sa belle pour l'amener vers les paradis artificiels de l'Occident dont on ne revient pas indemne.

Il est six heures du matin, Iouri a mal dormi, il contemple l'aube naissante sans éprouver ni joie ni peine, cherchant l'énergie pour affronter une nouvelle journée. Le téléphone bourdonne. Qui l'appelle en cette heure si matinale ? Iouri décroche et sursaute en entendant la voix enjouée d'Alexeï Petrovitch Kalchinsky.

– Désolé de te tirer du lit si tôt, camarade guébiste !

– Alexeï Petrovitch. J'espère que tu as une bonne raison pour oser m'appeler comme ça.

– Je sors d'une petite fête qui s'est prolongée bien tard, et avant d'aller me coucher, j'ai eu une idée dont je voulais te faire part. Plutôt une proposition, en fait.

– La dernière fois que j'ai entendu parler de toi, tu voulais me faire tabasser par des petites frappes de Khimki. Je me trompe ?

– Ah, c'est de l'histoire ancienne, colonel ! Cette idée m'avait traversé l'esprit, mais tu me connais, je suis impulsif, pas criminel. Je n'aurais jamais mis ce plan à exécution.

– Surtout après que ton parrain, Boris Karlovitch Pougo, te l'a fermement déconseillé.

– Ma parole, on ne peut rien te cacher à toi !

Iouri s'abstient de lui faire remarquer que son métier consiste justement à savoir ce qui est important. Il se retourne dans le lit, attrape son paquet de cigarettes. Tant pis s'il est trop tôt. Ce Kalchinsky l'énerve rien que d'exister, il a besoin de nicotine pour se calmer.

– Iouri Stepanovitch, tu vas peut-être trouver l'idée ridicule, mais je veux t'inviter à dîner ce soir chez moi ! Nous pourrons ainsi crever cet horrible abcès qui nous blesse depuis des mois, et faire la paix. Qu'en penses-tu ?

– Je me fiche d'être en paix ou en guerre avec toi. Tu ne m'intéresses pas. Voilà ce que j'en pense.

– Hum… Je savais que je ne devais pas t'appeler si tôt. Écoute, j'ai un appartement sur le boulevard Gogol, au numéro 12. Je t'y attends vers vingt heures. Viens si tu veux, je te garantis que tu ne le regretteras pas !

Kalchinsky raccroche. Iouri reste suspendu aux phrases idiotes de ce présomptueux komsomol. Après le scandale de Dresde, les parrains politiques du jeune financier l'ont rappelé sèchement à l'ordre, cependant il n'a pas eu à subir de conséquences dommageables, après tout il ne faisait qu'obéir aux ordres. Auparavant, le Kremlin, alerté par Iouri, lui avait fermement conseillé de ne pas s'en prendre à un colonel du KGB. Le jeune financier étant trop timoré pour oser braver la direction politique du pays, il est resté sagement dans son coin.

Iouri ne croit pas un instant à cette histoire de réconciliation. Il est des hommes qui ne se réconcilient jamais, et tous deux en font partie. Qu'est-ce qui se trame dans sa tête ? Veut-il l'humilier, lui faire sentir qu'il est devenu puissant ? Veut-il au contraire l'amadouer, voire l'acheter, comme Ionani a tenté récemment de le faire ? Ces conjectures renforcent sa curiosité. Il ira au rendez-vous ce soir. Qui sait, peut-être aura-t-il des nouvelles d'Helena.

Il est maintenant dix heures du matin, en ce 21 septembre. Le soleil ferraille avec les nuages automnaux. Iouri est lavé, rasé de près, il a revêtu un costume en jersey de coton gris clair que lui a fait envoyer le responsable du bureau de Paris, l'un de ses proches amis. Il s'apprête à se rendre à la Loubianka lorsque l'histoire le rattrape par la manche. Deux coups secs sur sa porte d'entrée. Iouri fronce les sourcils, ce n'est pas habituel. L'immeuble est gardé, personne ne monte dans les étages sans avoir été préalablement annoncé. Il s'agit donc d'une surprise. Par prudence, il vérifie son holster, sait-on jamais. Comme le dit le proverbe : « Ceux dont le destin est de finir pendus ne se noient pas. » Il regarde par l'œilleton et aperçoit les mines patibulaires des deux gardes du corps personnels de Krioutchkov.

– Excusez-nous de vous déranger, camarade colonel, le directeur nous a envoyés vous chercher, il est en bas dans sa voiture. Venez vite.

Si Vladimir Alexandrovitch se déplace ainsi jusqu'au pied de son immeuble, c'est qu'il se passe quelque chose de grave. Iouri, qui n'a pas écouté la radio ce matin, s'en veut de sa négligence. Il attrape sa veste et s'engouffre dans l'ascenseur. La Zil noire du directeur est garée au niveau du perron, moteur allumé, à l'intérieur Krioutchkov est au téléphone. Il fait signe à Iouri de monter à bord puis raccroche le combiné.

– Dépêche-toi, Nesterov, l'heure est grave. Boris Nikolaïevitch a eu un accident de voiture, dit-il d'une voix inquiète.

– Il est vivant ?

– Oui, mais il est blessé. Il a été transporté à l'hôpital du parti. Il va s'en sortir, mais je veux savoir ce qui s'est passé. D'après les premières informations, une voiture a foncé sur son véhicule.

– Tentative d'assassinat ?

– Je n'en sais rien. J'ai mis Baratov sur le coup, mais Gorbatchev veut que tu participes à l'enquête. Manifestement, il n'a confiance qu'en toi, on dirait.

Iouri ne s'appesantit pas sur cette dernière remarque. Et leur échange s'arrête là. Chacun sait ce qu'il doit faire, la Zil de Krioutchkov s'éloigne dans un ronronnement à peine appuyé.

Vingt minutes plus tard, Iouri s'invite dans le bureau de Pavel Petrovitch. Le secrétaire personnel de Boris Nikolaïevitch déborde d'une lave vésuvienne.

– On a voulu l'assassiner ! C'est une tentative de meurtre ! Et c'est vous qui êtes responsable ! lance-t-il à Iouri en guise de bonjour.

– Du calme Pavel Petrovitch, ce n'est pas le moment de perdre son sang-froid.

– C'est un crime d'État ! J'en suis certain ! hurle le jeune homme.

Iouri soupire tout en prenant place sur une chaise. S'il y a quelque chose qu'il ne supporte pas, c'est bien de voir un homme succomber à la panique, dans ces moments où il faudrait, au contraire, conserver sa lucidité. Pour évacuer son agacement et capter l'attention de Pavel, il frappe du poing sur le bureau.

– Écoute-moi, Pavel Petrovitch ! Inutile de paniquer ! Si nous avions voulu faire assassiner le président russe, crois-moi, il serait déjà mort. Et tu serais parfaitement incapable de comprendre comment et par quels mécanismes il a perdu la vie. Donc, ne me fais pas perdre de temps et raconte-moi ce que tu sais. Si quelqu'un est responsable de cet accident, je t'assure que je mettrai la main dessus.

– Je ne vous fais pas confiance !

– Je ne te demande pas de me faire confiance, mais de me raconter ce que tu sais de cette affaire. Préfères-tu que je t'emmène à la Loubianka pour en discuter ?

Iouri s'en doutait, Pavel Petrovitch ne sait pas grand-chose. Une rumeur circule autour d'une voiture-bélier qui aurait foncé sur le véhicule du chef de file démocrate. Rien de précis, rien de tangible. En attendant les rapports officiels, il décide de se rendre chez Aliona. L'extrasens a peut-être quelque chose à lui apprendre.

En ouvrant la porte, Aliona comprend que quelque chose de grave s'est produit. Iouri a le visage soucieux, tendu, mais nullement paniqué ni triste. Aussi comprend-elle d'emblée que cette inquiétude ne concerne pas la sphère privée. Il ne s'agit ni d'elle ni d'Anton. Et puisque Iouri a éprouvé le besoin de se déplacer jusque chez elle, contrairement à ses habitudes, il doit s'agir d'un problème touchant Boris Nikolaïevitch.

– Il est arrivé quelque chose au président russe ? demande-t-elle.

Iouri ne peut réprimer un sentiment d'admiration. Avec un tel instinct, elle aurait fait un excellent agent.

– Oui, un accident de voiture. Il est blessé, mais rien de grave. Je cherche à comprendre si quelqu'un a voulu attenter à sa vie, ou si ce n'est qu'un simple accident. Sais-tu quelque chose ?

– Non. Je ne sais rien, je ne l'ai pas vu depuis quelques jours…

– Il ne t'a pas paru soucieux ou inquiet. Il ne t'a pas parlé de menaces contre sa personne ?

– Non, absolument pas. Tu sais, en ce moment nous parlons surtout de l'armée, comme tu me l'as conseillé. Il a d'ailleurs quelques soutiens haut placés dans la hiérarchie. Il m'a même dit que, désormais, avec ses nouveaux amis militaires, il ne craignait plus personne. Tu penses que quelqu'un aurait voulu s'en prendre à lui ?

– Je n'en sais rien, mais si tel était le cas, ce serait peut-être le début d'une action de grande envergure des radicaux communistes. Ils bouillonnent de haine contre les démocrates et contre Mikhaïl Sergueïevitch. J'ai besoin de comprendre ce qui s'est passé. Tu es certaine de ne rien savoir ?

– Oui, je suis désolée, je suis la première surprise.

– Tu n'as rien vu, dans les cartes ou dans tes rêves ?

– Tu ne vas pas t'y mettre, toi aussi. Fichez-moi la paix avec mes cartes ! J'ai l'impression qu'il n'y a que ça qui vous intéresse.

– Il me faut une réponse, une réponse rapide.

– Tu devrais essayer le colonel Korjakov, un de tes collègues, ou plutôt de tes ex-collègues.

– Il est le prochain sur ma liste.

Cette visite est plus délicate. Alexandre Vassilievitch Korjakov ne porte pas le KGB dans son cœur depuis qu'il en a été exclu sur ordre de Krioutchkov. Le garde du corps personnel de Boris Nikolaïevitch fut pourtant un officier à la réputation aussi impeccable que ses costumes anthracite. Nommé à la protection du politicien de Sverdlovsk en 1985, il a scrupuleusement assuré sa mission, tout en restant d'une loyauté absolue envers son corps d'origine. Mais aux yeux de Krioutchkov, il est impossible de servir deux maîtres à la fois sans devenir un traître. Les loups se sont donc mis en chasse, débusquant dans les écoutes téléphoniques le début d'une trop grande complicité entre Korjakov et Eltsine. Comme toujours, la disgrâce fut une épreuve humiliante. Purement et simplement radié des cadres, Korjakov a perdu ses titres, son salaire et son logement de fonction. Iouri redoute un accueil glacial. Mais il se trompe, Korjakov se montre amical, poli et prévenant. Il invite Iouri à prendre place dans sa cuisine et débouche une bouteille de vodka avant de servir, sans même la moindre ironie, une assiette de maquereaux marinés.

– Tes collègues se trompent, ou plutôt, ils racontent n'importe quoi pour nuire à Boris Nikolaïevitch. J'étais dans la voiture qui précédait la sienne, aucun véhicule ne nous a percutés, le chauffeur a juste perdu le contrôle dans un virage et a fini dans le fossé. C'est moi qui ai sorti le président de la voiture avant d'appeler les secours. Boris Nikolaïevitch souffre des vertèbres cervicales et du dos, rien d'inquiétant. Voilà la vérité. Tout le reste n'est qu'affabulations.

– On m'a dit que tu avais quasiment arraché la portière pour le sortir de là.

– J'avais peur que le véhicule ne prenne feu.

– Est-ce qu'il y a des témoins de l'accident ?

– Tous ceux qui étaient dans le convoi, je vais te donner leurs noms et leurs adresses.

– Merci, Alexandre Vassilievitch, ton aide m'est précieuse.

– Je ne sais pas si je peux te renvoyer le compliment, car j'imagine que Krioutchkov se fiche de savoir la vérité. Ce qu'il veut, c'est recueillir toute information susceptible de nuire à Boris Nikolaïevitch.

– Oui, je le sais, et c'est pourquoi mon rapport sera aussi adressé à Mikhaïl Sergueïevitch, ainsi qu'à Boris Nikolaïevitch. Vous aurez donc une copie, au cas où…

– Je t'en remercie, Iouri Stepanovitch. Nous n'avons pas beaucoup d'amis dans l'appareil d'État et toute aide est la bienvenue.

– Il ne s'agit pas d'amitié ni de sentiments. J'applique les ordres. Et je crois comprendre que le président soviétique ne souhaite pas qu'il arrive quoi que ce soit à son homologue russe. La lutte qu'ils se livrent est une lutte politique, le grand patron entend qu'elle le reste.

– Si cela est vrai, alors qu'il en soit remercié. Je n'oublierai pas ta visite, Iouri Stepanovitch. Tu as la réputation d'être un brillant professionnel et un homme intègre. Et je constate que la pourriture qui s'est emparée des structures d'État n'a pas atteint ta personne. Dieu fasse qu'il en soit toujours ainsi !

Les deux hommes échangent ensuite quelques banalités et trinquent à l'avenir. Iouri a déjà la tête ailleurs. Il a rendez-vous avec Kalchinsky. Sa journée lui a redonné un peu d'entrain. Le travail est un merveilleux remède pour combattre la mélancolie. La vodka de Korjakov irrigue son humeur et Iouri se sent d'attaque pour affronter ce personnage imbu de lui-même, ce flamboyant financier convaincu qu'aucun être humain ne résiste à l'attrait d'une liasse de billets.

Lorsqu'il sonne à la porte de l'appartement de Kalchinsky, Iouri vient de se promettre trois choses. Ne pas succomber à l'envie de lui envoyer une gifle, ne pas répondre à ses provocations, ne poser aucune question à propos d'Helena. La porte s'ouvre et Alexeï Petrovitch affiche un grand sourire.

– Iouri Stepanovitch ! Sois le bienvenu, je ne doutais pas de te voir répondre à mon invitation.

– Eh bien pourtant, moi si… J'ai hésité jusqu'au dernier moment, je n'aime pas trop travailler le soir.

– Qui te dit que nous allons travailler ? interroge Kalchinsky sans comprendre l'ironie des propos de Iouri.

L'appartement du jeune homme est somptueux, fraîchement

rénové et décoré de mobilier occidental. Dans l'immense vestibule, Iouri remarque quelques toiles contemporaines dont un tableau figuratif signé de son amante, ou peut-être devrait-il dire de son ex-amante. Iouri détourne les yeux du tableau. Au centre de la salle à manger plongée dans la pénombre, une table éclairée par un chandelier d'argent a été dressée pour deux personnes. Un seau à champagne accueille une bouteille de Dom Pérignon. La table est somptueusement décorée de porcelaine de Leningrad d'une finesse exquise, celle que l'on trouve dans les salles de banquet du Kremlin ou, plus rarement, cachée au fond des armoires des derniers survivants de l'aristocratie russe. En pénétrant dans la pièce, Iouri a le sentiment d'entrer sur un ring. La table sera le terrain d'affrontement de deux mâles dominants. D'un côté, le jeune homme fougueux et audacieux, et de l'autre, son adversaire, rusé et expérimenté. Une bataille d'ego, un combat de générations, la sempiternelle histoire du boyard revendiquant la place et les possessions du tsar. Les deux hommes s'installent autour de la table. De la pénombre surgit un majordome en veste blanche, tenant un plateau pourvu de blinis et d'un pot de caviar. « Le grand jeu », se dit Iouri.

– Tu as décidé de m'épater, Alexeï Petrovitch.

– Oui, c'est vrai ! Je veux te montrer comment je respecte les hommes comme toi.

– C'est curieux, je ne pensais pas que les valeurs que je représente puissent éveiller en toi le moindre intérêt, et encore moins du respect.

– Ce ne sont pas tes valeurs que je respecte, c'est ta position, ton pouvoir, ta capacité d'influencer les hommes les plus puissants du pays. Moi, je ne suis que leur portefeuille, leur petit financier, celui qui va remplir leurs poches, leur employé en quelque sorte. Sans doute un employé de luxe, c'est vrai. Mais, au final, un simple employé. Toi, tu incarnes la vraie puissance, Iouri Stepanovitch, tu résistes au temps, tu ne crains pas les remaniements ministériels ni l'usure du pouvoir, et tu seras encore là quand beaucoup seront partis. Un chêne au milieu de la forêt… Voilà ce que je respecte !

Iouri sait parfaitement détecter la flatterie, même savamment déguisée, il sourit sans dire un mot.

– J'ai une annonce à te faire ce soir, Iouri Stepanovitch. Je vais rejoindre officiellement Boris Nikolaïevitch. Et je lui apporterai mon aide financière. Du moins, dès qu'il sera remis sur pied.

– D'après mes informations, il souffre du dos, mais rien de grave.

– Oui, je suis au courant, et j'espère que nos glorieux services de sécurité ne sont pas impliqués dans cet accident de voiture.

– Mais pourquoi tout le monde dans ce pays pense que le KGB voudrait s'en prendre à Boris Nikolaïevitch ?

– Parce que les gens vous connaissent, ils savent de quoi vous êtes capables.

– Cher ami, personne ne sait de quoi sont capables les hommes de la Loubianka, eux-mêmes ne le savent pas.

– Qu'est-ce que tu veux dire ?

– Le KGB est comme Dieu, partout et nulle part à la fois, invisible, incontrôlable, omnipotent. Ceux qui prétendent parler en son nom ne font qu'interpréter les signes de son existence. Et ceux qui affirment le diriger ne savent même pas quels sont ses buts. Crois-moi. Cette machine est un démiurge débile. Il ignore ce qu'il fait de l'immense pouvoir qu'il tient entre ses mains. Une sorte d'enfant jouant avec un bâton de dynamite au milieu d'une cour de récréation. Voilà ce qu'est fondamentalement cet organe. Le KGB est dangereux, non pas par ses actions, mais par son essence, par sa nature administrative et donc bureaucratique. Le pouvoir que lui ont confié les autorités politiques échappe désormais à tout contrôle, à toute rationalité. Le KGB ne fonctionne plus que comme un empilement de procédures et de règles qui dénaturent ses objectifs. Il ne faut plus chercher à le comprendre. Simplement à le détruire.

– Je devrais t'enregistrer, Iouri Stepanovitch. De tels propos t'enverraient à coup sûr en prison.

– Les temps ont changé, Alexeï Petrovitch, tu le sais aussi bien que moi. On n'envoie plus en prison les personnes qui critiquent le régime. Au contraire, on les met au pouvoir.

– À ce propos, penses-tu que Boris Eltsine fera éclater l'Union ?

– C'est une question de temps.

– Combien ?

– Je n'en sais rien. Ce que je sais, c'est que Mikhaïl Sergueïevitch a décidé de passer un compromis avec lui. Il s'y tiendra tant qu'il le pourra.

– Je crois que j'ai fait le bon choix en pariant sur Boris Nikolaïevitch.

– Ton avenir est tout tracé avec un homme tel que lui. Mais ne crains-tu pas que tes parrains du Politburo décident de te faire payer ta trahison ?

– Quelle trahison ? Je ne fais que les précéder.

– Notre pays est peuplé de médiocres. Ils ne verront peut-être pas les choses de cette façon.

– Je suis d'accord avec toi. La médiocrité est généralisée. Tu n'as pas idée. Quel que soit le milieu où je me trouve, ça ne parle que d'argent, de maîtresses, de villas et de bouffe.

Politiciens, professeurs et ouvriers, tout le monde est obsédé par les mêmes choses.

– Et toi ? Qu'est-ce qui t'obsède ?

– Aussi étrange que cela puisse paraître, ce qui m'obsède, ce sont les chiffres. La seule chose que l'on ne peut pas contrôler sur cette Terre, ce sont les mathématiques. Ce sont elles qui nous gouvernent et non l'inverse. Nous ne faisons que découvrir leur empire à mesure que notre lanterne éclaire le chemin. Nous n'inventons pas les mathématiques, ce sont elles qui nous inventent. Tu parlais de Dieu, tout à l'heure, voilà pour moi la définition exacte et précise de Dieu. Une formule mathématique.

– Alors je bois à ta calculette. Et aux mathématiques. En espérant qu'elles pourront nous aider à prédire l'avenir, et prévoir ce qui va se passer dans ce fichu pays !

La soirée se déroule de façon inattendue. L'homme d'affaires est disert, enjoué, curieux, spirituel. Les plats sont raffinés, le champagne est excellent. Iouri pourrait presque passer un agréable moment, s'il n'éprouvait une détestation absolue envers ce jeune héritier hautain qui renie sa famille politique, déguisant sa rapacité sous une pseudo-philosophie scientifique. Ces pensées finissent par agacer Iouri. Il est temps de partir, la nuit est déjà bien avancée.

– Attends un peu avant de me quitter, mon ami. J'ai une dernière surprise pour toi.

Kalchinsky remplit le verre de Iouri. Puis, il fait un signe au majordome et lui murmure quelques mots à l'oreille. Iouri a baissé la garde, le champagne français lui tourne la tête, il ne prête pas vraiment attention au manège du jeune homme. Soudain la pièce s'illumine, arrachant Iouri à sa somnolence, une porte s'ouvre et une femme fait son entrée. Iouri reçoit un choc. Helena vient d'apparaître sous ses yeux. Elle est vêtue d'une splendide robe de soirée rouge carmin. D'un pas calculé, elle se dirige dans sa direction, puis s'arrête brusquement au milieu de la pièce. Sur son visage se lisent la stupeur et le désarroi, elle vient de reconnaître Iouri. Il n'a pas esquissé le moindre mouvement. La surprise le tient en laisse.

– Iouri Stepanovitch, je te présente ma femme, Helena Iossipovna, annonce avec solennité Kalchinsky. Elle est belle, n'est-ce pas ?

Ces mots déclenchent une explosion dans le cœur de Iouri. Une émotion douloureuse lui déchire la poitrine. Dans son estomac, le champagne se transforme en poison, répandant une bile acide qui emporte ses tripes et sa raison. Il défaille, incapable de prononcer la moindre parole. De son océan de douleurs, il voit sombrer les tours et les remparts de son âme. Ce roc qu'aucune tempête n'avait jamais submergé gît désormais par cent pieds sous l'eau. Désemparé, il fixe la silhouette lointaine d'Helena, devenue l'inaccessible phare auquel raccrocher sa pensée désorientée. Il la regarde avec l'impossible espoir des naufragés en perdition. Mais cette bouée est désormais inatteignable.

L'apparition d'Helena, conjuguée à la révélation brutale que cet amour tant fantasmé est désormais hors d'atteinte, provoque en lui un cataclysme mental. Il réalise alors que cette soirée est une mise en scène soigneusement orchestrée par le sadique Kalchinsky pour se venger de lui. Ce voleur d'or est aussi un voleur de femme. Il vient de signer son forfait avec une cruauté raffinée et inouïe, la plume trempée dans les larmes de Iouri. Ce dernier devrait en rire, saluer ce coup de maître, reconnaître la valeur de son adversaire, mais il n'a qu'une envie, fuir au plus vite.

Au fond de la pièce, Helena est paralysée. Les bras ballants, le visage bouleversé par l'émotion, elle se détourne et se dirige vers la porte. Iouri ne comprend pas son attitude, elle devrait venir vers lui, l'embrasser, l'enlacer, lui dire à l'oreille les mots qu'elle chérissait autrefois, ceux qui plongeaient son âme dans un délicieux bain de ravissement. Pourquoi s'est-elle donnée à ce monstre ? Ne voit-elle pas qu'il porte sur le front la morgue des voleurs et la honte des bourreaux ? Qu'attend-elle pour venir auprès de lui et le supplier de l'extirper des bras de cet homme au cœur d'acier ? Au lieu de cela, elle quitte la pièce sans une explication. L'apparition fut soudaine, la disparition l'est tout autant. C'est un deuxième coup de poignard qui frappe Iouri en plein cœur. Il sait alors que tout est terminé, qu'il ne reverra plus jamais le regard d'Helena lui lancer des mots d'amour. L'espoir de renouer avec elle, qui rampait sournoisement depuis des mois au fond de son âme, vient de s'évanouir pour de bon. Il lui faut un courage surhumain pour tourner la tête vers Kalchinsky. Faire bonne figure, ne rien laisser paraître, ne pas baisser le regard devant son bourreau. C'est une question d'honneur. Il n'y parvient qu'à moitié. Son visage grimace d'une horrible souffrance. Kalchinsky ne dit rien, il le fixe d'un air satisfait. Iouri rassemble ses dernières forces et se lève. Il lui faut quitter cet endroit.

16.

L'escalier roulant s'engouffre en grinçant
Dans les entrailles nauséabondes du métro
Et je reste sur le trottoir, seul et titubant
Comme un singe prisonnier derrière les barreaux
Plainte du Soviétique en visite à Moscou, graffiti anonyme

Le ciel est une ardoise grise sur laquelle Iouri écrit toujours le même mot. Il contemple les nuages depuis son canapé, la tête posée sur un coussin de vapeurs alcoolisées. Dans l'air charbonneux de l'appartement, des ombres ont fait leur apparition. Iouri, qui ne sort plus de l'état d'hébétude dans lequel le plonge la vodka, les remarque à peine. Il ne veut rien savoir, rien comprendre, ni rien ressentir. Une douleur immense, plaquée comme un enduit, recouvre son être. Dès qu'il cesse de boire, l'enduit sèche et l'empêche de bouger. Il voudrait tant ne plus penser à elle. Dès qu'il imagine ne serait-ce que l'empreinte de ses pas, ou son parfum corporel, il retombe dans le puits sans fond de la douleur. De temps à autre, une main secourable se pose sur son épaule, deux bras l'emmènent jusqu'à la salle de bain, il reprend alors connaissance et le visage d'Anton, le front plissé d'inquiétude, apparaît dans son champ de vision. Anton ne lui dit rien, ne lui fait pas la leçon, il le nourrit, le lave, le sèche et le couche comme on le ferait avec un nourrisson. Le soir, il s'assied à côté de lui et lui récite des poèmes, prenant soin d'éviter les poèmes d'amour. Ce garçon est la délicatesse incarnée. Parfois aussi, il sent la présence d'Aliona qui vient se caler à ses côtés dans le canapé où il passe désormais le plus clair de son temps. Elle se love contre lui, sa chaleur et sa douceur lui font du bien. Iouri se consume alors un peu moins. Le médecin de la Loubianka est passé avec son lot de questions soupçonneuses. Est-ce que Iouri n'aurait pas été victime d'un empoisonnement ou d'une tentative d'assassinat ? Il veut le faire hospitaliser. Anton a eu du mal à l'en dissuader. À force d'arguments, il arrache une dernière chance, une semaine supplémentaire pour le remettre sur pied. En haut lieu, la version officielle veut que Iouri soit victime de surmenage.

Anton ne sait pas ce qu'est un chagrin d'amour. Il a beau chercher, fouiller dans sa mémoire, il ne trouve rien de tel. Un peu de peine, sans doute, quand la première fille qu'il a embrassée dans sa vie l'a délaissé pour le capitaine de l'équipe de hockey sur glace, mais de véritable chagrin, non, il n'en a jamais connu. Aliona s'amuse à l'écouter raconter ses amourettes. Pour sa part, elle en a vécu des chagrins d'amour, et pas qu'un peu ! explique-t-elle. Anton se sent presque jaloux. Il jure que si elle partait, un gouffre s'ouvrirait sous ses pieds. Elle est flattée par ses mots. Elle aussi serait triste de perdre son elfe déplumé, le rassure-t-elle en lui caressant la joue. Iouri entend leur conversation murmurée à l'autre bout du salon. Dans son état, le badinage amoureux pourrait renforcer sa dépression, au contraire, il revigore son humeur, l'extirpe de ses pensées douteuses. « Voilà le véritable pouvoir d'Anton, cette innocence, cette simplicité, voilà ce qu'il nous faut cultiver, ce don pour la candeur et l'émerveillement », pense-t-il.

Les jours passent. Iouri a pris l'habitude de faire semblant de dormir l'après-midi. En réalité, il écoute le dialogue incessant entre Anton et Aliona. Elle lui enseigne l'amour et la vie. Il la questionne sur le sens des mots, la profondeur des sentiments, la signification de ces états d'âme qu'il feint de découvrir, mais qu'en vérité, il a déjà commencé à explorer à travers ses yeux noirs. Iouri est curieux d'en savoir davantage sur ces deux êtres qui ont accès à une compréhension du monde qui lui échappe. Il découvre que ces jeunes gens, à peine sortis de l'adolescence, ont d'ores et déjà compris l'épilogue du drame qui se joue dans le cœur des hommes. La blessure secrète que chacun porte en soi et qui souvent sert de guide au destin. Ces deux-là possèdent le pouvoir de guérir bien des choses.

Un beau matin, Iouri s'ébroue.

– La plaisanterie a assez duré, annonce-t-il d'une voix encore mal assurée.

Aliona et Anton le regardent, étonnés. La blessure saigne encore, mais l'infection est stoppée. L'oncle va guérir.

Iouri s'interroge, est-il devenu fou ? La seule pensée qui l'obsède depuis qu'il s'est levé, lavé et rasé, est d'aller rendre visite à Anastasia Alexandrovna ! Voilà deux semaines qu'il passe ses journées à se saouler et à dormir, voilà deux semaines qu'Aliona et Anton sont à son chevet, et lorsque enfin il réagit, c'est pour filer en urgence chez une vieille dame perdue dans ses souvenirs, et friande de saucisson. Serait-ce une sorte de régression infantile ? Il ferait mieux d'appeler le bureau, de s'excuser auprès de Krioutchkov, de faire son autocritique, de demander pardon. Or, tout ce qu'il désire, c'est retrouver le sourire doux et réconfortant de la camarade Anastasia. Il va donc se rendre avenue de Volgograd, après avoir rempli le coffre de sa voiture de victuailles, il va passer deux heures en compagnie de son amie, et ensuite seulement, il ira plier le genou devant son chef. L'ordre de ses priorités n'est pas rationnel, mais il s'en fout.

En arrivant chez elle, Iouri est contrarié. Il sonne à la porte de l'appartement, mais personne ne répond. Anastasia Alexandrovna n'est pas à la maison. Il ressent une profonde tristesse. Sa parenthèse de bonheur se referme avant même de s'être ouverte. Il se sent déstabilisé. Pourquoi un événement aussi insignifiant produit-il un si grand effet sur son âme ? D'où vient cette hyperémotivité qu'il associe à de la faiblesse ? Il y a quelques mois encore, jamais une chose aussi bénigne n'aurait pu l'atteindre à ce point. Il est convalescent, voilà l'explication. Son cœur en miettes ne s'est pas encore complètement rétabli. Alors, les mains dans les poches, il décide d'aller promener ses états d'âme sur l'avenue de Volgograd. Il marche d'un pas chagrin, les yeux fixés sur le macadam, quand une petite voix aigrelette l'appelle par son grade :

– Colonel ! Colonel ! Où filez-vous donc ?

Il se retourne et découvre le visage souriant de la vieille dame, enveloppée dans un manteau de laine noire, le col soigneusement remonté pour ne pas prendre froid.

– Vous m'avez démasqué, Anastasia Alexandrovna.

– Je me suis surtout inquiétée. Des semaines sans avoir de vos nouvelles, sans aucune visite. Je commençais à avoir peur qu'il vous soit arrivé quelque chose. Alors je suis allée à la police pour signaler la disparition d'un certain Iouri Nesterov et quand j'y suis retournée le lendemain, deux policiers fort peu courtois m'ont enfermée dans un bureau et m'ont demandé ce que je voulais au camarade Nesterov. J'ai compris alors que vous étiez l'un des *leurs*… Avec un peu d'habileté dans mes propos, j'ai pu obtenir des deux policiers le détail de vos fonctions officielles. Ils ne sont pas très discrets, ces gens.

– Et vous m'en voulez ?

– Je vous en veux de m'avoir menti, bien que je croie comprendre vos motivations. Vous n'êtes pas très fier de travailler pour le KGB, c'est cela ?

– Ce n'est pas que je n'en sois pas fier, c'est plutôt que je redoutais votre réaction.

– Ne vous inquiétez pas, mon cher Iouri.

– Voulez-vous vous promener avec moi ? Le parc de Kouzminski est magnifique en automne. Nous pourrions marcher jusque-là.

– Pourquoi pas ? Un peu de marche me fera du bien, et à vous aussi. Vous êtes bien pâle Iouri Stepanovitch.

– J'ai été souffrant pendant plusieurs semaines et je n'ai pas encore repris le travail. Et je suis désolé de vous avoir abandonnée ainsi.

– Mais vous êtes à nouveau avec moi. Et cela me fait grand plaisir ! Je vais pouvoir vous taquiner un peu maintenant que je vous connais bien. J'aimerais d'ailleurs savoir ce que vous pensez des événements politiques en cours dans notre pays.

– Comme je vous le disais, j'ai été souffrant et je ne suis pas tout à fait à jour.

– J'ai cru comprendre que les radicaux communistes avaient repris le dessus, et que notre horrible Mikhaïl Sergueïevitch était de plus en plus isolé.

– Oui, en effet, les durs sont de retour. Et le plan Chataline a été abandonné au profit d'une version moins libérale. J'ai relevé aussi une belle série de démissions de dirigeants réformateurs et la nomination à leur place de communistes purs et durs. Gorbatchev plie sur sa gauche, on dirait.

– Mais pensez-vous que Boris Eltsine puisse se sortir de ce piège ?

– Ces questions vous intéressent vraiment, Anastasia Alexandrovna ?

– Oui, mon petit Iouri Stepanovitch. Je n'ai pas seulement été la femme du célèbre Arkady Ibrahimovitch, j'ai aussi été une responsable syndicale en vue pour avoir dirigé durant des années l'Union des femmes philosophes, ainsi que la branche moscovite du syndicat régional des professeurs d'université. En 1968, j'ai eu quelques démêlés avec votre organe. Nous avions décidé de réclamer davantage d'ouverture dans les programmes universitaires. La science philosophique marxiste est certes fondamentale, mais elle s'inscrit dans un courant de pensée beaucoup plus large que nos dirigeants ne voulaient pas voir enseigné. J'étais sans doute un peu trop jeune et trop inexpérimentée, et j'ai imprudemment pris la tête d'une fronde des professeurs contre la direction de notre université. Non seulement l'université m'a renvoyée, mais, de surcroît, la justice m'a condamnée à trois ans de camp de travail. Trois ans sans voir ni mon fils ni mon mari, vous imaginez... J'ai eu beaucoup de mal à m'en remettre. Heureusement ma relégation n'a pas eu d'effets sur la carrière de mon regretté mari. Et nous avons pu conserver notre logement.

– L'époque était assez rugueuse, j'en conviens.

– Voilà pourquoi les bouleversements actuels m'intéressent. J'aimerais bien ne pas mourir avant le communisme.

– Au rythme où vont les choses, votre vœu sera sans doute exaucé. Selon moi, le durcissement actuel ne durera pas. Gorbatchev est de plus en plus isolé, et tant que Boris Nikolaïevitch sera à la tête de la Russie, il ne fera que la renforcer au détriment du centre. On murmure déjà qu'il prépare un nouveau traité d'Union avec les Ukrainiens et les Biélorusses.

– Pensez-vous que Gorbatchev démissionnera ?

– Non, je ne le crois pas. Il est trop imbu de lui-même. Il pense avoir réalisé de grandes choses en rendant à l'Europe centrale sa liberté et en désarmant la politique extérieure de l'URSS. Il veut que son nom soit gravé dans les livres d'histoire. Il ne jettera pas l'éponge. Et pourtant…

– … Il le devrait ?

– Oui, ce serait mieux pour la paix civile dans ce pays.

– L'hiver risque d'être glacial…

– Ne vous inquiétez pas, Anastasia Alexandrovna, je vous apporterai toujours de quoi vous réchauffer.

Les deux heures de permission sont terminées, et comme à chaque fois qu'il passe un moment avec la vieille dame, Iouri se sent mieux. Il a failli lui parler de ses peines de cœur et de l'état pitoyable de son moral, avant d'y renoncer, car les après-midi avec Anastasia Alexandrovna représentent une parenthèse merveilleuse, elles doivent le rester en vertu d'un principe de cloisonnement de ses relations sociales qu'il a toujours scrupuleusement respecté. Derrière chaque cloison se crée une petite bulle d'air dans laquelle il peut respirer le plus librement possible, la qualité de l'oxygène dépend justement de l'étanchéité du sas. Il n'y a qu'avec Helena qu'il ne cloisonnait pas. Mais c'est de l'histoire ancienne.

Il est temps de se rendre à la Loubianka et d'affronter le maussade Krioutchkov. Le retour à la réalité se traduit par une certaine tension, autant que physique que morale. Il lui faut recouvrir son humeur d'un imperméable, et sauvegarder le peu de joie de vivre retrouvée sous un parapluie de toile épaisse. Pourtant, contre toute attente, Vladimir Alexandrovitch lui fait plutôt bon accueil, prenant même des nouvelles de sa santé. Il est attentionné au point de lui suggérer de prolonger sa convalescence. Krioutchkov n'ignore rien des affres que Iouri vient de traverser, mais il ne cherche pas à tirer profit de sa faiblesse, ce qui le surprend grandement. Un crocodile comme lui ne refuse jamais de refermer la gueule sur la chèvre tombée dans le marigot. Il finit par comprendre que ce temps ensoleillé a pour origine le vent glacial qui a soufflé ces dernières semaines au Kremlin. Krioutchkov est ravi de la tournure qu'ont prise les événements. Le retour en force des radicaux communistes auprès de Mikhaïl Sergueïevitch laisse augurer d'une « reprise en main salutaire », selon ses mots. Les durs du régime y voient l'occasion inespérée d'enrayer le déclin du PCUS. Krioutchkov est donc tout simplement de bonne humeur. Iouri l'écoute pérorer sur la nécessité de mettre au pas le camp réformateur et de restaurer la grandeur de la nation, opinant régulièrement de la tête en signe d'approbation. Les deux hommes passent ainsi plus d'une heure dans le bureau de Félix Dzerjinski à discuter de la situation politique. Le chef du KGB fait servir le café et lui demande de rester à ses côtés pour accueillir le ministre de la Défense, le maréchal Iazov, et celui de l'intérieur, Boris Pougo. Les deux visiteurs arrivent quelques minutes plus tard, échangent force accolades et embrassades avec le chef du KGB. Un sourire sur le visage sombre du ministre de l'Intérieur est une chose que Iouri ne pensait pas voir de son vivant, pas plus qu'il ne croyait possible d'entendre un jour le rire sonore du patibulaire maréchal Iazov. Visiblement, le camp réactionnaire est en pleine forme. Iouri comprend rapidement que ces hommes ont décrété une guerre totale aux démocrates et à leur leader Boris Eltsine. Il imagine un instant l'état d'abattement dans lequel doit se trouver l'émotif Pavel Petrovitch, et en conçoit une certaine pitié.

L'heure est à la mobilisation, explique le maréchal Iazov en grattant la plaque d'eczéma qui le gène depuis des années au niveau de la cheville droite. Boris Pougo se mouche bruyamment, avant de déballer la boîte de chocolats qu'il a apportée. Dans quelques minutes, les toasts vont commencer, anticipe Iouri. Une phrase du ministre de l'Intérieur retient particulièrement son attention. « Si Mikhaïl Sergueïevitch ne nous avait pas entendus, il serait en prison à l'heure qu'il est. » Ces hommes projetaient donc un coup de force contre le président soviétique ? Hormis Krioutchkov, aucun des deux n'est informé des liens qui unissent Iouri Stepanovitch au père de la perestroïka, et lorsque Boris Pougo lâche cette remarque, « il ferait bien de s'en souvenir, car nous n'allons pas abandonner nos objectifs », le chef du KGB l'interrompt d'un signe de la main. Iouri se lève et quitte la pièce, emportant avec lui une certitude qui n'est aucunement une surprise : les réactionnaires du régime soviétique ont franchi le cap moral de la désobéissance. Ils sont si désespérés qu'ils ont fini par se ruer en haute mer à bord d'une frêle embarcation, quitte à risquer le naufrage. Pour l'heure, Gorbatchev a sauvé sa peau en se séparant des réformateurs qui souhaitaient une cohabitation avec Boris Nikolaïevitch, mais combien de temps durera cet armistice ?

Iouri-le-vigilant va donc rester en éveil, il surveillera de près les agissements des responsables de l'appareil sécuritaire. Avant de quitter la Loubianka, il fait un détour par son bureau. Une grosse enveloppe de papier kraft à son nom est posée sur la table. Il en extrait un grand cahier intitulé *Histoire du starets Volodia*. Il est accompagné d'un mot signé de son vieil ami. Le starets a commencé à rédiger ses mémoires et lui demande de bien vouloir conserver les épreuves. Iouri s'inquiète. Un homme qui écrit ses mémoires anticipe sa fin. Il s'installe dans son fauteuil pour en commencer la lecture.

Je m'appelle Volodia Prokopovitch Kolomenski. C'est le nom que j'ai reçu de mon père, mais ce n'est plus mon nom officiel ni celui sous lequel me connaissent mes rares amis. Mon identité s'est perdue dans les registres de l'état civil. Elle fut, à de nombreuses reprises, modifiée, défigurée, rayée, réécrite, volontairement niée, en un mot, bafouée. Pendant longtemps, j'ai souffert de cette perte d'identité, considérant que l'État exerçait à mon égard une violence tout aussi injustifiée que brutale, et que cette violence n'avait d'autre but que de réduire au silence la seule part de moi qui n'était pas au service de la patrie et de la collectivité. Aujourd'hui, j'ai compris qu'un homme ne se définit pas seulement par son identité, et qu'il peut même vivre heureux et accomplir son destin sans porter le nom que ses parents lui ont légué.

Le langage détermine l'homme dès sa naissance. C'est à travers les premiers mots qu'il reçoit de sa mère que l'enfant se met en mouvement. Transcrits dans la chair, ces premiers mots sont donc fondamentaux. Si la psyché de l'enfant n'en comprend pas le sens logique, rien ne permet d'affirmer qu'il n'en perçoit pas la charge émotionnelle ainsi que l'énergie, positive ou négative.

Les premiers mots qui furent prononcés par ma mère à mon oreille étaient ceux d'une prière, la prière dite « des enfants sains », celle que l'on adresse à Dieu afin qu'il donne au nouveau-né la vigueur et la force de surmonter le traumatisme de l'expulsion de la matrice. Cette parole primaire est bien plus importante que le nom et le patronyme qui accompagnèrent mon enfance. Je ne puis m'empêcher de penser que cette prière a, dans une large mesure, déterminé ma vie. L'autre élément fondamental qui définit l'homme est la somme de ses actions. Les choix qu'il opère, les décisions qu'il prend. Ces faits l'inscrivent dans une trajectoire, tout en modifiant sa psychologie et donc son comportement. Ma vie d'adulte a commencé par le traumatisme de la Grande Guerre patriotique. À quinze ans, je fus envoyé sur le front de Stalingrad. Agrippé à mon fusil, je suis devenu un homme à la seconde où la première balle a quitté le canon de l'arme pour atteindre la poitrine d'un soldat allemand. Contrairement à ce que l'on pourrait penser, ce traumatisme ne fut pas ressenti par mon être de façon brutale ou violente, mais plutôt comme un soulagement. Après ce premier coup de feu, un mélange de peur et de griserie, d'excitation et de frissons a envahi mon être. Par la suite, l'excitation et la peur ont laissé place aux questions et aux doutes et, parce que l'esprit humain est ainsi fait, peu à peu, ces impressions, si fortes fussent-elles, sont devenues habitude, routine, banalité. Je cheminais dans cette guerre avec mes angoisses et mes sentiments troubles. Ils m'étaient devenus aussi familiers que l'étaient autrefois les poules et les lapins de la basse-cour de mes parents. S'il fut donc en partie silencieux, ce traumatisme n'en fut pas moins réel. Les années de guerre qui suivirent ont définitivement détruit l'innocence qui constituait le socle de mon identité profonde. Je ne veux pas m'étendre sur les blessures psychiques qu'entraîne la guerre, car je voudrais vous expliquer le plus clairement possible le phénomène qui s'est produit alors, et qui a longuement mûri en moi durant ces jours et ces nuits que je passais le fusil à la main sur les champs de bataille et dans les baraquements miteux qui servaient à loger les soldats. Ce ne fut pas une révélation, plutôt une lente prise de conscience, la découverte pas à pas qu'un monde intérieur était relié au monde extérieur par des canaux mystérieux dont la réalité ne s'est jamais plus démentie à mes yeux au cours de ma longue existence.

Une fois démobilisé, j'ai repris des études. J'étais réellement très doué pour les sciences dites dures, la physique, la chimie et surtout les mathématiques. Mon statut de héros de guerre m'avait valu la bienveillance et le respect de mes professeurs qui ne s'offusquaient pas de me voir quitter l'internat, le soir, pour partir à la recherche d'une église ou d'un monastère désaffecté. À cette époque, la guerre avait largement achevé ce que le communisme avait entamé en détruisant nombre d'églises. Cependant, il en restait suffisamment dans la région où l'on m'avait affecté, et beaucoup de ces édifices religieux étaient à l'abandon sans la moindre surveillance. Il m'était assez facile d'y pénétrer le soir pour aller m'y recueillir. Je ne puis expliquer autrement que par un appel divin ce que je ressentais alors. Dieu m'appelait. Ce n'était pas une voix dans ma tête, seulement l'intime conviction qu'il me fallait me retrouver dans une église et y prier. Au cours de ma dix-neuvième année, alors que j'habitais la région de Saratov, j'avais pris l'habitude de me rendre le soir dans une petite église dédiée à Serge de Radonej, notre saint patron. Le bâtiment était à l'abandon, il était facile d'y entrer discrètement par une petite porte en bois située à l'arrière. Un soir, alors que je méditais depuis une heure environ, une femme est entrée, elle tenait dans ses bras un nourrisson, une petite fille. Elle a d'abord pris peur en me voyant, mais je l'ai rassurée et l'ai invitée à s'asseoir à mes côtés. La fillette était chétive, malade, ne cessant de couiner comme une pauvre souris blessée. La femme m'a expliqué que sa fillette souffrait de maux de ventre constants, refusant de s'alimenter. Le cauchemar durait depuis des jours et les médecins étaient impuissants. Elle commençait à considérer comme inéluctable la perte du nourrisson. Je lui ai alors demandé à prendre l'enfant, ce à quoi elle a consenti non sans une certaine méfiance. À l'instant où je tenais le bébé entre mes bras, s'est produit en moi quelque chose d'inexplicable, une chaleur intense m'a envahi et s'est rapidement répandue à l'enfant, j'étais extrêmement troublé et j'ai bien vite rendu la petite aux bras de sa mère. Elle avait cessé de pleurer et nous fixait tous deux avec de grands yeux étonnés. Je lui ai souri, elle m'a rendu ce sourire. La mère m'a regardé très étonnée avant de quitter précipitamment l'église abandonnée. Lorsque j'y suis retourné une semaine plus tard, elle m'attendait devant la porte et s'est littéralement jetée à mes pieds en me remerciant d'avoir sauvé sa fille qui, après notre rencontre, avait immédiatement recommencé à téter goulûment le lait maternel. Comme vous pouvez l'imaginer, j'étais perplexe, n'ayant pas le sentiment d'avoir sauvé quelqu'un. En revanche, le souvenir de l'incroyable chaleur et du rayonnement sublime qui s'étaient emparés de moi – de nous, devrais-je dire – restait ancré dans ma mémoire. Par la suite, d'autres parents m'ont amené leur enfant, le soir à l'église, afin que je les bénisse ou que je les guérisse. Il m'est encore pénible aujourd'hui de relater le trouble extrême dans lequel j'ai vécu cette période. L'espoir que je lisais dans les yeux de ces bons communistes qui travaillaient chaque jour dans les champs et dans les usines d'État raffermissait ma foi, tandis que je combattais l'orgueil de me voir devenir ce à quoi je ne m'étais jamais destiné, c'est-à-dire l'instrument de Dieu. Il m'était encore plus difficile de comprendre les intentions divines dans cette expérience bouleversante. J'étais perdu et pour ne pas sombrer, je passais le plus clair de mes nuits en prière, devenant à ma grande surprise l'un de ceux que l'on appelait autrefois les iourodivis, les fols en Christ. Plusieurs enfants ont été guéris après être venus dans cette église. J'ai d'abord tenté d'expliquer à ces pauvres gens que les prières avaient exaucé leurs vœux, que l'église était sans doute un lieu sanctifié, mais ils ont prétendu que j'étais l'intercesseur nécessaire, l'homme par lequel Dieu s'exprimait. Pour eux, j'étais donc un saint homme, un guérisseur. Cette réputation désormais accrochée autour du cou, tel un talisman ou un médaillon chrétien, m'embarrassait, à la fois parce que je refusais encore de porter le poids d'une telle mission sur mes épaules, et aussi parce qu'elle compliquait considérablement ma vie dans une société qui imposait un athéisme absolu, niant toute forme de croyance qui ne soit pas soudée au dogme marxiste-léniniste.

J'ai passé un grand nombre d'années à fabriquer des engins de mort et de destruction, à monter des usines d'armement, à construire des centres de recherche où se fabriquaient ces armes destinées à vaincre nos ennemis ou, à tout le moins, à les maintenir à distance. Et j'ai passé ces années dans une sorte de schizophrénie, ayant rapidement renoncé à réconcilier ma vie professionnelle avec ma vie intérieure entièrement dédiée à Dieu. Je vivais sur deux plans radicalement irréconciliables. Consacrées à ce travail infernal, mes journées étaient maudites, tandis que mes nuits de prière et mes actions de thaumaturge rachetaient mes péchés, du moins le pensais-je. J'étais à la fois le fossoyeur et le rédempteur de mon âme, le pêcheur et le sauveur, expiant des crimes commis durant la guerre, et ceux que mon travail quotidien m'imposait de commettre. La tension provoquée par cette ambivalence fondamentale m'a souvent conduit au bord du gouffre. Sans l'aide de Dieu, il est fort probable que j'eusse succombé à la folie. J'ai aussi tenté à plusieurs reprises de disparaître purement et simplement, de quitter la société des hommes. Cela m'était facile, à moi, l'homme sans nom. Je l'ai fait à deux reprises. La première fois, c'était en 1967. Le Comité d'État pour la production mécanique m'avait envoyé à Tioumen afin d'y moderniser une unité de fabrication de moteurs de chars de combat, usine où j'ai travaillé sans relâche pendant un an. La ville de Tioumen possède un bâtiment religieux remarquable, l'église de l'Élévation de la Sainte-Croix. Lorsque je suis arrivé dans la ville, le bâtiment servait pour des ateliers de formation scolaire, les croix avaient été arrachées des coupoles, l'iconographie murale avait été recouverte d'un enduit blanc. Pourtant il me suffisait d'entrer dans le bâtiment pour ressentir la profonde spiritualité qui imprégnait encore ces lieux. Je me suis porté volontaire pour donner des cours de mathématiques dans cette église désaffectée, afin de pouvoir m'y rendre à ma guise. Beaucoup des enfants que je côtoyais souffraient de maladies diverses, essentiellement dues à la pollution de l'eau. Les parents étaient désemparés. Quand l'un de ces enfants, un garçon d'environ neuf ans dont l'intelligence et la vivacité étaient une source de joie pour notre petite communauté, est tombé à son tour gravement malade, je me suis rendu à son chevet. Les médecins, qui avaient diagnostiqué une leucémie, se disaient impuissants à le sauver. Mes visites régulières lui ont fait du bien. En deux semaines, le garçon s'est rétabli. Toute trace de la maladie avait disparu. Les médecins ainsi que les habitants de Tioumen ont crié au miracle. Ma réputation m'ayant précédé, le comité local du parti m'a bien évidemment convoqué pour me mettre en garde et m'interdire de me rendre dans cette église. Je ne l'ai pas écouté, j'ai continué à m'occuper des malades. Mais une nuit, un jeune officier du KGB, qui était aussi le parrain du garçonnet sauvé par Dieu, est venu m'avertir que l'on allait m'arrêter et me transférer dans une autre ville. C'est alors que pour la première fois de ma vie, j'ai fui. Je suis parti en direction de la ville d'Oufa pour me réfugier dans un monastère de Vieux-Croyants fermé depuis les années vingt. Disparaître est à la fois chose facile et tâche impossible dans notre pays. S'il est assez aisé d'échapper à la vigilance des organes de force, il est en revanche plus difficile de vivre caché. La discrétion s'impose ; or je ne suis pas assez précautionneux pour vivre continuellement dans la clandestinité. Le voisinage du monastère a vite remarqué les lumières nocturnes ainsi que mon va-et-vient.

Des curieux sont venus voir qui habitait entre ces murs censés n'abriter que les caisses des archives administratives de l'université d'Oufa. Par malchance, il s'est trouvé que l'un des voisins du monastère se rendait régulièrement à Tioumen pour ses activités, et qu'il avait entendu parler de la mystérieuse histoire du iourodivi qui guérissait les cancéreux. Il n'a pas tardé à faire le lien, et en quelques semaines le monastère abandonné accueillait des dizaines de malades réclamant mes soins. Je passe sur les détails qui ont conduit à mon arrestation, ainsi qu'à mon transfert dans l'oblast de Tomsk. À cette époque, la phrase du moine Tertullien me revenait sans cesse en tête : « Le sang des martyrs est la semence de l'Église. » Je pensais avec une certaine vanité, je le confesse, finir mes jours en martyr et ensemencer ainsi notre foi. Or, il n'y avait plus d'Église dans notre pays. Si l'orthodoxie n'avait pas été éradiquée de nos cœurs, beaucoup espéraient que ce ne fût qu'une question de temps. En 1969, mes activités professionnelles devenaient de plus en plus pesantes. L'armée m'avait confié la charge d'encadrer une partie du programme d'enrichissement d'uranium destiné à ces effroyables armes atomiques que nous avions mises au point. Plus ma carrière avançait et plus le diable grimaçait devant mes yeux. Ma conscience me tourmentait jour et nuit, prenant en quelque sorte ma foi en otage. Ce furent des mois douloureux et difficiles qui débouchèrent sur mon deuxième projet de disparition. Cette fois-ci, mon plan était soigneusement préparé. Dans le cadre de mes activités professionnelles, j'avais fait la connaissance d'un jeune scientifique. Entre nous une relation d'amitié s'est rapidement nouée. Il me fallait de l'aide et des appuis pour réussir ce que je voulais entreprendre, c'est-à-dire partir vers les forêts d'Irkoutsk et vivre quelque temps en ermite. Ce jeune ami souhaitait sincèrement m'apporter son assistance. Il a proposé de m'héberger pour la première étape de mon périple, et de me conduire ensuite par les forêts jusqu'à la ville de Kemerovo. Là-bas, un vétéran de la Grande Guerre patriotique m'aiderait à me rendre jusqu'à Krasnoïarsk, puis Irkoutsk. Le plus difficile était de pouvoir emprunter les grands axes tout en évitant les nombreux contrôles de police, car il ne faisait guère de doute que ma disparition serait rapidement signalée. Et si la lettre d'explications que je laissais bien en vue sur mon bureau permettait à la police de comprendre que je ne fuyais pas vers un pays étranger, elle n'empêchait nullement que je sois activement recherché. En cette année 1969, l'été était particulièrement chaud. Je suis arrivé un 31 juillet dans la ville laboratoire de Tomsk 7, chez mon ami Dimitri. Un grand malheur venait de le frapper. Sa femme était morte en couches en donnant naissance à son deuxième garçon. L'enfant n'allait pas très bien et souffrait de carences diverses. J'ai pris ce petit être dans mes bras, je lui ai parlé durant de longues heures pour tenter d'adoucir la dureté de ce monde qui venait le heurter dès la naissance. Deux années étaient passées depuis la découverte de mes dons de guérisseur, ils ne m'effrayaient plus autant qu'avant. J'espérais pouvoir aider cet enfant, et cela s'est produit à nouveau. Le petit Anton Dimitrievitch et moi avons tous deux ressenti une forte chaleur puis un sentiment de ravissement proche de l'extase. Lorsque l'enfant a quitté mes bras, il gazouillait joyeusement. Son père, Dimitri Stepanovitch Nesterov, s'est agenouillé et m'a baisé la main. Mais ce n'est pas tout. Car j'ai su à l'instant que cet enfant possédait une grâce divine, j'ai compris qu'il serait, lui aussi, un jour, confronté au même mystère que moi. Voilà comment j'ai fait la connaissance d'Anton Dimitrievitch Nesterov.

Iouri est bouleversé par ce qu'il vient de découvrir dans ce manuscrit. Il réalise que le starets, cet homme extraordinaire au sens propre du terme, connaissait son frère. Il n'a pas pu ne pas relever la ressemblance entre les jumeaux. Pourquoi ne lui a-t-il rien dit durant toutes ces années ? Il a dû être profondément troublé par sa rencontre avec Anton, vingt ans après l'avoir tenu dans ses bras. Quelle force du monde est à l'œuvre et joue ainsi avec les hommes et leur destin ? Existe-t-il un plan céleste, dont il ne comprend pas encore le but, mais qui pourrait révéler son incroyable ampleur ?

17.

Les drapeaux fanfaronnent au soleil de mai
Les ouvriers rougis par le printemps défilent sous les peupliers
Le peuple en marche revendique son destin prolétaire
Et je ne suis que le spectateur sursitaire
D'une révolution qui m'a déjà condamné

Derniers vers de l'aristocrate Sergueï Minkélévitch,
avant sa fuite. Moscou, 1920

Moscou, huit mois plus tard, juin 1991.

Anton est debout sur un podium, les bras en croix, le visage rejeté en arrière, il regarde à travers ses yeux mi-clos le soleil frapper sa poitrine nue. À ses pieds, trois ou quatre mille personnes rassemblées sur la place de Smolensk l'acclament longuement. La plupart sont de jeunes Moscovites partisans de la démocratisation et donc de Boris Eltsine. « On dirait qu'ils se cognent à la lumière », pense Anton en voyant cette foule ondoyer sous la chaleur de juin. Il vient de lui parler durant de longues minutes, s'exprimant avec ses tripes, avec son cœur, avec ce qu'il y a de plus vibrant en lui. Anton est un héros. Il le sait. Il le sent. Il s'enorgueillit d'être acclamé par cette foule. Il comprend ce qu'elle veut, et le lui offre sans retenue. Elle attend de lui qu'il parle vrai, avec une sincérité que les hommes politiques n'auront jamais, une conviction que les poètes recherchent, une force que les prophètes possèdent. Il parle donc en utilisant les mots comme des leviers pour soulever des idées aussi lourdes que celles d'humanité et de fraternité. À travers ses paroles, il parvient à redonner à ces concepts leur épaisseur dévorée par le temps et leur puissance annihilée par le communisme. Il offre un chemin à l'intelligence. Personne d'autre que lui n'est capable d'agir avec une telle efficacité. Il est le meilleur. Personne, pense-t-il, ne lui arrive à la cheville !

Sur l'ovale de la place de Smolensk, ses admirateurs, ses amis de Tchestye prudi, sont venus en nombre, amenant avec eux d'autres personnes. Des gens désabusés par la politique, des citoyens qui ne croient plus aux lendemains qui chantent, des Soviétiques sans soviets, des hommes sans illusions. Certains repartent transformés, après avoir entendu les paroles d'Anton, emportant le sentiment que son message va guider leur réflexion, irriguer leur existence. Ce que dit Anton n'est pourtant pas compliqué. Il explique que la vie ne se limite pas à l'obéissance, qu'une société ne peut fonctionner sans le consentement de la majorité, que l'homme est sur Terre pour enchanter le monde et non le détruire. « Le don miraculeux de la vie n'a d'autre but que de rendre grâce aux forces qui en sont à l'origine. » Il explique aussi que le libre arbitre est la pierre angulaire de toute vie en société. Selon lui, le projet collectif ne doit en rien nier les projets individuels. Anton parle beaucoup de liberté et d'humanité. Il est idéaliste et ses propos sont purs. Libéral, dans une société qui ne connaît pas le sens de ce mot, il veut prendre l'homme à la racine, à son rhizome, c'est-à-dire là où naît sa pensée. C'est, dit-il, la seule façon d'effacer une ardoise salie par les idéologies, polluée par les concepts sociaux. L'homme doit être éduqué et non rééduqué. De la candeur et de l'optimisme coulent de sa bouche, miels dont les habitants de cet immense pays sont sevrés depuis si longtemps que le goût leur paraît irréel.

Anton s'est donc trouvé un but dans cette société défaillante. Il sera le fléau de la balance, la flèche qui montre l'équilibre. Ce rôle qu'il s'attribue ne manque pas d'audace, beaucoup pourraient même qualifier le jeune homme de présomptueux, voire de franchement délirant s'il venait à formuler son ambition à voix haute. Un prophète ne se désigne pas, il est reconnu par la société, fût-ce pour être voué aux gémonies, ce qui est une autre forme de reconnaissance. Pourtant, Anton a l'intime conviction d'avoir trouvé sa place dans cet univers en désordre. Le peuple a beau s'engouffrer dans les brèches de la muraille rouge, il doute encore de ce qu'il trouvera derrière. La liberté ? L'opulence ? Le chaos ? Ces hommes qui s'aventurent collectivement dans les brumes de l'Histoire ont besoin d'une lumière et Anton prétend les éclairer. Son offre ne comporte ni fausseté ni arrogance dissimulée. C'est justement ce qui le rend précieux. Ce jeune homme, à peine sorti de l'adolescence, est un pur joyau, une âme simple, ouverte aux autres. Il voit les dangers avec une acuité troublante. Il propose un remède. Ceux qui l'écoutent pressentent que les temps à venir ne seront en rien apaisés. L'URSS et son pivot, la Russie, s'apprêtent à traverser la douloureuse épreuve libératrice d'une révolution. Pour éviter les pièges innombrables, il faut garder l'esprit alerte et les sens en éveil. Anton regarde la ligne d'horizon, et dans cette nuit sans aube visible, il porte le lampion, il repousse les démons nocturnes, il protège les cités endormies.

Derrière le podium, un vieil homme chenu aux cheveux longs et à la barbe blanche l'écoute en souriant. Le starets est attentif. Ce qu'il vient d'entendre conforte ses intuitions,

Anton est bel et bien l'étincelle qui manquait pour enflammer les imaginations et provoquer l'incendie qui purifiera les âmes. La régénérescence de son peuple, sa renaissance, voilà ce qu'il ambitionne. À ses yeux, les Russes sont des anarchistes chrétiens, des croyants libertaires qui se sont laissés envoûter par l'autoritarisme d'Ivan le Terrible, tout d'abord, puis par les sirènes collectivistes des bolcheviques. Il est temps qu'ils redécouvrent le sens profond de la vie, le but de la quête spirituelle. Le starets ne se fait pourtant pas d'illusions sur l'âpreté du combat à venir.

Le vieil homme est devenu le mentor d'Anton. Il considère le fait d'avoir retrouvé sa trace, vingt ans après leur première rencontre, comme un signe divin. Depuis, il l'accompagne dans l'accomplissement de ce qu'il pense être un destin, apportant sa religiosité et sa foi à ce jeune homme élevé dans une stricte laïcité. À longueur de journée, il lui enseigne, ainsi qu'à Aliona, ce que le monde refuse de leur apprendre. Les deux élèves l'écoutent attentivement, avec cet air de gravité qu'ont les jeunes lorsqu'un sage ou un aîné leur transmet quelque chose d'important. Aliona intéresse le starets presque autant qu'Anton, avec son étonnante capacité à sonder le cœur des hommes, à discerner leurs doutes et leurs errements. Armée de ses intuitions éclatantes, elle est tout aussi douée que le garçon pour entrevoir la vérité. Leurs discussions durent parfois jusqu'au bout de la nuit. Le starets sort alors du pain noir, du poisson fumé, débouche une bouteille de vin géorgien ou arménien, et ils dissertent de philosophie et de religion en avalant ce repas.

Aliona poursuit son travail de cartomancienne auprès de Boris Nikolaïevitch, mais avec beaucoup moins d'influence que par le passé. Les conseillers du leader démocrate ont réussi à le détourner provisoirement de la jeune femme. Ils ne comprennent pas l'influence bénéfique qu'elle exerce sur lui. Aliona, qui apprécie le caractère granitique de cet homme, sa force de conviction herculéenne et son audace politique sans limites, a pourtant le sentiment de lui être utile. Elle croit pouvoir l'éloigner des gouffres dont il s'approche dangereusement. Elle tempère son penchant pour les beuveries orgiaques durant lesquelles il libère le trop-plein d'énergie qui menace de le déstabiliser. Si seulement ses amis voulaient bien l'écouter ! Il n'y a qu'Alexandre Korjakov qui la considère d'un œil bienveillant. Il a compris l'effet apaisant qu'elle exerce sur son patron.

Aliona ne se sent jamais aussi heureuse que lorsqu'elle calme les tourments des autres. À croire qu'elle est venue sur Terre pour cela, lui a dit un jour Anton en plaisantant à moitié. L'altruisme et l'abnégation ont toujours été ses points forts. Elle se remémore souvent cette parole prononcée par sa mère : « Tu es une guérisseuse d'âmes malades. » L'âme dont la jeune femme voudrait s'occuper à temps plein, c'est justement celle du pur Anton. Entre eux, un amour platonique est né il y a de cela des mois. Cet amour ne s'est pas concrétisé physiquement, Aliona a du mal à en comprendre la raison, elle en conçoit une blessure d'autant plus vive qu'Anton ne cache pas ses sentiments ni son besoin de l'avoir à ses côtés en toute occasion. Drôle de couple, pense-t-elle, combien de temps pourra-t-elle supporter cette situation ? À chaque fois qu'elle lui en parle, il balbutie une réponse sur la nécessité de laisser le temps faire son travail, puis il se réfugie dans le silence. Le starets, qui a surpris un jour Aliona en larmes sur le perron de son immeuble, lui a conseillé lui aussi la patience. Mais jusqu'à quand faut-il patienter avant de pouvoir coucher avec son amant ? Elle pense souvent à Helena, l'ex-petite amie de l'oncle Iouri, elle aurait voulu ressembler à cette femme accomplie, libre en amour comme dans la vie, cette femme forte qui ne laisse à aucun homme le soin de choisir à sa place, et qui refuse d'être enfermée dans un rôle qu'elle n'a pas au préalable défini. Mais si cette femme lui apparaît exemplaire à bien des égards – ce qu'elle n'osera jamais avouer devant l'oncle Iouri de peur de le blesser –, elle lui semble aussi irréelle, évanescente, un peu comme si sa nature profonde n'existait pas, comme si elle n'était que mouvement et action, et jamais interrogation ou réflexion. Aliona l'admire pour certaines choses et la plaint pour d'autres. Si Aliona n'a pas ce caractère fougueux, elle possède néanmoins des qualités rares. Parmi celles-ci, la faculté de faciliter l'échange entre les différentes forces de l'univers et d'en deviner les variations subtiles. Elle pense jouer auprès d'Anton et, d'une certaine façon, aux côtés du starets, le rôle que les siècles ont attribué à des lignées de femmes clairvoyantes et magiciennes.

Anton descend du podium, Aliona l'accueille avec une accolade chaleureuse. Pour eux, le meeting est terminé. Dans quelques instants, les leaders politiques viendront à leur tour face à la foule pour faire campagne en faveur du camp Eltsine. Anton les soutient, mais il ne veut pas se mêler à eux. Il ne fait pas de politique. Du moins, pas la leur. Il quitte la place alors que le public applaudit le maire de Leningrad, venu encourager les démocrates moscovites. Dans quelques jours sortira des urnes une nouvelle Fédération de Russie. L'effervescence est à son comble. Le monde politique soviétique se prépare à la disparition de l'URSS sous sa forme actuelle, et à son remplacement par une nouvelle union à laquelle les Baltes, les Ukrainiens et l'Asie centrale choisiront librement d'adhérer ou non. Ce printemps est une renaissance.

Un matin de ce mois de juin 1991 si important dans l'histoire de la Russie contemporaine, Anton et Aliona se réveillent troublés. Ils ne tardent pas à découvrir qu'ils ont chacun fait un rêve très similaire. Les radicaux communistes profitaient de la faiblesse de Mikhaïl Sergueïevitch pour le renverser et prendre le pouvoir. Ce rêve leur fait si forte impression qu'ils décident sans tarder de se rendre chez le starets pour lui en parler. Celui-ci les reçoit dans son isba du monastère. Le double récit concomitant et semblable en bien des points le laisse perplexe. Si ce rêve dit vrai – et le starets ne voit aucune raison de douter de son caractère prémonitoire – alors le président soviétique est en grand danger et celui de la Russie l'est tout autant.

Le starets a toujours anticipé une réaction des éléments communistes radicaux, et pour tout dire, il l'attendait. Désormais, il a la certitude que cette action est planifiée. Il connaît sur le bout des doigts les hommes qui dirigent son pays, en particulier ceux qui tiennent les ministères de force, Iazov, Pougo, Krioutchkov, ou encore les idéologues du PC, comme Egor Ligatchev. Il a connu la plupart des chefs militaires lors de la Grande Guerre patriotique, il sait leur fierté, leur patriotisme, leur sentiment d'invulnérabilité, produits de la victoire sur l'Allemagne nazie. Il les a vus se lancer avec morgue dans la guerre froide et la compétition avec le bloc Atlantique. Semeurs intrépides d'une révolution qui servait de paravent à leurs ambitions dominatrices, ils se sont fourvoyés au cours des décennies suivantes dans une multitude de conflits aux quatre coins de la planète, avant de sombrer dans les gorges des vallées afghanes. Beaucoup d'entre eux sont pourtant des gens d'envergure, de véritables chefs, capables de diriger des projets pharaoniques, d'infléchir le cours de l'histoire et de mettre au service de l'ambition nationale des millions de travailleurs. Ce sont des hommes qui ont construit la puissance et la grandeur de l'URSS sans s'attarder sur les sacrifices consentis, d'implacables meneurs qui savent embrigader et convaincre, de dignes descendants d'Ivan le Terrible qui pensent que l'homme se mène à coups de knout, sans pitié ni remords. Ils sont les zélotes d'une religion qui ne tend pas la joue gauche quand on lui frappe la droite, mais qui rend coup pour coup. Celle qui a fait tomber dix siècles de tsarisme. Un tel exploit devrait forger le moral pour dix générations au moins !

Mais aujourd'hui, ces hommes sont dépassés par l'âge, figés dans une pensée obsolète à force de nier un facteur essentiel, l'humain. Faute d'avoir su écouter la jeunesse, faute d'avoir compris la dimension mystique de leur peuple, ils n'ont pas senti souffler le vent contestataire. L'avenir s'est ligué contre eux, le temps a basculé en leur défaveur. Pourtant, se dit le starets, s'ils avaient, comme lui, correctement observé la fin de l'ère Brejnev, s'ils avaient écouté les analyses du rusé Iouri Andropov, plutôt que de passer le temps à compter leur puissance en nombre de chars, en escadrilles d'avions, en ogives nucléaires, ils n'en seraient pas là. Le fracas des empires qui s'effondrent n'est un bruit agréable à personne, songe-t-il. Aujourd'hui ce grondement tellurique est un acouphène insupportable aux oreilles de ces vieillards blêmes. Mais, hormis se crever les tympans, ils ne peuvent rien y faire. Qu'ils veuillent stopper la marche de l'histoire est logique, mais le starets sait leur entreprise vouée à l'échec, car ils ne peuvent réussir sans le peuple. Or, le peuple s'est déjà détourné d'eux. Cependant, leurs noirs desseins comportent un danger, celui de déclencher un conflit sanglant au cœur de la capitale. Et la Russie n'a pas besoin de secousses supplémentaires si l'on veut lui laisser une chance de se relever. Le starets va donc rendre visite au maréchal Iazov, le vétéran de la Grande Guerre patriotique, qu'il va sonder, dont il va tester la détermination, et essayer de comprendre le plan. Ensuite, il tentera de détricoter ce que cette araignée de malheur a savamment tissé.

18.

Dans les sombres recoins de son âme
Ivan Grozny ruminait sa vengeance
Il fulminait contre une sale engeance
Ces boyards aux desseins infâmes
Qui affament le peuple et violent ses enfants
En prétendant sauver la Russie de ses tourments

Ivan Grozny, chanson populaire, XVIIIe siècle

– Je venais juste d'avoir quinze ans quand j'ai décidé de devenir voleur. Un vor v'zakone de la pire espèce et dans la plus pure tradition. Tu imagines sans doute que les gens comme moi naissent et grandissent dans un milieu de voleurs, et que l'on se transmet cette charge de père en fils, de génération en génération ? La réalité est très différente. Comme je te l'ai expliqué un jour, mon père, David Amvrossievitch Ionani, était un homme tout ce qu'il y a de plus honnête. Il s'est battu avec les communistes pendant la guerre, s'arrangeant pour écarter la famine de Tbilissi. Même si les bolcheviks l'ont dépouillé de tout ce qu'il avait, il est resté jusqu'à sa mort un vrai rouge, convaincu que ses fils devaient recevoir une bonne éducation et travailler pour le parti. Il a fait de moi un parfait petit komsomol, discipliné, engagé, embrigadé. Du moins le croyait-il, et moi aussi, jusqu'à ce que l'adolescence m'ouvre les yeux. Je suis l'aîné d'une fratrie de trois garçons. Aux yeux de mon père, il fallait que je réussisse à tout prix. Lorsque je revenais de l'école avec un classement en deçà de ses espérances (et pour lui, seule comptait la première place), je devais passer la soirée à couper le bois, rentrer le charbon ou laver le sol. « Apprends au moins à être un bon larbin, si tu n'es pas capable de devenir un maître », me disait-il d'un ton bourru. J'ai vite compris que pour échapper aux corvées, je devais lui présenter un bulletin de premier de la classe. Seulement, il n'est pas donné à tous les enfants de briller en lettres classiques ou en mathématiques. Et si j'étais un champion en idéologie communiste ou en sport, mes notes dans les sciences dures étaient loin d'être au niveau espéré. Il me fallait trouver une combine. Adolescent, j'étais considéré comme une petite terreur dans la classe. Aucun de mes camarades n'osait me défier en combat singulier. Il ne me fut pas trop difficile de soumettre le fils du directeur et de le convaincre de chaparder pour moi des souches vierges de bulletins de notes que je remplissais consciencieusement à la fin de chaque mois. Le fils du directeur s'arrangeait pour y coller le tampon officiel de son père. Le sien comme le mien ne s'apercevaient de rien. Tout s'est bien déroulé jusqu'à la fin de l'année scolaire. Lorsque le directeur de l'école a invité les parents à la remise des prix annuels, j'ai compris que le vent venait de tourner. Nous étions tous rassemblés, enfants et parents, sous le préau de la cour de l'école numéro 9 du quartier Ketevani. L'ambiance était festive, les filles avaient revêtu de jolies robes brodées aux boutons de nacre, nos professeurs se tenaient, solennels et fiers, en rangs serrés derrière les chaises où avaient pris place nos parents. Quand le directeur de l'école a commencé à égrener le classement des élèves de notre classe, il est rapidement arrivé à mon nom. Le classement débutait en effet par la fin, et j'étais l'un des plus mauvais élèves. Du coin de l'œil, j'observais les réactions de mon père, assis sur une chaise à l'écart, dans la cour ensoleillée. À l'énoncé de mon nom et de mon classement – trente-quatrième sur trente-huit –, il m'a lancé un regard furieux. Je savais que j'allais passer un sale quart d'heure en rentrant à la maison. Mon père n'a rien dit au directeur de l'école, se contentant de le remercier poliment et de s'excuser des piètres résultats de son fils. Il avait compris que j'avais falsifié mes bulletins, et sans doute voulait-il éviter le déshonneur d'avoir un fils à la fois menteur et tricheur, en plus d'être mauvais élève.

Lorsque nous sommes rentrés à la maison, je l'ai regardé en frémissant retirer sa ceinture et ôter sa chemise. Son débardeur de coton blanc laissait entrevoir des auréoles de transpiration. Sur son front, les sourcils rapprochés par la colère dessinaient un serpent. Mauvais présage. D'un signe du doigt, il m'a fait approcher. Je suis allé vers lui comme un chien pris en faute, la tête baissée et la peur au ventre. J'ai ensuite reçu la raclée de ma vie ! Mes cris furent si perçants que les voisins sont arrivés en courant, se demandant ce qui se passait dans la maison de l'honorable David Amvrossievitch. Réfugiée à la cuisine, ma mère n'avait pas son mot à dire, et ne pouvait en aucune façon me venir en aide. Je lui lançais des regards désespérés, mais elle préférait détourner la tête et continuer à ranger ses ustensiles en se pinçant les lèvres. Quant aux voisins, ils ont profité du spectacle, encourageant mon père à frapper plus fort. Certains lui racontaient même divers méfaits que l'on m'attribuait souvent à tort dans le voisinage, bagarres, vols de fruits dans les vergers, disparition d'une bicyclette. À chacun de leurs mensonges, mon père redoublait d'ardeur. Tout en serrant le dossier de la chaise et en contenant difficilement mes cris, à chaque coup de ceinturon, je m'indignais mentalement de ces diverses accusations, me promettant de me venger de ceux qui prenaient plaisir à me voir souffrir ainsi. À ces voisins lâches et cruels, je lançais des regards furieux. Ma haine m'aidait à graver à tout jamais dans ma mémoire leurs patronymes. Ce n'était pas la première raclée que mon père me servait, il aimait ses enfants avec les yeux et les élevait avec les mains, selon le proverbe russe, mais ce fut la dernière. L'année suivante, j'avais quitté le foyer familial.

Pour prolonger la punition, il m'envoya passer l'été en Svanétie, dans les hautes montagnes du Caucase. Moi qui rêvais du camp de pionniers sur la mer Noire où mes copains passeraient les vacances, je me voyais relégué dans le grand Caucase, au milieu des vaches et des paysans svanes arriérés et bourrus. En arrivant, je me suis souvenu des histoires que les gamins de la ville racontaient sur ces bergers brutaux et sodomites qui, disait-on en tremblant, enfilaient leurs moutons la nuit. La première nuit, la peur m'a empêché de dormir. J'étais dans le village de Mestia, une poignée de fermes en pierres jetées sur un talus herbeux au milieu des alpages et des troupeaux dans un décor à couper le souffle. Du village, on voyait le double pic du mont Ouchba, l'une des fiertés des Svanes. J'étais dans l'un des plus beaux endroits du monde, entouré de parois rocheuses qui montaient à près de cinq mille mètres, au pied desquelles s'amassaient des cohortes de sapins d'un vert intense. Le ciel était une surprise permanente et changeait constamment d'aspect au gré des nuages apportés par les vents de la mer Noire qui rebondissaient sur l'immense barrière caucasienne. Mais j'étais trop en colère pour apprécier la beauté du paysage.

Mon père m'avait confié à l'une de ses connaissances, un berger qu'il avait rencontré durant la guerre. Le Svane s'appelait Zadzé, c'était un taiseux. Il me gardait comme si j'étais son prisonnier, épiant chacun de mes mouvements, me réprimandant d'un grognement sec à tout propos. La petite bergerie, bâtie à l'ombre d'une kochki, une tour de guet, elle-même érigée au Moyen Âge sur une butte rocheuse, était perdue au milieu de l'immensité verdoyante. Je n'avais nulle part où aller et si j'avais voulu m'enfuir, je me serais noyé dans les vagues d'herbes drues où rampaient mille dangers. Je n'avais rien à faire hormis courir derrière les moutons et les vaches de Zadzé. Le soir, le berger faisait réchauffer un bouillon dans lequel il jetait quelques morceaux de viande. Parfois, il sortait un fromage de brebis du dessous de sa couche et m'en coupait un gros morceau à l'aide de son canif. Il arrivait aussi qu'il débouchât une bouteille de vin, nous passions alors la soirée à siroter nos verres en regardant les étoiles s'allumer les unes après les autres. Ce n'était pas un mauvais bougre, et plus le temps passait, moins il était soupçonneux à mon égard. Un matin, Zadzé est parti au volant de sa vieille moto Ural. Il m'a fermement conseillé de ne pas bouger et de rester sagement dans le périmètre de la bergerie. Comme je n'avais rien d'autre à faire, je suis allé me baigner dans la Moulkhra, le ruisseau frais qui coulait en contrebas. Lorsque je suis revenu, plusieurs heures plus tard, Zadzé était de retour. Un jeune garçon, un peu plus âgé que moi, était assis à la table et me toisait d'un air insolent. Zadzé a fait les présentations. Le jeune garçon s'appelait Grigol, Grigol Muskhelichvili. Je suis sûr que tu as entendu prononcer ce nom. À l'époque, Grigol n'était pas encore l'homme imposant qu'il est devenu aujourd'hui, le garçon était plutôt petit et maigre comme un mouton tondu. J'ai tout de suite remarqué le tatouage qu'il portait au genou droit. Une étoile bleue, parfaitement dessinée. Elle grossissait à chaque fois qu'il pliait la jambe. Zadzé m'a pris à part et m'a mis en garde. « Grigol est un voleur, un voyou qui travaille pour des gens peu recommandables, il sort juste de prison. Méfie-toi de lui. Il est ici pour se cacher quelque temps, et peut-être pour réfléchir à changer de vie et à revenir dans le droit chemin. » J'étais trop heureux d'avoir enfin quelqu'un avec qui partager ma réclusion, qui plus est un personnage impressionnant, auréolé du prestige de la prison. Nous nous sommes immédiatement entendus comme larrons en foire. Jusqu'alors tout puissant, Zadzé s'est subitement retrouvé en minorité. Grigol n'était pas du genre à obéir ou à courber l'échine comme moi. Lorsque le berger a voulu lui faire traire les brebis, Grigol est parti d'un grand éclat de rire, un rire qui sonnait l'heure de la rébellion. Zadzé a sorti son couteau pour le menacer, mais Grigol ne s'est pas démonté. À son tour, il a sorti un couteau de sa botte pour provoquer le berger en duel. Zadzé s'est dégonflé, il a fait demi-tour en lui lançant des insultes dans un jargon incompréhensible, sans doute du svane ancien. Dès lors, Grigol et moi étions libres. Nous passions nos journées à arpenter les alpages et à nous promener dans les sous-bois en évitant soigneusement les maisons isolées et les villages. Il s'était évadé de la prison de Tbilissi et la police le recherchait. À l'époque, la campagne pullulait de mouchards et d'indics. Comme Grigol n'était pas du coin, personne n'aurait vu d'inconvénient à le dénoncer. C'est lui qui m'a initié aux vor v'zakone, et c'est par son entremise que je suis devenu, moi aussi, un membre de cette confrérie de truands.

Tu pourras toujours penser que j'étais prédestiné à devenir un vor v'zakone, et croire que le hasard n'a fait que mettre sur ma route l'instrument par lequel je devais accomplir mon destin. Pour ma part, je suis persuadé que la société ne laisse aucun autre choix à des hommes tels que moi, ceux qui attendent davantage de la vie que les ordres de maîtres immoraux et cruels. Mais je t'expliquerai tout cela en temps utile, pour l'instant je veux terminer mon histoire.

Lorsque je suis reparti pour Tbilissi à la fin de l'été, Grigol m'a donné l'adresse d'un de ses amis qui pouvait me mettre en contact avec les bonnes personnes. Pour moi, il n'était plus question d'école, je voulais décider de ma vie et n'avoir aucun compte à rendre à mon père. Je l'ai persuadé de me laisser aller travailler à l'huilerie industrielle qui venait d'ouvrir ses portes à Tbilissi, promettant de lui verser la moitié de mon salaire. Les temps étant difficiles pour les prolétaires que nous étions, cette promesse a dû peser favorablement dans sa décision. L'ami de Grigol était en réalité une amie, Nino. Elle avait vingt ans, les cheveux roux, un teint d'abricot, des yeux bleu clair où se déployait un arc-en-ciel de malice. La nature l'avait dotée d'une poitrine ferme et prodigieusement belle. Nino était la première fille à occuper un poste de surveillant chez les voleurs. Si tu n'es pas un homme, tu n'as aucune chance d'entrer dans ce métier. Pourtant, Nino avait réussi cet exploit. Ses galons, elle les avait gagnés grâce à son intrépidité et son courage, mais aussi par l'entremise de son père qui était l'un des parrains les plus influents de la pègre de Tbilissi.

Nino m'a tout appris. À seize ans, je pouvais ouvrir n'importe quelle serrure, démarrer une voiture sans la moindre clé, piller un entrepôt d'usine en moins de temps qu'il n'en fallait à Zadzé pour tondre un mouton sur l'alpage. J'ai rapidement décampé de l'usine et de la maison pour emménager chez Nino. En peu de temps, elle était devenue ma maîtresse, et moi, son petit apprenti. Nino en connaissait un rayon sur la pègre, elle avait grandi dedans. Mais elle avait une faiblesse, elle redoutait la prison. Or, si tu veux devenir un bon voleur, un voleur accompli, il ne faut pas la redouter, mais au contraire la rechercher. C'est là-bas que l'on te dessine les étoiles sur les genoux ou les poignets, comme tu le sais déjà. Dès lors, Nino me laissait beaucoup de latitude pour organiser et diriger les coups que nous mettions au point. Je me suis rapidement fait remarquer par son père, Vassia Abachidzé. Il m'a pris sous son aile et m'a confié des coups de plus en plus audacieux. Une nuit que je m'apprêtais à entrer dans un entrepôt de plomberie industrielle pour y dérober des tuyaux de cuivre, j'ai entendu derrière moi un crissement de pneus. Les phares d'une voiture m'ont aveuglé tandis qu'une voix me sommait de me rendre. J'étais pris sur le fait. J'avais été donné, cela ne faisait aucun doute, il y avait au moins une vingtaine de policiers qui m'attendaient. J'ai appris durant le procès que c'était Vassia Abachidzé en personne qui m'avait vendu aux flics. Lorsque je suis arrivé en prison, une rangée de détenus m'a acclamé alors que je traversais la cour. Ils étaient fiers de recevoir parmi eux un protégé de Vassia. Moi, j'étais content comme un gosse que l'on félicite pour son diplôme. Vassia m'avait donné aux flics pour me permettre d'avoir ma première expérience de prisonnier. Deux ans ferme et une étoile au poignet. J'étais définitivement devenu un vor v'zakone.

Lorsque je suis sorti, Vassia est venu à bord de sa voiture me chercher à la porte de la prison. Nino était là, elle aussi, fière et heureuse comme si elle recevait un parent célèbre ou un cousin revenu de Moscou. Une grande fête m'attendait dans la demeure des Abachidzé. J'entrais dans une nouvelle famille. Entre-temps, je quittais la mienne, car mon père m'avait fait savoir, durant mon séjour derrière les barreaux, qu'il ne souhaitait plus jamais me revoir. Le criminel que j'étais déshonorait sa famille, disait-il. Durant les années qui ont suivi, mes frères m'ont régulièrement donné de ses nouvelles, tentant de maintenir un semblant de cohésion familiale. Pour le plus jeune, David, j'étais même devenu une sorte de héros. L'anathème paternel n'a pas duré plus de cinq ans. Mon père a vite compris que j'étais quelqu'un d'important dans le milieu géorgien. Il a fini par se ranger à l'opinion de ses amis qui respectaient silencieusement des hommes tels que moi.

Tu vois, Iouri Stepanovitch, nos points communs sont plus nombreux que nos divergences. Toi aussi, tu appartiens à une caste où la valeur se mesure au courage et aux risques pris. Toi aussi, tu es passé par des rites d'initiation. Toi aussi, tu as eu besoin de la reconnaissance de tes aînés pour avancer. Nous avons tous deux des étoiles accrochées quelque part, et si les miennes sont gravées sur ma peau tandis que les tiennes décorent les épaulettes de ta veste de parade, elles disent exactement ce que nous représentons pour le groupe auquel nous appartenons. Tu penses sans doute qu'il existe une différence entre l'honnêteté et la malhonnêteté ? La vie m'a appris que tout était question de point de vue. Ce que je considère comme honnête te semble malhonnête, et l'inverse est vrai. Si l'on y réfléchit un peu, respecter les codes et les règles fixés par les siens, partager les gains et prendre soin des membres les plus faibles, prouver sa valeur tout en admettant l'autorité des anciens, est-ce si différent de ce que ton système politique propose ? Les vor v'zakone sont pour l'essentiel structurés de la même façon que l'État soviétique. Pouvoir pyramidal, décisions collégiales, contrôle policier, déséquilibre dans la redistribution des gains. Seul change le discours, l'idéologie, le corpus théorique qui te permet d'affirmer que ta société s'est éloignée du féodalisme qui caractérise encore la mienne. Parfois, seule l'élégance distingue l'aristocrate du paysan. Tant de ressemblances entre nous ne doivent rien au hasard. C'est un Géorgien, je me permets de te le rappeler, qui fut l'architecte politique de l'Union soviétique.

Nos deux mondes, si semblables et si différents à la fois, sont en train de disparaître. Et nous allons devoir nous adapter, Iouri Stepanovitch. Et tu sais quoi ? Mon groupe s'adaptera plus facilement que le tien à cet univers capitaliste qui va bientôt avaler l'astre mort du communisme. La raison en est simple. Le capitalisme et les groupes criminels agissent dans un même but, le profit maximum. La différence tient surtout au fait que nous tirons profit d'activités illicites et donc bien plus lucratives, tandis que toi et ton univers soviétique sclérosé aurez beaucoup de mal à vous régénérer. Sais-tu qui m'a aidé à comprendre ce dernier point ? C'est ton ami, le Français. Il est étonnant, ce petit ! Une mine d'informations ! J'ai plus appris en l'écoutant et en l'observant durant six mois que ces dix dernières années. J'ai commencé ma mue, Iouri Stepanovitch, et l'homme que je vais devenir ne sera guère plus plaisant à voir pour les tiens que celui que j'étais. J'ai déjà acheté des lopins de terre, des maisons, des appartements. Et aussi un passeport allemand, grâce à un investissement dans des usines de l'ex-RDA. Cela m'a coûté une petite fortune, mais je peux désormais voyager de par le vaste monde. Je possède une dizaine de sociétés commerciales. Habits, chaussures, nourriture, voitures, matériaux de construction : j'achète de tout. Tu ne peux pas savoir à quel point l'homo-sovieticus est affamé ! Tu sais ce qu'a fait notre ami Jacques, un jour, pour s'amuser ? Il a rempli un camion de saucissons français, un délice soit dit en passant, et lui a fait faire le tour des boutiques privées qui éclosent un peu partout. En un après-midi, il avait réussi à fourguer tous ses saucissons. Et au prix fort en plus ! Mais ce n'est rien en comparaison des profits que je réalise sur l'aluminium, l'acier et le pétrole.

Les dirigeants de nos entreprises ne connaissent pas encore le monde capitaliste, ils ne savent rien des prix mondiaux et de leurs fluctuations. Il est facile de les berner. Eh oui, camarade ! C'est comme ça que va notre bon vieux monde communiste. Je sais m'adapter et j'ai bien l'intention de repartir de zéro, et de devenir un homme respectable. Quand je dis respectable, camarade colonel, j'entends par là que je vais quitter la confrérie à laquelle j'appartiens pour entrer dans celle des hommes d'affaires. Ces mots qui étaient des insultes dans notre langage soviétique, il y a seulement un an, sont devenus le summum du raffinement. Hommes d'affaires, commerçants, sens-tu le respect que ces termes inspirent à notre peuple ? La presse les utilise avec délectation, les libéraux les chérissent, seuls les communistes crachent par terre lorsqu'ils les emploient. Mais ils sont les derniers.

Je vais me parer de ces titres ronflants, m'ennoblir grâce à l'argent, renoncer à mes méthodes les plus sanglantes. Comme tu le sais, les truands, en particulier les truands tchétchènes et géorgiens, sont réputés pour leur violence. Je ne vais pas confesser devant toi mes innombrables crimes, non pas que je redoute quoi que ce soit de ta part, mais tu n'es simplement pas la personne indiquée. Sache cependant qu'au cours de ma carrière, j'ai éliminé une bonne centaine d'hommes, sans compter ceux dont, indirectement, je suis responsable de la disparition. C'est ainsi. Le métier que j'exerce est violent et suppose des méthodes qui me rapprochent dangereusement de tes patrons. Je n'en rougis pas. Je n'ai pas à en rougir. La seule façon de survivre dans le monde qui est le mien est de se montrer impitoyable. Cependant, ces pratiques s'accordent mal avec le statut auquel j'aspire désormais. Et ma réputation est suffisamment affirmée pour qu'on me laisse tranquille sans qu'il me soit besoin, désormais, de recourir à la violence. Du moins, c'est l'objectif que je me suis fixé.

– Gueorgui Davidovitch, puisque tu incarnes l'avenir de notre pays et que tu ambitionnes de devenir un homme d'affaires, je t'en propose une qui fera de toi le maître du jeu, le nouveau roi de Moscou, le symbole du renouveau de la Russie. Je ne plaisante pas. Ma proposition est sérieuse. Je vais t'offrir sur un plateau l'empire du jeune Kalchinsky. Et si tu suis mes instructions, en deux mois tout au plus, tu posséderas sa fortune, ses sociétés et ses maisons. Kalchinsky disparaîtra. Les gens te considéreront comme un audacieux capitaliste, un bâtisseur d'empire. Kalchinsky, quant à lui, sera jugé pour ce qu'il est, un fils d'apparatchik, un arriviste qui a toujours profité du système, et qui n'a même pas eu l'intelligence de réussir. C'est notre ami commun que tu admires tant, le jeune Français, qui m'a aidé à mettre au point ma stratégie. Moi aussi, j'aime bien ce garçon ! Son plan est simplissime, et c'est ce qui en fait la beauté. Il s'agit de proposer à Kalchinsky une affaire en or, un troc gigantesque sur l'aluminium. La demande est forte en Europe et aux États-Unis. Les prix montent. Ce que Kalchinsky ignore, c'est que Jacques et les analystes du marché anticipent une chute brutale des cours avec l'arrivée continuelle de l'aluminium soviétique. Il s'agit donc de faire croire à Kalchinsky que les cours vont continuer à grimper, et de le convaincre de vendre à terme pour vingt millions de dollars de ce métal. Si nous lui faisons miroiter la possibilité d'en gagner cinq en un mois, il mordra à l'hameçon. Pour le convaincre, j'ai fait rédiger par mes services une fausse note d'analyse, prétendument signée d'un grand cabinet britannique. Cette note sera le document de travail avec lequel tu vas approcher Kalchinsky.

Si les anticipations de Jacques sont exactes, le cours va décrocher de trente à quarante pour cent en quelques semaines. D'ici deux mois, Kalchinsky aura perdu six à sept millions de dollars. Comme il ne les a pas, il va devoir te céder ses sociétés. C'est une affaire sans grand risque, au pire nous aurons enrichi Kalchinsky. Mais si tout fonctionne correctement, dans deux mois sa fortune sera passée entre tes mains.

– La colère est toujours mauvaise conseillère, Iouri Stepanovitch. Elle entraîne souvent des catastrophes en série. Tu te souviens de ces trois voisins qui étaient venus assister à la bastonnade que mon père m'avait infligée ? Deux ans plus tard, j'ai voulu me venger d'eux. Et je m'y suis pris de fort belle manière. Le premier de ces voisins s'appelait Vartan Tcherzichvilli, il était comptable dans une fabrique de chaussures. J'ai incendié son appartement. Le second, Chalva Ouznadzé, était laborantin dans une pharmacie. Il a perdu son emploi après avoir empoisonné des clients. À l'aide du jeune apprenti qui travaillait avec lui, j'ai remplacé les flacons de bicarbonate de soude par du nitrate d'aluminium. Le troisième, Guia Goustaïev, était entraîneur sportif. C'était lui le plus vicieux, celui qui m'accusait à tort d'un tas de méfaits. Je lui ai réservé un traitement spécial. Il a perdu l'usage d'un genou après être tombé un soir sur deux voyous dans une ruelle sombre. Ce que j'ignorais, c'est que Goustaïev était tout sauf idiot. Il avait des relations dans la police, dont certains des membres s'entraînaient sous sa férule. Les policiers ont retrouvé les deux voyous qui n'ont pas tardé à se mettre à table, et à m'accuser. J'aurais pu être arrêté, mais Goustaïev leur a demandé de ne rien faire. Il voulait régler lui-même cette affaire. Il est donc venu me voir avec un vieux pistolet allemand récupéré durant la guerre, et m'a tiré deux balles dans le ventre, avant que Nino ne lui fracasse une bouteille de vin sur le crâne. Je m'en suis sorti de justesse. Vassia Abachidzé m'a conseillé d'en rester là. Guia avait vengé son honneur et moi le mien, nous n'allions pas déclencher une vendetta pour quelques coups de ceinturons dans une affaire déjà ancienne. Si la colère est mauvaise conseillère, disais-je, je reconnais cependant que la vengeance, lorsqu'elle se rapporte à des questions d'honneur, a ses raisons d'être. Et ce n'est pas à moi de débattre si tu as tort ou raison de vouloir punir l'homme qui a pris ta femme. C'est un problème que tu dois régler avec ta conscience. Pour ma part, j'ai été en relations d'affaires avec Kalchinsky, il y a quelque temps, et je n'ai pas gardé un souvenir impérissable de ce jeune prétentieux. À bien y regarder, il s'est servi de moi et de ma fortune, me faisant perdre beaucoup d'argent à une époque où j'avais eu la faiblesse de lui confier mes comptes en Allemagne. Je ne serais pas mécontent de lui rendre la monnaie de sa pièce. Sa cupidité est exécrable. Si je peux contribuer à faire pâlir son étoile, je ne m'en priverai pas. D'autant que ses parents et ses protecteurs ne sont plus aussi puissants qu'autrefois.

– Mon cher Gueorgui Davidovitch, je sais tout de la vengeance, de sa bassesse, et de sa toxicité. Je sais à quel point elle corrompt l'âme et détruit ceux qui en usent. L'amertume n'est sans doute pas moins aigre après un acte de vengeance, elle est simplement différente, mieux assimilable par l'organisme. Des dizaines de philosophes ont écrit sur la vengeance. Ils ont mis en garde contre ses illusions malsaines, contre le plaisir sadique qu'elle procure. Je sais aussi que l'Ancien Testament préconise de rendre œil pour œil et dent pour dent. La vengeance est l'instinct de pouvoir décuplé par le sentiment d'injustice, elle permet d'imposer sa loi et de vaincre ses ennemis. Je suis un être brutal et violent, comme toi, je suis le produit de mon époque et de mon milieu, et si je n'ai jamais usé de la vengeance jusqu'à présent, ce n'est ni par manque de courage ni par calcul, mais uniquement faute d'opportunité. Personne ne m'a fait endurer ce que Kalchinsky m'a fait subir. Ne pas le lui faire payer serait admettre qu'un homme tel que lui puisse dominer un homme tel que moi, ce serait un renversement des valeurs si inconcevable qu'il me serait fatal. Je ne pourrais vivre en ayant la claire conscience d'avoir été bafoué et humilié par Kalchinsky sans réagir. Je ne cours donc pas le risque de laisser mon âme dans cette entreprise. En réalité, j'œuvre à la sauver !

19.

Le hiératisme de son assassin n'effraie en rien le poète
Il a déjà écrit son destin dans une langue parfaite
D'Anthès tire le premier et le brasier s'éteint
Le poète est mort, il connaissait son destin.

La Mort de Pouchkine, élégie anonyme

Cette fois-ci, Pavel Petrovitch prend prudemment son téléphone pour appeler Iouri Stepanovitch à la Loubianka. Il doit lui parler de toute urgence. Ce que lui a dit ce matin *la sorcière* est inquiétant. Aliona est, en effet, venue le voir à la Douma, ce qu'elle n'ose jamais faire d'ordinaire. Elle s'est assise sur la chaise matelassée de cuir patiné dont Pavel se dit qu'elle est bien peu confortable pour les hôtes de marque qui attendent leur rendez-vous avec Boris Nikolaïevitch dans le bureau qui jouxte le sien. Nerveuse, Aliona parlait rapidement, avec des accents de panique dans la voix, ce qui a surpris Pavel. Son attitude était si déroutante qu'il a perdu le fil de la discussion à plusieurs reprises, devant lui faire répéter ses propos. À mesure qu'elle parlait, une frayeur a commencé à s'emparer de lui. Méfiant comme il l'est vis-à-vis d'elle, il s'est demandé si *la sorcière* ne lui jouait pas un tour, si elle ne racontait pas tout ceci pour le faire paniquer. Mais Aliona ne simulait pas, son émoi n'était pas feint. Que fallait-il penser de tout cela ? Surprise par l'air distrait de Pavel, Aliona lui a demandé à voix haute s'il écoutait bien ce qu'elle lui disait, ou s'il était encore sous l'emprise de quelque substance chimique dont chacun savait qu'il abusait ces derniers temps. Pavel l'a rassurée sur ce dernier point. Son trouble avait pour unique origine les propos de la jeune femme.

Pavel Petrovitch n'est pas enclin à croire à ces boniments de voyante et d'extrasens, il cherche toujours une explication rationnelle à toutes choses. Cependant, vu les personnalités que fréquente Aliona, il n'est pas impossible qu'elle ait entendu des conversations insensées, qu'elle ait surpris consciemment ou non des secrets murmurés. Cette femme qui possède indubitablement une sensibilité exacerbée a très bien pu capter des bruits incongrus que ses rêves auraient ensuite décryptés à leur manière. L'esprit de Pavel est donc loin de rejeter en bloc ce qu'elle vient de lui dire, d'autant que toute la classe politique s'attend à un coup bas des réactionnaires qui depuis six mois mènent la vie dure à Boris Nikolaïevitch et ne lâchent plus d'une semelle Gorbatchev. Si elle dit vrai, si ses visions sont exactes, Mikhaïl Sergueïevitch est en grand danger, et par ricochet, Boris Nikolaïevitch l'est tout autant. Son calcul est simple, il va en parler à Iouri Stepanovitch. Si celui-ci joue les ingénus, cela voudra dire qu'il est de mèche avec les comploteurs, s'il le prend au sérieux, alors il pourra aider le camp réformateur.

Mais le téléphone martèle le vide, et une angoisse terrible s'empare peu à peu de Pavel. Le long de sa nuque, de la sueur commence à tracer son chemin. Fichues amphétamines ! Il n'arrive décidément plus à se contrôler. Il recompose, encore et encore, le numéro de Iouri Stepanovitch. Au bout d'un quart d'heure qui lui paraît une éternité, il entend le déclic familier, puis la voix de Iouri Stepanovitch. Pavel respire enfin. Il reste discret au téléphone, et propose au colonel un rendez-vous devant le théâtre de Marionnettes, sur le boulevard circulaire. Il y a urgence, il s'agit d'une affaire de la plus haute importance. Ils discuteront à bord de la voiture de Iouri.

Une main sur le volant, l'autre sur le dossier du siège passager, Iouri Stepanovitch écoute attentivement Pavel lui relater en détail son entrevue avec Aliona. L'assistant de Boris Nikolaïevitch se sent subitement ridicule face à ce pur produit de la rationalité d'État qui le regarde, incrédule, raconter ce qui s'apparente à une fable pour adultes attardés. Décontenancé, il baisse les yeux et bredouille des excuses. Iouri Stepanovitch le tranquillise immédiatement. Il connaît Aliona et son hypersensibilité. Rien de ce qu'elle dit ne doit être pris à la légère. Il confirme ensuite à Pavel Petrovitch ses propres soupçons, lui aussi redoute depuis de longs mois une action des radicaux communistes. Il va donc se renseigner, fureter, enquêter, laisser ses yeux et ses oreilles remuer ciel et terre. En attendant, il conseille à Pavel d'alerter discrètement les principaux collaborateurs de Boris Nikolaïevitch, notamment ceux qui ont des liens dans l'armée et la police. Il fera de même au sein du KGB. À demi rassuré, Pavel Petrovitch quitte à regret l'habitacle accueillant, laissant Iouri à ses réflexions.

Après quelques minutes, celui-ci démarre le moteur de la Volga et s'engage sur le boulevard pour prendre la direction de Novodievitchi. En arrivant à proximité de la maison du starets, Iouri remarque un véhicule officiel d'un noir rutilant accompagné d'un camion sale et ventru garé devant la porte. Deux soldats s'extirpent du camion alors qu'il s'engage sur le perron. Sans dire un mot, Iouri leur montre son badge, les jeunes soldats le saluent alors gauchement et le font entrer. À l'intérieur, le starets est en grande discussion avec le ministre de la Défense, le maréchal Dmitri Timofeïevitch Iazov. Les deux hommes ont largement entamé une bouteille de vodka et se remémorent des souvenirs de jeunesse. Iazov est un septuagénaire qui porte beau, l'exercice physique ainsi qu'une vie de caserne lui ont permis de conserver une silhouette d'allure sportive. Il est en tenue du dimanche, ce qui pour un militaire soviétique se résume à porter un survêtement de nylon. Un sourire malin flotte sur le visage du starets lorsqu'il se lève pour accueillir Iouri Stepanovitch.

– Dmitri Timofeïevitch, vous ne connaissez peut-être pas le talentueux colonel Nesterov. L'un de nos plus brillants cadres du KGB.

– Je le connais de réputation et je l'ai croisé récemment dans le bureau de Vladimir Alexandrovitch… Content de te revoir, colonel.

Iouri salue poliment le maréchal et s'assied sur la chaise que lui présente le starets.

– Prends un verre avec nous, Iouri. Nous étions en train de partager quelques souvenirs de la Grande Guerre patriotique. Sais-tu que le maréchal et moi nous sommes rencontrés sur le front ?

– Je l'ignorais. Mais je ne veux pas déranger votre réunion d'anciens combattants, j'étais juste venu te présenter mes respects, starets.

– Non, tu ne nous déranges pas. N'est-ce pas Dmitri ?

– Non, à condition que tu arrêtes de l'appeler « starets », c'est ridicule ! Il s'appelle Volodia, voilà tout.

Le maréchal ingurgite une nouvelle gorgée d'eau-de-vie. Les yeux du starets deviennent moqueurs. Iouri comprend aussitôt qu'une pièce de théâtre est en train de se jouer autour de la table. Le starets est un marionnettiste tenant avec délicatesse les fils qui animent son petit soldat. Iouri prend place tandis que le starets remplit son verre.

– Sais-tu, mon cher Iouri, que le maréchal, ici présent, fut l'un des plus courageux combattants que l'armée rouge ait jamais engendrés ?

– N'exagère pas, Volodia, lance le maréchal, soudain modeste.

– Si, si, c'est vrai, ne le nie pas, Dmitri Timofeïevitch. Je t'ai vu à l'œuvre dans la poche de Courlande, quand nous étions encerclés par les Allemands. Tu as sauvé des dizaines de vies par ta bravoure.

Les yeux du maréchal se plissent de fierté au rappel de ses exploits de jeunesse.

– Si seulement les hommes d'aujourd'hui avaient ton courage, nous n'en serions pas là.

Iouri saisit au bond la balle lancée par le starets :

– Les hommes d'aujourd'hui ont tous autant de courage que vous en aviez à l'époque, dit-il, mais peut-être, tout simplement, n'ont-ils pas encore eu l'occasion de démontrer leur valeur.

Iazov, dont la vigilance n'est plus ce qu'elle était lorsqu'il combattait les Allemands, ne voit pas le piège tendu et s'y rue en bougonnant.

– Les hommes d'aujourd'hui sont tous des lopettes ! Pas un pour relever l'autre ! Ne le prenez pas pour vous, Iouri Stepanovitch, mais je n'aimerais pas que notre pays soit en guerre aujourd'hui. Avec les dirigeants que nous avons, ce serait une catastrophe.

– Oh, comme tu y vas, mon ami ! lance le starets en lui tendant une assiette de petits morceaux de poisson en saumure.

– Je dis la vérité !

Iazov appuie son assertion par un coup de poing asséné à la table.

– Personne n'ose dire la vérité à nos dirigeants. Tout le monde se couche, c'est une honte !

Le starets arrive sans mal à pousser le maréchal à dévoiler son jeu.

– Mais que faire ? C'est l'éternelle question que l'on se pose dans ce fichu pays ! Que faire, si ce n'est obéir ? Nous ne sommes que des soldats.

– Lorsque la patrie est en danger, le soldat doit prendre les armes pour la défendre, explique Iazov, comme s'il parlait à deux écoliers.

– Et si ce sont les dirigeants qui mettent le pays en danger, que faut-il faire ? questionne innocemment le starets.

– Ne te fous pas de moi, Volodia. Tu le sais bien, ce qu'il faut faire. Toi, tu as choisi de disparaître dans tes forêts et dans tes églises, mais nous qui sommes à la tête de l'armée, nous savons comment agir.

– Seulement, tu es bien seul. Les hommes d'aujourd'hui, comme tu nous l'expliquais, ne sont pas à la hauteur.

– Détrompe-toi, Volodia. Détrompe-toi. Nous pouvons compter sur un nombre important de patriotes. Et pas seulement dans l'armée, dit-il en tournant la tête vers Iouri.

– Le maréchal a raison. À la Loubianka, beaucoup espèrent encore que le président se ressaisira.

La remarque de Iouri entraîne un discret geste approbateur du starets, heureux de voir que son ami comprend si parfaitement les règles du jeu. Quant au maréchal, empêtré dans ses guerres gagnées, perdues et à venir, il finit par exploser de rage.

– Il ne se ressaisira pas. Mettez-vous ça dans la tête ! Il n'y a pas d'autre choix que de se débarrasser de lui.

– Politiquement c'est difficile, Dmitri, reprend le starets. Il a été élu président de l'URSS et personne ne peut le démettre en cours de mandat, explique-t-il doctement.

– Qui te dit cela ? s'offusque le maréchal. Qui te dit que nous devons respecter des lois qui n'ont même pas une année d'existence ? Qui te dit que sa réforme constitutionnelle n'est pas illégale ? Je ne pense pas qu'il faille obéir à ces lois. Mikhaïl Sergueïevitch est devenu un danger pour le pays qu'il préside. Nous le ferons partir. Et j'espère que Iouri Stepanovitch l'a compris, tout aussi bien que son patron.

Le regard appesanti de lourds sous-entendus que lui lance alors le maréchal amuse Iouri, qui a du mal à refréner une envie de lui tapoter l'épaule en riant, comme on le ferait à un ami pris de boisson, égaré dans des raisonnements oiseux. L'ingénu maréchal vient tout simplement de révéler qu'il était en train de préparer une action contre le président soviétique.

– Comme vous, maréchal, je suis offusqué par ce qui se passe dans notre pays. Et je sais que Vladimir Alexandrovitch est l'homme de la situation à la tête de notre organe.

– Petit… Écoute bien ce que je vais te dire… Vladimir Alexandrovitch n'a aucun courage. Est-ce que tu le sais ?

Les yeux vitreux du maréchal contemplent le fond de son verre tandis qu'il s'adresse à Iouri.

– Il nous faudra compter sur ses adjoints pour lui tenir la main, le jour où…

Le maréchal ne termine pas sa phrase, il relève la tête pour apercevoir Iouri et le starets retenant, tous deux, leur souffle. Un instant, les deux hommes formulent en pensée une crainte jumelle, Iazov va se ressaisir et se taire. Mais ils se trompent. Emporté par la locomotive de l'alcool, juché sur le cheval fougueux de sa colère, le maréchal a dépassé les limites de la prudence.

– … le jour où il faudra mobiliser tous les patriotes pour se libérer de l'emprise de ce démon de Gorbatchev.

– Ce jour viendra, j'en suis sûr, conclut le starets d'un air convaincu.

Iouri approuve du menton. Le maréchal lève son verre et porte un toast silencieux à ses projets coupables.

Le tour est joué. Le silence se fait dans la pièce, chacun est perdu dans ses pensées. La bouilloire se met à siffler la fin de cette étrange partie, faisant sursauter le vieux maréchal qui se frotte les yeux, comme au sortir d'un rêve.

Le starets propose un thé puis des gâteaux secs. La conversation dévie sur les questions militaires. Le maréchal Iazov applaudit l'idée formulée par le starets de déménager certaines usines d'armement des républiques devenues peu sûres, comme les pays baltes et l'Ukraine. Au bout d'une heure à bavarder ainsi, Iazov s'apprête à quitter la maison. Il se dit qu'il aime ces moments de liberté absolue où l'on peut parler à visage découvert à un vieil ami, sans crainte d'être trahi ou espionné.

Lorsqu'il a quitté la pièce, Iouri se retourne vers le starets.

– Tu as un véritable don pour faire parler les gens, tu pourrais travailler avec nous ! dit-il en s'esclaffant.

– Il a toujours été très confiant avec moi, reconnaît le starets avec modestie.

Il raconte ensuite à Iouri le double rêve d'Aliona et de son neveu qui a eu sur lui l'effet d'une sonnette d'alarme. Désormais, ils savent que Iazov et sans doute Krioutchkov préparent un coup d'État. Il reste à en informer le premier intéressé. Iouri a ses entrées au Kremlin, mais lorsqu'il s'agit d'affaires nécessitant une totale discrétion, il propose au président soviétique un rendez-vous à « la datcha la plus proche », autrement dit la datcha de Kountsevo, celle qu'occupa Staline durant les dernières années de son règne, et qui depuis est restée inoccupée. Il l'en informe par un simple télégramme envoyé à son secrétaire et signé « l'étoile rouge ». Le rendez-vous est programmé pour le soir même.

Iouri arrive en compagnie du starets aux environs de minuit dans cette résidence située au milieu d'un bois, à une dizaine de kilomètres du Kremlin. Depuis la mort de Staline, l'endroit, hanté de souvenirs, est soigneusement entretenu par les orphelins serviteurs du despotisme. Les hommes du KGB qui surveillent les lieux ont reçu l'ordre de partir, et Mikhaïl Sergueïevitch n'est accompagné que de son garde du corps personnel. La datcha n'étant pas protégée des oreilles électroniques de la paranoïa d'État, Iouri Stepanovitch et Mikhaïl Sergueïevitch ont pour habitude de se retrouver dans le jardin, autour d'une table de bois blanc. La nuit est claire et l'air est exceptionnellement doux. Une lune rousse s'élève dans le ciel. Mikhaïl Sergueïevitch est surpris de la présence du starets qu'il n'a jamais rencontré, mais dont il connaît la réputation. Il le salue respectueusement. Les deux hommes l'avertissent des projets insensés de Iazov. La mine sombre, le président leur pose des questions précises. Qui est avec lui ? Quand comptent-ils mettre leur plan à exécution ? Iouri n'a que peu de réponses à apporter, il suppose que Krioutchkov et Pougo sont impliqués. Comme nul ne sait quand ils agiront, il propose de court-circuiter les échelons intermédiaires du KGB et de l'armée, afin qu'ils n'obéissent pas aux ordres des putschistes le moment venu. Iouri vise en particulier les unités d'élite basées à Moscou. Un délai de quelques heures devrait permettre à

Mikhaïl Sergueïevitch d'organiser la résistance et de faire arrêter les séditieux.

Le président approuve d'un hochement de la tête, et alors qu'une chouette se lamente dans le bois, un long soupir s'échappe de sa poitrine. Le numéro un soviétique est silencieux, perdu dans ses pensées, il n'a prononcé que quelques mots depuis le début de la rencontre. Le starets le fixe longuement. Il lui semble à bout de forces, écrasé par le poids d'un destin accablant. Il ne connaît pas personnellement le président soviétique, mais il se souvient des longues discussions avec son prédécesseur Iouri Andropov. L'ancien chef du KGB, puis du parti, tenait Gorbatchev en haute estime. Il respectait son courage politique et son intelligence volontariste. Cet homme qui s'est révélé capable d'ébranler le monde et d'imposer à l'appareil politique conservateur une véritable révolution copernicienne existe-t-il encore ? N'a-t-il pas été dévoré par les monstres qu'il a engendrés ?

La lune est désormais au-dessus de leurs têtes, nimbant leurs visages d'une pâleur désagréable. Mikhaïl Sergueïevitch frissonne, il redresse le menton en un geste martial avant de se lancer dans une longue explication sur les objectifs de sa politique. Son nom restera dans les livres d'histoire, insiste-t-il. Et pour de bonnes raisons ! L'amertume affleure derrière chaque mot. Le nom de Boris Nikolaïevitch est un morceau de viande avariée qu'il crache au sol à chaque fois qu'il le prononce, ceux des dirigeants soviétiques ont encore plus mauvais goût. Gorbatchev a la bouche empoisonnée par la politique, son estomac ne supporte plus de digérer les couleuvres. Il grimace en évoquant les manœuvres politiques des démocrates, ne cherche pas à cacher sa haine en parlant des chefs communistes qui l'ont trahi à de multiples reprises ces derniers mois.

Mais à mesure qu'il livre à ses deux compagnons l'entièreté de son désarroi, le leader soviétique retrouve l'énergie qui le caractérise. Ses mots redeviennent de fermes appuis, ses idées rebondissent, alors qu'il met sur le tapis sa dernière mise, pour l'ultime partie qu'il espère encore jouer. Dans la clarté d'un rayon de lune, le starets entrevoit la flamme briller dans l'œil du président. Cet homme n'est pas prêt à mourir en martyr ni à s'éteindre tel un phare vaincu par la tempête. Mikhaïl Sergueïevitch se redresse et retrouve l'autorité sereine de sa voix. Il combattra ses ennemis, il complotera à son tour, il trouvera la force de les vaincre et de poursuivre ce qu'il pense être sa mission. Un sourire ambigu se dessine sur son visage. Une intuition vient de le traverser, il croit savoir quand les conjurés se dévoileront. Ce sera en août prochain. Alors qu'il signera, le vingt du mois, un nouveau traité avec les républiques de l'Union afin de refonder l'URSS sur de nouvelles bases. Ils n'accepteront pas ce qu'ils considèrent comme une capitulation, une trahison. Le mois d'août sera déterminant, assène Gorbatchev, il faudra être prêt.

En lui-même, le starets s'étonne. Quelle drogue est-ce donc que ce pouvoir qui transforme ainsi les hommes ? Pour sa part, il s'en est toujours méfié, redoutant de subir des transformations irrémédiables qui altéreraient sa nature profonde. Sans doute a-t-il eu raison. Il n'est pas né pour diriger les hommes, mais pour guérir les âmes. Chacun son rôle. Dieu, dans son infinie sagesse, n'est pas obligé d'être juste et équitable. Et nul ne peut lui reprocher d'avoir livré un homme au démon de l'ambition.

Iouri, de son côté, ressasse des pensées lugubres. Son horizon est une muraille et devant lui le monde a commencé à s'effondrer. Si une aube nouvelle va bientôt se lever, il ne la voit pas. Ce qu'il voit est radicalement différent. Il voit une maisonnée agonisante s'apprêtant à transférer à ses enfants les moins débiles les clés du domaine. Ces prétendus démocrates ne sont que des communistes reconvertis. Ce ne sont pas les damnés de la terre qui se lèvent, ce ne sont que les privilégiés qui remuent le sol ! Cette idée lui répugne. Il voudrait une vraie révolution, il voudrait couper des têtes, il voudrait que les hommes purs, au cœur non corrompu par le pouvoir et l'argent, puissent revendiquer l'avenir de son pays. Ce vœu n'est qu'une chimère, il le sait, car les choses ne se passent pas comme ça. Il voit bien que cet État tentaculaire et envahissant va s'effondrer. Mais il comprend aussi que le Léviathan ne tardera pas à renaître. Les prétendus démocrates seront, avant toute autre chose, des voleurs, comme cet homme qui a volé son amour, ensuite, peut-être, arrivera le règne des bâtisseurs et des créateurs… En attendant, la transition risque de durer une éternité. Iouri ne veut pas voir ça.

Mikhaïl Sergueïevitch continue de soliloquer dans la pénombre du jardin de Kountsevo. Ni Iouri ni le starets ne l'écoutent plus. Il est déjà plus de deux heures du matin quand le numéro un soviétique se lève de sa chaise pour saluer les deux hommes. Une brume sort du bois environnant et rampe sur les pelouses. Mikhaïl Sergueïevitch regagne sa voiture. Quelques instants plus tard, Iouri et le starets contemplent la Zil noire qui s'éloigne sans bruit, tel un triste corbillard.

Iouri rentre à la vissotka, écrasé par la fatigue. En arrivant dans le hall, le veilleur de nuit l'informe qu'une lettre a été déposée à son intention. Il monte chez lui, le courrier entre les doigts. Une raideur douloureuse lui parcourt l'échine, il a reconnu l'écriture et peine à contenir son impatience à ouvrir l'enveloppe.

Il se force cependant à rester calme, se sert un thé brûlant, puis s'installe sur ce canapé où il a tant souffert quelques mois auparavant. Par la baie vitrée, il aperçoit les étoiles qui veillent sur la ville endormie. Il est trois heures du matin. Helena dort sans doute, probablement dans cette position fœtale qu'il a toujours trouvée attendrissante. Il ouvre sa lettre.

Mon cher Iouri, mon Iourik,

J'espère que tu me pardonneras d'avoir employé ce diminutif chargé de souvenirs. Je n'ai pas pu m'en empêcher, car lorsque je pense à toi, c'est ce nom – et celui-là seul – qui me vient à l'esprit. Cela fait des mois que je veux t'écrire sans me décider à prendre la plume. La mauvaise conscience et la culpabilité m'ont poussée à fuir et à disparaître. Je n'ai pas ton courage pour affronter certaines situations, ce n'est évidemment pas une excuse, mais seulement un élément pour expliquer mon long silence. Je reconnais que j'aurais dû te dire adieu les yeux dans les yeux, oser affronter la douleur dont j'étais responsable. C'eût été la seule attitude digne, et une marque de correction que tu es en droit d'attendre de moi. Mais il n'est pas toujours facile d'affronter les conséquences de ses actes, je n'ai pas eu ce courage, j'ai, je crois, préféré rester dans l'insouciance d'une vie tourbillonnante. Je te le dis sans le moindre accent de reproche, mais uniquement afin que tu comprennes bien mon attitude, il n'est pas facile de dire adieu à certaines personnes. À toi plus qu'à tout autre. La première raison tient au fait que tu es un homme exceptionnel, et qu'il m'est insupportable de penser que j'ai pu te faire souffrir. La deuxième raison se rapporte au fait que tu es impressionnant, Iouri Stepanovitch, impressionnant de force, d'adresse, de douceur, d'intelligence, de détermination et d'affection. Si je sais exactement pour quelles raisons je me suis mariée avec Alexeï Petrovitch, je ne sais toujours pas pourquoi j'ai quitté un homme comme toi. Tu dois me trouver insensée d'oser écrire de telles phrases. Mais c'est pourtant la stricte vérité. Et c'est justement cette incertitude quant aux raisons de mes choix qui m'a retenue de t'écrire jusqu'à présent.

J'ai choisi d'épouser Alexeï Petrovitch non pas pour vivre une vie de femme de milliardaire ni pour profiter de la bonne fortune pour réaliser mes rêves et mes ambitions. J'aurais pu obtenir cela sans qu'il me soit nécessaire de l'épouser ni même de coucher avec lui. Je l'ai épousé parce que, pour la première fois de ma vie, j'ai rencontré un homme qui me regardait comme un être humain à part entière, non pas simplement comme une femme, seulement une femme. Cela doit te paraître incroyable comme explication, car tu m'as à plusieurs reprises mise en garde contre lui, contre son attitude machiste avec les femmes, utilitariste avec les gens en général, contre sa part sombre, comme tu disais. Mais ce n'est pas l'homme que je connais. Celui que j'ai épousé estime mon travail. Il soutient ma carrière, partage mes ambitions, discute mes choix sans jamais penser qu'il peut avoir raison contre moi par le simple fait de sa position, de sa richesse ou du fait d'être un homme. Il m'écoute, il réclame des arguments avant d'avancer les siens. Il admet d'autres opinions et d'autres choix que les siens. Tel est l'homme que j'ai épousé. Mais je ne te mets pas en concurrence avec lui. Il ne s'agit pas de prétendre que tu agirais différemment. En fait, je n'en sais rien, car je sais bien peu de choses sur toi, Iouri Stepanovitch. Tu es l'homme le plus secret que je connaisse. Je ne te fais aucun reproche, et je ne t'en ai jamais voulu d'être ce que tu es, mais justement c'est ce « ce que tu es » qui ne me convenait pas. Je ne veux pas passer ma vie auprès d'une énigme silencieuse, à côté d'un homme qui cache ses pensées profondes, qui masque ses peurs, et ne s'ouvre jamais, pas même à ceux à qui il devrait faire le plus confiance. La confiance est ce qui a toujours le plus manqué à ma vie. Il est impensable pour moi de me poser chaque jour la question de savoir qui est réellement la personne avec laquelle je partage ma vie. Je ne me suis jamais octroyé le droit de te demander de changer et de devenir ce que je souhaitais que tu deviennes. Ce n'est pas ma conception de l'amour ni du couple. C'est pourquoi je te demande d'admettre et de comprendre mes choix. J'espère, cher Iouri, qu'un jour l'image que tu te fais de la femme et du couple changera et que tu réaliseras qu'il faut accepter de partager une part de son secret pour bâtir un avenir avec quelqu'un. Exister non pour soi, mais aussi pour l'autre. C'est un dédoublement qui exige une forte abnégation et une ferme constance. Peut-être les hommes sont-ils moins bien équipés que les femmes pour le don de soi. Mais je n'y crois qu'à moitié, je suis persuadée qu'il s'agit avant tout d'une question d'éducation. Si je mélange dans cette lettre des considérations aussi diverses, ce n'est de toute façon pas pour te mettre en accusation. Je regrette cette soirée chez Alexeï Petrovitch. Il ne m'avait pas prévenue de ta présence. Je lui en ai voulu de m'avoir projetée au beau milieu de ce drame dont la finalité inconvenante ne m'est apparue qu'a posteriori. Je n'étais pas préparée à te voir et j'ai cru défaillir en apercevant ton visage. Tu as dû me trouver hautaine et insensible, ce n'était pas le cas. La honte, la peur, la confusion m'ont paralysée. Désarmée face à toi, je n'ai pu prononcer une parole.

Je ne pense pas que nous nous reverrons dans ce monde, mon cher Iouri. Puisque j'ai fait le choix de vivre avec un autre que toi, je ne peux rester dans tes pas ni sur ton chemin, cela me briserait et te ferait souffrir inutilement. Adieu donc, cher Iourik. J'espère que la vie te donnera de quoi alimenter les mille soleils qui brillent en toi.

Affectueusement, tendrement et tristement,
Ta Lenka

Iouri replie la lettre. Une morsure cruelle venue du tréfonds de son être s'attaque à ses tripes. La douleur émerge à nouveau dans sa chair, dans son corps. Mais ce soir, il ne la laissera pas vaincre. Pas cette fois-ci. De toute façon, la douleur ne peut plus vraiment lui faire de mal. Elle n'a plus de prise sur ce souffle entêtant qu'est devenue son âme. Helena a au moins réussi ça. Faire de lui un homme inaccessible. Réfractaire à la douleur. Guéri de cette faiblesse humaine qu'est l'amour.

Il déchire minutieusement la feuille de papier et son enveloppe. Il ouvre ensuite la porte-fenêtre et s'avance en contemplant cette vue qu'il connaît par cœur sur la boucle de la Moskova. Sur le balcon, un vent frais secoue ses mèches brunes. Il domine la ville à plus de cent mètres de hauteur, au-dessus de sa tête, les myriades de mondes en fusion s'offrent à lui. Y a-t-il quelqu'un là-haut dans le ciel qui en ce moment ressent ce qu'il ressent ? Existe-t-il un être aussi seul, aussi désespéré que lui ?

Iouri tend le bras au-dessus de la balustrade et ouvre sa main. Les morceaux de papier s'envolent dans la brise nocturne et disparaissent, avalés par l'obscurité. L'heure n'est plus aux remords ni aux regrets, seule l'expiation peut encore lui apporter quelque soulagement. Elle viendra après la vengeance, après la chute de Kalchinsky.

20.

Je laisserai au moins une réputation de vertu.
Marcus Junius Brutus

Iouri quitte le balcon. Dans le salon, il découvre Anton, debout, au centre de la pièce, les bras ballants, vêtu d'un tee-shirt et d'un caleçon.

– Bonsoir, Anton, que fais-tu là ? demande Iouri quelque peu surpris par cette apparition.

– Je suis venu dormir chez toi. J'avais besoin d'être un peu avec toi. On ne se voit pas beaucoup ces temps-ci…

– Nous sommes tous deux très occupés.

– Que faisais-tu à cette heure sur le balcon, mon oncle ?

– Je suicidais mes souvenirs, répond Iouri en souriant. Je les ai jetés cent mètres plus bas. Ils sont sans doute morts.

– Tu te sens bien ?

– Aussi bien qu'on puisse aller, mon neveu. Et toi, quelles sont les nouvelles de Tchestye prudi ? La révolution avance ?

– Nous vivons des temps très troublants, mon oncle. Et je me demande parfois si je suis fait pour cette époque si difficile.

– Je pense que chaque homme est fait pour son époque, dès lors qu'il ne cherche pas à échapper à ses tumultes. Et j'ai bien l'impression que rien de ce qui se passe ne te laisse indifférent.

– C'est surtout ce qui va advenir qui m'effraie. Je redoute la grande souffrance collective qui naîtra après cette formidable libération.

– Tu ne devrais pas tant te torturer les méninges, fiston. Chaque révolution est suivie d'une période de troubles. Nous n'y échapperons pas. Il faut regarder plus loin, des dizaines d'années plus loin, et c'est alors que nous entreverrons la vérité.

– Ton optimisme est une denrée si rare. Je ne t'avais jamais entendu parler avec confiance de l'avenir.

– C'est que je ne veux pas te voir sombrer dans la mélancolie, Anton ! Mon frère ne me le pardonnerait pas.

– Est-ce que je peux rester chez toi quelques jours ? J'ai besoin de m'isoler un peu pour réfléchir.

– J'espère juste que tu n'es pas fâché avec Aliona.

– Non, nous ne sommes pas fâchés. Disons que nous avons nos difficultés de couple…

– Tu es ici chez toi. Reste autant que tu veux. Nous nous ferons des chachliks en buvant de la bière, un de ces soirs. Et d'ailleurs, j'ai rendez-vous avec ton ami le starets dans la matinée au monastère de Zagorsk. Veux-tu te joindre à nous ?

– Pourquoi pas.

– En attendant, j'ai besoin de dormir un peu. Les enterrements de souvenirs malheureux m'ont fatigué.

Rebaptisé Zagorsk par le régime soviétique, la Laure de la Trinité-Saint-Serge dans le village de Serguiev Possad est le cœur de l'orthodoxie russe. Et ce n'est pas un hasard si c'est à l'ombre de ces murs que le starets a donné rendez-vous à deux militaires de haut rang, véritables gladiateurs des temps modernes, combattants hors pair, et vétérans d'un nombre incalculable de conflits. Deux hommes qui au cours de leur carrière ont frôlé la mort à plusieurs reprises, ce qui a contribué à les rendre réceptifs aux croyances religieuses de ce pays qui redécouvre peu à peu sa foi.

Le premier s'appelle Vadim Barchakov, il est colonel et dirige le groupe Alpha, le second fut prénommé Parfène par sa mère en hommage à un personnage du romancier Fédor Dostoïevski, il se nomme Grachtchenko, et commande le groupe Vympel. Ces groupes sont des unités antiterroristes constituées au sein du KGB avec l'appui de l'armée. Si des hommes devaient un jour conduire un putsch, ces unités d'élite seraient indubitablement en première ligne. Le starets ne l'ignore pas, c'est pourquoi il a invité Vadim Barchakov et Parfène Grachtchenko à Zagorsk. Les deux soldats connaissent le starets pour l'avoir rencontré à de multiples occasions, ils lui vouent une grande admiration. Celui que l'on prénomme Volodia fut même le mentor de Grachtchenko lorsqu'il usait ses treillis sur les bancs de l'académie militaire Frounze, où le vétéran dispensait parfois des cours sur le complexe militaro-industriel.

En cet instant, les deux hommes se tiennent respectueusement à deux mètres du vieillard qui prie à genoux sur le dallage froid, dans la cathédrale de la Trinité, face à la somptueuse iconostase accueillant les reliques de Serge de Radonej. Quelque peu surpris d'avoir été convoqués par leur ami en ces lieux, les deux soldats attendent patiemment qu'il termine sa fervente oraison. Ni l'un ni l'autre n'ont hésité un instant à honorer le rendez-vous proposé par le starets. On ne refuse rien à un tel homme.

La lumière dorée qui baigne l'église éclaire quelque chose d'impalpable, de propice à la confession. Le starets a précisément choisi cette cathédrale, la plus ancienne de la Laure, en raison de l'effet qu'elle produit sur les visiteurs. Il est impossible de ne pas ressentir un élan spirituel en s'agenouillant devant les icônes immémoriales. En ces lieux sanctifiés, les chuchotements et les confessions prennent immanquablement une résonance supérieure. Par ailleurs – et ce n'est pas négligeable dans la situation actuelle –, l'église n'est pas sur écoute, puisqu'elle ne sert qu'à une poignée de moines décadents et de vieilles bigotes aussi rares que mourantes.

Le starets est vêtu d'une chemise de lin écru. De dos, il ressemble à un vieux paysan en dévotion. Sans se retourner, il fait un signe de la main invitant les deux soldats à approcher, puis, toujours par gestes, il leur intime de s'agenouiller à ses côtés. Commence alors la confession. Le starets leur raconte ce qu'il sait à propos du complot en préparation contre Mikhaïl Sergueïevitch. Vladimir Alexandrovitch Krioutchkov en est la cheville ouvrière, il devrait probablement agir aux alentours du 20 août. Devant ces révélations, les deux hommes échangent un bref regard. Ils confirment ensuite les soupçons du starets, reconnaissant avoir déjà reçu des ordres en vue de préparer leurs troupes à intervenir dans la capitale contre d'éventuels provocateurs de la CIA. Le starets n'a aucun mal à les convaincre de l'ineptie de ce complot. Les soldats sont néanmoins hésitants. Ils voudraient savoir si d'autres se lèveront contre les putschistes le moment venu. C'est à cet instant précis que Iouri Stepanovitch gare sa voiture devant le monastère.

Le quatrième homme ne tarde pas à venir se recueillir devant les icônes sacrées. Le rôle de Iouri est de rassurer les prestigieux chefs des commandos. Une grande partie des directions du KGB refusera de répondre aux ordres insensés de Krioutchkov, affirme-t-il avec aplomb. Un coup de bluff nécessaire, car en cet instant, Iouri ignore encore qui au KGB résistera et qui suivra le directeur. Il ne le saura avec certitude que dans les jours prochains. Rassurés, les deux soldats prennent congé pour s'en retourner vers leurs sombres casernes. Anton a rejoint Iouri et le starets dans l'enceinte du monastère. Le vieil homme entreprend de lui faire visiter les lieux et de lui raconter l'histoire miraculeuse de Serge de Radonej, fondateur de l'Église orthodoxe russe. Iouri les abandonne devant la petite cathédrale de l'Assomption. Il est temps pour lui de quitter le paradis et d'aller affronter le diable.

Vladimir Alexandrovitch Krioutchkov ne possède qu'imparfaitement le don de dissimuler ses sentiments, pense Iouri en voyant le sourire hypocrite, mais maladroit, qui barre son visage. Un si piètre faux cul mériterait assurément une leçon, se dit-il avant de lui renvoyer la monnaie de sa pièce sous la forme d'une accolade digne du Judas qu'il est devenu. Krioutchkov ne lui fait plus la moindre confiance. Cela ne le surprend guère, depuis des années Iouri s'attache à démontrer son indépendance d'esprit. Or, dans cette institution, ce trait de caractère est une tare impardonnable. Après ces sympathiques salutations, Iouri gagne son bureau avec l'intention de sonder quelques-uns de ses collègues les moins obtus. Il se souvient qu'à l'ordinaire, en fin de matinée, le général Iouri Plekhanov vient rendre son rapport sur les activités du président soviétique. Plekhanov dirige la neuvième direction en charge de la sécurité des hautes personnalités. En l'occurrence, il partage son temps entre les deux membres du couple Gorbatchev, avec une détestation non dissimulée pour Raïssa Maximovna qui l'oblige à orchestrer d'incessants travaux de décoration au Kremlin. Après chaque entrevue avec Vladimir Alexandrovitch, le général s'assied habituellement dans la cafétéria pour prendre une collation composée de saucisson, de pain et de fromage. C'est donc à cet endroit que Iouri a le plus de chances de le rencontrer. Plekhanov est un personnage plutôt gai, réputé facétieux, toujours en quête d'une bonne anecdote à raconter. Iouri sait parfaitement comment l'aborder. Il s'assied à sa table sans la moindre gêne et lui susurre à l'oreille le mensonge qu'il vient d'inventer.

– Savez-vous, général, ce qu'a fait notre grand démocrate hier soir lors d'une réunion des membres de son cabinet ?

– Ah, Iouri Stepanovitch, je sens que tu vas égayer ma matinée !

– Alors que ses principaux adjoints débattaient de son prochain voyage aux États-Unis, Boris Nikolaïevitch s'est levé subitement, puis il s'est dirigé en titubant vers le bac à plantes pour se soulager devant tout le monde, sans le moindre embarras.

Le général, qui était en train d'ingurgiter un sandwich au pain de mie, part d'un grand rire, envoyant une myriade de miettes humides jusque sur la veste de Iouri.

– Et dire que ce moujik prétend diriger la Russie !

– Des prétentions qui feront sans doute long feu quand les gens se réveilleront ! ajoute perfidement Iouri, tout en essuyant son col.

Les deux hommes entament une conversation durant laquelle Iouri apprend, par bribes, que Krioutchkov a déjà préparé un plan visant à faire arrêter les principaux dirigeants démocrates, à commencer par Alexandre Yakovlev. La prison du KGB a été vidée et nettoyée, de même que deux étages de Lefortovo, la plus vaste installation pénitentiaire de la capitale. Satisfait de sa moisson d'informations, Iouri abandonne le général et décide d'aller déjeuner dans une petite cantine derrière la gare de Koursk, un endroit où les flics les mieux informés du pays ont leurs habitudes. Iouri en connaît quelques-uns à qui il rend régulièrement de menus services, essentiellement du partage de renseignements sur les trafiquants et les mafieux. L'endroit est sans confort, mal éclairé, triste comme un cabinet dentaire, cependant, il possède un avantage insurpassable, on y mange du bœuf en sauce de première qualité pour quelques roubles à peine. À cette heure de la journée, les tables sont toutes occupées, mais le tenancier réserve à ses clients policiers une arrière-salle nettement plus accueillante. Iouri s'y dirige après avoir fait un discret signe de la main au patron. Il se souvient que sa maison a placé des indics et des mouchards dans l'établissement, aussi lui faut-il être prudent. Il balaye l'arrière-salle d'un regard et déniche dans le fond le capitaine Lounguine, l'un des responsables des Omons, la police anti-émeute. Il se dirige vers sa table et, d'un geste assuré, sort de sa serviette en cuir une bouteille de cognac arménien. Le parfait hors-d'œuvre.

– Je peux ? demande-t-il en désignant la chaise.

– Avec ce que tu as en main, mon cher, aucun Moscovite ne te refuserait sa table. Prends place.

– J'ai de quoi faire passer ma migraine, mais je te préviens que je ne suis pas de très bonne compagnie.

– Que se passe-t-il, Iouri Stepanovitch ? Krioutchkov t'a démasqué. Tu vas enfin être envoyé au goulag ? Ça s'arrose en effet !

– Ça fait longtemps qu'il caresse ce projet, mais il faut croire qu'il ne sait pas s'y prendre. Tu le connais, il n'est pas très habile.

– Alors qu'est-ce qui te tracasse, hormis la hausse des prix, la criminalité galopante, le trafic de drogue, les grèves et la pollution ?

– Krioutchkov m'accable de travail, je ne dors plus.

– Bienvenue au club ! Tous mes week-ends ont sauté jusqu'en septembre prochain, et aucun de mes hommes n'a le droit de partir en vacances. Ils préparent quelque chose là-haut.

– Oui, et tu sais ce que c'est ? Ils veulent faire arrêter les démocrates et instaurer l'état d'urgence.

– Ça ne m'étonne pas. Toutes les sections d'Omons sont réquisitionnées. On a reçu des équipements flambant neuf. Il y a même des boucliers antiémeutes achetés aux Français.

Tandis qu'un serveur dépose sur leur table deux plats de viande accompagnés de pommes de terre sautées, Iouri débouche la bouteille et sert son compagnon. Le policier a l'air songeur. Iouri en profite.

– Et tu es d'accord avec tout ça, toi ?

– Oh, tu sais, un flic est un flic. Je fais ce que l'on me dit de faire. J'ai encore cinq années avant la retraite et j'espère tenir jusqu'au bout sans problème.

– Je vais te dire une chose, ce qu'ils entreprennent est une belle connerie. Ça ne marchera pas.

– Tu as sans doute raison, Iouri. Beaucoup de mes hommes pensent la même chose.

– Tu pourrais me rendre un service, capitaine ?

– Je te dois bien ça, j'ai grimpé quelques échelons grâce à toi, ces dernières années.

– Le jour où tes patrons te donneront l'ordre de déployer tes hommes en ville, préviens-moi. Tu me passes juste un petit coup de fil. C'est tout ce que je te demande.

Le capitaine Lounguine lance un regard étonné au colonel du KGB.

– À quel jeu joues-tu, Iouri ?

– Je te le dirai lorsque la partie sera terminée mais je t'assure que je n'ai qu'un seul but, éviter des drames inutiles, ainsi qu'un bain de sang.

– Et je dois te faire confiance ?

– À qui ferais-tu confiance si ce n'est à moi, dans ce pays ? répond Iouri en levant son verre. Ne t'inquiète pas, je protégerai aussi tes hommes.

– Tu as sans doute raison. Buvons aux hommes puissants… comme toi.

Le capitaine et le colonel dissertent un instant des mérites supposés du cognac arménien, Iouri illumine son regard en détaillant longuement les caractéristiques du cognac français, qu'il a goûté lors de sa villégiature à Paris. Il poursuit son exercice de séduction en lui faisant visiter les Champs-Élysées, ses boutiques de luxe ainsi que quelques adresses mythiques aux yeux des Soviétiques, comme le musée du Louvre et les Folies Bergères. C'est par ces tactiques simplissimes que se gagnent les guerres psychologiques, s'amuse Iouri. Il est prêt à parier que le capitaine s'endormira ce soir en rêvant de Paris, de ses femmes aux jupes évanescentes et de cette démocratie européenne qui frappe désormais à la porte de l'empire rouge. Vers quinze heures, alors que l'établissement est désert, ils se séparent sur une poignée de main sans nulle trace de suspicion.

Il est temps pour Iouri d'aller surprendre le fidèle allié de Gorbatchev, devenu un proche de Boris Eltsine – et de ce fait le trait d'union entre deux mondes –, Alexandre Nikolaïevitch Yakovlev. Il doit l'avertir personnellement de ce que trame Krioutchkov. Yakovlev saura organiser la réaction du camp démocrate. Par chance, le vieil homme est chez lui. Mais il n'est pas question qu'ils tiennent cette discussion dans son salon, le mieux est encore d'aller se promener au parc. Au moins, les guébistes, qui surveillent ses moindres faits et gestes, n'auront pas la possibilité d'écouter la conversation, même si immanquablement ils rendront compte à Krioutchkov de sa visite.

Yakovlev suit les instructions que Iouri lui donne depuis le téléphone de sa voiture, il descend de chez lui et monte à bord de la Volga. Iouri prend la direction du parc d'Izmaïlovo, suffisamment loin de son domicile pour retarder la filature. Après avoir roulé une vingtaine de minutes, Iouri s'engouffre sous un porche. Ils descendent de la voiture, empruntent un couloir qui débouche sur une deuxième arrière-cour, montent à bord d'une Jigouli bleu ciel dont les clés étaient cachées sous la roue avant-droit. Yakovlev ne commente pas l'étrange manège et suit docilement Iouri. Après dix minutes, durant lesquelles il surveille sans cesse le rétroviseur, le guébiste prend la direction du parc pour atteindre l'une des entrées situées près du grand lac. À cet endroit, le bois est dense et les allées sont désertes. Les deux hommes s'y engouffrent.

– Ce que vous me dites ne me surprend guère, Iouri Stepanovitch, mais je suis inquiet. Quelle riposte pouvons-nous envisager si l'État met en œuvre toute sa puissance répressive contre nous ?

– Il n'est pas certain que lorsque Krioutchkov appuiera sur le bouton, la sonnerie soit à son goût.

– Que voulez-vous dire ?

– Que des mesures sont prises pour que les policiers et les commandos spéciaux ne répondent pas présents.

– Et l'armée ?

– L'armée… c'est encore le point faible à ce stade. Mais je travaille à faire en sorte que Iazov revienne à la raison et qu'il fasse semblant de suivre les ordres des radicaux. Je connais un peu le maréchal. Il est incapable de faire tirer sur la foule, c'est un homme qui a combattu durant la Grande Guerre pour libérer le pays. Il est animé d'une probité et d'un sens de l'honneur devenus rares.

– Puissiez-vous dire vrai.

– Je pense pouvoir le convaincre de jouer double jeu.

– Il reste quand même beaucoup trop d'inconnues pour que nous soyons totalement sereins. Je vais en parler directement avec Boris Nikolaïevitch. De plus, il serait bon que je fasse une déclaration à la presse dans les jours qui viennent.

– Cela ne ferait pas de mal, en effet. Votre voix est toujours très écoutée. Et vos mises en garde alerteront sans doute vos amis occidentaux.

– Savez-vous que nos contacts américains nous ont proposé de l'aide afin d'organiser notre protection ?

– Quel type d'aide ?

– Essentiellement du matériel de communication et de transmission.

– Veillez donc à être prêt à l'utiliser. La date du 20 août approche et le coup peut survenir à n'importe quel moment.

Iouri abandonne Yakovlev sur un petit banc de bois qui offre une vue imprenable sur le lac du parc d'Izmaïlovo. L'été a brûlé les pelouses et considérablement réduit le niveau de l'eau. Un cygne famélique cherche vainement sa pitance dans la vase brunâtre. Les abords du lac sont repoussants de saleté, la longue grève des éboueurs du printemps a conduit nombre de Moscovites à se débarrasser de leurs ordures dans le parc, voire directement dans le lac. Pensif, Alexandre Yakovlev médite sur l'avenir de son pays, le regard perdu quelque part à fleur d'eau.

Cinq minutes plus tard, Iouri grimpe dans un taxi privé, une vieille Lada poussive. Le chauffeur a dégoté un médaillon de saint Christophe qui se balance gaiement au rétroviseur.

C'est sans doute la seule assurance de cette voiture, pense Iouri en constatant l'inefficacité des freins et les défaillances de la direction dans les virages. Le chauffeur est un vieux prolétaire moscovite. Courtaud au teint olivâtre, il porte une chapka d'astrakan et un lourd manteau de laine, or la température extérieure flirte avec les trente degrés en ce début août. Iouri, qui est en chemise, s'étonne de la frilosité de son compagnon de voyage.

– C'est parce qu'il commence à faire froid.

– Je ne comprends pas, répond Iouri amusé. Il n'a jamais fait aussi chaud qu'aujourd'hui depuis le début de l'année !

– Tu ne sens pas, camarade, le vent froid qui commence à souffler sur ce pays ? Tu ne le sens pas ?

– Non, je ne sens rien, je sens plutôt un été brûlant, réplique Iouri qui commence à saisir où veut en venir le vieil homme.

– Pour des gens comme moi, il va faire froid. Je ne peux déjà plus vivre avec ma retraite et je suis obligé à mon âge de faire le taxi. J'te dis qu'il va bientôt faire froid.

– Tu as peut-être raison. Et beaucoup de nos compatriotes risquent de devenir frileux.

– C'est ce que je me tue à te dire ! On rentre dans une période glaciaire. Qu'est-ce que tu crois, jeune homme. Ceux qui sont là-haut ne pensent pas à nous. Alors on doit bien se débrouiller seuls.

– Et ce n'est pas facile pour toi, j'imagine.

– Tu as déjà vu un vieux travailleur heureux, toi ?

– Hum… quelques-uns. Mais ça remonte déjà.

Le taxi dépose Iouri au pied de l'hôtel Ukraine. C'est dans cet imposant bâtiment qui domine les berges de la Moskova que Gueorgui Ionani a installé ses nouveaux bureaux. Il loue pour une petite fortune une vaste surface commerciale. Iouri éprouve des sentiments ambivalents à l'égard du Géorgien. Méfiance et confiance, attirance et répulsion. Ce qu'il lui a dit récemment est juste, ils ne sont pas si différents, ils sont même très semblables sur certains points. Ce sont ces points que Iouri cherche à explorer. En quoi son âme est-elle corrompue comme l'est la sienne, en quoi s'est-il lui aussi dévoyé dans ce système ? Quelles sont les failles morales qu'ils possèdent en commun et d'où viennent-elles ? Ces questions peuvent paraître absurdes alors que leur monde est pris dans un tourbillon insensé qui soulève des interrogations bien plus cruciales que celles-là, pourtant elles revêtent à ses yeux une importance capitale. Il a besoin de savoir s'il mérite ou non d'être sauvé.

Ionani le reconnaît presque à contrecœur, mais il est heureux de revoir Iouri. Il a du mal à s'expliquer la sympathie qu'il éprouve pour ce grand gaillard, très différent de l'image que l'on peut avoir d'un colonel du KGB. Il apprécie ses qualités. La franchise, la loyauté et d'autres choses, plus indéfinissables, un certain charme, une attitude de cosaque, fier et bravache à la fois. Peut-être est-ce dû à son versant pessimiste qui l'empêche d'avoir peur de la mort. Et puis, il ne manque pas de courage. S'attaquer à un homme comme Kalchinsky n'est pas, *a priori*, une entreprise facile ni même raisonnable. Mais ensemble ils vont y arriver. Car Ionani n'est pas seulement un parieur, il est aussi un investisseur avisé. Décidément, ce Iouri Stepanovitch est un personnage surprenant ! Et s'il ne posait pas sans cesse des questions bizarres, ils pourraient presque être amis. Qui sait ? Dans la Russie nouvelle qui approche, il y aura peut-être de la place pour de telles amitiés.

– Est-ce qu'il ne t'est jamais arrivé de te demander, Gueorgui, ce que tu ferais si tu avais le pouvoir absolu dans ce pays ?

– J'y pense tous les jours, mon ami. Je crois que j'abolirais l'État.

– Tu n'es qu'un sale anarchiste. Moi je pense que j'abolirais l'argent.

– Tu n'es qu'un sale communiste.

– Réfléchis un peu, qu'est-ce qui pourrit les rapports entre les gens ? C'est l'envie. L'envie d'avoir ce que l'autre possède. Pour combattre cette envie, il faut commencer par en supprimer les vecteurs.

– Tu es un rêveur, un utopiste, Iouri Stepanovitch. Et c'est ce qui conduira à ta perte. Le monde n'est pas fait pour les rêveurs. Je me suis souvent demandé ce qu'un homme comme toi faisait au KGB.

– Le goût de l'aventure, je suppose. Je voulais voir du pays, expérimenter des sensations fortes…

– Viens travailler avec moi. J'ai besoin d'hommes comme toi.

– Je ne peux pas m'associer avec le diable. Et puis, je ne crois pas en l'avenir, c'est fini. Je crois que je suis foutu pour la vie.

– Tu dis cela à cause d'une peine de cœur.

– Non, ce n'est pas juste cela, c'est beaucoup plus profond.

– Tu vas finir dépressif, mon ami.

– J'ai dû renoncer à tant de choses. À mes idéaux, pour commencer.

– Mais nous finissons tous par renoncer à nos idéaux ! C'est même ce qui les définit. Si l'on y réfléchit, un idéal qui serait atteignable n'en serait plus un.

– Épargne-moi ta philosophie de Géorgien, Gueorgui. Ça ne m'aide pas.

– Tu ne veux pas voir la réalité, voilà ton problème.

– La réalité est le produit de nos actions. Or, j'ai bien

l'impression qu'elles ne nous conduisent qu'au malheur. Qu'allons-nous devenir ?

– Toi, je ne sais pas, mais moi, je vais devenir un respectable homme d'affaires. Je vais abandonner ces histoires de prostitution, de drogue et de racket, et je m'offrirai une maison sur la Côte d'Azur. Et aussi un appartement à Londres. Mais avant tout, je leur aurai montré qui est Gueorgui Ionani !

– La vanité est un dangereux défaut.

– Ce n'est pas de la vanité, mais de l'orgueil, mon ami. J'ai une revanche à prendre sur ce pays et je ne m'en cache pas.

– Et que deviendras-tu lorsque tu auras atteint ce but ?

– Je n'en sais rien. Et pour tout te dire, je m'en fiche. Sans doute que je serai vieux ! Et peut-être un peu plus sage…

– Je n'ai même plus ce genre d'objectifs dans la vie. Plus grand-chose ne m'importe, en fait.

– Ressaisis-toi, mon ami. Nous traversons des turbulences et il faut conserver toute sa lucidité.

– C'est justement mon problème. Trop de lucidité brouille le cœur.

21.

Et le jour fatidique arriva
Et sur l'horizon l'aube se para
D'une couleur rouge sang
Et dans ce petit matin glaçant
Le palais d'hiver tomba
Poème pour un 25 octobre

Moscou, le 19 août 1991.

Le ciel commence à blanchir, c'est la première impression qu'a Iouri en ouvrant les yeux. Il est cinq heures trente du matin et la sonnerie du téléphone vient de briser son rêve. D'un geste dont la précision le surprend lui-même, il extirpe le combiné de sa base et la voix caverneuse d'Alexandre Yakovlev s'insinue dans le pavillon de son oreille.

– Iouri Stepanovitch, les chars sont entrés dans Moscou, on dirait que Krioutchkov et Iazov sont passés à l'action. Tu sais ce qu'il te reste à faire.

Iouri raccroche. Le téléphone se remet à sonner aussitôt. Cette fois-ci, il s'agit du capitaine Lounguine.

– Tu m'avais demandé de te prévenir quand nous serions en alerte. Eh bien voilà, c'est fait. Prends soin de toi.

La voix du capitaine s'évanouit aussi brusquement qu'elle était apparue. Iouri se rue dans la salle de bain. Dix minutes plus tard, il attrape ses clés de voiture. Dans le couloir, il appelle l'ascenseur. En vain. Il ne fonctionne plus. Quelqu'un a dû juger important de couper les ascenseurs de l'immeuble Kotelnicheskaïa. Iouri descend quatre à quatre les marches avec un objectif en tête, s'assurer que Yakovlev est toujours libre de ses mouvements. De sa voiture, il tentera d'appeler Plekhanov qui est à Foros, en Crimée, avec le couple Gorbatchev. Iouri prie pour qu'il ne soit rien arrivé au père de la perestroïka. Il saute dans sa voiture, démarre, s'engage sur la berge, puis remonte par le boulevard jusqu'à la gare de Koursk. Les rues sont désertes, pas un seul bus, pas un trolley, pas un métro ne sont sortis des dépôts ce matin. Sur la rue Bakounine, Iouri perçoit le bruit des chenilles qui monte au loin. Les chars ne sont pas loin, sans doute vers le métro Electrozavodskaïa. Plekhanov ne répond pas au téléphone, pas plus que Pavel Petrovitch, qu'il tente d'appeler à trois reprises. Quant à la ligne de la résidence criméenne du couple Gorbatchev, elle est en dérangement, ce qui ne le surprend guère. Avant d'arriver au domicile d'Alexandre Yakovlev, il finit par joindre Gueorgui Ionani. Le Géorgien va mobiliser son inépuisable énergie en faveur des démocrates. C'est déjà ça. Iouri gare son véhicule au bout de la rue où habite Yakovlev. Les accès à son logement sont étrangement déserts. Aucune voiture suspecte, aucun homme entre deux âges en train de promener un chien, pas même un rideau tiré dans l'immeuble d'en face, où sont d'ordinaire postés les espions armés d'appareils photo et de caméras. Iouri est surpris. Quelque chose ne fonctionne pas dans le plan Krioutchkov. À sa place, il aurait commencé par faire encercler le domicile de Yakovlev. Il en déduit que ses marges d'action seront sans doute bien plus grandes que ce qu'il anticipait.

Il trouve l'homme politique en grande discussion téléphonique avec Boris Nikolaïevitch. Celui-ci hésite encore à venir en ville, non qu'il craigne d'être arrêté, mais il veut conserver jusqu'au bout la possibilité de s'exprimer dans les médias non contrôlés par la machine étatique. Dans la demi-heure précédente, Alexandre Nikolaïevitch a abattu un travail considérable. Il informe Iouri de toutes les entrées de convois militaires dans la capitale. Le siège de la Douma, que les Moscovites ont baptisé la Maison blanche, est l'objectif numéro un, suivi de peu par la mairie de Moscou sur la place du Manège. Yakovlev est dans un état d'excitation communicatif. Il passe d'un téléphone à un autre, délivre des instructions, échafaude des théories, prévient ses proches, ses amis, les ambassadeurs occidentaux. Il déploie l'énergie d'un général mettant son armée en branle. Iouri regarde sa montre, il est bientôt sept heures du matin et les médias du monde entier sont informés que les chars sont entrés à Moscou. Il vient d'apprendre par ses collègues qu'un Comité d'État pour la Sécurité d'État composé de neuf membres a été créé, et qu'une délégation est en route pour la Crimée afin d'obtenir la démission de Mikhaïl Gorbatchev.

Comme chaque matin, le starets s'est levé avant l'aube. Comme chaque matin, il s'est recueilli devant une petite icône de Serge de Radonej, avant de demander pardon à Dieu pour ses péchés. Puis il s'est attelé à la confection de son petit déjeuner. Thé noir, biscuits secs et fromage. Ensuite, il s'est rendu au jardin pour arroser le potager, s'attardant devant la rangée de choux de Chypre aux larges feuilles. Chaque jour, il surveille que les limaces ne s'attaquent pas sournoisement aux fragiles enveloppes protectrices. Il s'est tenu dans l'air immobile et doux pour écouter le chant matinal des oiseaux prenant leur envol. C'est l'instant délicat où s'éveille la nature. Tandis qu'il s'accroupissait devant ses choux, il a d'abord vu un léger mouvement animer les grosses feuilles, avant de ressentir un frémissement sous ses pieds, une sensation si subtile qu'il s'est d'abord demandé s'il ne s'était pas trompé. Mais le frémissement s'est produit à nouveau, devenant tressaillement, et enfin tremblement. L'aube n'étant pas encore levée, aucun vent matinal ne pouvait expliquer cette soudaine agitation. Arrosoir à la main, le starets s'est redressé. Humant l'air, il a regardé l'horizon vers le sud, ses mâchoires se sont contractées. Après une trentaine de secondes, il a entrouvert la bouche pour laisser échapper un rire puissant. Un rire tonitruant. Un rire venu du fond de son âme. Une onde merveilleuse, gonflée de joie et de bonheur. Le rire a secoué sa poitrine, ses épaules, et s'est emparé de tout son corps. En un geste votif, il a levé les bras au ciel, remerciant Dieu de cette joie qui l'inondait. Il s'est alors senti aimé du ciel, aimé de Dieu. Et cet amour, il a aussitôt prié pour qu'il se répande sur les hommes qui aujourd'hui vont mourir, sur ceux qui vont souffrir, sur ceux qui se sentiront libres et vainqueurs lorsque l'astre magnifique se couchera ce soir. Le starets a prié pour que cette journée du 19 août soit la dernière journée de ce régime inique et meurtrier. Il a supplié Dieu pour que les chars, dont il entendait maintenant distinctement l'ignoble cadence dans les rues adjacentes, soient pilotés par des hommes n'ayant nulle intention de briser ce don merveilleux qu'est la vie. Il a prié pour la fin du communisme et la victoire de la démocratie. Il a prié pour la vie et la renaissance. Abandonnant ses choux, son champ et son arrosoir, il est rentré précipitamment dans son isba. Au fond d'une vieille commode, il a retrouvé les clés d'une voiture, une Moskvitch dont il ne se sert qu'en de rares occasions. Il a embrassé la croix, s'est saisi de son chapelet et de sa carte militaire, puis il est monté à bord de sa vieille voiture avec l'intention de mettre la main sur le maréchal Iazov pour l'obliger à accompagner le sens de l'histoire.

Aliona s'est réveillée à six heures du matin. Elle a dormi sur le flanc, pour pouvoir sentir la chaleur du corps d'Anton pendant son sommeil. Lorsqu'elle a ouvert les yeux, la première chose qu'elle a vue, c'est sa silhouette découpée dans la lumière du jour naissant, filtrée par les rideaux de tissu bleu. Et la folle nuit qu'elle venait de passer lui est revenue d'un seul coup en mémoire. Une vague d'émotions, un maelström d'odeurs, de goûts sucrés et salés, d'ondes de plaisir, de chairs emmêlées et de mots d'amour chuchotés. Une nuit orgiaque, libératrice. Une nuit si belle qu'on en oublierait le monde. Leur première étreinte fut une plongée intense dans les abysses du désir. Il est six heures quinze et elle découvre un nouvel Anton, un visage différent, celui de l'homme qui l'a possédée toute la nuit, celui de l'homme à qui elle s'est offerte sans pudeur ni retenue. Elle lui a donné son sexe, affamé d'avoir si longtemps attendu, son corps, qui brûlait si fort qu'elle n'a pas su retenir ses cris de jouissance, elle l'a inondé des eaux de sa peau qui coulaient pour lui, elle lui a offert une déferlante d'amour, et désormais le jour se lève sur un paysage différent, peuplé de deux amoureux transformés par cette formidable alchimie. La rencontre des chairs, qu'elle espérait tant, est enfin advenue. Leur vie va en être radicalement bouleversée, pense-t-elle. Cette nuit du 18 au 19 août 1991 est à marquer d'une pierre blanche. Aliona-la-belle enfile un tee-shirt trop grand pour elle, repousse ses cheveux vers l'arrière, s'asperge rapidement le visage d'eau fraîche dans la salle de bain. À demi nue, alors qu'Anton dort toujours, elle ouvre la fenêtre de la cuisine en grand. Elle a envie de hurler son bonheur au monde entier. Mais il est si tôt ! Le monde ne comprendrait pas qu'une jeune donzelle qui vient de passer la nuit entre les bras de son amoureux se mette ainsi à hurler sa joie, s'amuse-t-elle. Toute à ses pensées tendres et câlines, elle se met à préparer le thé pour le petit déjeuner, qu'elle savoure déjà de partager avec lui. Dans quelques instants, elle ira le réveiller, elle sait déjà qu'elle posera doucement ses lèvres sur les siennes, comme le font les princes charmants pour réveiller les princesses assoupies. Puis, elle glissera sa main sur son torse glabre et le couvrira de baisers. Mais il a besoin de se reposer encore un peu, alors elle repousse son délicieux projet à plus tard. Pour patienter, elle allume la radio, la règle sur Svoboda, Radio Liberté, la station financée par Washington, de plus en plus populaire en URSS. La radio annonce sobrement que des chars et des troupes sont entrés dans Moscou. De surprise, elle laisse tomber sa tasse sur le carrelage. Le coup d'État a commencé ! Elle se précipite dans la chambre, se jette sur le lit et secoue Anton. Il n'a pas le temps de recouvrer ses esprits qu'elle lui a déjà annoncé l'incroyable nouvelle.

Anastasia Alexandrovna s'est réveillée de bonne humeur. Son ami le colonel Nesterov, cet homme si charmant malgré sa terrible profession, lui a fait récemment une confidence intéressante. Ce matin, à huit heures, la mercerie d'État du quartier Kouznetski Most doit recevoir tout un lot de laine venu d'une usine caucasienne. Elle va pouvoir en acheter un peu, et se tricoter un beau pull-over pour l'automne. Elle espère trouver suffisamment de pelotes dans les tons fauve et ocre, sinon elle sera obligée de composer un pull bicolore, ce qu'elle déteste. L'an dernier, à cause des pénuries, son pull vert s'est transformé en camaïeu jaune-vert-bleu parfaitement ridicule, juge-t-elle en fronçant les sourcils à l'évocation de ce triste souvenir. Cette fois-ci, comme elle a eu l'information très tôt, grâce à l'aimable Iouri, elle a des chances d'être bien servie. Mais il ne faut pas tarder ! En prenant son thé, elle allume la radio. Étrangement, elle ne diffuse que de la musique militaire. Anastasia Alexandrovna se refuse à comprendre une telle bizarrerie. Comme le disait le défunt Arkady Ibrahimovitch : « La voix de son maître parle pour ne rien dire et quand elle se met à chanter, c'est juste pour faire oublier un instant ce vide sidéral. » Arkady avait raison. Il n'y a rien à espérer de la radio d'État. Elle tourne le bouton et se prépare à sortir. Elle ira à pied jusqu'à Kouznetski Most, ça lui fera une belle balade, d'autant que le ciel – bien qu'assez couvert – est joliment lumineux. En sortant de son immeuble, Anastasia Alexandrovna est surprise par l'excitation qui règne dans sa rue. Les trottoirs, d'habitude si calmes, sont envahis par une foule de badauds se dirigeant vers le centre-ville. Anastasia regarde un instant ce flot humain, se demandant s'il ne converge pas vers la mercerie. Si cela se trouve, ils vont tous acheter de la laine. Ce satané Iouri n'a pas su tenir sa langue ! Elle chasse bien vite cette ineptie de sa tête. On est lundi et les gens vont travailler, c'est tout… Et peut-être que le métro est en panne. Elle serre bien contre elle son filet à provisions, réajuste son fichu, baisse la tête et s'engage sur le bitume. Elle en a pour plus d'une d'heure, parce qu'elle prend soin de marcher posément, pour ne pas se fatiguer trop vite.

À huit kilomètres de là, sur le balcon de l'appartement d'Alexandre Nikolaïevitch Yakovlev, Iouri écrase son mégot de cigarette dans un pot de coquelicots qui grimpent le long d'aiguilles à tricoter plantées dans la terre en guise de tuteurs.

Ce détail incongru éveille en lui le souvenir de sa discussion avec Anastasia Alexandrovna. À l'heure qu'il est, sa vieille amie doit être en route pour la mercerie de Kouznetski Most. Tout en exhalant sa dernière bouffée de tabac, il réalise l'énormité de ce qu'il vient de se dire. D'après Yakovlev, des milliers de personnes convergent vers Kouznetski Most, vers la Loubianka toute proche et vers la Maison blanche. Les rues de Moscou se gonflent rapidement d'une foule bien décidée à empêcher les chars d'intervenir contre la démocratie. Anastasia va se fourrer dans un beau pétrin. Il ne peut pas l'abandonner. Elle pourrait être blessée ou même tuée. Pendant une seconde ou deux, il panique à l'idée que la vieille dame, sans doute fragile du cœur, puisse mourir dans les rues moscovites. Il se ressaisit et décide de partir la chercher. Il attrape son manteau, bredouille une excuse à Yakovlev qui le regarde d'un air surpris et fonce jusqu'à sa voiture. En route, il peste contre lui-même. Il aurait dû l'appeler ! La prévenir de la situation ! Lui ordonner de rester chez elle ! En débouchant sur le boulevard circulaire, au niveau de la gare de Koursk, le trafic devient dense. Les rues grouillent de monde. Il doit se frayer un chemin parmi la foule. Sa plaque d'immatriculation officielle ne passe pas inaperçue. Quelques personnes l'insultent. À deux reprises, de jeunes gens se permettent de frapper sur sa carrosserie. Trop risqué. Il décide d'abandonner sa voiture et de finir à pied. Mais où peut-elle bien être ? Il part en courant vers Kouznetski Most. Au bout d'une quinzaine de minutes, il arrive, essoufflé, devant la mercerie. Le rideau de fer est baissé. Pas d'Anastasia à l'horizon. Il tente d'imaginer l'itinéraire qu'elle aurait pu emprunter. Elle vient de la Perspective Volgograd, donc elle a dû passer par la rue Marxistskaïa, puis par les rues Solianka et Archipova, et sans doute a-t-elle bifurqué vers le passage des

Arméniens, car elle n'aime pas traverser la place Dzerjinski, pour enfin redescendre vers le métro Kouznetski Most. Une sacrée route. Il décide de faire le chemin à l'envers, à petites foulées. Les Moscovites vont sans doute se rassembler devant la Loubianka, il va donc contourner la place. Iouri est inquiet pour son amie, pourtant il ne peut s'empêcher de partager la fièvre qui s'est emparée de la foule montant vers le cœur de la ville. Il entend les cris, les slogans, les rires. Le peuple est joyeux, il vient combattre les putschistes et n'a peur de rien. Un instant, il hésite à se fondre au milieu de la masse, à se laisser porter par le flot humain. Il se ravise bien vite, Anastasia a besoin de lui. Une heure plus tard, il atteint l'immeuble de son amie. Il grimpe les marches quatre à quatre et tambourine à la porte. Pas de réponse. Il songe à défoncer le chambranle à coups d'épaule, méthode qui risque d'alerter inutilement les voisins, il se ravise et décide de partir à la recherche de Piotr, le clochard qui zigzague dans les environs. Il ne tarde pas à le dénicher, appuyé contre un lampadaire de l'autre côté de la rue. Piotr l'accueille tout sourire avec un slogan révolutionnaire : « En avant vers la victoire, camarade ! » Iouri le presse de questions. Non, il n'a pas vu Anastasia depuis qu'elle a quitté l'immeuble ce matin. Iouri est désemparé mais il n'a pas encore épuisé toutes les possibilités, elle doit bien se trouver quelque part, et si l'on y réfléchit, il y a de fortes chances qu'elle ait renoncé à aller dans le centre en voyant la foule qui s'y pressait. Elle est sans doute dans les environs. Iouri arpente donc consciencieusement les halls d'entrée, les passages souterrains, les bifurcations d'immeubles et les arrière-cours du quartier. Après une demi-heure à explorer méticuleusement chaque mètre carré de bitume, il emprunte un petit passage menant à une cour sombre et froide qui sert de local à poubelle aux habitants du coin. Et c'est là qu'il trouve sa belle Anastasia. Elle est assise sur une marche de granit, le filet à provisions sur les genoux, en train de donner un peu de pain aux pigeons. Il est si ému qu'il la soulève d'un coup et la serre dans ses bras. La petite dame est à la fois surprise et ravie de retrouver son cher Iouri. Elle a eu si peur en voyant le monde qui se pressait dans les rues qu'elle a choisi de s'arrêter ici, dans cette cour malsaine, pour se reposer un peu et attendre que tout cela se calme. Puis elle s'est endormie dans la chaleur d'août, et lorsqu'elle s'est réveillée…

– Imaginez un peu ! Iouri Stepanovitch, des dizaines d'oiseaux piaffaient à mes pieds !

Iouri s'assied à côté d'elle et lui passe le bras autour des épaules.

– Allons chez vous boire un thé, propose-t-il.

Et alors qu'elle lui demande ce qui peut bien expliquer cette terrible agitation en ville, il entreprend de lui raconter par le détail le coup d'État mené par le Comité de putschistes.

Ionani n'a pas l'âme d'un révolutionnaire, il a celle d'un guerrier. Et lorsque ses intérêts financiers sont en jeu, il est prêt à se battre avec l'énergie d'un cosaque à qui l'on aurait volé son cheval. La bagarre a d'ailleurs toujours été son fort, songe-t-il tout en sortant du coffre de son bureau son vieux pistolet Tokarev. Lorsqu'il était jeune truand, il devait se faire respecter à coups de poing. Souvent, il était nécessaire de recourir aux armes. Avec les années, il est devenu un véritable expert, collectionnant les pistolets et les fusils d'assaut. Aujourd'hui, il risque d'avoir besoin de convoquer son talent, car la situation est critique. D'après ce que lui rapportent ses hommes, l'armée est déployée en ville. De son bureau de l'hôtel Ukraine, il peut voir les chars postés aux abords de la Maison blanche, le siège du parlement russe. Si le coup d'État réussit, il perdra ce qu'il vient juste de gagner, à savoir une fortune et une réputation de *capitaliste*. Pas question de laisser ces sombres idiots de communistes détruire tout ce qu'il a construit. Il va se battre et s'il le faut, il ira lui-même sur les barricades affronter l'armée, se dit-il. En attendant, il aimerait bien mettre la main sur Iouri Stepanovitch. Depuis son coup de fil de ce matin, Monsieur a disparu ! Il est injoignable. Peut-être a-t-il été arrêté se demande, subitement inquiet, Gueorgui Davidovitch. Ce serait une catastrophe. À force de tourner en rond dans son bureau, le lion géorgien sent qu'il va finir par exploser. Les putschistes multiplient les déclarations à la radio, appelant la population à rentrer chez elle. Pourtant, la foule ne cesse de grossir, on parle de rassemblement sidérant sur la place Rouge et celle du Manège. Gueorgui Davidovitch n'y tient plus. Il va aller voir lui-même ce qui se passe dehors. Il convoque trois de ses gardes du corps et sort de l'hôtel Ukraine. L'air frais lui fait du bien, son excitation se calme rapidement. Ionani traverse d'un pas décidé le pont de Kalinine qui enjambe la rivière et mène à la Maison blanche. La foule entoure les chars T-80, scandant des slogans favorables à Boris Eltsine. Les soldats n'ont pas l'air inquiets, ils échangent avec les manifestants. Gueorgui est quelque peu rassuré, ce déploiement militaire n'a pas l'air bien méchant. Pourtant, ce calme peut aussi signifier que les soldats n'ont pas encore reçu l'ordre d'investir le bâtiment, aussi faut-il se méfier. Il va aller lui-même discuter avec les militaires.

Tandis qu'il s'approche d'un groupe d'officiers postés à la sortie du pont derrière des barricades métalliques, un jeune homme le dépasse en courant et hurle aux soldats de se replier, de ne pas s'en prendre aux patriotes. Le jeune homme est totalement surexcité. Manches retroussées, cravate à moitié défaite, il entreprend de démanteler les barrières de protection.

– Il va se faire tuer, celui-là ! fait remarquer l'un des gardes du corps du Géorgien.

Au moment où ces mots s'évanouissent dans l'air, deux militaires pointent leur arme dans sa direction. Gueorgui, poussé par une pulsion imprudente, décide d'intervenir. Il s'interpose entre les soldats et le jeune homme, tente de calmer ce dernier tout en demandant aux militaires de ne pas tirer. Avec ses gardes du corps, il a le plus grand mal à se saisir du garçon qui proteste.

– Calme-toi, petit ! Tu vas te faire descendre ! Ils ne sont pas là pour rigoler !

– Je m'en fiche ! Qu'ils dégagent ces salauds ! Ils n'ont pas le droit d'être là !

– Je sais, je sais, mais ce n'est pas comme ça que tu arriveras à les faire partir.

Autour d'eux, une petite foule inquiète approuve les sages paroles de Gueorgui, chacun tente de raisonner le jeune homme. Se laissant choir sur le bitume, il s'effondre subitement en larmes. Gueorgui lui pose une main sur l'épaule.

– Allez gamin, arrête ton cirque. Viens avec moi, on va marcher un peu et on va discuter.

Le garçon écoute enfin la voix de la sagesse. Gueorgui le tient par le bras, ils s'éloignent d'une centaine de mètres des soldats. Le jeune homme est en sueur, sa chemise blanche est déchirée au niveau de la poitrine.

– Voilà, tu vois, on fait quelques pas, on respire, on reprend ses esprits. Comment t'appelles-tu, petit ?

– Pavel Petrovitch… Je suis l'assistant de Boris Nikolaïevitch.

Aliona et Anton marchent main dans la main sous le ciel encombré de nuages. La jeune femme irradie de bonheur, l'allégresse enflamme son cœur. Autour d'eux, des centaines de jeunes gens marchent à l'unisson. Ils vont sauver la patrie en danger, faire échouer le coup d'État, chasser les communistes ! Chasser les dictateurs ! Chasser les putschistes ! Les mots volent de bouche en bouche, gonflant les cœurs d'une ardeur invincible. Anton est dans un état second. Il sait que cette journée sera décisive et il n'a aucun doute : le coup d'État communiste ne peut qu'échouer, car ils sont des milliers pour le combattre. Il est là, debout, prêt à verser son sang, à sacrifier sa vie. Il sait qu'ils vont triompher. Et il s'imagine jouant un rôle décisif dans cette victoire. Aliona est à ses côtés, et avec elle, il n'a plus peur de rien. C'est elle qui l'a libéré des angoisses accrochées à ses basques depuis son plus jeune âge. L'effervescence fait éclater tous les carcans dans un pétillement rafraîchissant. La foule qui les entoure est un rempart. La foi démocratique un bouclier. S'il était avec eux, le starets dirait que Dieu marche à leurs côtés. Ils arrivent à la Maison blanche par la rue Rochdelskaïa, située derrière le bâtiment. L'accès est barré par des soldats en armes et des policiers antiémeutes postés devant des véhicules blindés, dont une automitrailleuse. La foule insulte le pouvoir, conspue les soldats, les encourage à déserter. L'ambiance est explosive. Par moments, quelques projectiles volent en direction des blindés. Mais, tout à leur exaltation, Aliona et Anton ne perçoivent pas la tension. Des partisans de Boris Eltsine entreprennent de démanteler le barrage militaire. La colère et la détermination se lisent sur leurs visages, de l'autre côté, la peur se dessine derrière les boucliers policiers. Les manifestants semblent hésiter quelques minutes. Ils finissent par bombarder le barrage de cailloux. Comme souvent, le nombre exacerbe les émotions, le courage et la témérité des manifestants sont décuplés, la colère et la violence aussi. Sur le bitume, la nervosité rampe, s'accroche aux godillots, remonte le long des jambes, avant de s'insinuer dans les corps et les esprits. Militaires, policiers et manifestants deviennent de plus en plus agités. Anton veut s'approcher, il veut voir de près, franchir cet horrible barrage, rejoindre les députés démocrates réfugiés dans la Maison blanche où est arrivé Boris Nikolaïevitch. Emporté par cette urgence, il lâche la main d'Aliona, s'extirpe de son emprise pour plonger dans le flot humain qui avance vers les barricades. Le cœur d'Aliona s'arrête de battre. Elle a perdu de vue Anton ! Il disparaît, tandis que la foule s'approche du barrage militaire. C'est alors que le drame se produit. Anton est entouré de jeunes gens agressifs, décidés à venger des décennies de répression. Le jour du grand règlement de comptes est arrivé. C'est ici et maintenant que les pendules de l'histoire vont se mettre à l'heure, que les fils vont venger les pères, que ceux qui ont péri dans les camps sibériens et les prisons secrètes vont enfin recevoir les honneurs qui leur sont dus. L'heure est venue de rappeler à tous que les bourreaux finissent immanquablement par demander pardon. Mais si les Omons et les militaires essuient des crachats vengeurs ainsi que quelques coups rédempteurs, ils ont encore l'avantage des armes. Alors que deux jeunes hommes empoignent un soldat, le faisant tomber à terre, ses camarades ripostent en pointant leurs AK 47 vers les assaillants. Soudain, le bruit d'une rafale de fusil-mitrailleur déchire le ciel. Un moment de stupeur s'empare de la rue. Le temps se fige. Puis, il s'accélère à nouveau dans une bronca où se mêlent l'indignation, la peur et la douleur. Emportée par une bourrasque de panique, la foule se disperse. Aliona, qui s'est approchée, aperçoit distinctement Anton. Elle crie son nom. Il tombe à genoux et s'effondre.

Le starets arrive devant la façade sombre du ministère de la Défense. En route, il a vu le peuple déterminé et joyeux converger vers le centre-ville. Des groupes d'hommes et de femmes, drapeau russe en main, insignes tricolores aux boutonnières, brandissant triomphalement des portraits de Boris Eltsine. Il sait que les Russes ne baisseront pas les bras devant l'inacceptable, devant l'odieuse conspiration. Ils ont goûté à la liberté, et depuis, ils ont compris qu'ils n'avaient plus à craindre leurs dirigeants. Devant cette foule, il ressent de la fierté, sentiment depuis si longtemps oublié et pourtant si agréable ! C'est donc armé d'un optimisme à toute épreuve qu'il pousse la porte du ministère. Sa carte lui permet d'entrer sans avoir besoin de prononcer la moindre parole. Il s'approche du guichet réservé aux invités et demande à parler en urgence au secrétaire particulier du maréchal Iazov. Le soldat le salue respectueusement en voyant sa carte de vétéran où sont mentionnés ses états de services et toutes les décorations reçues un demi-siècle plus tôt. Dix minutes plus tard, un jeune officier en tenue se présente à lui. Le maréchal est attendu d'un instant à l'autre, il revient juste de Crimée, lui explique le disert officier qui invite le starets à patienter dans l'antichambre du bureau ministériel. Après un quart d'heure d'attente, l'officier le conduit dans le bureau. Iazov vient d'arriver, il accueille le starets à bras ouverts, enlève sa veste, desserre sa cravate et se laisse choir dans son fauteuil.

– Mikhaïl Sergueïevitch ne veut rien entendre, annonce-t-il. Il ne démissionnera pas…

– Cela ne m'étonne pas. Il n'a aucun intérêt à céder à tes injonctions. Il joue sa place dans l'histoire.

– Nous sommes foutus… commente Iazov, dépité.

– Tu dois maintenant éviter le pire, Dmitri Timofeïevitch. Il ne faut pas que tes chars tirent sur la foule.

– Tu me prends pour qui, Volodia ? Tu crois vraiment que je donnerais l'ordre de tirer sur des citoyens soviétiques ?

– Je ne crois que ce que je vois. Il y a des chars et des soldats en armes dans les rues. Je ne doute pas de toi, camarade, mais je sais que les réactions humaines sont souvent irréfléchies. La peur et la colère engendrent des catastrophes.

– De toutes les façons les chars ne sont pas armés. Ils n'ont pas d'obus. Te voilà rassuré ?

– Je le serai quand vous aurez abandonné vos prétentions.

– Dans quel camp es-tu, Volodia ? Je te croyais fidèle à l'URSS.

– Un jour, quand tout ceci sera terminé, je t'expliquerai mes choix. Pour l'instant, je dois rejoindre mes amis en ville. Cette folie doit cesser, vous ne pouvez pas arrêter l'histoire. Et encore moins renverser le président soviétique. Le peuple ne le veut pas. Or désormais, c'est lui qui décide. Ce n'est plus toi, ni moi, ni aucun de ces sombres imbéciles du Comité.

Iazov a le regard perdu. Sa bouche dessine un triste rictus.

– Et dire que nous étions les plus forts. Nous avons vaincu le nazisme, nous avons sorti ce pays du Moyen Âge pour en faire la plus grande puissance du monde. Aujourd'hui tout s'effondre. Le monde s'effondre ! Et je devrais regarder cela sans réagir ?

– Tu ne vois que l'écume des événements, le temps court. Si comme moi tu regardais au-delà, vers les siècles à venir, tu verrais un paysage très différent. Notre pays ne s'effondre pas, il change. Les convulsions qui te paraissent insupportables aujourd'hui constituent les prémices d'une renaissance.

Le bruit et la fureur de cette époque ne sont que des crépitements lointains à l'aune du fracas des siècles.

– Ta poésie ne m'inspire pas, Volodia. Il est temps que tu partes.

Le starets quitte le ministère rassuré. Les chars n'entreront pas en action. L'URSS agonise, elle sera morte sous peu.

« Tu n'es qu'un imbécile et un fils d'imbécile ! » Voilà les derniers mots prononcés par Helena Iossipovna Vaïnberg à l'adresse de son mari, Alexeï Petrovitch Kalchinsky, juste avant de claquer la porte de leur appartement du boulevard Gogol. Elle dévale les escaliers quatre à quatre, s'élance sur le trottoir, bien décidée à rejoindre les manifestants. En marchant d'un pas vif, elle repense à sa conversation avec Alexeï. Elle ne croyait pas qu'il puisse être aussi pusillanime, aussi cynique. Lorsqu'elle lui a proposé d'aller manifester avec elle contre le Comité de putschistes, il s'est contenté de ricaner et de plaisanter sur les pseudo-démocrates et les convertis de la dernière heure. Alors qu'elle insistait, il lui a demandé de lui foutre la paix avec sa révolution de merde, ajoutant qu'il venait de perdre une fortune, peut-être toute sa fortune dans un deal foireux sur l'aluminium, et qu'il n'était pas d'humeur à ce qu'on le fasse chier ! Comment ose-t-il lui parler sur ce ton ? Elle a bien cru recevoir une gifle, lorsqu'elle a mis en doute son courage et sa virilité. Mais il n'a qu'à essayer de la gifler, tiens ! Il verra bien les conséquences ! Personne n'a jamais osé lever la main sur elle, et ce n'est pas ce gamin qui va commencer ! À mesure qu'elle arpente les rues animées, Helena sent sa colère laisser place à une exaltation vivifiante. Contrairement à son mari – cet imbécile ! –, elle comprend l'importance de ce qui est en train de se jouer aujourd'hui dans les rues de la capitale. Et elle va y prendre part. Il ne sera pas dit qu'elle faisait partie de la majorité silencieuse ou, pire encore, des réactionnaires communistes qui veulent enchaîner à nouveau ce pays et ses habitants. Elle est seule, mais elle va se battre. C'est vrai qu'elle est seule. Ces deux dernières années, elle a rompu avec ses amis artistes, elle s'est éloignée des intellectuels qui autrefois animaient sa vie, elle ne voit plus ses proches. Elle voudrait bien de la compagnie pour monter à l'assaut des putschistes, mais elle ne sait pas qui appeler. Tant pis pour elle. Elle ira seule au combat, entourée d'inconnus. Elle chasse à plusieurs reprises le nom de Iouri de ses pensées, mais il finit chaque fois par y revenir. Où est-il en ce moment ? Et que fait-il ? A-t-il choisi un camp ? Elle est presque certaine qu'il a fait le bon choix, c'est-à-dire celui des démocrates. Iouri ne se trompe jamais. Et en plus, c'est un idéaliste. Tout en suivant le flot humain, elle se sent submergée de regrets. Qu'a-t-elle fait de sa vie ? Qu'a-t-elle fait à Iouri ? Pourquoi s'est-elle isolée ainsi ? Alors que des larmes s'accumulent sous ses paupières, elle débouche sur la place du Manège. Autour d'elle des milliers et des milliers de personnes scandent le nom de Boris Eltsine. Elle se met à pleurer, avant de se ressaisir quelque peu et de crier, à son tour, le nom du leader démocrate. Son mascara français, si précieux, coule sur ses joues, lui donnant un air de tragédienne. Un photographe ne s'y trompe pas, il capture son magnifique visage ruisselant de larmes parmi la foule. Le lendemain, l'image fera la une des journaux occidentaux.

Gueorgui Ionani lance un regard surpris à son garde du corps. Ils ont tous deux distinctement entendu une rafale de kalachnikov, provenant de l'arrière de la Maison blanche. Ils ne sont pas les seuls. Autour d'eux naît un murmure inquiet tandis que les regards se font anxieux.

– Si ça commence à chauffer, il vaut mieux ne pas traîner dans le coin, conseille Gueorgui à ses hommes.

Il s'approche de Pavel qui, à deux pas de lui, tente de sécher ses larmes, et lui demande, « comme un service », de l'aider à entrer en contact téléphonique avec Boris Eltsine. L'homme d'affaires géorgien peut mettre à sa disposition du matériel de communication, des hommes armés même, si nécessaire. Pour cela, il doit lui parler d'homme à homme. Perdu dans les brumes chimiques de ses angoisses existentielles, Pavel ne semble pas comprendre ce que lui explique Gueorgui. Celui-ci s'agace, lui secoue l'épaule et hausse le ton.

– Allez petit ! Lève-toi et suis-moi ! Ce n'est pas le moment de traînasser ! On a du pain sur la planche. Sois un homme ! C'est le jour ou jamais !

Une demi-heure plus tard, dans les locaux de l'hôtel Ukraine, Gueorgui raccroche le téléphone et remercie Pavel. Boris Nikolaïevitch accepte toute aide d'où qu'elle vienne, il lui demande de se rendre au pied du bâtiment de la mairie de Moscou où sont réunis plusieurs leaders démocrates. Avant de s'exécuter, Gueorgui Davidovitch décide de mettre sa propre armée en branle. Il appelle l'un de ses lieutenants.

– Rassemble tous les hommes dont tu disposes à Moscou. Avec leurs armes. Donne-leur des munitions et du matériel, convoque surtout les vétérans et les anciens policiers qui travaillent avec nous, on va avoir besoin de tout le monde. Ici en ville, ça pourrait chauffer. Il faut montrer à ces salopards de communistes qu'on ne les laissera pas faire.

Ionani raccroche et bombe le torse devant le jeune Pavel qui le regarde, incrédule.

– Tu vois petit, pour gagner une bataille, il faut monter à l'assaut… exhiber son courage. Même si on n'en a pas suffisamment. Le courage, ce n'est pas une question de quantité, mais de qualité. Nous n'allons pas nous dégonfler. Ils n'oseront pas avancer si nous sommes déterminés.

Anastasia Alexandrovna est allongée sur son vieux canapé défoncé. Iouri Stepanovitch la regarde en souriant. Malgré la chaleur, il vient de lui poser sur la poitrine un châle en mohair, un vêtement qui date d'une époque où l'on trouvait encore de la belle laine à Moscou, lui explique la vieille dame avec un sourire reconnaissant. Sur le guéridon, Iouri a placé une théière ainsi que des rafraîchissements. Ils grignotent des gâteaux secs en écoutant Radio Svoboda. Iouri laisse ses pensées dériver entre la place du Manège et la Maison blanche. Il ferait mieux d'aller jeter un œil sur ce qui s'y passe. Et c'est ce qu'il va faire dès qu'Anastasia Alexandrovna voudra se reposer. Le commentateur décrit une situation plutôt bon enfant et relativement calme. Il est brutalement interrompu par l'un des envoyés spéciaux qui revient, essoufflé, de la Maison Blanche. Derrière le bâtiment, des soldats ont ouvert le feu sur une foule de manifestants hostiles. On parle de plusieurs blessés. Un témoin a raconté au journaliste avoir vu s'écrouler au sol plusieurs hommes et notamment un certain Anton Nesterov qui serait une célébrité parmi la jeunesse underground de la capitale.

Anton ! Le nom explose dans la tête de Iouri. Il a bien entendu Anton ! Anton Nesterov ! Son neveu ! Il lui faut quelques secondes pour réaliser l'énormité de cette information, pour saisir l'horreur contenue dans les propos du journaliste. Puis tout va vite, son cerveau lui dessine le tableau cauchemardesque dans toute son ampleur : Anton a été blessé, peut-être tué, derrière la Maison blanche ! Son Anton ! Anton si pur, si doux, si juste, si sensible, si innocent. Son neveu s'est écroulé. Non, ce n'est pas possible ! Pas lui ! Pas Anton ! S'ensuit un tsunami d'autoflagellation et de culpabilité. Tout est de sa faute. Il n'a pas su protéger son neveu. Il ne l'a même pas appelé ce matin. Iouri se sent infiniment coupable. Un sang glacé traverse ses artères tandis que son cœur bat la chamade.

– Que se passe-t-il, Iouri Stepanovitch ? Vous êtes bien pâle, lui demande Anastasia.

Le son de sa voix ramène Iouri à la réalité. Il n'y a pas de temps à perdre. Il faut foncer.

– Ce n'est rien, je dois juste aller en ville, surveiller un peu les manifestations, articule-t-il d'une voix blanche.

Il ne veut pas inquiéter la vieille dame. Afin qu'elle ne voie pas son trouble, il détourne la tête, attrape sa veste et sort précipitamment de l'appartement.

Sans doute pour la dernière fois de son existence, Vladimir Alexandrovitch Krioutchkov pousse la porte du bureau de Félix Edmundovitch Dzerjinski. D'un pas las, il traverse la pièce en diagonale et se dirige vers le mur du fond. Au passage, il jette un œil distrait par la fenêtre. En bas, sur la place, une horde de voyous hurle contre le KGB, menaçant d'investir le bâtiment. Certains de ces criminels ont osé monter sur la statue du vénéré père fondateur. Ils l'ont même affublée d'un ridicule bonnet blanc bleu rouge, les couleurs des nationalistes russes ! Vladimir Alexandrovitch éprouve du mépris pour cette foule manipulée par d'anciens camarades devenus des traîtres. Mais il ne peut rien faire. Ses hommes ne lui obéissent plus. Les commandos Alpha et Vympel ont refusé d'entrer à la Maison Blanche. Ils ne répondent plus aux ordres. Ils ont choisi l'autre camp. Et à coup sûr, l'armée aussi l'aura trahi. C'est fini. Il a perdu la partie. Il le sait déjà. Mais, au fond, il s'en fiche… il aura tout essayé. En bon patriote. Au moins l'histoire retiendra qu'il est celui qui aura voulu sauver l'URSS de la disparition.

Ses doigts tâtonnent un instant sur les boiseries qui couvrent la partie inférieure du mur, il cherche la petite encoche, finit par la trouver et appuie dessus. Un léger déclic se produit, la boiserie s'entrouvre, découvrant un vieux coffre-fort de fonte, le coffre secret de Félix Dzerjinski. Pas question d'abandonner aux autres son contenu. Il l'ouvre, s'empare des carnets secrets du fondateur du KGB, ainsi que d'un rouleau de pièces d'or. Il aperçoit la petite fiole qui contient une dose mortelle de cyanure, la prend dans sa main, la soupèse un instant, puis la repose dans le coffre. Il ne se suicidera pas. Vladimir Alexandrovitch Krioutchkov n'est pas homme à mettre ainsi fin à ses jours. Il affrontera son destin, boira le calice jusqu'à la lie. S'il veut vivre, c'est aussi pour régler ses comptes avec quelques-uns de ceux qui l'ont trahi. À commencer par Iouri Stepanovitch Nesterov. Ce fils de chien. Ce sale traître. Cet arrogant manipulateur. Il complote dans son dos depuis le début ! Des officiers viennent de lui confirmer ce qu'il soupçonnait. Il a été vu à Zagorsk en compagnie des responsables des groupes Alpha et Vympel. Krioutchkov s'en veut. Il savait que Nesterov n'était pas fiable. Il aurait dû le faire exécuter. Mais il n'est jamais trop tard. Nesterov paiera pour ce qu'il a fait.

Aliona a vu Anton tomber. Et ce fut le trou noir. Quand elle a tenté de s'approcher de lui, elle a ressenti un choc derrière la nuque avant de s'évanouir. Elle n'avait pas remarqué la charge des policiers, matraques en main, bien décidés à repousser les manifestants. Elle est tombée sur le bitume brûlant et quand elle est revenue à elle, il n'y avait plus personne à dix mètres à la ronde. Un jeune étudiant l'a aidée à se relever, l'accompagnant jusqu'à l'angle de la rue Rochdelskaïa, derrière le petit groupe de manifestants qui continuait à harceler les forces de l'ordre. Lorsqu'elle a recouvré ses esprits, elle a immédiatement vu l'image d'Anton, le corps d'Anton inerte et immobile, allongé sur le sol. Image horrible ! Souvenir douloureux ! Où est-il ? Que s'est-il passé ? Qu'ont-ils fait d'Anton ? Elle bombarde le jeune étudiant de questions. Des personnes ont été blessées, bredouille-t-il, mais les policiers et les soldats ont emporté les victimes. Nul ne sait où elles sont. Sans doute derrière le barrage militaire, extrapole-t-il, pour tenter de calmer Aliona désemparée. Elle n'a qu'une idée en tête. Retrouver Anton. Le jeune homme lui déconseille d'approcher des soldats devenus très nerveux. Il faut attendre un peu. Mais Aliona ne peut pas attendre, elle veut savoir où est son amour. Voyant son état, l'étudiant lui propose d'aller se renseigner. Il connaît Anton pour l'avoir écouté un soir à Tchestye prudi. Il revient dix minutes plus tard, le visage décomposé. Les soldats lui ont confirmé la mort d'un homme. Ils ont le corps avec eux et vont le conduire à la morgue. C'est tout ce qu'il a pu apprendre. De douleur, Aliona s'évanouit. Lorsqu'elle revient à elle, le visage blême de Iouri se penche sur elle. La douleur revient immédiatement, elle éclate en sanglots. Iouri la prend dans ses bras. Il sent monter en lui une tristesse incommensurable.

Volodia le starets égrène anxieusement entre ses doigts un vieux chapelet de prière, offert il y a des années de cela par un moine de Vorkouta. Il récite des psaumes en priant pour que l'information entendue à la radio – et qui circule désormais dans toute la ville – soit inexacte, ou incomplète. Il le saura dans quelques minutes, il approche de la Maison blanche. D'après la radio, les tirs provenaient de la rue Rochdelskaïa, jute derrière le bâtiment. C'est là qu'il peut espérer trouver Anton et Aliona. Les manifestants sont encore nombreux, même s'ils ont reculé de quelques dizaines de mètres. Il met encore un quart d'heure à trouver Aliona. Elle est avec Iouri. Les deux sont en état de choc, incapable de lui donner la moindre explication cohérente. Le starets pose les mains sur les épaules de Iouri.

– Ce n'est pas le moment de flancher, Iouri. Dis-moi ce que tu sais.

Mais Iouri est ailleurs. Il marmonne quelques propos obscurs et ne cesse de répéter qu'il n'a pas su protéger son neveu. Le starets se bat pour ne pas se laisser submerger à son tour par la tristesse. Il doit conserver sa lucidité. Il va aller se renseigner.

Iouri a tout perdu. Son neveu. Son pays. Sa vie. Cette journée est un cauchemar. Autour de lui, le monde est un gigantesque carrousel dont il ne comprend pas le sens de rotation. De la foule qui l'entoure, il ne perçoit que des propos indistincts, des visages flous. À ses côtés, Aliona est une montagne de douleurs. Il ne supporte plus de la voir ainsi, il se lève et s'en va. Il quitte la rue Rochdelskaïa, fend les rangs des manifestants dont certains tentent de le questionner. Il ne répond pas. Il marche droit devant lui afin de quitter au plus vite ces lieux infâmes. Un vent frais fouette son visage, il s'aperçoit alors qu'il est arrivé sur la berge de Krasnopresenskaïa. Elle est déserte. Le peuple est trop occupé à manifester quelques rues plus loin. Au moins ici, il est en paix. Il peut penser à Anton et laisser éclater sa tristesse sans qu'on vienne le déranger.

Le starets a franchi sans aucun mal les barrages militaires. Il est au pied de la Maison blanche et demande à voir en urgence le colonel Barchakov, le patron du groupe Alpha. Celui-ci arrive en souriant, mais il est tendu.

– Il serait temps de dire à cette foule que nous n'interviendrons pas contre la Maison blanche ni contre qui que ce soit. Il y a déjà un mort et des blessés. Ça suffit !

Le starets le félicite pour son patriotisme et son sang-froid. Il s'enquiert des victimes et recherche Anton Nesterov, son jeune ami. Le colonel le conduit vers une ambulance militaire où les blessés sont soignés. Par terre, sur une civière, Anton semble endormi. Volodia se précipite vers lui. Le jeune garçon ne bouge pas, ses vêtements sont tachés de sang. Le starets ressent une intense chaleur s'emparer de lui. Ses mains tremblent. Fiévreusement, il les pose sur le visage d'Anton.

– Anton, mon ange, réveille-toi ! Je t'en conjure !

Après quelques secondes, Anton ouvre les yeux et lui sourit.

– Comment te sens-tu ? Es-tu blessé ? Tu nous as fait une de ces frayeurs ! On te croyait mort, tué dans les heurts avec les soldats !

Le starets est bouleversé et n'arrive pas à cacher son émotion. Anton se redresse.

– Je crois que je vais bien… J'étais devant les soldats avec les manifestants. Une rafale d'arme automatique a éclaté… et puis je ne me souviens plus de rien.

Le starets a un rire de soulagement. Anton va bien !

– Merci, mon Dieu, d'avoir exaucé mes prières ! Aliona et ton oncle sont à deux pas d'ici, il faut leur dire immédiatement que tu es en vie, explique le vétéran. Tout le monde te croit mort. Même la radio !

Helena a entendu la rumeur. Il est arrivé quelque chose à Anton ! Elle quitte la place du Manège et se précipite en courant vers la Maison blanche. Un jeune manifestant à moto accepte volontiers de la déposer en bas de l'avenue Kalinine.

– Aujourd'hui c'est fête ! Tout est permis ! Même de rencontrer une jolie fille, lance-t-il d'un air grivois.

Helena lui sourit poliment pour ne pas le contrarier. Elle a besoin d'aller vite. Si seulement elle avait un moyen de contacter Iouri. Mais il est peut-être déjà au courant, songe-t-elle inquiète. En arrivant au niveau de la Maison blanche, elle interroge tous les passants. Ont-ils entendu parler d'un mort ? Savent-ils quelque chose ? Elle finit par tomber sur un ouvrier qui revient de la rue Rochdelskaïa, il s'y est rendu après avoir entendu dire que l'armée avait tiré sur la foule. Il a vu une jeune femme en larmes entourée de manifestants. Helena le remercie. Deux minutes plus tard, elle trouve Aliona, prostrée aux côtés d'un jeune étudiant. Durant de longues minutes, elle console sa jeune amie, lui soufflant à l'oreille des mots d'espoir et d'encouragement. Puis, un vieil homme longiligne et barbu, qu'Helena ne connaît pas, arrive à son tour, il est porteur d'une nouvelle formidable. Anton est vivant. Il attend Aliona près de l'ambulance militaire, un peu plus loin. Rapidement, ce sont les retrouvailles. Aliona enlace longuement Anton sous le regard mouillé de larmes du starets. Helena songe à Iouri. Quelqu'un a-t-il pensé à le prévenir ? Quelqu'un sait-il où il peut être ? Aliona se souvient qu'il était avec elle, puis qu'il a disparu… Une sombre prémonition s'empare d'Helena. Cela ne lui ressemble pas de disparaître comme ça. Le vieil homme, lui aussi, a l'air inquiet. Iouri a été invisible toute la journée alors que des événements décisifs sont en train de se produire. Non, décidément, cela ne lui ressemble pas.

– Il lui est arrivé quelque chose, dit-il, renforçant involontairement l'inquiétude d'Helena.

Elle décide de partir à sa recherche. Mais où peut-il bien être dans cette foule immense qui a envahi Moscou ? Autant chercher une aiguille dans une botte de foin. Aliona a une idée, Ionani a des indics dans toute la ville, il apprécie Iouri et ses bureaux sont à deux pas, juste de l'autre côté de la rivière, à l'hôtel Ukraine.

– Il va nous aider, conclut la jeune femme.

Gueorgui Ionani s'apprête à grimper à bord de sa BMW pour se rendre à la mairie de Moscou lorsqu'un drôle d'équipage arrive sur le parking. Il reconnaît la jolie femme de cet abruti de Kalchinsky, l'ex-petite amie de Iouri, elle est avec la belle Aliona, et un vieil homme à l'air étrange. Ils se disent inquiets à propos de Iouri Stepanovitch. Son premier réflexe est de les rassurer. Iouri est un grand garçon. Mais ils insistent. Surtout la femme de Kalchinsky, elle insinue qu'il pourrait avoir commis une bêtise, dès lors qu'il croit que son neveu est mort. Ionani ricane. Il s'embrouille un peu dans toute cette histoire, mais il sait une chose : jamais Iouri ne serait assez faible pour mettre fin à ses jours. Il a beau être lunatique et parfois un peu déprimant, jamais il n'oserait faire quelque chose d'aussi stupide. Il est plutôt le genre d'homme à rechercher celui qui a tué son neveu.

– Vous le connaissez mal, argumente-t-il.

Au passage, Ionani ne résiste pas à l'idée de donner une leçon à cette poupée clinquante et snob :

– Et d'ailleurs, c'est un peu de votre faute, camarade, s'il est aussi déprimé ces temps-ci.

Mais Aliona insiste. Elle aussi est terriblement inquiète. Or, Gueorgui Ionani sait qu'il ne faut jamais prendre à la légère les inquiétudes d'une voyante tcherkesse. C'est bon… il va demander à ses hommes de le chercher, ce qui ne va pas être facile vu la foule. Trouver un grand brun en costume dans cette marée humaine, c'est un peu comme chercher un mouton galeux pendant la transhumance.

Iouri marche sans but, les bras ballants, ressassant ses idées noires face aux eaux sombres de la Moskova. À quoi sert ce jeu qu'on appelle la vie ? À souffrir ? À perdre les êtres chers les uns après les autres ? Tout est absurde. À commencer par ce pays. Parangon d'absurdité dont l'histoire oscille entre violence et désespoir. Et cette révolution ! Quelle farce, comme toutes les révolutions ! Ils ne tarderont pas à vouloir réhabiliter Staline, pronostique-t-il. Ils continueront à piller ce pays, à martyriser ses enfants, à assassiner les justes et les purs. Et ils le feront le front haut, avec la certitude d'être plus malins, plus rusés que ces bataillons de crève-la-faim qui s'agglutinent sur leur chemin, au passage de leurs carrosses.

Iouri ne sait plus quoi faire ni où aller. La mort d'Anton le consume et l'empêche de réfléchir. Il marche dans le brasier de ses émotions, sans rien voir alentour. À un moment, la berge se rétrécit et l'eau s'approche, cette eau noire, aussi insondable que le destin. Qu'il serait agréable de s'y plonger et de tout oublier ! Disparaître ! Ne plus jouer sa vie à pile ou face chaque matin ! Que va-t-il dire à son frère ? Comment va-t-il lui annoncer la terrible nouvelle ? Iouri trébuche dans l'herbe grasse. Il a glissé et s'est fait mal à la cheville. En s'asseyant sur la berge, il sent contre son flanc la présence de son Makarov. Il s'en saisit, regarde un instant le morceau d'acier trempé, et le range finalement dans son holster. Il n'aura pas l'audace de se supprimer. Le suicide est à la fois un acte de courage et un acte de lâcheté, or Iouri n'est ni courageux ni lâche, il se sent à chaque instant tiraillé entre l'espoir et la désillusion, dans une vie qui n'a plus de direction. Lorsqu'il redresse la tête, deux hommes se tiennent face à lui, ils ont un sourire étrange, un sourire indéfinissable, angélique et démoniaque à la fois. Sur leur front, Iouri lit l'insouciance de ceux qui se savent intouchables, l'impatience des bourreaux, la morgue des hommes de la Loubianka. Il ferme les yeux. Il a compris. Sa dernière pensée ne sera pour personne.

Merci à Kidi, complice de mes inspirations.

Achevé d'imprimer sur les presses de CPI en juin 2019
numéro d'impression : 2045140
Dépôt légal : août 2019 • ISBN 978-2-84742-419-5 • Imprimé en France